游走在热点的边缘

YOUZOU ZAI
REDIAN
DE BIANYUAN

黄清辉 著

岳麓书社·长沙

有温度的文字(代序)

陈伟光

文章是信息、思想和道德的载体,体现着作者的学养和境界。好的文章必然流淌着丰沛的能量,让读者在愉悦中得到升华。黄清辉的文章正是这样的。

读黄清辉的文章,是愿意一口气读完的,读了一篇还想接着读下一篇。她的文字既干净利索,又流动着温暖的气息。恰如她的个性,快人快语又细腻周到,从里到外洋溢着热情和乐观,即之者无不感到温暖。

黄清辉自称是"游走在热点边缘"的记者。边缘地带往往是风景带,不同的人眼里有不同的风景。观赏者目之所注、心之所感、手之所撷,正是其情怀和趣味的映照。在黄清辉的眼里,无处不是自然的美好和人性的光辉。

新闻自然是追逐热点的,记者也大都追求热度,这是职业特性决定的。然而,新闻并非都是热点,有人的地方就有新闻。在看似平常的地方发现新闻,并以独特的视角、新颖的手法表现出来,恰恰最考验记者的功力。黄清辉的游记观察细致、体例多变,人物记则都有故事支撑,细节里见精神,行文从容散淡,颇堪品味。

新闻作品多应景应时而生,因而易碎。若新闻作品蕴涵文体价值、文学价值或人文价值,就有了可资收藏的文本价值,在时间的打磨下愈显光亮。黄清辉的作品集是沉甸甸的,是无愧于自己的职业结晶,是滋养他人的文化珍品。

朱熹有诗:"少年易老学难成,一寸光阴不可轻;未觉池边春草梦,阶前梧桐已秋声。"人生于世,悠悠数十载恍若梦境,有多少人梦后无痕?先贤有谓三不朽,立功、立德、立言,要点在于留痕。大人物纵横当世,留声名于青史。芸芸众生"安身本分度时光",若能在力之所及范围内尽情释放,温暖社会,烛照他人,何憾之有!

是为序。

(作者系人民日报社海南分社社长,为本书著者大学同学)

自 序

带着惴惴不安的心情，我将自己二十多年在媒体工作撰写的一些东西汇集成了这个小册子，并为这个小册子取了一个名字：游走在热点的边缘。

我、我的作品，对于新闻专业来说，真的一直游走在“边缘”。

我的大学，上的是历史系，研究的是中共党史，好在历史与新闻，挂了点“文史不分家”的味道，二者算是沾亲带故。专业学习，我游走在新闻专业的边缘。

走出大学校门，我的第一份职业，是党校的教员，工作性质与新闻行业不怎么搭界，但正是这一段在党校的历练，让我体悟了政策宣传、新闻传播的时代意义。1996 年，我幸运地考进了长沙晚报社，由党校教员变成了党报编辑。翻开职业履历，我也是游走在新闻行业的边缘。

进入长沙晚报社的我，先后在早班编辑室、晚班编辑室、旅游工作室、副刊部、总编室等部门任职，这些部门更多地是服务于追踪时政、经济、社会、文化等热门新闻的第一线记者们。进入新闻圈的我，还是游走在新闻报道热门岗位的边缘。

没有追踪热点新闻任务的我，却因专业训练、职业经历、编稿改稿的锻炼，渐渐提高了发现新闻背后故事的能力。一小段文字，让我有了一次寻访共和国第一代女飞行员的采访；一个偶然的电话，让我有了一次越洋连线国宝“皿方罍”洽购回国的独家报道；一次无意的交谈，让我跟踪了一个关于农民集资建桥的前前后后；几张老照片，让我找到了在苏联卫国战争中与法西斯军队血战长空的湖南籍将军的故事……各种纪念日、各种采编机会、各种看似无关紧要的简报，都可能让我有所收获、有所发现、有种一探究竟的想法，就这样，我“不务正业”，从热点新闻边缘梳爬出的文字，渐渐有了一些积累。

这些写在热点边缘的文字，不时得到领导、同事、同行前辈们的鼓励，居然还能让我的老同学品出温度，为我的小集子作序。来自大家的鼓励，让我感动,也让我对自己的这些文字多了一份溺爱。

这些写在热点边缘的文字,也让我不时分享着人生的美好。热爱旅游的朋友,让我体验了诗与远方的浪漫;痴迷艺术的朋友,让我品味了生活与艺术的韵味;积极向上的你我他,让我开悟了美丽人生的真谛;家人及朋友、乡亲、领导和同事等等,则让我真真切切有了幸福女人所拥有的一切……

朋友们谱写的带温度的故事、这些故事传递给我的快乐与幸福,让我萌生出将其分享给更多人的冲动,于是,就有了今天与您见面的这本小册子。

真诚期待您的批评与指正!

目 录

三、行家们的旅游经

四、大家小匠艺术情怀

五、藏家的平淡与传奇

八、我的业余弄墨

九、点滴思考

一、手稿上的历史余香

一天六次驾机参战毫发无损

从法国勤工俭学回国后，他成为国民政府军事飞行学校学员，随后被派往苏联飞行学校深造；29岁，他领航百多架飞机参加红场阅兵。40岁时，他成为唯一曾在苏联、波兰和德国境内与纳粹德国空军血战长空的中国人，创造了苏德战争中少有的空战奇迹。

2015年5月7日，国家主席习近平在出席俄罗斯纪念卫国战争胜利70周年庆典并访问俄罗斯前夕，在俄罗斯《俄罗斯报》发表题为《铭记历史，开创未来》的署名文章。文章称，在卫国战争最艰苦的时刻，中华民族许多热血儿女毅然投身到抗击法西斯德军的英勇行列中。文中提到，“中国飞行员唐铎作为苏军空中射击团副团长，鹰击长空，在同法西斯军队的空战中屡建战功”。

这位唐铎是湖南益阳人，中国革命史、军史、教育史上的传奇人物。他

1920年，唐铎在法国蒙达尼市勤工俭学时与同学合影，前排身着白衣短裤者为唐铎，右侧站立者是著名妇女运动领袖向警予

年轻时的唐铎

曾是任弼时的同班同学，早年参加“五四”运动，后留法、赴苏学习，曾参加红场阅兵、苏联卫国战争。回国后参与筹建“哈军工”，1964 年到辽宁大学担任校领导，从此，这位传奇英雄定居沈阳，直到 1983 年去世。

“我有习主席称赞的空战英雄唐铎的照片，你们要吗?”

国家主席习近平出席俄罗斯纪念卫国战争胜利 70 周年庆典并访问俄罗斯后不久的一天，作为本报《星期天》老照片版编辑的我接到这样一个读者来电。

能得到如此重要的新闻线索，我自然惊喜万分！于是收照片、联系采访，忙得不亦乐乎，空战英雄唐铎波澜壮阔的传奇人生渐渐清晰。

29 岁那年　领航驾机飞越红场

“站在向警予旁边的这个白衣白裤男子就是唐铎。”照片提供者、国防科大退休教授杨昂岳指着一张拍于上世纪 20 年代法国的照片告诉我。杨教授是唐铎两个儿子的小学同学，这张照片是当年赴法勤工俭学部分学生的合照。

1920 年 5 月，15 岁的唐铎乘法国邮船到巴黎学习，同先期到达法国的蔡和森、向警予、蔡畅、李富春、李立三等一起从事革命活动，他是留法勤工俭学中年龄最小的学员之一。

“儿子此回负笈远游，志在求学。”这是 1925 年唐铎被广州国民政府派遣到苏联空军学校学习，途经上海时给年迈的父母写的信。此次赴苏，他是抱着学成回来报效祖国的信念去的。

1924 年 9 月，孙中山决定成立一所军事飞行学校，培养军事航空人才，校址就在广州大沙头飞机制造厂附近。这所学校只招收过两期学员。第一期学员共有 10 人，唐铎就是其中的一位。1925 年，唐铎等学员毕业后，由国民政府选派到苏联继续深造。

唐铎到苏联后，于 1926 年 2 月在莫斯科东方大学中共旅欧支部正式加入中国共产党。在苏联留学期间，唐铎曾先后就读苏联空军第二飞行学校、苏联空军空中战斗学校、苏联空军第三飞行学校、苏联空军空中侦察学校、莫斯科空军通讯学校、莫斯科茹可夫斯基空军工程学院。据历史资料统计，唐铎是我军将帅赴苏联留学人员中就读苏联院校最多的人。

值得一提的是，茹可夫斯基空军工程学院是苏联空军最高学府。从这所学府走出来的不仅有雅克、图波列夫、伊尔、米格等著名飞机系列的大设计师，还有人类第一个航天员加加林和中国探月工程总设计师孙家栋。

1929 年 8 月，唐铎被分配到有“莫斯科的门户”之称的斯摩棱斯克空军第 6 旅 18 飞行大队任中尉飞行员。1933 年的十月革命节，莫斯科举行盛大阅兵式，已晋升为上尉的唐铎因精通飞机无线电通讯且政治素质过硬，被推举为带领战机机群编队飞越莫斯科红场阅兵式的长机飞行员和战斗机群的排头兵。作为空军总领航，他驾驶伊尔—5 型战机，率一百多架战机飞越红场上空，出色地完成了任务。斯大林检阅后十分满意，在克里姆林宫设宴招待了全体飞行人员。

40 岁那年　在欧洲上空血战纳粹

苏联卫国战争爆发后，唐铎多次申请上前线未获准。1944 年，年届不惑的唐铎终于获得上前线的机会。这位已经在苏联生活了近 20 年的湖南汉子终于扔下教鞭登上了战机。

当年 6 月，时任空军高级军官学校中校主任教官的唐铎被任命为白俄罗斯第三方面军第一空军集团军第 74 团实习副团长，他带领他昔日的学生，昼夜不停地投入空中激战。唐铎常常目睹一些战斗英雄驾机出去后就再也没有回来。最令他痛心的，是亲眼看着自已的学生在空战中一个接一个地牺牲。

唐铎回忆这段岁月时曾说：“在那些日子里，飞机几乎都是带血作战的，因为每次作战回来，后面的战斗人员有的受伤，有的牺牲，在特别紧急的情况下，就把牺牲者抬下去，把飞机检修一下，换上另一个人，立即起飞参加战斗。”他还说：“有一次飞机返航时，我在跟机舱后部的射击手说话，说着说着，射击手就没声音了，我还以为他睡着了，等飞机着陆后，才发现他已经牺牲了。”

“我在死人堆里埋了三次。”唐铎的侄孙唐彩良告诉我，每次回益阳探亲，谈起在苏联卫国战争的经历，叔公总是这样对他们说。

作为唯一曾在苏联、波兰和德国境内与纳粹德国空军搏击长空的中国人，唐铎参加了白俄罗斯战役、波罗的海战役。在 1945 年春天解放东普鲁士战役中创下了一天放飞六次的纪录，与他同机出战的战友中，有三人重伤，一人牺牲，一人轻伤，而他却毫发未损，也没损失一架飞机，这在整个苏德战争中是少有的空战奇迹。为了表彰唐铎的卓越战功，苏联政府先后授予他卫国战争勋章、红旗勋章、列宁勋章以及攻占柯尼斯堡奖章、苏联红军建军 30 周年奖章等奖励。

战争胜利结束后，九死一生的唐铎被分配到彼尔姆空军技术学校，仍任中校教官。他与一直等着他的女友——一位乌克兰姑娘结婚，并为她取了个中国名字叫唐瓦柳。

1953 年归国前的全家合影

49 岁那年　作别苏联回到祖国

几经波折，近 50 岁时唐铎终于回到祖国。周恩来总理要他出任哈军工空军工程系主任，筹建哈军工相关专业，为我国空军现代化做出重大贡献。

因为出类拔萃，唐铎的回国之路一波三折。

1939 年初，他就曾向中共中央驻共产国际代表团团长任弼时提出回国的要求。1948 年 8 月中共代表团访苏时，唐铎设法找到代表团成员、后来的空军司令刘亚楼，提出回国，然而苏方对唐铎的要求不予理会。1950 年，刘少奇率团赴莫斯科参加苏共十九大，亲自向苏联高层交涉唐铎回国事宜，苏方当面表示同意，但拖着不办。1953 年，斯大林逝世，周恩来率团赴莫斯科参加葬礼，期间，周总理严肃地向苏方提出唐铎回国的问题。这次，唐铎终于如愿。

1953 年 4 月，唐铎告别生活 28 年的苏联，携爱妻及两个幼子回国，受到朱德总司令的接见。5 月，周恩来总理安排他出任正在组建的军事工程学院（哈军工）空军工程系主任兼党委书记、院党委委员，协助陈赓院长创建学院，1955 年被授予空军少将军衔。他发挥专长，团结干部教员，以最快的速度建设起飞机工程、航空兵器、飞机特种设备、航空无线电、空军机场建筑、航空气象等专业；1957 年又创建了导弹、原子防护专业，1959 年扩建为包括 15 个专业的哈军工第一大系，培养出了大批高级空军工程技术人才，还为空军轮训了团、师、军级的机务主任等技术骨干，为我国空军现代化建设做出了重大贡献。

唐铎对军队正规化要求甚严，每到星期天，他就守在学员们必经的楼道口，要求外出学员自我检查军容风纪，不合格者要回去整理好了才能出门。61 级学员、株洲 331 厂原总经理陶光孟说："有一次系里集合，我们班迟到了，唐主任令我班罚站，班长嘀咕说'就一分钟'，唐主任听见了，批评道：'一分钟，你知道一分钟战场上有多大变化吗？你知道一分钟飞机能飞多远吗？'此后几十年来，我再也没有迟到过了。"

79 岁那年 将军走完传奇一生

唐铎将军的一生是传奇的一生。

在长期军旅生涯中，唐铎养成了坚强如钢的军人素质。他特别重视体育锻炼，养成了冷水浴、赤膊长跑、用雪擦身的习惯，又学会了滑冰、滑雪。1954 年夏，唐铎担任哈工大野营训练司令员，他要求男生越野跑一律赤膊，收操后洗冷水澡，他虽年过半百，但仍以身作则。

“回国后，叔公一共回了老家益阳岳家桥乡（现为镇）石牛坝村三次。”唐彩良说，第一次是 1953 年回国时，第二次是 1979 年平反复职后，第三次是 1983 年参加国防科技大学校庆 30 周年庆典时。

“每次回家，叔公都会去学校作报告，同时，也会给我们讲他的革命故事，要我们好好干。”“1983 年回来的那次，他说要出钱出力解决好家乡的水电及学校经费问题。可惜他回去后 40 多天就走了。”唐彩良不无痛心地告诉记者。

1957 年 7 月，唐铎（右一）随团参观母校茹可夫斯基空军工程学院，左二为刘居英团长，左三为任新民教授（后为两弹元勋、院士）（该文中照片均为杨昂岳提供）

杨昂岳教授回忆："1983 年 9 月 1 日，国防科技大学举行校庆 30 周年庆典，唐铎偕夫人及长子、长孙应邀赴会。会后唐铎提出要全家一起回益阳老家看看，他说老家还有个健在的老姐姐，他要了却多年的夙愿。保健医生徐静贤根据唐铎夫人唐瓦柳的病情，不同意让她同行，唐铎发火了，说：'就是死也要跟我一起去！'"

老英雄回乡，益阳岳家桥乡沸腾了，乡亲们从四面八方赶来，盛情接待这位令他们引为骄傲的"飞将军"。唐铎沉浸在浓浓的乡情、亲情之中。有年长的亲戚告诉唐铎，老母亲在世时，一看到天上有飞机，就对乡亲们说："那是我家伢子开的！"唐铎听罢痛哭失声。

1983 年 11 月 10 日，唐铎在参加一个会议时突发脑出血后去世。

（载 2015 年 5 月 20 日《长沙晚报》）

寻访湘籍共和国第一代女飞行员

在新中国诞生之后，有14位20岁左右的姑娘幸运地成为第一代女飞行员，她们中有湘潭的周映芝、衡阳的万婉玲和周真明。40多年过去，她们现在怎样了？

万婉玲：隐在长沙万家灯火中

国庆前夕，记者得到一个消息：新中国第一代14位女飞行员中，有3位来自湖南，其中一位现定居长沙，她叫万婉玲，这引起了记者浓厚的兴趣。原以为通过电话簿会很容易找到她所在的单位：长沙医疗器械厂。不料，“114”查询台查不到。记者先后给市人事局、市劳动局、市老干局、省军转处等单位打电话，但均“查无此人”。正当记者一筹莫展时，省医药局一位负责同志告诉记者，曾有一家“湖南省医疗器械厂”，现更名为“长沙白云电器厂”。记者当即前往寻找。该厂人事科陈科长说该厂曾经是有一位万婉玲，但70年代末就调到丈夫单位去了，现在住址不详。记者恳请陈科长找老同事问问。第三天，陈科长的电话来了，带给了我们惊喜，也带来了忧虑：找到了她的住处，但她患有癌症，恐怕难以接受采访。

万婉玲在自家门口

抱着试一试的心态，在绿树掩映的岳麓山下，记者终于找到了这位默默生活在我们身边的共和国第一代女飞行员。眼前的她身高腰挺，满面红光，几乎看不出是得过大病的人。她说她确实得过两次大病，第一次是子宫癌，第二次是胃癌，且动过手术，做过化疗，现在又有心脏病，只是自1987年学练气功以后，病也跟着好了起来。也许，这就是第一代女飞行员的过人之处吧！

万婉玲出生于1930年，母亲曾任湘潭一所女子职校校长，因而万婉玲比同时代女孩子幸运——可以进学校读书。1951年，正在衡阳铁路中学读高一的她，像当时的许多热血青年一样，在“抗美援朝、保家卫国”的豪情鼓舞下，报名参了军，随即到空军汉口预科总队集中训练。训练期间，因周恩来、邓颖超等提议要培养新中国的女飞行员，就从这批女兵中挑选了7位送到东北牡丹江航校强化训练。与此同时，华东军大也挑选了一批，一共50人，最后经过层层筛选，只有14位被选定为飞行员。就这样，她和周映芝、周真明当上了共和国的第一代女飞行员。

万婉玲是1975年复员回到湖南的，在湖南医疗器械厂当了一名普通工人，1978年调到丈夫所在的长沙化工机械厂任仓库保管员直到退休。她的丈夫同样有当飞行员的经历。现在的万婉玲，每天的头等大事是早、中、晚三次练气功，丈夫则做饭看书看报，儿子儿媳和调皮可爱的小孙女周末就和他们团聚，与千千万万普通的长沙老人没有什么两样。万婉玲一再对记者说，她很平常，她的飞行也很平常，没有什么可写的。然而，正是这种平常与普通，让记者油然生出敬意。

从她这里，我们又了解到另外两位湖南籍第一代女飞行员的情况：曾是飞行班长的周映芝生活在北京，而酷爱学习的周真明不幸身患癌症已于1985年去世。

周映芝：朗朗笑声从北京传来

记者根据万婉玲提供的号码，拨通了北京周映芝家的电话。话筒那头的周映芝，一听说是家乡《长沙晚报》的记者想采访她，朗朗地笑了。半个多小时的采访，她的笑声一直没有断过，她的乐观、豁达给人留下了深刻印象。

周映芝1931年出生在湖南湘潭，14岁到长沙含美女子中学读书，与同龄人一道迎接了长沙的解放。中华人民共和国成立后，她加入了新民主主义

朱德总司令与共和国第一代女飞行员在一起（后排左为万婉玲，前排右为周映芝，后排右为周真明）（万婉玲供照）

青年团，并当过学生会主席。1950 年，她同时收到了燕京大学、东北文工团的录取通知书，但她毅然投笔从戎，和万婉玲一样，当上了共和国第一代女飞行员。

周映芝聪慧泼辣、热情大方，深得领导及同事喜爱。在航校时，她被任命为飞行班长，自此，大家都亲切地称她为“小班长”。当时，“小班长”和班上十几位姐妹挤在一间十几平方米的宿舍里，睡的是通铺、木板床，吃的是土豆、高粱、大白菜。她说，这还不算苦，最难熬的是北方的严冬和强化训练。在 10 个月的强化训练中，她们白天学实用操作，晚上上理论课。没有模型飞机，就用木板凳代替，两个人脚蹬脚练习。为搞好训练，她们甚至向领导写了保证书，保证 5 年不谈个人问题，原来有男朋友的也中断一切联系。凭着这股劲头，10 个月后，她们就单独驾机上了蓝天。

周映芝是这批女飞行学员中较出色的一个，她单独驾机送过中央首长、运过武器，参加过抢险救灾，帮部队转过场，但出色的她在蓝天上飞行却不到 1000 小时。1953 年夏，她成了这批姐妹中第一个离开飞行岗位的人。“为什么？”面对记者的追问，电话那端一阵大笑：“就是因为我有一个至今未联系过的远方侄子在海外。”

1954 年，周映芝被调到南苑机场搞调度，担任过地面指挥、技术培训员，甚至冒着生命危险为南苑211分厂自行设计制造的一架运输机进行过试飞。她永远抱着一个信念："干什么都不能给第一批女飞行员丢脸。"

1962年底，周映芝转业到北京市工商局，直到1988年退休。闲时，她常常与在京的昔日飞行姐妹谈天说地。

珍藏了40多年的荣光

1952年3月8日的一则新华社电讯曾轰动了世界：中国第一批女飞行员，仅经10个月训练，就完成了西方女飞行员需要较长时间才能完成的进程，成功地飞上了蓝天。周映芝、万婉玲不约而同地向记者讲述了这个难忘的三八国际劳动妇女节。

这既是中国人民站起来后的第三个国际劳动妇女节，又是共和国第一批女飞行员的试飞日。北京西郊机场，聚集了7000多名各界妇女代表，包括各国驻华使节夫人。朱德总司令、邓颖超大姐等也亲临观礼台。12时45分，随着3颗绿色信号弹升空，14位女飞行员迅速进入机舱，6架飞机同时启动，轰隆隆的声音响彻了整个机场。下午1时10分，6架飞机顺利通过了天安门广场上空。后来有人告诉周映芝，当飞机飞临中南海上空时，毛主席、周总理等都步出了自己的办公室，兴致勃勃地"看飞机"。毛主席还幽默地对周围的人说："中国的女飞行员就在我们头上哩！"1时20分，6架飞机安全返回西郊机场，参加庆典的中外妇女一齐涌向她们，献花、拥抱、亲吻，把她们一个个抬起抛向空中……典礼结束后，朱德总司令还高兴地与她们合影留念。

我们在万婉玲家采访时，对她那本厚厚的影集羡慕不已。影集中不仅有与元帅、将军的合影，还有与共和国主席、总理的合影。40多年前的往事，每一个细节她们仍记忆犹新。

参加三八妇女节试飞典礼后不久的3月24日，毛泽东、刘少奇、周恩来在中南海亲切接见她们。周映芝、万婉玲清楚地记得，那天，毛主席身穿开国大典时穿的那套黄呢制服，脚穿深褐色皮鞋，从东边门走出来，微笑着和前排同志一一握手，并询问她们多大岁数了，什么时候参的军。

"小班长"周映芝站在前排，毛主席指着她飞行帽后面的无线电插头问：

“这是什么东西?”为了详细地回答主席提出的问题，她从飞行服里拿出喉机插在飞行帽上，再系到脖子上，边示范边告诉主席：飞行员帽子上都有一个无线电开关，有按钮，打开后就可以呼话了。毛主席甚至还问飞机起飞后，轮子怎么收上去这样的细节。毛主席的平易近人，使他们感到很轻松。最后毛主席对她们提出了殷切期望，希望他们训练成为人民的飞行员，而不仅仅是“表演员”。

幽默、风趣的周总理则抓了姑娘们“不示弱”的“小辫子”：“你们女同志的自尊心很强嘛，男教员上飞机，听说你们要把他们关到厕所里去。”因为试飞前，有人提议每架飞机跟个男教员，但姑娘们不服气，说了“男教员上去就关到厕所里去”的话，结果不知谁把“小报告”打到总理那里去了。领袖和姑娘们都会心地笑了。

正是这些难得的幸运，丰富了她们的人生，激励着她们平静地面对生活中的一切幸福与不幸。

（载 1997 年 10 月 19 日《长沙晚报》）

孟加拉国考古散记

再过几天，柴焕波就要启程去西藏了，他要去那里追访高僧阿底峡传道的足迹，然后带领湖南省文物考古研究所孟加拉国考古队队员到阿底峡的故乡——孟加拉国毗诃罗普尔继续进行考古发掘。这是他们第四次赴孟加拉国考古，这次，他们将在那里待上两个月。从 2014 年底到 2016 年底，他们先后三次到孟加拉国毗诃罗普尔考古。其间发现了两组庞大的遗址群，还发现大量佛塔、道路、灰坑、不同时期的陶器组合等。这在孟加拉国历史上尚属首次。

孟加拉国是陆上和海上丝绸之路的必经之地，湖南省文物考古研究所和孟加拉国方面联合考古合作，是中国与南亚次大陆国家的首次类似合作，也是中国在南亚次大陆的首次考古发掘。

我在恒河沙地上挖了第一锄

“我很幸运，我在恒河之沙挖了第一锄。”领队柴焕波兴奋地说。“佛经里面‘恒河之沙’是古印度文明的象征。作为一个职业的考古学家，一生中遇到的伟大遗址总是有限的。但在孟加拉国，在阿底峡尊者的故乡毗诃罗普尔（vikrampura），我又一次有了这样的荣幸。在这里，我的双手透过泥土、墙基，触摸到了晚年阿底峡尊者的梦中故乡，那里有金幢二万五千，香烟弥漫，法号袅袅。在这里，我看到了十到十二世纪宗教的沧桑变迁。阿底峡尊者从这里带去的佛教火种，在青藏高原上燃烧了整整一千年，这是一阙多么令人感怀的人类故事。因为我们的工作，已经为人类留下了一个伟大的考古遗址，我们所做的一切努力，都是值得的。”

“孟加拉国是一个充满神奇的国度，能在阿底峡尊者的诞生地、著名的毗诃罗普尔佛教遗址进行考古发掘我们感到非常荣幸。”莫林恒也感叹道。

领队柴焕波和苏塔难陀长老在一起。孟加拉国僧王、全国僧伽大导师苏塔难陀长老（Sanghanayaka Suddhananda）在达卡法王寺接见了中方考古队员（柴焕波供照）

“当我们清理出红砖砌筑的各种神庙、佛塔、房屋、道路时，富有视觉冲击力的场景和画面让我们觉得很有成就感。”

“good food，good work”，吃得好，干得好

恒河之沙第一锄如何下去？怎么挖？“由于双方考古发掘的方法和理念很不一致，意见并不一样。而且一开始孟方不信任我们，此时沟通就很重要。我很耐心地同他们讲中国在这方面的优势，他们最终信服了。”毕业于北京大学的考古学博士李意愿告诉记者。

除李意愿外，大多数湖南考古队员和当地民工英语并不很好，于是考古队员们就学了一些孟加拉语，加上肢体语言，简单的生活和指挥民工都还应付得来。比如要他们过来，就说“A 地哥阿秀”，挖土就是“玛地嗄多”，快点就是“达啦达里”等等。久了，工地上人员之间的交流也会很默契，如有人喊“mo”，就是发现动物骨骼叫莫林恒去鉴定。

考古清理现场

“在孟加拉国，每天吃四顿，”莫林恒说，“那边早晨7点饿着肚子开工，9点吃早饭，中午12点茶歇，下午2点吃中饭，晚上8点晚餐。在一次工地茶歇时，我问孟方领队苏菲先生为什么孟加拉人总是时不时就吃东西时，他笑着说‘more food，more work’（吃得多，做得多）。我笑着答‘good food，good work’（吃得好，干得好）。这一玩笑后来竟成为我俩见面的问候语”。

“出国考古感受最深的是什么？”“祖国强大人民在外才有地位。”考古队员几乎是异口同声。

“这不是喊口号，在他们眼中，我们就是国家的贵宾。”柴焕波说，中国这些年经济的发展有目共睹，他们对我们的考古技术以及经验都很折服。尽管考古营地的生活条件有限，但孟方还是为我们提供了悉心的服务。Sufi教授带我们考察期间，总有地方警察一站接一站地随车护卫，不管多晚，都要把我们送到住地才离开。知道我们是吃热食的，孟方会将做饭菜的时间都精确地计算好，然后送到工地；“那边有一种鱼叫鲥鱼，非常稀有贵重，一般只有国宾才能吃到，但他们特意为我们做了三次。”贾英杰自豪地告诉记者，最难忘厨师优素福的微笑，每看到我们对某个菜吃得高兴，就会露出亲人般欣喜的微笑。每天上车返回时，当地一些孩子总是跟在车后面追着喊“贾、柴、莫、李”，走在外面，也会有孩子们“china、china”地跟着叫。点点滴滴，考古队员的回忆里充满了温馨。

跳出人生最美舞蹈

在异国他乡考古，对湖南考古人来说，还是第一次。

兴奋、期盼、自豪……可走出国门后，无论是生活还是工作，都遇到重重困难。孟加拉国大部分地区属亚热带季风型气候，湿热多雨多蚊虫，加之考古工地离城市远，水电线路老化，供水供电很不正常，尽管考古队员有长期野外考古的历练，很能吃苦，但在孟加拉国，生活上还是受到了很多挑战。中孟双方在考古发掘方法和理念上的差异，更是让队员们头痛。“好在我们几个人各怀绝技，没有磨合多久，对方就心悦诚服。”柴焕波半开玩笑地说。

此次派去孟加拉国考古的湖南考古和修复队员，都是湖南文物考古研究所的骨干，都有不可替代的作用。柴焕波，考古队领队、研究员，抓全面工作，有丰富的重大遗址考古经验，其最大的特点就是做事大手笔、大气魄，且极度认真；莫林恒，副研究员，擅长田野考古，对地层的划分、遗址的分期、动物骨骼鉴定很有研究，且心很细，除了业务工作，还是团队里的“管家”，承担队里的各种杂事；李意愿，北大考古专业博士，专业基础扎实，英语超级棒，解决了队员与孟方沟通方面的障碍；贾英杰，80后科技考古专家，测绘、摄影、航拍样样都行，能很快很精确地使用图片还原技术，处理

当地民工用一种称之为“窝拉”的竹筐用头顶着运土（贾英杰供照）

遗迹的线图，将业务人员从繁重的传统绘图中解放出来，让考古队员成倍地提高了工作效率。汪华英、胡重在文物修复和绘图方面技艺高超。

在孟加拉国，“工作紧张得有一种抓狂的感觉”。队员们反映，他们每天早晨6点多到工地，晚上6点多才带着一身疲惫踏上归途。“一个业务骨干通常要管30~50个民工，负责600平方米左右的面积，虽然会有孟方的考古业务人员做助手，但这么大的面积，这么多民工需要管理，做起事来还是蛮具体的。”柴焕波说。难怪队员们会有分身乏术的感觉，他们既要指挥调配民工按地层发掘，分单位收集遗物，又要分析判断处理各种遗迹、遗物，有些重要的遗迹地层必须自己动手。“工作起来基本上会忙得连喝口水的时间都没有。”

普通队员都如此忙碌，作为领队，柴焕波更是恨不得一天当成两天用。“我要保证我的每个指令都精确到位，让每个民工的每一锄都变成有效劳动，确保在最短的时间内干出最多的成果。”绝对科学地发掘并保护遗址，获得孟方同行最大的尊重是他的目标。他要求自己领着考古队员在异国他乡“跳出人生最美的舞蹈”，他说，他们不仅仅代表自己，更代表中国，代表中国的考古学家。

毗诃罗普尔丰厚的馈赠

机会总是会给有准备的人。孟加拉国毗诃罗普尔佛教遗址回报给湖南考古队员们丰厚的馈赠。

毗诃罗普尔（vikrampura）佛教遗址是公元8~12世纪（即相当于我国唐宋时期）古孟加拉一个王国的都城所在地。这个国家政教合一，信仰佛教。在早期，当时的活动面在现在地表之下3米左右，人们在此修建了寺庙、佛塔，并有房屋、道路等其他相关建筑设施。

从2014年4月到2016年初，考古队员们先后三次对其进行考古发掘，发掘总面积达4400平方米，发现了大量佛塔、道路、灰坑、不同时期的陶器组合等，还发现了两组庞大的佛教遗址群，这在孟加拉国历史上尚属首次。这一发现，引起孟加拉国学术界的震动。因为在孟加拉国，公元800~900年间的历史记载比较少，这个遗址中所获取的信息，对于建立孟加拉国

十字形建筑。Nateswar遗址发掘区鸟瞰（贾英杰供照）

的历史编年，具有重要的意义。

“罗普尔（Nateswar）是毗诃罗普尔遗址群非常重要的一个遗址点，2015年冬，我们发掘出一个庞大的建筑群体，即一个长宽均在60米以上的‘十字形’中心圣地（Centrpur Shrine）建筑。”柴焕波介绍，“结合8～12世纪的宗教背景，金刚乘是东印度佛教的主流，这种‘十字形’中心圣地建筑，正是这一时期广泛流行的规制。这个规模庞大、具有不同功能的大型佛教遗址，正好与文献中的都城相匹配，一座湮没已久的中世纪神秘古城，已经从文献和传说中走向公众视野”。

“我曾研究西藏寺庙建筑的渊源，苦于找不到相关的图像对比资料，更不用说亲手触摸了，现在，它竟然出现在自己的手铲之下。”柴焕波激动地说。毗诃罗普尔（vikrampura）佛教遗址及其“十字形”中心圣地建筑作为南亚次大陆最后一个佛教中心的珍贵遗产，将永载世界考古学的史册。

“古孟加拉国是古代丝绸之路上起支撑作用的国家，无论是陆路还是海路，都要经过那里。”柴焕波说，这次考古，在遗物方面最重要的发现，是地层中出土的中国瓷片，有唐宋时期的青瓷、白瓷和明清时期的青花瓷，生动呈现了南方丝绸之路与孟加拉国的紧密联系。

（载2017年5月5日《中国文物报》）

再续湘港千年缘

——考古湘军香港考古记

香港考古史上规模最大的一次考古发掘，历时 3 个多月，于 7 月 10 日结束。这次发掘的香港西贡蠔涌遗址发现了一处罕见的新石器时代石器加工场，在香港引起了轰动。200 多平方米的加工场向世人展示了 4000 多年前古人在香港这块土地上生活的情景，为研究香港先民的经济类型、文化内涵和特点提供了极宝贵的资料。更令人兴奋的是，考古学界有关长江中游地区尤其是洞庭湖地区与香港地区有着很深文化渊源的推测，在蠔涌遗址出土文物中得到了进一步印证。而蠔涌遗址的发现者和发掘工作的主力军正是我省考古精锐部队——省文物考古研究所。

联手寻根

考古湘军在国内考古界是一支引人注目的劲旅。湘港双方考古机构之间之所以有这次合作，还得从 1991 年说起。在 1991 年召开的“南中国及其邻近地区古文化研究”学术讨论会上，来自湖南省文物考古研究所的何介钧、裴安平等发表了长江中游地区尤其是洞庭湖地区 4000 多年前与香港地区古文化渊源极深的观点，其理由是两地已发现的彩陶图案、白陶器、牙璋完全一脉相承。两地专家进一步推测，湖南等长江中游地区与香港在 4000 多年前就可能通过沅水、西江流域发生了联系，两地专家当即产生了合作探索香港古文化的意向。

1996 年，香港回归祖国在即，香港民政事务局古迹古物办事处计划在回归之后对香港地下文物进行一次全面普查，需要内地考古机构提供支持。1997 年 10 月，湖南省文物考古研究所考古工作者应邀踏上了香港这块曾被英国人统治达一个半世纪的中国土地，为她寻找真正的根，同时也接续有数千年渊源的湘港文化之缘。此次出师果然未让人失望，发现多处古文化遗址，其中蠔涌新石器时代遗址的发现在香港考古史上更是非比寻常。

“剥出”蠔涌

此次地下文物普查，香港方面非常重视，将调查区分成了 11 区，湖南省文物考古研究所负责的是九龙半岛的西贡区。湖南省文物考古研究所的考古工作者们虽然大多数是首次来到这里，但到香港第二天，大家就手拿地图，全身心投入到了紧张的寻找遗址的工作中。

进行地下文物普查没有想象的那么罗曼蒂克，调查点均在尚未开垦的荒僻之地，南国温暖湿润的气候为杂草、毒蛇、蚊蝇提供了适宜的生存环境。要从肉眼无法看到的地下找到文物，就须进行地毯式搜查，每选定一处调查点，先得有两人持刀在前面开路，除草驱蛇之后，再钻探取样，凭土色判定地下文化层情况。作为一支内地考古队，他们在沿海地区的调查经验是有限的，而香港又无现成的资料参考。调查时，又不能乘交通工具，头顶烈日，一天十几公里路走下来，汗没少流，而收获甚微。调查将近一个月的时候，还只找到一些明清窑址及堆积不丰富的古文化遗址。但他们凭着一股湖南人的倔劲、辣劲及对自己专业水平的自信，坚信只要香港的地下有文物，就决不会从自己的眼中溜掉。

就在这个时候，他们来到了新界西贡区的蠔涌河出海口南侧。放眼望去，可见一海拔约 4 ~ 8 米的山前坡地，面积约 2000 平方米。此处依山傍水，山上有野果，水中有鱼虾，能提供原始人天然的食物。他们预感到，此地应当有古文化遗存，调查就格外仔细。经过钻探，果然发现土质有异，于是布点开了 4 条 1 × 1 米的小探沟。探沟中出土的文化遗物令人兴奋，其中有些打制石器显然是新石器时代的产物，而且从地质、地貌来看，该遗址的文化内涵应该比较丰富。遗址发现后不久，时值香港举行文物宣传周活动，领队裴安平向香港古迹古物办事处的负责人通报了情况，引起了港方重视。第二天，该处负责地下文物的一位负责人来到了现场，对湖南队的发现非常感奋。以前珠江三角洲包括香港发现的新石器时代遗址大多是所谓沙丘或贝丘遗址，像这种黏土堆积的遗址尚发现不多。这名负责人当即正式提出，请湖南队延长调查时间，以便搞清该遗址的文化性质，找准遗址的分布范围。双方协商后，确定了延长半个月的计划。在以后的工作中，队员们开了一条 1×2 米的探沟，探沟中出土了石器、水晶、陶片，初步了解到，该地明清、唐宋、商周以及距今 4000 多年前后均有人居住，文化内涵相当丰富。

调查结束后，遗址被确认为全港已发现的数十处古文化遗址中最重要的地点之一。正是这次颇有成绩的调查，为湘港双方考古机构以后的合作发掘打下了良好基础。1999 年的发掘便是围绕蠔涌遗址开展的，遗址的发现者——湖南省文物考古研究所理所当然成了港方最信任的首选合作发掘单位。

二进香港

1999 年，香港新界西贡公路拓宽工程开工在即，蠔涌遗址首当其冲，该遗址的重要性在 1997 年的普查中业已确认，对该遗址的抢救性考古发掘势在必行。遗址面积比较大，此次抢救发掘也就成了香港有史以来最大规模的考古发掘活动，特区政府投资 180 万港元，此外还有一些财团的捐助。两地合作模式是港方出资金，湖南等 3 家考古机构出技术。湖南省文物考古研究所集中全所之力参与这一工作。

1999 年 4 月 2 日，蠔涌遗址上的一个小小仪式之后，湖南省文物考古研究所与香港考古机构的第二次合作开始了。这次合作，该所以何介钧所长为总领队，两位副所长分别担任一队与二队领队，全部发掘直到 7 月 10 日才结束。发掘工作虽然无须像文物普查那样奔波，但对考古技术的要求却更高。湖南省文物考古研究所在这次发掘中显示出的业务水平与工作作风，不仅港方十分满意，内地另两支考古队也很是钦佩。

开启“加工厂”

这次发掘最重要的收获是 17G 号探方及其周围一处面积 200 平方米的石器加工场的发现，加工场不仅有原来打制加工石器时散落的石制品，而且有一处面积约 20 平方米的古人生活平面，这样的原始生活平面通过考古发掘揭示出来，没有过硬的考古技术是难以想象的。主持该探方的是省考古所的一位年轻专家。他清理时察土辨色，硬从不同土色、各种叠压关系中找到了生活面，并根据地层叠压关系确认了遗迹遗物的对应关系。这种规律一经发掘而全面展示出来，当时加工场的生活工作布局、加工规模、生产程序、工艺特色等便浮出水面，考古队员们戏称之为4000多年前香港人的“原始加工厂”。这种“加工厂”在华南地区十分罕见，因此学术界给予了极高评价。香港各大传媒、中央电视台、《人民日报·海外版》及国外一些媒体对此纷纷进行报道。

走进“吊脚楼”

发掘时间过半的时候，14E探方传出了一条引起各考古队关注的消息。蠔涌遗址在发掘之前及发掘过程中，关于遗址的定性，各考古队存在分歧，负责该探方的也是湖南省文物考古研究所的一位年轻专家。他在灰褐色地层中发现几处深黑色遗迹，虽然差别极微，但也没有逃过他的眼睛，进一步细致工作之后，发现深黑遗迹原来是古代建筑的柱洞。当该探方发掘到新石器文化层时，发现有柱洞打进来，这种打破现象在其他考古队也发现过，但没有注意到是柱洞，而且由于柱洞夹带的唐宋遗物混到了新石器文化层，因而有否定该文化层是新石器文化层的看法。该探方中柱洞打破关系的确认，为整个蠔涌遗址新石器时代地层中出现的唐宋遗物找到了扰乱源。经过各队专家的“会诊”，关于遗址性质的所有疑点一扫而光。受此启示，各考古队陆续发现了约200个柱洞，这些柱洞开口在第四文化层，排列密集而有规律，根据开口地层瓷片特征、柱洞排列方式及南方地区的文化传统，初步认定这些建筑是宋代干栏式或半干栏式房子，考古队员戏称为“渔村棚屋”。这种建筑类似于湘西的吊脚楼，南方古代越人以这种房屋为主要建筑形式。

湖南省文物考古研究所此次在香港的考古活动已尘埃落定。这次活动锻炼了队伍，打出了考古湘军的威风。愿考古湘军未来的路越走越宽。

（载1999年8月14日《长沙晚报》）

老红军张生荣的七十年爱情传奇

“红军二万五千里长征，走得千难万难，我们70年的感情长征却走得顺顺当当。”98岁的老红军张生荣笑呵呵地说。今年是中国共产党成立95周年，也是红军长征胜利80周年。“七一”前夕，记者来到湖南省军区东湖离职老干部休养所，采访这位有着80年党龄的老红军张生荣和老伴赵贺勋，听他们讲述那段激情燃烧岁月的感人故事。至今，两人已携手走过整整70年，他们的爱情婚姻故事也感动了很多人。

张生荣的故事——参加过长征，是有名的“红小鬼”

张生荣出生在江西于都县，父亲是一名地下党员，是村苏维埃主席。张生荣9岁就参加了村里的儿童团。12岁时，张生荣报名参军，成为了一名勤

张生荣和赵贺勋已经携手走过70年，两人的爱情故事感动了很多人（刘骄男摄）

务兵。15 岁，他就跟随中央红军长征，从司号员一直干到司号连长，是红一军有名的“红小鬼”。

日寇侵我河山，杀我同胞。张生荣义愤填膺，他开始不满足于只为杀寇吹吹号，他要真枪真刀打日本鬼子。1942 年 6 月，张生荣被派往晋察冀边区抗大二分校学习了一年的军事。次年 4 月，组织上准备安排他去晋察冀军区一分区政治部任指导员，与他谈话时，他说要上战场打仗、杀鬼子。

可当时因为种种原因，要打仗就只能被安排当副排长。张生荣说无所谓，只要能跟鬼子真刀真枪干。于是，司号连长变成了晋察冀一分区二十团三连一排的副排长，张生荣从连级直降到副排长。

此后，张生荣参加了无数次战斗，一生战功无数，先后获得三级八一勋章、三级独立自由勋章、解放勋章、二级红星功勋荣誉章……

故事一：为大渡河十八勇士吹响冲锋号

1935 年 5 月 25 日，占领了安顺场的红军先遣队红一师红一团，组织 18 名勇士强渡大渡河，想以最快的速度占领北岸渡口。十八勇士，每人佩一把大刀，背一把冲锋枪、一支短枪，还带了五六颗手榴弹。张生荣和全师的号手们站在南岸，一齐吹起冲锋号。“在嘹亮的军号声中，勇士们迎着川军的枪弹炮火，冒死向北岸突击。”张生荣说。

故事二：在平型关战役中吹号吓呆日寇

1937 年 8 月，张生荣所在的红一师改编为国民革命军第八路军一一五师独立团，东渡黄河奔赴抗日前线，开国上将杨成武任独立团团长。张生荣担任团部司号长。

在平型关战役中，一一五师独立团阻击了敌人援军三天三夜，歼敌 300 余人，为兄弟部队歼灭平型关日军争取了宝贵时间。“9 月 23 日下午 4 时，敌我双方对峙在白羊壁、安京一线上。”张生荣说，“杨成武团长等领导研究后，命令我吹起冲锋号。各连队的司号员听到号音后，也一齐吹响了冲锋号。振聋发聩的冲锋号声把敌人搞得云里雾里，以为是大部队来了，根本不敢前进半步。”

故事三：在白求恩大夫葬礼上吹响哀调

1938 年 1 月，晋察冀军区成立，张生荣担任一分区司令部司号长兼司号连长。

1939 年 11 月 12 日，白求恩大夫在医治伤员时因手术感染败血症在河北唐县去世。17 日，晋察冀边区党政军领导和驻地群众为白求恩举行了隆重的葬礼。“上级命令我带着一分区司令部司号连的全体司号员去参加葬礼。在葬礼上，全体司号员吹响了哀调，大家都沉浸在无限的哀思中。”张生荣说。

赵贺勋的选择——为照顾丈夫和家庭，放弃学习提干机会

“不当指导员去当副排长。”赵贺勋说张生荣“太傻”，但她就是喜欢他的“傻”。在她看来，正是这种“傻”，让他们有缘共享 70 年的爱情婚姻，有命携手度过百年美好人生。

“那你当时喜欢他什么?”“因为他是红军。”赵贺勋毫不掩饰自己的真实想法。

赵贺勋生长在狼牙山下，对日寇烧杀抢掠深恶痛绝，对八路军狼牙山五壮士的故事耳熟能详，对红军、八路军心怀敬仰之情。张生荣的英勇故事深

1951 年，张生荣（时任湖南军区独立第五团参谋长）、赵贺勋夫妇和大儿子的合影（赵贺勋供照）

深地感染着赵贺勋，她决定嫁给他，跟随他，陪伴他一生一世。

婚后，赵贺勋放弃了在抗日剧团的演出，放弃了村妇女委员会主任和缝补队队长的工作，随他去部队参军当了一名收发员。“从解放战争起，我一路跟随他，先后在察哈尔军区、四野补训师、湖南军区等地和单位工作。1955 年，我就复员回家照顾他和家庭……”赵贺勋说，婚后因为要照顾家庭、支持丈夫的工作，她甚至放弃了学习提干的机会。她说，自己有过遗憾但不后悔，因为为丈夫这样的人牺牲值得。

两人的婚姻——三天同吃一锅饭，吃出三生的缘分

“张生荣今年 98 岁了，比我大 4 岁。今年我们结婚 70 周年了。”94 岁高龄的赵贺勋坐靠床头，头脑很清晰，声音嘹亮，说话很流利。

“我们俩相识于 1946 年。那时，我是河北易县南杜岗村的妇女委员会主任、缝补队队长。由于易县是晋察冀一分区所在地，来来往往的部队很多，老百姓纷纷腾出地儿给战士们吃、住。张生荣被安排在我家吃了三天饭。他人忒老实，三天里没和我说一句话。”说起两人当年的爱情故事，赵贺勋仍然记忆犹新，“可几天后，一个通信主任带了几个兵突然来到我家说媒。他告诉我，你别看张生荣年轻，但他是个老红军，走过二万五千里长征，参加过很多险恶的战斗，还当过司号连长。听媒人一说，我那位当家的嫂子很满意。经过他们里里外外做工作，我认真考虑之后，最终同意了。”

“她愿意我就愿意。”张生荣不无得意地说，全然忘记了当年是自己先找人去说媒的。其天真之态，有如一个调皮的孩子。

“首长们很喜欢张生荣，都亲昵地叫他‘小孩子’。我们的婚礼就是首长杨成武的爱人赵志珍亲手操办的。”赵贺勋说。1946 年 4 月，在赵志珍的张罗下，部队为他们特批了 6 角钱（这相当于当时张生荣一个月的军饷），办了几桌饭菜请大家吃，这就表示他们正式结婚了。

两人的爱情——“我是你的眼，你是我的耳”

离休后的张生荣，有时会应邀到工厂、学校、机关作报告，讲长征精

神，讲革命传统，讲白求恩大夫的事迹。

每当这个时候，赵贺勋就随丈夫前往，她当听众，更要当他的陪护。她说她不放心，张生荣在战争中受过伤，右手残废，右腿还留着弹片。20 多年前，张生荣右耳也完全丧失了听力，和他说话时必须附着他的左耳，他才能听见。如此，要保证他像常人一样正常交流，就更加离不开赵贺勋了。

在张生荣心中，老伴赵贺勋“老实忠厚，性格又好”。家里的保姆说，爷爷（张生荣）常念叨说：“奶奶（赵贺勋）好，和我艰苦奋斗几十年，没有她是不行的。”

在儿女的眼里，父母两人谁离开谁都不行，“他们一直形影不离，父亲生病，母亲会很贴心地照顾；母亲病了，父亲去医院看望，一会儿摸摸她的头，一会儿把把她的脉。望着他满是关切的眼神，母亲就会像孩子一样脸上挂着满足的微笑。”

6 年前，赵贺勋的双眼几乎看不见了，张生荣就当她的眼睛，连散步也会搀扶着她一起走。现在，两位年近百岁的老人，一位耳朵听不见，眼睛却连小 5 号字都看得清楚；一位眼睛看不见，耳朵却好得出奇。他们常笑着互相打趣：“我是你的眼，你是我的耳，这辈子都分不开了。”

（载 2016 年 6 月 28 日《长沙晚报》）

强渡大渡河，他为勇士们吹冲锋号

长沙东湖干休所大院有点陈旧，但院里树木掩映，蝉声此起彼伏。

坐在记者面前的老红军张生荣，98 岁，虽岁月刻在脸上，但双目清澈，精神矍铄。他 12 岁成为“红小鬼”；15 岁带着小号爬雪山，过草地，二万五千里长征路一步也没少走；抗日战争、解放战争、抗美援朝的战场上，都有他冲锋陷阵的身影。

岁月在他身上留下的纪念是弹片与伤疤；他留给岁月的，是记者一路上看到与享受到的安宁与祥和。昨日，张老讲述着那 80 年前的艰险与激情，让记者再次领略了共产党人用鲜血写就的“初心”——

最自豪的事——12 岁就见到了毛主席

“我 12 岁时见到毛主席。”张生荣说，他出生在江西赣州市于都县一个小村庄，父亲是村苏维埃主席。上世纪 30 年代初，于都是苏区，毛主席经常出入他们村子。

1931 年初的某一天，很多人都悄悄地说：“毛主席来了，朱总司令来了。”当时，张生荣看到一个高高大大、相貌堂堂的人走在人群中间。有人告诉他，那就是毛主席。

因为张生荣所在的村是苏维埃村，毛主席等常常出入他们村子，与村子里的老百姓坐在一起，和他们聊天，向他们宣传红军的政策，告诉大家红军就是要为穷苦人求解放的。老百姓也都很喜欢毛主席，和他特亲。

张生荣 15 岁时就跟着部队长征。在长征出发前，毛主席到他们所在的红二十二师讲话。“毛主席讲话很有劲，感觉很强大，讲的内容记不全了，但是很鼓舞人心。”张生荣回忆。湘江战役后，红二十二师被整编到了红一师，和毛主席几乎是一起行军。记者问他长征途中是否也能见到毛主席，张老说：“有时我们在前面打先锋，他后面走；有时他在前面走，我们在后面跟着。有时也能见到毛主席。”长征途中，他虽然没和毛主席说过话，但他知道毛主席和大家一样露营，一样吃野菜，对士兵像亲兄弟一样爱护，有时还让马给受伤的士兵骑。

最骄傲的司号——为强渡大渡河勇士吹冲锋号

红军强渡大渡河为中央红军北上开辟了一条通道，在中国革命战争史上写下了光辉的一页。当时张生荣是红一师特务连司号员，他在岸边为 17 名勇士吹冲锋号。

据张生荣回忆，1935 年 5 月 24 日晚，中央红军先头部队第一师第一团，经过 80 多公里的急行军赶到大渡河右岸的安顺场，击溃川军 2 个连，占领了安顺场，并在渡口附近找到 1 条木船。25 日凌晨，红一团准备强渡大渡河，红一团第一营营长孙继先从第二连挑选 17 名勇士组成渡河突击队，想以最快的速度占领北岸渡口。红军强渡大渡河的战斗开始后，司号员也没闲着，张生荣说：“为避免不必要的伤亡，勇士们渡河之前，领导命令我们先隐藏起来。强渡开始时，我先是仰卧着吹号，后又蹲着吹号，最后站着吹号。团、连、排的司号长、号兵也一起吹响了冲锋号。”震天的号声响起，战士们冒着敌军密集的枪弹和炮火，奋不顾身地冲过河去。

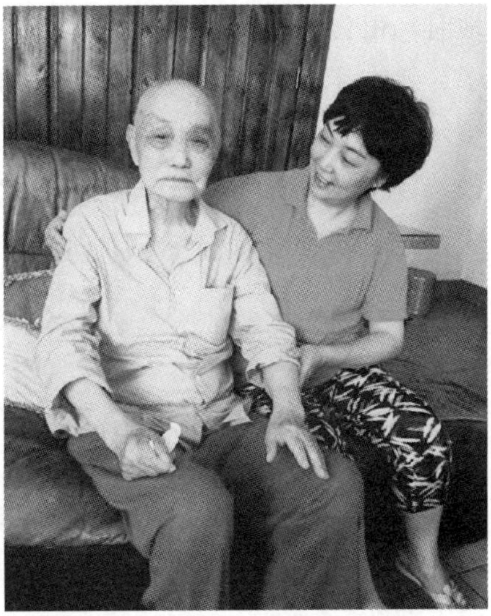

老红军张生荣和小女儿张建敏在一起
（刘骄男供图）

张生荣不会游泳，过大渡河时，他说那船像飞机一样，“呼”地就过去了。其实，据他女儿张建敏说，他从来没坐过飞机，只是通过想象来描述。

最管用的称呼——红军战友叫他“包子”

张生荣老人回忆，长征开始时，部队白天黑夜连续行军，饿肚子是常有的事。敌人追得很紧，有时米刚下锅，敌人跟上来了，红军只好盛碗半生不熟的米汤，边走边吃，有时连续两三天吃不到饭。饿得不行的红军只好“望梅止渴”，互起小名解馋。“爸爸人小，脸胖乎乎的，战友们就叫他‘包子’。”张建敏说，还有叫“发面”“馒头”“南瓜”的。长征时，他们一路走，一路互相叫着对方小名。

“这样叫蛮管用的。”张生荣说，有时叫着就感觉不那么饿了。过雪山草地时，粮食更紧张，经常断粮，没有粮食吃他们就挖野菜充饥，野菜吃光了，就吃荠菜和根，大家饿得头昏眼花，浑身无力，不断出虚汗，有的战友饿倒在路上再也没起来。一天他们路过一个地方，他看见房子里有一面破鼓，就把鼓皮取下来，放在火上烤，然后煮烂割成一块一块的，大家分着吃，吃起来还蛮有滋味的，战友们还跟他开玩笑说：“比你这个包子还好吃。”

最执着的信念——永远跟红军走、跟党走

红军二万五千里长征路，年幼的张生荣多次生病，多次掉队，但无论前面的路多么艰辛，他从来没有想过放弃，肚子再饿，病得再重，他也硬挺着跟上部队。

张生荣的大儿子张建武接受记者电话采访时感叹道：“父亲15岁就随红一方面军长征，一路上几次生病，如果没有坚强的信念作支撑，他会坚持不下来。这种信念就是永远跟共产党走、跟红军走。”

据张生荣回忆，1935年1月，他跟随红军打国民党将领周浑元的部队，几次恶战没能攻下来，第二天拂晓撤出战斗。部队前进时，他发高烧病倒了，被寄居在老乡的阁楼上，只听着部队日夜行军的脚步声传来，晚上红军战士举的火把把阁楼照得通明。第三天，张生荣挣扎着爬起来走下楼，五军团的收容队问他“还能走不，后面没有自己的部队了”，他表示死都要跟上

部队，于是拄着拐棍背起包，也不知从哪里来的力气，一天走了六十里路，终于追上了自己的连队——特务连。

但在过金沙江前，张生荣又因病掉了队，“当时我得了一种怪病，头痛，只要太阳一升起来，头就痛得难以忍受，卫生员给我开了些止痛的药片，但吃了根本不管用。”在金沙江的渡口，张生荣遇到了一团二营的一名红军战士：“我们一起随红二师过了金沙江，这时他见到路边有一个小铺子，上前问铺子里的老板，收不收徒弟，老板说收，他就对我说，我们一起留在这里别走了，我坚决说‘不’，我当时只有一个信念，我要赶上部队。他留下了，我就一个人沿着战友们留下的路标，赶上了部队。”

对话——爸爸对我们的影响在点点滴滴中

张生荣和妻子赵贺勋有两儿两女，其中三人当过军人。记者采访了大儿子张建武和小女儿张建敏。

记者：关于红军长征，作为红军后代，你们问得最多的是什么？

张建武：我们问他，长征时穿的什么鞋，他说草鞋；问他过雪山穿什么衣，他说是单衣，头上包了个打土豪弄来的毛巾样的东西；问他吃过皮带吗，他说吃过，煮了泡发了，还好吃；问他有枪吗，他说没有，军号就是他的武器。他从 15 岁开始参加了长征全过程，是从江西一直坚持到达陕北的六千多人中的一个。

记者：几十年中，你爸爸讲长征故事，讲得最多的是什么？

张建敏：长征太苦太难，一路上，红军牺牲很多同志，光湘江战役就损失了几万人。过草地时，红军吃草根、野菜，7 天才见人烟。草地上，笼罩着阴森迷蒙的浓雾，让人难以辨清方向。爸爸说他们只有从草丛较密的地方一个跟着一个艰难行走，脚下是一片草茎和腐草结成的泥潭，陷进去就难以自拔。一天，他们在草地行走时，附近小河忽然发大水，爸爸不小心落入水中，幸好抓住岸边一把草，在同志们的帮助下才得救。

记者：作为红军后代，你觉得你爸爸对你最大的影响是什么？

张建敏：爸爸从来不打骂我们，他对我们的影响在点点滴滴的细节中。最好的榜样就是孝顺。爸爸对自己要求很严，生活很简朴。他是个大孝子，对他的母亲非常好。爸爸妈妈的收入并不多，但从解放初期起，爸爸除经常接我奶奶来家住以外，还经常寄钱给我奶奶，直到奶奶去世。

记者手记——向不改初心的老红军致敬

记者与老红军张生荣老人，已不是第一次见面了。

6月28日，我采写的《老红军张生荣70年爱情传奇》在《长沙晚报》发表后，中央电视台和《广州日报》等媒体闻讯后也来到张老家，发掘这位百岁老人的传奇故事。

他的故事、他与夫人的故事，我听过不知多少次了，但每次都能从故事中品出新感觉。因此，这次到他家采访，我有种新期待，有点小兴奋，带着这种心情，我比约定的时间早到了半个小时。

门开了，客厅的沙发上，98岁的张老正专注地在看书，家里来了客人，他也没有受影响。什么书让他这么投入呢？记者凑近一瞧，张老看的是《习近平关于严明党的纪律和规矩论述摘编》。

一位98岁的老人、一位老共产党员、一位红军战士，真是不改初心！此情此景，真的给我这名在和平年代成长起来的共产党员不小的震动，我们这位前辈，用近一个世纪的岁月，向今天的我们诠释了什么是一个共产党员的信仰与追求。

（载2016年8月10日《长沙晚报》）

我的父亲和母亲都参加了长征

走进省司法厅宿舍退休干部李延家，客厅的墙上一幅毛主席笑着和陈云、林伯渠等人的合照格外引人注目。指着照片上站在主席前面那位穿黑棉袄的人，李延骄傲地告诉记者，那是他的父亲胡仁。

李延说，他的父母都是红军。父亲胡仁是浏阳文家市人，1934 年 10 月至 1935 年 10 月，随中央红军参加了二万五千里长征；母亲张诚是四川万源人，1935 年 3 月到 1936 年 10 月，随红四方面军长征，来回也走了一万多里的长征路。父亲母亲 1939 年经组织安排结婚。

李延家里的墙壁上挂着这幅放大的照片，李延说这是他父亲给他留下的宝贵财富。照片拍于 1943 年 12 月 9 日，当时李延的父亲胡仁（前站立者）任延安陈列馆馆长，毛主席在延安陈列馆视察时，题词“自己动手，丰衣足食”，并与陈云、林伯渠、胡仁合影留念

母亲：小脚女人拽着马尾巴爬过雪山

我的母亲原名叫张宜秀，张诚是结婚后改的名。母亲1919年出生在四川万源西部的魏家乡。因家里穷，9岁就给人家当童养媳，受尽折磨。1933年，红四方面军在川北大巴山区建立革命根据地，母亲当时还不到14岁，便与远房姑姑张大英一起偷偷跑到镇上报名参了军，她先后给部队女首长当勤务员、宣传队员，后到红四方面军总医院当了一名护理员。

爬党岭雪山，首长要母亲"拽住马尾巴"

1935年3月底，红四方面军从四川省天全经达维向甘孜一带转移，为了绕开敌人的包围圈，必须翻越党岭山。

党岭山横亘在丹巴、道孚之间，主峰海拔5400米，山上空气稀薄，气候多变，积雪终年不化。

部队在山脚下休息了一夜，母亲将裹脚布撕成布条把草鞋绑结实，第二天开始爬山，女战士们没有棉衣，就在身上缠了一层棕树皮，然后每人背着一捆稻草出发了。

越往上爬，积雪越厚，空气也越稀薄。队伍爬到了白雾缭绕的半山坡时，暴风雪突然铺天盖地而来，天地间白茫茫一片，路也越来越滑，战士们试着将背来的稻草垫在脚下，但稻草不是被风卷走就是被大雪覆盖。母亲是三寸金莲的小脚女人，爬山本来就很吃力，这时更是手脚并用还爬不上去。"拽住马尾巴"，一位首长牵着马，对母亲喊，于是母亲就拽住马尾巴，后面的战士依次拽住前面一个人的腰带，组成一条人链，爬到了山顶，平安地过了雪山。

夜路行军，母亲被骡子掉落悬崖声惊醒

长征开始后，为了避免敌机轰炸，部队经常要走夜路。

一天，部队要越过两座山中间的山谷，这个大山谷道路狭窄，弯路多，夜色漆黑又不准打火把，大家只能摸索着前进。走着走着，母亲突然支持不住了，开始打起瞌睡来，这样又走了十几分钟，忽然听到后面有人喊起来：

"不好了，骡子和战士一起掉下山涧了！"原来骡子不习惯走夜路，一脚踩空，部队炊事班一匹驮炊具的骡子和拉着骡子缰绳的小战士一起掉下去了，一时金属炊具碰到石头的响声在山谷间回荡。母亲被吓醒了，女班长张英桂要母亲快跟上，母亲将手抓住班长的皮带一起往前走。

感冒高烧，第三次过草地母亲险些丧命

红四方面军长征是从 1935 年 3 月开始的，历时一年零七个月，异常艰苦，光过草地就过了三次。

李延说，母亲张诚告诉他，第一次过草地时，因为大家没有经验，一位战友不小心踩到稀草丛，一脚踩空整个人一下子掉入泥草坑里，战友们要过去救她，她高喊"不要过来，不要过来"，人一下子就不见了。第三次过草地时，虽然有经验了，但因为一年来长期在雪山草地间来回奔波，战士们早已精疲力竭，吃的也基本上没有了，队伍走走停停费时一个月才走出草地。母亲在途中受了风寒得了重感冒，连续发高烧，人昏昏沉沉地躺在草地上动弹不得，没有粮更没有药，战友们都很着急，班长张英桂费了很大工夫找来开水和炒面，喂给她吃后，背着她继续前进，一路上战友们轮流照顾她，终于把她背出了草地。

父亲：过草地前，用两只牛蹄治了周副主席的病

我的父亲胡仁，原名叫李德尧，1908 年出生在湖南浏阳文家市，1926 年参加湖南农民运动，1927 年在白色恐怖中改名胡仁逃到山里，1929 年参加平浏游击队，同年随游击队集体参加红军，开始在红三军团红六军政治部任宣传员，后到瑞金。长征前，历任瑞金师大队长、中华苏维埃中央政府总务厅科长；参加了保卫中央苏区的五次反"围剿"战斗。

长征开始时，父亲是毛泽民的部下

1934 年 10 月 10 日下午 5 时，在一片渐渐升起的暮色中，中国工农红军中央军委纵队与根据地群众依依惜别，从江西瑞金的梅坑出发，开始了伟大的长征。

1944年7月，中共中央决定以第三五九旅组织南下支队。父亲胡仁出发前与母亲张诚和我们三兄弟在延安窑洞前合影，父亲抱着我（李延供照）

同年9月初，因战略转移需要，胡仁从瑞金的红军大学提前毕业，回到入学前的中华苏维埃中央政府机关报到，被分配到中华苏维埃共和国国家银行担任科长，当时国家银行行长是毛泽民。长征时，国家银行被编入中央纵队第十五大队，随军长征。胡仁担任国家银行运输队分队长，负责押送160多担国家银行的银元及国家银行印刷发行的钞票、印刷纸币的石印机等资财，踏上了漫漫长征路。

父亲“打摆子”，罗迈司令员让他坐骡子

在部队通过湖南省九嶷山区时，胡仁不幸得了疟疾，俗称“打摆子”，一会儿高烧达40℃，一会儿又冷得发抖，浑身无力。一次发作时，他实在走不动了，就坐在路边树下休息。过了很久，殿后的军委第二野战纵队司令员兼政治委员罗迈（又名李维汉）经过这里，认出了他，就问：“怎么了，胡仁同志！”父亲说：“打摆子，真急死人了。”又补充说：“你们先走吧，我等会会慢慢赶上的。”罗迈略有所思地看了一眼父亲，说：“山区人少，担架又不够，后面没什么部队了，你一个人在这荒山野岭，不安全，这样吧，我后面还有驮行李的骡子。”说罢转身吩咐他的警卫员艾国录等在这里，要他

“等骡子来了，把胡仁同志驮来”。

就这样，父亲坐着骡子，跟着后卫部队，傍晚赶到了宿营地。晚上，罗司令又要艾国录去卫生队拿来司令自己的奎宁片。过了五天，胡仁的疟疾病基本好了，就向罗迈辞行。罗司令说：“你身体还没有完全恢复，不要走了，我这里正好缺人手，你就留下来吧，担任我的通讯副官。”父亲就这样留下来给罗司令当文书，直到遵义会议以后，二纵队撤销，父亲调到军委四局工作。

谢老的马丢了，父亲为他找了一匹

长征中中央五老之一的谢觉哉编在干部休养连，并配有一匹马。部队过湘江后，山路特别陡峭、狭窄，十分难走。谢老的马在一次翻山越岭时，一不小心掉到山涧下摔死了，谢老已经年近六十，人又比较胖，脚起了血泡，走起路来十分辛苦，胡仁看着记在心上，并到处打听，终于从别处挤出一匹好马送给了谢觉哉，谢觉哉十分感激。1945 年 6 月，胡仁奉命参加八路军三五九旅南下建立江南抗日根据地，出发前谢老还为他欣然题词。

李延老人在接受采访

胡仁与谢觉哉的友谊，是从 1934 年 1 月中华苏维埃共和国第二次全国代表大会时开始的。那时父亲作为红军代表参加了大会，谢老任苏维埃中央政府秘书长主管会务，他看到胡仁做会议记录字写得好，就建议他“留下来一起干”。胡仁就这样被调到中华苏维埃共和国中央政府总务厅任科长。

周副主席肝脓肿，父亲找来两只牛蹄子给他熬汤

中央红军与红四方面军会师后，1935 年 8 月中旬在松潘大草原边的毛儿盖地区休整十多天，准备过草地。由于要做大量工作，出发前的六七天，周

恩来副主席忽然高烧病倒了，不省人事，大家看他病得这么厉害，都很着急。毛主席指示卫生部打电报找来一位医术很高的戴医生，经检查确诊为急性感冒引发的肝脓肿，大家听说了都竭尽全力想办法。

当时，父亲已调到总司令部第四局队列科工作，经常见到周副主席。一天，父亲外出走过一个藏民住地，看到屋后牛棚一处角落里丢着一对牛蹄子，就赶紧拿了回来，交给周副主席的警卫员范金标，邓颖超大姐马上用这对牛蹄子熬汤给周副主席吃，据说周副主席喝了汤以后，出了汗，体温逐渐降下来了。邓大姐很感激，拿出两个手掌大的青稞麦面饼让范金标送给了我的父亲。

对话——干什么都不能有丝毫怨言

记者：红军父母对您最大的影响是什么？

李延：父母经常跟我们讲，他们能活下来很不容易，今天的和平是无数人用生命换来的，要我们珍惜，要听党的话，到哪里都要好好干。只要是党的需要，党的安排，干什么都不能有丝毫怨言。

记者：您在延安出生、成长，见到过很多红军官兵，您印象中的红军是什么样子？

李延：我有七个兄弟姊妹，五男两女。我和哥哥、大弟弟都出生在延安，很多红军叔叔都抱过我们，毛主席还抱过我哥哥，他们很亲切很和善，且都有一股不怕千难万险、团结一心的精神。我大学毕业到湖南以后，还经常和老干所的红军聊天，我喜欢听他们讲战斗故事，他们对党的忠诚，对国家的忠诚，给我留下了深刻的印象。

记者：听说您退休后在湖南搞了“市民海洋意识状况”的调查，还给习总书记写了一封关于建设海洋强国的建议信，倡导在全民扫除“海盲”，提高全民的海洋意识，是吗？

李延：是的。习总书记还在《内参》我的这篇建议上进行了圈阅。我1961年参军，部队就在海边，我和海结下了很深的感情。可能也是受父母及红军潜移默化的影响。记得父亲离休后，仍关心国家大事，关心国家的经济建设，并参加力所能及的社会活动，经常到附近的农场、学校、工厂、部队机关去讲长征故事；帮助家乡找铁矿，直到四肢瘫痪才停止工作。我们都希望为国家做点力所能及的事，所以我退休后也不想闲着，就自费进行了调研。

（载 2016 年 9 月 21 日《长沙晚报》）

千年老太太——辛追乔迁故事

1972 年，辛追老太太——马王堆汉墓女尸，在地下长眠 2100 多年后，其遗体连同其家族的数千件珍贵文物横空出世，成为当时最重大的考古发现之一，给 20 世纪的人们带来了惊喜与惊奇。

30 年过去了，湖南省博物馆为了更好地保护这个不仅属于中国而且属于全世界的人类珍贵遗产，充分运用现代文明成果，为辛追老太太及其家族的珍宝修建了新家，并于本月 16 日晚成功乔迁。其乔迁之喜，又一次引起了世人瞩目。日前，记者在造访她新家的时候，听到了许多关于她乔迁背后的曲折故事。

玻璃棺　原生产厂家不存在了

老太太搬家要解决的问题多而复杂，为她准备安睡的玻璃棺，是所有要解决的问题中最简单的一个，就是这个简单的问题，记者听了也为之咂舌。

1973 年，湖南省博物馆当时的负责人侯良为了马王堆文物仓库的建设，求援到了上海，请当时全国有机玻璃制造行业的龙头企业——上海珊瑚化工厂为老太太专门设计制造了有机玻璃棺。30 年过去了，从各方面的情况看，该棺的质量是过得硬的，但毕竟已使用了 30 年，显然不宜继续使用，最理想的更换方案就是请原厂家原设计者重做一个。但联系的结果是：原厂家已不存在了。

幸运的是，战地记者出身的侯良有作记录的习惯，他从发黄的笔记本中找到了当时设计者的情况，并多方打听到了原设计者的联系方式。原来，改制以后，原厂家（属军工企业）虽然不在了，但新的上海珊瑚有机玻璃制作中心接过了其“衣钵”，有能力制作高精度的玻璃器皿。为了万无一失，湖南省博物馆又与原玻璃棺的设计者、现在退休在家的洪葆生先生取得联系。

轪侯夫人辛追复原塑像

洪先生曾是上海珊瑚化工厂的技术副厂长、中国有机玻璃行业协会顾问，是国内有机玻璃研制和生产的创始人之一，从上世纪50年代开始就在该行业摸爬滚打。这些履历以及原棺的优良设计提高了其在湖南省博物馆的信任度，于是委托他与上海珊瑚有机玻璃制作中心联系，并指派了两位同志专程到上海进行实地考察。在洪先生的热心帮助下，两位同志顺利找到了厂房在某军营的上海珊瑚有机玻璃制作中心的一个生产车间，看了他们的产品，并意外得知长沙海底世界的大玻璃观鱼屏也是该中心设计制作的。该中心在玻璃制品的制作技术上还有新的进步，他们可以通过在模具中的热弯处理，使棺的顶板与侧板连成一体，原来的拼缝就没有了，不仅外观更漂亮，视野更开阔，而且更安全可靠。

尽管该中心的负责人一再对湖南省博物馆解释，制作玻璃棺对于他们来说，是非常简单的事，但省博物馆深知老太太尸身的分量，不敢存任何侥幸心理，坚决要求该中心的负责人与技术员到长沙进行实地考察，并与展览的形式设计人员广泛交换看法，还要求搬迁时，他们有技术员到现场指导。虽然该中心揽的是个小业务，但也没有小看这件事，表示要像以前一样把这件事当作重要的政治任务来看待，每一环节都满足了湖南省博物馆的要求。

做体检　皮下肉似乎还是红的

老太太乔迁工作中，最引人关注的是老太太遗体的搬迁。为了使老太太的搬迁工作顺利进行，湖南省人民政府办公厅召开了有湖南省博物馆与中南大学湘雅医学院参加的联席会议，根据《湖南省人民政府办公厅关于加强马王堆汉墓女尸保护工作有关问题的批复》精神，湘雅医学院与省博物馆联合成立了马王堆汉墓女尸保护工作组，为使各项工作顺利进行，还下设三个小组：30 年来女尸保护工作评估小组、女尸搬迁工作小组、女尸保护管理工作小组。

老太太能否搬迁，第一个要解决的问题是“她是否可以动”，如保护液是否要换等，在专家座谈会上，有人甚至提出了尸身是否会散架的问题。

科学验证的结果才是最权威的回答，于是，评估小组成员——中南大学湘雅医学院人体解剖学、组织学、病理学、X 光、普外科、电子显微镜和分

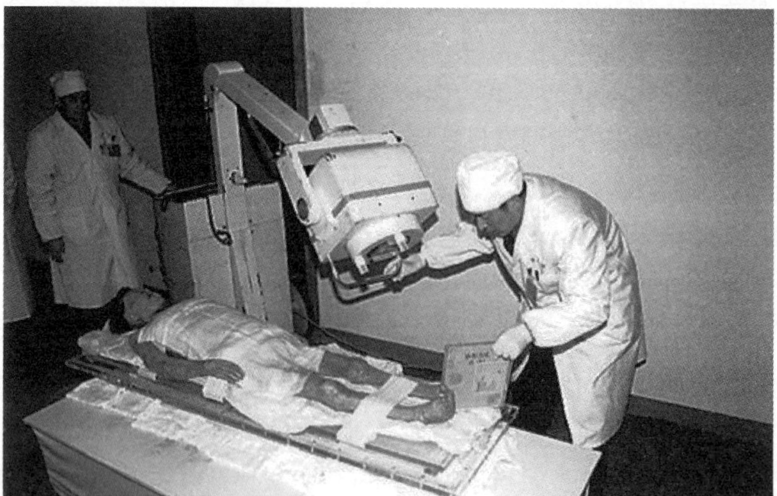

医学专家为老太太体检

析测控中心等方面的十多位专家悄悄地开始了准备工作。6 月，专家们对老太太进行了第一次现场考察，并就如何为老太太进行全面“体检”准备了第一手资料。7 月，各方面专家集中采集了有关老太太遗体的保存现状与保存环境的样本。样本采集是在晚上进行的，尽管外面很炎热，但老太太安眠的地宫却让人冷得发抖。首先采集的是保护液，为了保证采集的样本不发生变化，大家以最快的速度将样本送到了湘雅医学院的实验室。所有的工作都有条不紊地进行，当开始采集遗体本身的样本时，采集的医生发出了惊叹：皮下的肉似乎还是红的！

结论是令人振奋的，与 30 年前相比，所有指标均没有明显变化！搬迁，显然不会有任何问题，但为了万无一失，也为了让老太太在新家“活”得更好，实现周恩来总理对古尸“要保存 200 年”的遗愿，2003 年 1 月 15 日，即决定正式搬迁前，医学专家又对老太太进行了一次全面“体检”，并进行了 X 光检查。记者昨日电话采访了正在外地出差的“古尸 30 年保存情况”评估保护专家组组长、中南大学湘雅医学院人体解剖学和神经生物学系教授罗学港。罗教授说，全部检测结果要年后才能出来，从目前已出来的部分结果看，老太太皮肤仍有些弹性，切出来的肌组织、软骨组织在肉眼下仍能分辨；X 光显示，其骨骼跟现在健在的 60 岁左右的老人差不多。罗教授还说，针对老太太体内的具体情况，他们加强了保存液的有效成分，调整了固定液的酸碱度和固定液的渗透压。罗教授表示，他们将和省博物馆一起，采取一切可能的措施，让老太太达到最长的“生存”时间。

大套间　搬迁起用原班人马

老太太“自己”的乔迁在悄悄运筹的同时，她的随葬珍宝也在逐渐往她的新家移动，其中她的那套“大套间”——巨大的外椁搬迁，在某种程度上比老太太的搬迁难度更大。因为这种巨型外椁像现在的套间一样分隔成几个小间，故有人戏称是老太太的大套间住所。

老太太长眠的棺椁共有 5 层，最外一层就是这个像套间一样的巨椁。当年为了展示它专门修建了一个陈列厅，这次新建的陈列馆，也为它专门修建了一个复原了的墓坑。该椁最大的一块板重达 1.5 吨。要动一动这个庞然大物可不是一件容易的事，这次搬迁是30年来该椁的第一次搬迁。

如何安全地搬迁该椁就成了一件大事，为此，陈建明馆长多次召集有关人员开会，并明确指示要请专业队伍来搬。经过认真研究与多次勘探，最后决定请长沙汽车电器厂一公司来承担此项工作。该公司就是原长沙汽车电器厂起重分厂，三十年前，该厂即参加了马王堆汉墓的发掘，承担的就是棺椁的吊运，湖南省博物馆参加过马王堆汉墓发掘的领导与专家，每提起该厂的帮助就赞不绝口。

对马王堆巨椁的再次搬迁，该厂非常重视，厂长、书记亲自出马，把原来参加过马王堆汉墓棺椁吊运的老师傅请来做参谋，并对困难进行了充分估计，也仔细考虑了文物的保护问题，他们还主动谈了搬运的设想：第一步拆卸；第二步用棉絮包好椁板；第三步加夹板，以使所有器械不接触文物。

安装巨椁于新陈列大楼（湖南省博物馆黄磊摄）

2002年6月2日晚，随着巨椁的第一根椁板卸下，老太太乔迁工作也正式开始了。由于准备充分，搬迁过程中发现的问题，随时得到了处理，一个月后，老太太的大套间、湖南省博物馆新陈列大楼的第一件展品安全、顺利地安装在老太太的新家。

好彩头　孔雀飞来贺吉祥

万事俱备，老太太搬家的日子终于选定在16日晚，因为湖南省博物馆向社会公布18日正式对外试开放。

15日晚，医学专家、搬运工人沿运输路线进行了实战演练，16日下午，搬迁的准备工作就开始了，对新棺进行了清洗、消毒，需要的各种药液也运进了湖南省博物馆。晚上，省博物馆进行了建馆以来最高规格的戒严。

16日，天空格外晴朗，博物馆阳光普照。下午，紧邻博物馆的烈士公园养的孔雀也好像特地来助兴，有11只飞到了博物馆老陈列楼——老太太到博物馆的第一个家的屋脊上停留了好长一段时间。而且博物馆院内的大树上也突然飞来了成群结队的鸟儿，好像“百鸟朝贺”，真是好兆头！工作人员也为了讨个好彩头，决定8时8分请动老太太。没想到，医学院专家在对其进行初步处理时，意外地顺利。当有同志问是否开始时，正在现场负责的李建毛副馆长便问医学专家是否可以了，医学专家肯定地回答：从技术角度看是完全可以了。“彩头”要让位于科学，于是李建毛副馆长决定提前搬，有意思的是，老太太在新的地宫一落地，陈建明馆长抬腕一看：8时8分！在场的人开心地笑了起来。

（载2003年1月29日《长沙晚报》）

千年沉船再启长沙窑传奇

28 日，长沙市博物馆将展出一批精美的长沙窑瓷器——“‘黑石号’沉船唐代长沙窑瓷器”。据市博物馆馆长王立华介绍，此次展出的展品有 160 多件，主要是长沙窑研究会会员（长沙窑研究会会长李效伟、常务副会长吴跃坚、副秘书长林安）提供的藏品。为了增加展览的分量，市博物馆也精选了馆藏的长沙窑瓷器珍品共襄盛举。王立华说，“黑石号”沉船是 1998 年从印尼勿里洞外海发现的，这艘沉睡海底 1000 多年的船上仅瓷器就有 6 万多件，除少量白瓷、青瓷、青花瓷及金银器外，有 5 万余件长沙窑瓷器。此次展览，是湖南首次较大规模集中展出本土收藏家收藏的该沉船的瓷器。

一只瓷碗，为“石渚”立传

陶瓷研究专家、湖南省博物馆副馆长李建毛曾赴新加坡观摩了“黑石号”沉船上的长沙窑瓷器。据他介绍，在沉船上令人眼花缭乱的瓷器中，以长沙窑生产的瓷器居多，长沙窑瓷器中以瓷碗为多，而瓷碗中又以大号碗为多。

鸟形哨

李建毛说，一个刻有“湖南道草市石渚盂子有明（名）樊家记”铭文的瓷碗揭开了“黑石号”器物身份之谜。这是比较珍贵的一件器物，草市是指唐代因当地的某种特产而兴建的交易市场，盂子是这件器物的名称，“湖南道”是当时的行政机构，石渚既是地名也是窑名。石渚就是长沙窑所在地，这有唐代诗人李群玉的《石渚》诗为证。

青釉褐绿彩题记碗（高6.4厘米，口径20厘米）

李建毛认为，这是迄今为止发现的有关“湖南道”的最早实物见证；而“草市”“樊家记”表明当时不仅有了瓷器的交易市场，还有了瓷器生产的广告宣传。“长沙窑开创了中国外销瓷器的先河。”他说，在唐代，青瓷、白瓷、长沙窑瓷是瓷器外销的三驾马车，而长沙窑是其中的领跑者，不仅数量最大，而且还专门根据外销地需要设计了图案、造型及器物的大小。

沉船上还有一个被海水浸泡得微微泛灰的瓷碗解开了沉船的年代之谜。这个瓷碗的外侧，略近圈足的部分，刻画了如下一行字：“宝历二年七月六日。”宝历是唐敬宗的年号，从825年正月开始，终于827年二月。宝历二年即公元826年。

釉下多彩，开彩瓷先河

北京故宫博物院研究员吕成龙曾经考察过长沙窑遗址，也在新加坡观摩了“黑石号”沉船上打捞出来的部分长沙窑瓷器。他认为，长沙窑最突出的成就，是在釉下彩绘工艺上取得巨大突破，它改变了过去单色釉、釉上彩的传统工艺，为后世瓷器装饰开辟了新途径。

釉褐绿彩花草纹碗

王立华告诉记者，距今1200多年的长沙窑，最突出的特色就是釉下多彩。

所谓“釉下多彩”，简单说来就是“一器多彩”，在同一个瓷器上的釉下绘制多种颜色。窑工们先是在胎上涂一层化妆土，再用釉料在化妆土上涂画，最后罩上一层透明的青釉，保护釉料颜色。长沙窑瓷器的釉色主要有青、褐、酱、黑、白、红、绿、赭，其中以红色釉和绿色釉最为珍贵，长沙窑瓷器首创的铜红釉色为罕见之物。

著名考古学家周世荣将长沙窑彩瓷比喻为“像一位绚丽多彩、才华横溢、国色天香的湘妹子”。长沙窑彩瓷打破了“南青北白”一统天下的局面，是中国陶瓷史上开始进入色彩缤纷的“彩瓷百花园”的转折，因而具有划时代的意义。

虫草诗画，传盛唐万象

专家研究表明，长沙窑创造了多个世界第一：第一个成功发明烧制铜红釉；第一个开创模印贴花；第一个创造并发展了釉下彩绘；第一个涉足商品价值铭文、姓氏铭文；第一个涉足商业广告语……在这众多的“第一”中，最耐人寻味的是长沙窑瓷器上的诗情画意。

唐长沙窑青釉“君生我未生”瓷壶。像这种有诗文的长沙窑瓷器没有出现在“黑石号”上

“一别行千里，来时未有期。月中三五日，无夜不相思。”“君生我未生，我生君（以）［已］老。君恨我生迟，我恨君生早。”长沙窑瓷器上有很多爱情诗，读来让人回味悠长。

“客来莫直入，直入主人嗔。打门三五下，自有出来人。”“吞钓之鱼，悔不忍饥。”这些颇有生活哲理的警句在长沙窑上时有所见。

据统计：历年长沙窑遗址出土的带题诗的器物共 190 多件，不重复诗文 60 多首。其中很多诗文是对《全唐诗》的补充。

“将诗书画艺术植入瓷器，瓷器因有书画而雅，提升了瓷器的品质与文化内涵。”李建毛认为，将釉上多彩由陶移植于瓷，形成长沙窑泼墨彩、流彩、随意涂彩，虽无固定图案，却有浑然天成之感。

长沙窑以其丰富的装饰手法和器形多变著称于世，其抽象画也独具一格。如用寥寥几笔绘出动物各异的神态，勾勒出西亚和阿拉伯的文化元素。“诗情画意，是长沙窑瓷器显著的特点。”长沙窑研究会副秘书长林安说。

望闻问切，探鉴藏窍门

据林安介绍，世界排名前50的大学里面的博物馆，美国、英国、德国、日本等世界著名的博物馆都收藏有长沙窑瓷器或瓷片，大英博物馆就陈列100多块长沙窑瓷片。

林安曾多次去东南亚等地回购长沙窑瓷器。他说，长沙窑100多种类型器物他基本都有，特别是印尼“黑石号”的碗，他收藏了很多。谈到长沙窑瓷器价格，林安告诉记者，在东南亚，现在长沙窑瓷碗品相差的5万~12万元一只，品相好的20多万元一只。德国一个叫尼古来的收藏家收藏了很多长沙窑瓷器，一个碗开价就是200万。而日本去年9月拍卖了一个长沙窑贴花壶，拍卖价达117万元（人民币）。他说，长沙窑瓷器属高古瓷，随着“黑石号”沉船的打捞及相关研究的深入，长沙窑瓷器这几年升值很快，有藏家上世纪90年代花800元买了三个铜红釉壶，现在有买家愿意以80多万元收进。他认为长沙窑瓷器仍有广阔的升值空间，其中以铜红釉、人物绘图和完整度高为评判标准，具备其中任意一项都是长沙窑精品。

“长沙窑瓷器，如果是出土的，按照国家有关法律的规定，是严禁买卖的。”说到长沙窑瓷器的收藏，王立华提醒。

关于长沙窑瓷器的赏鉴，专家们认为，除釉下彩绘外，鉴赏长沙窑瓷器一看“胎”，二看釉面，三看造型，四看花纹。唐代制瓷工艺没现在发达，因此，长沙窑瓷器胎面有细小颗粒，且颜色偏黄，摸上去比较粗糙。同时，长沙窑距今有一千多年，因此外表釉层大多数都有均匀的、丝丝相扣的细密开片，自然流畅，很有美感。

附记：

“黑石号”沉船

公元826年，在唐代对外贸易据点的扬州（贞观十七年太宗谕令设置三路市舶司之一），一艘装载着大量中国物资的阿拉伯大商船，迎着季风扬帆出航。这艘商船沿着大陆边缘的东南海进入中国南海航行，在季风引导下行船至苏门答腊西南方格拉萨海峡时，不幸撞击到黑色大礁岩，近20米长的船身就此沉没于距印度尼西亚勿里洞岛不及两里、深达17米的海底。

1998年，德国人提尔曼·华特方（Tilman Walterfang）到这里度假潜水时，发现了这艘沉船。

1999年6月，德国“海洋探险公司”对沉船进行了打捞作业，有关古船的秘密，也随之被一一揭开。在沉船的不远处，有一块巨大的黑色礁石，勘察人员推测它很可能就是令古船沉没的罪魁祸首，沉船因此被命名为“黑石号”。据专家后来的统计，“黑石号”上装运了5万多件长沙窑釉下多彩产品，已被新加坡一家公司买断，仅有少量外流。

（载2014年5月25日《长沙晚报》）

二、热闻边的小故事

与马王堆文物一起体验台湾大地震

"9·21"大地震突袭台湾时，以马王堆汉墓文物为主的"汉代文物大展"刚于20日在台湾"故宫博物院"开幕（本报9月22日、28日第1版曾作报道）。2000多年没有大震"经验"的马王堆汉墓文物经历了一次大震，极少有机会遇上地震的10多位湖南人，也有了一次终生难忘的地震体验。

相当于38颗原子弹的震动

9月20日晚，天气异常闷热，"汉代文物大展"的参展人员经过一天的开幕活动及各种应酬后，大多早早地睡了。湖南省博物馆的周学贤先生在第一次震动来时，还在睡梦中，是同房间的闻小宁先生把他摇醒，而闻先生却是被剧烈的颠簸甩到地上后惊醒的。两人作为布展人员先到台湾，震前5天，他们就发现房中水杯莫名其妙地颤动。当时两人便议论是否有地震的问题，但如此强烈的震感发生时，仍让没有地震经历的他们不知所措。

作为学术代表团人员赴台湾参展的长沙市文物考古研究所所长宋少华向记者描述了9月21日凌晨他在台北的感受。他当晚不知何故久久不能入睡，便坐在床上看书，刚迷迷糊糊入睡，就听到一阵十分恐怖的撞击声从楼底传来。"咣咚"、"咣咚"，犹如有一个千钧重锤在敲击大楼的基脚，似乎要把楼内的人震晕。他一惊而起，本能地靠在墙上稳了稳自己的心绪。由于1976年、1977年在北大读书时亲历过唐山地震余震，他意识到发生地震了！此时，已停电，周围一片漆黑。他马上抽出床头柜上的应急手电，并叫醒同房间的广州市文物考古所冯永驱所长，一同冲出房门。随后，希尔顿酒店内部供电系统启动，灯亮了，楼道里已站满了许多惊慌失措的客人。最狼狈的是一位老外，光着上身，下身仅裹着一条毛巾被。他们没有在楼道多待，刚退进屋，又一波震动来了，靠洗手间的一面墙在往外倾斜。他们不敢在房中停留，通过安全门很快到了楼下，此时湖南省博物馆的熊传薪馆长等已到了。令大家吃惊的是，此时湖南省文化厅刘健民厅长才从电梯中不慌不忙地下来。于是大家走出酒店，躲避到一座高架桥下，又觉得不安全，就转移到了附近的台北火车站广场。

事后得知，此次大地震震中在南投县集集镇，故当地媒体称此次地震为“集集大地震”。当地传媒分析，其威力相当于38颗美国投放在日本广岛的原子弹。因此，不仅台湾全岛受影响，香港、福建乃至于江西九江亦有明显震感!

马王堆汉墓文物营造的祥和氛围

参展人员在酒店对面火车站广场聚集后，想到仍摆放在台北“故宫博物院”的文物，大家异常焦急。要知道，马王堆考古发现曾证实，这批珍宝从入土的第一天起，就从未遭遇过有明显震感的地震，它们顶得住吗？在刘健民厅长及熊传薪馆长的带领下，部分参展人员乘的士赶往展馆查看文物。凌晨4时，当他们赶到展馆时，已先期检查过文物的驻馆人员汇报说，由于“故宫博物院”的房屋抗震性较强，展品陈放时又特别注意固定，加之出境之前对易损文物作过加固处理，所有文物完好无损，大家紧绷的心这才宽松了一些。

9月21日是台北相当混乱的一天，大街上警车、救护车尖叫着呼啸而过。大部分地区断电、停水，没有电视看。当局通过广播通知“机关不上班、学校不上课”，灾难似乎让空气也凝固了。但因有“汉代文物大展”等大型展出活动在“故宫”之故，早上7时多，“故宫”工作人员仍照常来到单位，大陆来的参展人员成了他们关注的重要对象。9月20日晚刚到美国的“故宫博物院院长”秦孝仪（原籍湖南衡阳）专门向代表团发来慰问电。“故宫”在家的负责人亦纷纷前来表示关怀之意，并安排湖南参展人员撤出希尔顿酒店，住到“故宫”专门为他们腾出的讲解员及义工的休息室，并为他们解决了生活上的许多实际问题，当天中午还找了一处有电的饭店为他们“压惊”。此后几天，尽管每天都有余震，但大家已没有“怕”的感觉。一位远嫁台湾、原住长沙市二马路自称姓罗的女士送来了中秋月饼，令大家非常感动。尤其令代表团意外的是，大震刚过的 9 月 22 日，即有上百人来参观展览，观众人数逐日增加。马王堆汉墓文物及参展的其他汉文物（其中包括我市考古研究所、市博物馆的 10 多件藏品）以其独特的魅力，为经历大灾的人们抚慰着创痛，营造出一种祥和的氛围。9 月 24 日上午代表团离台时，当时的参观人数达到了令人吃惊的近 6000 人！台湾同胞正以自己的方式从灾难的悲情中走出来。

带血的故事感同身受

离我赴台参展人员住地不远的 12 层的东星大楼在地震中轰然而垮，12 层的楼房 9 楼变成了 1 楼，一度成为全台北关注的焦点。当地行政中心工作人员在临时救灾中心高声念出受伤送医者名单时，在场劫后余生的家属全伸长了耳朵聆听，就怕听不到亲人的名字；名单念完了，始终听不到亲人名字的一位妇人终于忍不住哭倒。这样带血的故事很多很多，让人听了心痛不已。

来自重灾区的报道更是触目惊心，光震中附近迅速了解到的死亡数字就超过 600 人，医院里几乎每时都有人死亡；道路处处有裂缝！几乎没有一座桥梁无损！更惨不忍睹的是云林县斗六市区 5 ~ 16 层的大楼几乎无一幸免，全部倒塌，不知有多少人埋在地下！许多让人流连、让人骄傲的旅游地也遭浩劫。阿里山交通中断，日月潭附近的一条溪谷成了大湖，集集镇传统建筑“土角厝”全被毁坏……无数令人沮丧的消息让人心情异常沉重。而处于重灾区的台中市彰化县鹿港镇却传出了一条堪称“奇迹”的消息，该镇中山西路的许多百年老宅居然完好无损！

大地震后，湖南赴台参展人员还听到了不少台湾市民一些发自内心的说法，说台湾建筑标准耐震仅及日本的一半，更有以沙拉油桶填充梁柱的“豆腐渣”工程，此次地震，虽是天灾，也有人祸。甚至有市民议论，当局抛出分裂祖国的“两国论”不久就发生这种百年不遇的大震，是“老天不容”。

震不断的学术交流

地震发生前，“汉代文物大展”一度是台湾的热门话题。有关方面对双方学术交流相当重视，前后安排了两支学术代表团。曾主持马王堆一号汉墓发掘的湖南省博物馆熊传薪馆长，长期工作在考古第一线的长沙市文物考古研究所宋少华所长等均是学术代表团成员。

发生地震后，许多活动取消了，但有关学术交流活动仍照常进行。熊馆长告诉记者，就在地震发生的当天下午，“台北之音”电台专门请熊馆长介绍了马王堆汉墓；9 月 22 日，台湾“国立图书馆”又邀请他作了题为《从考古发现看汉代文明》的演讲，听众多达 500 人。此后，尽管余震不断，他每天的学术活动仍被安排得满满的，并先后接见了“远见”、“八千里路云和月”等电台的专访，还在“故宫”向同行们作了关于汉文化的报告。在遭受地震的同时，台湾同胞对马王堆汉墓文物，对汉文化及汉文明表现出来的热情令人振奋。

由于我市近几年考古发现成绩斐然，宋少华所长到台后也颇受关注。9 月 22 日，他接受了联合报记者采访；23 日上午，又在“故宫博物院”作演讲，主要介绍了西汉长沙王后渔阳墓和长沙走马楼三国吴简的发现情况、意义、价值，演讲长达两个小时。就在他演讲当中，台北市又发生了一次余震，演讲厅有明显震感。离台前，宋少华还在台湾学者陪同下，来到台北“中央研究院史语所”，与该所邢义田教授等进行业务探讨，了解到台湾在简牍的保护、编储等方面的情况，从交流中强烈感受到台湾同行“希望去大陆、去长沙看一看”的美好愿望。

附记：

1999 年 9 月 21 日凌晨 1 时 47 分 12 秒 6，台湾发生 20 世纪末最大的地震。地震震级为里氏 7.6 级（美国地质调查局测得地震震级定为 7.6），震源深度 8 公里。地震全过程持续 102 秒，所有有感及无感地震达到 13500 次左右。这次地震还波及福建、广东、浙江和江西的部分地区，造成不同程度的影响。“9·21”大地震（又称集集大地震）造成 2400 多人死亡，逾万人受伤，近 11 万户房屋全倒或半倒，财产损失 92 亿美元。

（载 1999 年 10 月 2 日《长沙晚报》）

徒步涉水自救，湖南游客惊魂31小时

2010年10月21日，台风“鲇鱼”夹带强风暴雨袭击台湾东北部，苏（澳）花（莲）公路遭遇建成78年来最惨烈的大塌方，在400余位被困的人员中，有参加长沙国旅台湾环岛游的19名游客。从21日中午到22日下午6时多的30多个小时中，他们经历了怎样的惊心动魄？又是如何脱离险境的？昨日，记者采访了长沙国旅此次被困旅游团的导游、该旅行社国内旅游公司总经理严春霞与部分游客。

两次被风吹起的行李盖，让他们躲过一劫

10月21日上午9时多，严春霞他们一行22人（包括司机和当地地陪）从花莲出发，一路北上，准备前往野柳参观。出发时并未下雨，那几天台湾晴好的天气让他们的旅程格外舒畅。

10时多，天开始下起了雨，一个小时后，雨越来越大，此时距离苏澳还有11公里左右，倾盆而下的雨借助着台风变得更加肆无忌惮，大大小小的石块在洪水中翻滚着。由于能见度不高，司机将车速降到了最低。期间，大巴车上的行李盖曾两次被风吹起，司机便两次下车将其关上。没过多久，见雨势实在太大，为保证车上乘客的安全，司机将车停在了苏花公路115公里处一条较平坦的路面上。

后来才知道，两台超过他们的车中，一辆载有贵州、武汉籍乘客的旅游大巴在前方不远处被一块从天而降的石块死死地挡住，乘客破窗而逃，三分钟后这辆车就消失在泥石流中。而在他们后面116公里处，也有车遇上塌方。正因为有行李车的延误，不早不晚，严春霞他们的车正好停在这块相对安全的地方。“此时，雨水从山上流下来，路面上好深好急的水，我们的车停了下来，小严和台湾导游阿光下车到前面看了一下，知道塌方了，为稳定

游客情绪，他们当时没把实情告诉大家。”团友中年龄最大的79岁老人平胡兰昨晚在接受记者电话采访时说，“如果我们的车不停那两下，出事的就是我们的车。不幸中的万幸，丰富了我近八十年的人生经历。”

被困大雨中，垃圾桶成了丢不得的宝贝

随着时间的推移，大家明显感觉情况异常，被困于大巴车上的湖南国旅的严春霞与地陪积极地与宜兰交通管理局、当地救援公司以及媒体联系。她向记者回忆说：“在车里苦苦等待了5个小时以后，我终于意识到了事件的严重性，也清楚地知道救援队不可能在短时间内赶过来，我们现在唯一能做的就是尽力安抚游客的情绪，随时准备‘自救’或‘他救’。”

时间已到了21日晚上6时，由于中午游客已将各自的零食全部吃完，不忍心看到游客既受惊又挨饿，严春霞将自己在台湾买的2000多台币的食品按时、定量地分发给了游客。“我们的东西吃完了，导游将自己买给亲戚朋友的台湾特产拿给我们吃，隔一段时间发一块，共发了三四次。”来自郴州临武县人民法院的王晓波的妻子谢桂东说。值得庆幸的是，当地气温还舒适，车油也充足。

如何稳定游客的情绪成为了严春霞的当务之急。她不时地说些轻松活泼的事情试图打破日益凝固的紧张气氛，当旁边大巴车内的几名云南游客赶来“慰问”时，严春霞打趣道：“你们来‘慰问’怎么能‘两手空空’呢？”不料却遭到“反唇相讥”：“我们车上连瓜子壳都被吃光了！”顿时，其他乘客都被他的“自嘲”逗乐了，凝重的气氛稍稍有了缓和。考虑到大家都是生平第一次遭遇到这样的“劫难”，难免会出现急躁、心慌、害怕的情绪，严春霞又煞费苦心地编织出了“善意的谎言”：她指着不远处一闪一闪的车灯“兴奋地”告诉游客“救援队马上就要过来了”，而事实上，那只是“同道中人”的车灯。看似平静的严春霞实际上内心里是忐忑不安的，因为她也不清楚救援人员何时才能赶来，对于游客询问的关于救援的“敏感问题”，她也只能“报喜不报忧”。

时间一长，“方便”成了头等大事，尤其是车上的女同胞们。通过跟司机的沟通，严春霞将车上的垃圾桶充当了简易马桶供乘客方便，把男同胞赶

到车前面，后面就成了临时厕所。不多久，临时厕所水满为患，导游充当了临时清洁工人，担当了倒马桶重任，冒雨下车倒马桶。由于风雨太大，严春霞出去倒马桶时一时没拿稳，桶子竟被冲出十几米远，追桶时差点摔下悬崖。

救援迟迟不到，他们决定徒步走出险境

时间一分一秒地流逝，到了凌晨3时。在当地新闻媒体的帮助下，他们与外界的联系取得进展，在大雨滂沱的夜里，终于看到远处有一束灯光投射过来，起初还不敢确定是不是救援队（因为此时苏花隧道的积水已超过一米，并且还在持续不断地上涨，车辆无法通过，只能勉强过人）。到了后来，远处的灯光愈发明亮，数量也逐渐增多，一束、两束、三束……游客们悬着的心终于放下了，救援队来了！没有入睡的乘客在得知消息后异常兴奋，笑称是“在绝望中看到了一束曙光”。凌晨3时半，当“救援队”抵达时，他们不禁有些小失望，原来是红十字会的车。当他们向其询问是否可以自己主动走出去时，被医护人员婉言劝阻了，说他们自己都是通过翻山越岭过来

救援迟迟不到，游客们只好徒步涉水往前走（严春霞摄）

的，而且我们又缺少头盔、雨衣和雨鞋等保护用品。在考虑到车上还有位行动不便的老人的情况下，严春霞决定“静观其变”。希望“破灭”后，严春霞安慰游客继续休息，保持体力。

次日上午，雨势似乎没有减弱的迹象。“中午，导游给我们每人发了一块饼干，同我们商量，要我们放弃行李，准备徒步走出险境。”团员王晓波在电话中对导游充满敬意。根据导游要求，游客们将笨重的行李放在车上，将贵重物品随身携带，穿好长裤以免走山路时被划伤。上到年逾古稀的老人，下到三十多岁的青年人，一个个都格外听话，在车上“蓄势待发”。

终于盼来直升机，湖南游客全部安全脱险

22 日下午 2 时，天空渐渐放晴。在联系不到救援人员的情况下，通过前一晚的“探路”，严春霞当机立断，带领游客从苏花公路 115 公里处往前走（116 公里处已塌陷），游客们互相搀扶着，积极地配合着导游的指令，其中还有不少人一边走一边哭，走到 114.5 公里处，大家看到了之前那辆被泥石流掩埋的大巴和几辆小车，路边上四处散落着被雨水冲刷下来的石块。走了将近一公里后，终于遇到了救援队，救援人员带来了“直升飞机即将赶来”的好消息。

为了保证游客安全，严春霞又要求他们躲在其他的大巴车后面静候。人多机小，一直等到下午 3 时多，团里才有三位老人搭上了飞机，听说 113 公里处的路段已经抢通了，大家感到等下去太久了，一行人开始往前走，半小时后到达了苏花公路 113 公里处。然而，眼前的情景触目惊心：泥石流封住了几百米的路段，四五台旅游大巴、小车被埋。见此情况，严春霞果断决定游客往回走，争取乘坐到下一趟直升飞机。下午 6 时，这一群湖南游客中的最后 16 名终于上了直升飞机（后来才知道，这是那天救援的倒数第二趟），在宜兰的劳动公园下机后，地接社马上安排了下榻酒店，提供食宿，并用当地的猪脚面线为游客压惊。原定 22 日返程，在征求了全体游客的意见后，旅行团决定在淡水留宿一天，23 日前往野柳地质公园游玩，享受“劫后余生”的快乐。而长沙国旅总经理黄朝晖表示，19 名游客由此增加的近 4 万多元的费用将由长沙国旅埋单。10 月 24 日，全体游客自桃园机场登机抵达广

州，于当日下午回到郴州，各自搭乘交通工具返回家中。

附记：

苏花公路，是台湾东海岸一条往来南北的交通要道，北方起点是宜兰县苏澳镇，南方终点则是花莲县花莲市，全长 118 公里，大致依海岸线修筑。对于台湾民众来讲，这条公路可谓是“爱恨交织”，因为它是一条可以沿路观看太平洋海景与峭壁山色、号称台湾境内最美的“景观公路”，却也是一条每逢大雨必塌方的“死亡公路”。从 1997 年至 2008 年 5 月 1 日期间，在苏花公路发生的交通事故共造成 1046 人死亡，13488 人受伤。

2010 年 10 月 21 日晚，因受台风“鲇鱼”影响，台湾苏花公路多处地段发生塌方，导致有 32 辆各式车辆以及 402 名游客被困，其中大陆游客约 120 人。

（载 2010 年 10 月 27 日《长沙晚报》）

失散九十余年的皿方罍将回家

北京时间2014年3月20日凌晨，从美国纽约传来好消息，湖南省博物馆与佳士得拍卖公司洽购成功，盖身分离、被誉为“商周铜罍之王”的青铜器——皿方罍器身即将回归故里，身首合璧。这实在是一件值得庆贺的文化盛事。这件罕见的商周之际的青铜重器，被发现至今九十余年，经历了盖身分离，器身辗转流离、屡被拍卖的悲喜剧，让我们一起重温一下这件国宝的传奇故事。

分离——皿方罍身被数次转卖

爱好青铜器的读者肯定还记得，改扩建前，走进湖南省博物馆，就可以在其“湖南商周青铜器陈列”专题展厅中的第一个独立展柜里看到一件精美的青铜器盖。它就是皿方罍盖。它那雄伟的造型、精美的纹饰、黑亮的颜色、清晰的铭文以及威严的气质，吸引着无数游客。可谁也不会想到，这个精美的盖子只是3000多年前一件商朝重器皿方罍的一部分，它的器身却一直流落国外，并成为天价宝贝。

关于皿方罍颠沛流离的经历，上世纪50年代初，一位收藏过该器的国民党军官周磐写的交代材料上有详细记载。著名考古学家、原湖南省博物馆馆长高至喜曾亲眼看过这份材料。

皿方罍盖

周磐交代，1922年，皿方罍在湖南省桃源县西北部的漆家河被发现，随后被一石姓湖北商人得知，石某找到该器下落，并以400块大洋成交。主人大儿子回家得知一件这样的铜器居然可以卖到如此高价，就取下盖子请教当地一所小学的钟姓校长，钟校长一看器盖的造型和纹饰，觉得这绝非一般古物，当即拿出 800 块大洋购买此器，主人儿子欢呼雀跃，决定拿来器身，卖给钟校长。石某一看到手的鸭子快飞了，抱着器身就逃跑了。石某这一逃，竟让皿方罍身从此离开了家乡，像被拐卖的孩子一样，辗转流徙、行踪飘忽。

当年，为找回皿方罍身，获得全器，钟校长曾请桃源驻军团长周磐缉拿石某，未果。数月后，石某居然联系周团长要购买器盖，并且许诺愿以四五万银元高价购买器盖，而且事成之后，再给 3 万酬劳。但不仅求而无果，反而惊动了政府。石某害怕夜长梦多，很快便以 100 万大洋的高价将皿方罍器身卖给了上海的大古玩家李文卿和马长生。李、马二人知道此器非同小可，而“追缴”皿方罍之令已出，也怕惹祸上身，10 天后就将皿方罍身以 80 万美金卖给了英国商人、收藏家巴尔（A. W. Bahr）。于是，巴尔成了皿方罍器身的第一个真正的收藏者。关于这一点，据说在纽约佳士得的拍卖档案里有清晰的记载。后来，皿方罍器身转手到日本收藏家新田手中。2001 年 3 月 20 日，皿方罍器身在美国佳士得中国艺术品拍卖会上以 924 万多美元成交，据报道，购买者为一法国人。

不幸中的一点安慰是，器盖一直留在国内。

追踪——档案泄露器盖流传细节

据高至喜先生回忆，上世纪 60 年代末，他在湖南省文物管理委员会处理一批档案时，无意中从这批待处理的档案中，发现有周磐于解放初写的有关皿方罍发现及流转离散经过的交代材料，觉得有用，就留了下来。这份交代材料至今留在湖南省博物馆。

周磐在交代材料中说，石某走后，周磐赶去常德向师长贺耀祖作了汇报，贺耀祖迅速派兵到钟校长家搜寻皿方罍盖，但无功而返。钟校长没想到军方会如此兴师动众，唯恐再持有皿方罍盖会惹来杀身之祸，于是又一次找到周磐，表示愿将皿方罍盖捐献给国家，但求资助兴学。周磐从贺耀祖的行动中更加明白了皿方罍盖的价值，不由起了私心，想将皿方罍盖据为己有，当即支付给钟校长 5000 块银元帮他办学，并开出期票 5000 元，从钟校长手中获得罍盖私自藏了起来。此事闹大后，北洋政府曾下令追缴，湖南的赵恒惕也开始了追缴行动，但未如愿，后来北伐战争爆发，此事也就不了了之。蒋介石逃往台湾后，周磐跟随宋希濂逃到大西南，1950 年在昆明被俘。1952 年，周磐向政府写了一份“补充坦白材料”，主动交代了皿方罍出土和流转离散的详细经过，并献出皿方罍盖，以期“立功赎罪”。

1952 年 4 月，湖南省人民政府将器盖转交湖南省文物管理委员会。1956 年，湖南省文物管理委员会将其移交给新成立的湖南省博物馆。

皿方罍盖来自何方？是何神物？当时省博无人知道，更不知它还有器身流落在外。负责青铜器研究的高至喜先生经过对器物的反复释读、考察研究，推测该皿方罍为商朝晚期铸造，是殷商的高级贵族之一皿氏家族的器物，中原商朝人南迁时带入湖南。但直到十年后发现周磐的“交代材料”，才知道皿方罍盖的传奇身世，也才知道它和皿方罍身分离已多年，皿方罍身早已去向不明。1964 年，高至喜综合自己对皿方罍的研究，在《湖南省文物图录》上刊发了皿方罍盖的材料。

合璧——多次失之交臂即将梦想成真

据说，皿方罍器身辗转国外后，有幸一睹其尊容的中国人不会超过 10 个，湖南人见过的也许就 3 个人，巧合的是，这 3 个人先后都担任了湖南省博物馆馆长。

皿方罍器身的藏身之处何在，直到上个世纪 80 年代末尚无人知晓。1989 年，高至喜在《中国文物报》上撰文记述了皿方罍曲折离奇的故事。也许，在他的内心，渴望有奇迹发生。

没想到奇迹来得如此之快。也就是在这一年，访日归来的上海市博物馆馆长、著名青铜器研究专家马承源先生带来的消息，重新点燃了高至喜和他的同仁们心中的梦想之火。

青铜器研究专家、省博物馆原馆长熊传薪告诉记者，1989 年，马承源先生出访日本时，在日本籍（台湾人）朋友新田栋一家里惊见皿方罍器身，一回到上海，立即打电话告诉了他，他放下电话，来到馆长办公室，将这个天大的喜讯告诉了时任馆长高至喜。

皿方罍器身失踪60多年后，终于有了下落！这是不是意味着盖身重聚不再只是期待？

此时，在马承源先生的努力下，湖南省博物馆和日本的收藏家新田就皿方罍之事进行了多次沟通。1992年，80岁的新田来到湖南省博物馆，见到了皿方罍盖的威容。他将自己特地带来的皿方罍器身的彩色照片，从尺寸、造型、纹饰、颜色以及铸造工艺等各个方面，与湖南省博物馆的皿方罍器盖图片、实物进行了仔仔细细的对比研究，认为确实是同一器无疑。看到自己视为珍宝的皿方罍还有一个盖子，新田当即表示了让皿方罍身盖合一配成全器的愿望。高至喜告诉记者，新田愿意出资50万美金给湖南省博物馆捐建一座大楼用作精良的陈列室，外加捐赠一件西周初期的精美方形器盖以换取皿方罍盖。但中国的文物部门只希望皿方罍器身回归它的故土，想买回器身，双方没谈妥。

1994年4月，新田向湖南省博物馆发出了邀请，请他们去日本东京对实物进行考察并进一步商谈转让皿方罍盖之事。熊传薪（时任馆长）、高至喜（已退休）以及陈建明（湖南省博物馆现任馆长，当时是省文物局领导）一起飞抵日本。三位湖南老乡、先后馆长有幸同时成为自上个世纪20年代皿方罍盖身分离72年以后亲眼见过皿方罍身与盖的前5人中的3人——前两人是马承源和新田。

高至喜说，在新田家，我们发现皿方罍器身形制、铜质及颜色与省博的盖子完全相同，可以肯定是同一家族的，但是不是就是一体的，因为没有进行实物套合，也不敢完全肯定。

熊传薪告诉记者，从日本回来后，省博物馆和新田进行了多次协调，都没有结果。我们想将器身弄回来，新田却依然想将盖子搞过去。不过，在马承源先生的努力下，1995年，器身和器盖准备同时运到上海市博物馆展览并期待器身合一。

“皿方罍盖到过上海，当时马先生想让新田把皿方罍器身拿来，看盖和身是否相合，但后来新田没把器身送来。”正在美国考察的上海市博物馆青铜研究部主任、研究员周亚说。由此，皿方罍错过了一次盖身合璧的机会。

2005年5月，日本爱知世博会期间，皿方罍盖作为参展展品在名古屋展览达一个月之久。遗憾的是，皿方罍器身已于2001年被一位法国藏家以924

万多美元买走。

得知皿方罍此次在佳士得要再次被拍，湖南省博物馆15日致函佳士得；17日，现任馆长陈建明、前任馆长熊传薪于起拍前也亲赴纽约，和佳士得商谈洽购之事。

附记：

皿方罍为何如此受关注

自佳士得宣布将在纽约拍卖皿方罍后，有关皿方罍的报道、评说、议论沸沸扬扬，人们感叹皿方罍离奇身世的同时，对湘博盖与正拍卖的器身是否属一器等也提出了一些质疑。为此，本报记者独家专访了高至喜先生，就有关问题请高老释疑解惑。

皿方罍为何如此受关注

记者：皿方罍将在纽约佳士得拍卖的消息公布后，各方报道、资讯铺天盖地，皿方罍为何如此受关注？

高至喜：罍在中国古代常被用作重要的礼器，其基本形制有圆体和方体两种，由于青铜罍流行的时间短，数量少，尤其是方体罍，更是十分稀少。加上距离我们有3000多年，这件皿方罍能保留到今天已属十分罕见。

皿方罍器物精美，器形高大，是目前所知同类器中最大、最精美的器物。从上个世纪80年代以来，关于该器发现的经过被逐渐披露，人们对盖身分离的故事充满好奇。2001年，在纽约拍卖的皿方罍器身以924万多美元成交，让人震撼。此外，该器在湖南出土，且是目前所知湖南出土商代青铜器中铭文最多的一件器物，器物来自哪里，在哪里铸造等等，就是一个让学术界十分关注的研究课题。

盖身铭文不一，不能由此断定它们不是同一器

记者：皿方罍盖和身铭文有差别，由此很多人质疑盖身是否属同一器。您认为，在纽约拍卖的皿方罍身和收藏在湘博的盖是同一件器物吗？

高至喜：质疑不能说没道理，但不能由此就断定它们不是同一器。其理由是，从有铭文的、带盖的器物看，铭文与器物的关系主要有以下几种，一种是盖身铭文完全一致；第二种是盖有铭文，器身没有铭文，或器身有铭文，而盖没有铭文；第三种是盖上铭文与器身铭文不一致。断定皿方罍盖，身是否同属一器，关键看器物的大小、颜色、胎的厚度以及装饰风格是否一致，而据我们观察，皿方罍盖身的这四点是完全一致的。另外，据李学勤先生对皿方罍的研究，器盖 8 字，器身 6 字，器身铭文铸在口缘，比较狭小，故省略了铸器者“而全”的名字，字数上看，二者不同，但铭文风格，尤其是“皿”字，完全相同。

专家简介

高至喜，男，1932 年 12 月生，湖南桃江人，国家文物鉴定委员会委员、著名考古学家。曾任湖南省博物馆馆长、湖南省考古学会理事长等，1993 年享受国务院政府特殊津贴，1998 年，被中共湖南省委、省人民政府授予首届“湖南省荣誉社会科学专家”称号。

器物档案

皿方罍，曾称皿天全铜方罍，传 1922 年于湖南省桃源县漆家河出土。原器身通高 63. 6 厘米，器盖通高 21. 5 厘米。该器形体高大、富丽堂皇，盖形似庑殿式屋顶，四角和四面中间共饰八条粗大扉棱；器盖、器身共铸刻铭文 14 个。

“大家”声音

佳士得全球首席执行官马文斐（Steven Murphy）先生：一直以来，佳士得将妥善保管受委托之重要文化艺术品视为已任，此次亦非常荣幸承担这件重要拍品的临时监管人的角色，协助完成了此次交易。

著名考古学家、原湖南省博物馆馆长高至喜：这是一件值得庆贺的大喜事。中华人民共和国成立前，中国很多宝贵文物流落到了国外，我们希望通过几代人的努力，尽可能将国宝级文物收回来，因为这些文物是中华民族辉煌灿烂文明的重要实物见证。

上海市博物馆青铜研究部主任、研究员周亚：洽购成功，那么这件湖南出土，在湖南离散的青铜罍中的王者之器，终于可以完璧了，它实现了包括上海博物馆在内，几代博物馆人的愿望，这是湖南人民的骄傲，是湖南省博物馆和文物考古界的骄傲。

（载 2014 年 3 月 21 日《长沙晚报》）

越洋连线：皿方罍器身将完罍归湘

2001年3月20日，纽约佳士得在一天内成交了5件中国青铜器，这本属意料之中，然而令拍卖行没有想到的是，一件体型硕大的“皿方罍”器身拍出了924.6万美元（约合7000万人民币）的天价，打破了当时中国青铜器以及中国艺术品拍卖的最高成交纪录，而据说买家是个法国人。一鸣惊人后，此物便很快销声匿迹，但它却得了一个响亮的称号——“方罍之王”。

时隔13年，2014年3月20日，这件皿方罍又将于纽约佳士得再次上拍。同一地点、同一器物，甚至连上拍日期都一样，很显然，佳士得有意安排，以图让历史重演。然而，此时此刻，国内一些藏家却正在为“罍王”设计一条低价归国之路。一场罍之争即将上演，这给“皿方罍”的拍卖带来了许多变数。

罍：古代一种盛酒的容器。

皿方罍身（佳士得供图）

“身首合一，完罍归湘。”备受关注的绝世国宝“方罍之王”——皿方罍器身即将重归故里，与湖南省博物馆馆藏的皿方罍器盖合璧，并将由湖南省博物馆永久收藏。皿方罍是商代晚期盛酒器，1922年出土于湖南省桃源县漆家河，出土后不久就因种种原因身首分离，器身几经辗转，流落海外。

佳士得拍卖行原定于美国纽约时间3月20日11时拍卖皿方罍器身。得知消息后，湖南方面紧急提出洽购要求，经佳士得与皿方罍当前所有者沟通，于纽约时间3月19日圆满达成协议。本报记者昨日中午独家连线正在纽约的湖南省博物馆馆长陈建明，请他就市民关心的相关问题予以解答。

还算顺利 各方都认同文物出自湖南

文物拍卖，一般会朝着两个方向发展，其一是洽购，其二是竞价拍卖。皿方罍器身曾于2001年在纽约佳士得亚洲艺术品拍卖会上创下924.6万美元的成交纪录。因其传奇经历和不菲身价，皿方罍器身何去何从，备受各方关注。

原收藏者知道其价值；拍卖公司佳士得深知其重要性和影响力；很多收藏家都跃跃欲试，准备不惜重金收入囊中……在此情况下，湖南省博物馆出面了，于15日致函佳士得。

洽购函发出的第二天，陈馆长即飞赴美国。“从17日到19日（纽约时间），我们过得非常紧张，不敢休息，也没时间休息。”陈馆长说，由于卖家在欧洲，拍卖会在美国，一些事情的处理在中国，他们要面对三个地区的时差，不停地沟通、洽谈，处理各种事情，基本是连轴转。但洽购还算顺利，因为大家有一个共识：文物是湖南出土的。湖南省博物馆又是公益性单位，各方都拿出十分的诚意。

何时回家 估计还得等几个月

“皿方罍何时能够回家？”“估计还要几个月。”陈馆长说，由于涉及付款问题、海关问题、运输问题等等，湖南人想一睹皿方罍尊容，最少还要等几个月。

对于皿方罍器身的成功洽购，陈馆长感慨良多。他说，这件重器在湖南出土，其盖存在湖南省博物馆也有60多年了，今天器身能回归，是时代的力量，说明中国发展了，强大了，在国际上有地位了，也说明人们对文化遗产更加珍爱。否则，盖身合一，想都不敢想。

“这么重要的文物能经我们的手回归，这是可遇不可求的事，是莫大的荣幸，是机遇。这也离不开国家文物局和湖南省政府领导的高度重视。”陈馆长说，出面的是湖南省博物馆，实际上，博物馆背后有国家文物局和湖南省政府做坚强后盾。皿方罍器身的回归，对湖南文物界是非常难得的大事，它不仅对湖南文化事业的发展将产生重大影响，在整个文化界、艺术界都将产生重大影响。

（载 2014 年 3 月 21 日《长沙晚报》）

回乡过年看变化

腊月二十八，冰雨淅淅沥沥，记者乘车回到娘家，在寒冷中感受到了温馨的年味。

记者的娘家在莲花镇，这里原属望城县，2008 年 6 月正式划入岳麓区，2009 年启动“两型社会”示范区建设，打出了“建成中国最美乡村”旗号。

娘家的柴火烧得很旺，火炉上方同往年一样挂满腊鱼腊肉腊鸡腊鸭。火堆边坐满了客人，大家开心地闲聊着。

记者问他们，2009 年最大的收获是什么？50 多岁的金建庄站起身来，指着公路边两排四层楼的房子笑着说：“这就是我的最大收获。”为了将莲花镇建设成环境友好型和资源节约型城区，政府投入资金，在我娘家附近建起了镇文化站和垃圾处理站。金大哥指的就是这两个站及其附属建筑。金大哥住在莲花社区，离我家不到 100 米，他在基建行业摸爬滚打 40 多年，他说，“两型社会”真正好，感觉莲花去年一年的发展速度超过前几十年的总和，不仅集镇漂亮了，赚钱的机会也多了。“据说桐木那边万亩农田改造快完成了，明年，我要向政府租五百亩地，种优质水稻或经济作物，估计赚头不小。”金大哥信心满满。

“的确，‘两型社会’建设增加了就业机会，光我们一个村就有近 500 人在本镇找到了工作，他们中很多原来是在外地打工的。”离集镇不远的龙台村党支部书记曾志平接过话题。他说，去年政府投入几千万元对莲花集镇进行提质改造，用的劳动力基本上是本地人，现在集镇已“穿好新衣戴好新帽”准备过新年。

“集镇穿好新衣戴好新帽？”这引起了记者的兴趣。随后，记者在集镇看到，原先的参差不齐、杂乱无章都不见了，统一的白墙黛瓦、精致的木格窗户，一幢幢复古风格的民居让集镇看起来很和谐。尽管天出奇的冷，但集镇上还是车来人往，买的卖的吆喝喧天，大红灯笼高高地挂在路边门店，一派热热闹闹的过年气象。

“集镇上店多了，名牌也多了。”正在购年货的李女士说。

“感觉生意比以前好做了。”树立批发部张老板说。

“人们的消费观念变了，车多了，人也洋气多了。”故园床上用品店的张小姐说。

……

莲花镇负责人告诉记者，去年政府投入 4000 多万元对集镇上 500 多栋房屋进行了提质改造，集镇漂亮了，商机也来了。今年，莲花镇的二期三期提质改造将展开，随着京珠复线及其他干道的建设，这个曾经默默无闻的小镇，将像一颗亮晶晶的小卫星闪耀在长沙大河西。

回莲花，记者感触最深的，不仅仅是年味及家乡看得见的变化，更有人们心中的新观念。采访中，不管是镇领导还是村干部，不管是老板还是农民，“两型社会”、“房价上涨”、“农田改造”、“最美乡村”等词汇已很顺溜地挂在他们嘴边。这是记者往年不曾听到的，也是记者最感欣慰的。

（载 2010 年 2 月 12 日《长沙晚报》）

敢坐无底船的种田人

一座造价400万元的大桥，在一群普通农民的策划下建起来了！他们腰缠万贯？他们指望“买路钱”收回投资？他们有可靠的资金来源？带着这一连串的问号，记者前往实地采访。

淹出来的倔劲

这座桥被农民们称为“湘益封口子大桥”，它横跨益阳赫山区牌口乡与岳阳湘阴县新泉镇的界河柳林江上，是牌口乡新章村与新泉镇黄义村农民合作的结晶。

建桥首倡人杨有富，56岁，是湘阴县新泉镇黄义村人。他丈母娘家在对岸益阳牌口乡。1995年牌口溃堤，为了打探亲人的消息，他冒险从一座摇摇欲坠的小竹桥涉水而过，刚上岸，身后的竹桥就被洪水冲倒了。抗不了洪水的竹桥，实在不能算桥！

这是个确实少不了桥的地方，开门见湖，出门是水。农民形象地说：“要想富，先修路；要修路，先建桥。”没有桥，路再多也是死路。每当汛期来临，桥更成了当地人的生命线。因此，早在十年前，当地乡镇就动议在界河柳林江上建座像样的桥。因涉及两个地市，有关建桥的协调问题、资金问题、桥址问题，各执己见，扯不清，理还乱。但洪水却不会因为人没商议好而驯服安分。1995年、1996年，连续两年的特大洪水给人们上了严肃而残酷的一课。黄义村、新泉村的村民们，反复向记者叙述了当时的心情。隔着柳林江，泪眼巴巴地望着对岸亲朋干着急：近在咫尺，却远在天涯。有桥的话，会这样么？

惨痛的经历，惊醒了农民们自救的紧迫感。按老传统，大规模的工程只能指望政府。但洪水退去，因重建家园、待修复的水毁工程太多，地方政府根本无暇顾及一座显得不很突出的桥。1996 年下半年，从洪水中走出来的新章村村主任汤建文、原村党支部书记苏志红，黄义村村民杨有富、汤梓华、杨建红等一起商议时不禁自问：政府暂时顾不过来，我们不可以自己筹资先动工建桥么？有的地方为修座庙都能集资几十万，难道我们修座既能救命又能致富的桥反倒无人响应？大家商议后决定：带头筹措“出场费”，把桥先搞起来再说。他们戏称是“细伢子要草把子龙，大人来打锣”。曾经与死神仅距一步之遥的杨有富，更是铁了心，宣称“讨米也要把桥搞起来”。几位倡议者无不横下一条心，人人做好了砸锅卖铁筹钱的打算。倔劲一上来，老实巴交的农民真的自己动手建桥了，而且打出的口号是：建一座对得起子孙后代的桥！

合出来的力量

桥，不是喊出来的。建桥首当其冲的是资金问题。当他们打出建桥筹委会大旗的时候，一分钱都没有。建桥，没有人反对，出钱，就须掂量掂量了。一段时间，有钱的在观望，无钱的使不上劲。有人说，如此集资建桥，就像坐着无底船，风险明摆着。然而，舍不得孩子套不到狼。为了凑出场费，杨有富跑到在县城经商的女儿家要了一本 3 万元的存折，不惜动用了点“父权”，临走丢给女儿一句话“有还就还，没还就不还”。其他几位倡议者有的取出存款，有的变卖财产。就这样，总算凑了 20 万元，算是有了“出场费”。虽然，后面的戏怎么唱下去还是未知数，但他们就这样驾着一只“无底船”开始进料建桥了。

起步阶段合作的成功，给他们极大鼓舞，使他们悟出了一个道理，只要联合起来，小百姓也能染指几十万元的大工程。他们就像合了群的羔羊，有点气壮如牛了，以为几十万元的出场费一出，一座“救命桥”“致富桥”便会出现在他们脚下。可是，找来行家一估算，要在 100 多米宽的柳林江上建一座像模像样的水泥桥，至少要 370 万元！更让他们吃惊的是：建一座他们设想中的桥，光设计费就得花 50 万元。

这个数目，对这些靠种田过日子的普通农民来说，无疑是个天文数字。还搞不搞？开弓没有回头箭！大家一合计，搞，而且规模不能压缩！1996 年

10月，他们如期开工了。开工的方式是独一无二的，他们杀了一头牛祭桥，但只花了130元钱，因为牛是从一个屠户那儿借来的！没有请领导，更没有备饭备酒吃牛肉，只放了几挂鞭炮，“湘益封口子大桥”便开工了。

修桥壮举赢得了人们的关注并吸引了同样不怕坐无底船的人。新泉镇建筑公司经理蔡伯帆，得知乡邻自己动手建桥，不仅主动提供了修桥不可缺少的基建机械，而且还在公司本身资金紧张的情况下，用自己的私房——一栋三层楼房作抵押从银行借贷17万元用于大桥建设。蔡伯帆的加入，带来了机械、资金和技术，更加坚定了大桥建设发起者的信心。蔡伯帆的兄长蔡伯槐，也是位热心修桥的骨干人物。去年临近春节，正是桥墩施工的关键时刻，但此时钱却用完了，他毫不犹豫地拿出家中所有积蓄，还利用自己的社会关系，动员所有亲戚朋友加入出资者的行列，蔡氏兄弟的热心参与，使建桥队伍的力量越来越大。据介绍，迄今大桥建设开支104万元，全是汤建文、杨有富、苏志红、蔡伯帆、蔡伯槐、汤征兵、杨建红、胡国田、汤梓华9人为主筹集的。

寻出来的麻烦

“湘益封口子大桥”在人们眼里顺顺当当一天天成型了，而出资修桥的人却在桥的顺顺当当修建中过着焦心、劳心的日子。这几位出资人在柳林江两岸，虽不是大富大贵，但大多是小村小组响当当的人物，几千几万块钱，出不起也借得起，凭这一点，不难看出他们的小日子过起来必定安逸舒适。但他们毕竟大多是种田人，手头的每块钱都是汗水泡出来的。对于今天的中国人来说，即使是“大款”，上万上十万地把钱投到一个不能增值甚至连本都可能收不回的事业中，也会心痛不忍的，更何况靠自己省吃俭用，从牙缝中挤出来的种田人的钱！记者采访时，他们中有的人为建桥集了几万块钱，身上却穿着打补丁的衣服！可以说，这些人自从揽上修桥这件“闲事”之后，他们安逸舒适的日子便被搅乱了。

汤建文，这位高中毕业的年轻人，矮墩墩、黑乎乎的，不到30岁就当上了村干部，在农村，也算是少年得志了。因为年轻，又是一村之长，大家一致推举他当上了大桥筹委会主任。作为主任，他少不了带头集资，倾其家财凑了六万多元；作为主任，还得样样带头干，今年农忙时节，别家的谷子收了，田插了，他家的田却还在烤太阳；作为主任，建桥的债务他更是脱不了干系，去年大年三十，大雪纷飞，提供砂卵石及钢材的几家客户，找上门来要钱，张家的孩子马上得交学费，李家的媳妇动手术等着钱用……一笔一笔的债务缠得他脱不了身，可他本人连过年的钱都泡到桥上去了。大年三十坐一屋子要账的，汤建文长这么大还是头一遭遇到。为了桥，他可真是选择了一条自找麻烦的路。

蔡伯帆，年仅35岁，生活安康惬意，人生踌躇满志，但自从揽上了建桥这档子事，他又是无偿提供工具又是出钱，还常常在忙完公司的事情后驱车几公里来到大桥建设工地作现场指导，做起了花钱费力没有回报的“蠢事”，为此，妻子不理解，但仍未动摇过他助桥修成的决心。

苏志红，新章村原书记、牌口乡人大代表。自1993年辞职办米厂以来，每年收入近两万。夫人是位乡村教师，两个孩子一个上高中，一个考上常德师专，是个令人羡慕的家庭。为了建桥，他拿出了存折，卖了苦心经营的米厂，一心扑在建桥上面，安稳的日子一下子给搅乱了，财路也给断了，他告诉记者，下学期连儿女的学费还指望田里的稻谷哩。

每一个出资者都有一个筹钱的艰难故事，杨建红把准备结婚的钱拿出来了，杨有富、汤梓华也卖掉了家中的猪婆、谷子，汤征兵、蔡伯槐、胡国田集中了所有亲戚朋友的财力……这些不太富裕的农民，为了修建一座能抵御洪水的桥，自找麻烦，自讨苦吃，耗尽心血。而他们谈起这些时，却丝毫没有一点后悔之意。

感动了的“上帝”

集资建桥的这群普通农民，希望自己的行动能感动他们心中的“上帝”——父老乡亲，而他们的行动确确实实感动了许许多多“上帝”，虽然不能用钱衡量，但其中包含了许多比钱还贵重的东西。

第一个被感动的人是湘阴县交通局副局长、湘阴新泉镇先锋村人盛裕光，这位原省路桥设计院的高工、溆浦大桥的总设计师，一听农民自己集资建桥，深受感动。他利用自己的专业特长，为他们勘探桥址，设计可供选择的方案，没有要一分钱报酬！他还将同样是桥梁工程师、在海南工作回来探亲的侄儿盛凯“请”到了工地，现场指导农民施工，盛凯春节三个月假，只在家里待了三天，整天泡在工地上，没有拿一分钱报酬，甚至连烟也没有抽一根。

建桥的农民工也是被感动了的“上帝”。从大桥开工到现在初具规模，他们不分昼夜施工，留下了一个个感人的故事。1997 年春节快到了，80 多位民工不仅没有开口要一分钱，而且发誓要赶在春节前挖出桥墩的沉井。挖沉井是件又苦又危险的活，由于湖区地质复杂，沙层厚，流沙多，开始赤着脚在冰水中挖一整天，第二天早晨起来到工地一看，沉井又被涌出的流沙填满了，因此只得 24 小时连续作业。80 多人冒着深夜 4 摄氏度的寒冷天气，两人一轮光脚赤身下去挖沉井，连续干了四天四夜。

他们还向记者介绍了许许多多不声不响来义务干活的人。湘阴县西林乡一位 68 岁的老人听说是农民自己出资建桥，跑 10 公里路来到工地上，脱下棉袄，拿起锄头就干了起来，干了几天连姓名都不肯留下就走了……

建桥筹委会的“头”们十分欣慰地告诉记者，大桥开工 8 个月，工地上连一枚铁钉也没有丢过。柳林江两岸人民的支持与理解，给他们极大的安慰，使他们深感自己的付出值得。

没有尾声的尾声

记者在工地上采访时，虽然这座长 114 米、宽 38. 8 米的双曲拱水泥大桥已横跨柳林江之上，但还有一些扫尾工程，诸如平整桥面、建引桥等还没有开始，而筹集来的 100 多万元资金已一分不剩，要最后完工，还有一个相当大的资金缺口，筹委会的“头”们显得有些难办，他们的无底船还离岸很远，但他们却信心不减。记者问：“你们投下这么多钱，收不回来怎么办?”他们说，前人栽树，后人乘凉，以后我们的子子孙孙少不了要从大桥上走来走去，我们投下去的钱如果无法收回就算为他们预交了过桥费吧。

望着已初具规模即将通行的大桥，听着这群农民走过艰难的足音，记者油然生出一股敬意。十一届三中全会以来，从联产承包到乡镇企业，中国农民创造了一个又一个奇迹。在迅猛奔小康的路上，新章村、黄义村的这群农民的倾资修桥之举，集小力成大力，化小功成大功，把分散的资金集中投到了改变生存环境的基本建设上，这种自发的联合之路，意味着什么？是中国农村新一轮的腾飞之路么？

然而，通过深入的采访，我们又有一种深层的忧虑，他们之后，会有人效仿吗？这样沉重的经济负担由十多个并不太富裕的人扛着，似乎太重了。尽管他们义无反顾，有着“让钱打水漂”的心理准备，然而，他们真有富得让钱打水漂的资格么？当别人想到变卖家产、抵押房子的风险，看到出资者日益窘迫地过着日子时，还会效仿他们建桥、修路吗？……

记者告别时，建桥筹委会的负责人一定要给我们每人一包烟。那是多么沉甸甸的一包烟啊，望着省钱为桥、负债为桥、流汗为桥、苦心为桥的父老乡亲，我们怎能拿得动？敢闯、敢干、敢坐“无底船”的父老乡亲，祝你们好运！

（载 1997 年 8 月 26 日《长沙晚报》）

封口子大桥的新故事

本报 1997 年 8 月 26 日以《敢坐“无底船”的种田人》为题，报道了 9 位农民出于防洪、致富目的，集资 100 多万元在洞庭湖中一条界河上修建湘益封口子大桥的实况。正当这群农民喜滋滋地陶醉在即将成功的喜悦之中时，桥断了！断桥的消息震动了所有关心支持这座大桥的人们的心，省会一些新闻单位以惋惜的心情对此事作了报道。作为曾实地采访过这群农民的本报记者，深知这些普通种田人筹钱不易，要再继续修桥，似乎很难。

可是 1998 年 11 月 30 日，两位“陌生人”经人带路，辗转到了长沙晚报，指名找我。他们一见我就兴奋地说：“黄记者，我们的桥又建起来了！”“桥?!”一提到桥，我马上想起来了，他们不正是筹建湘益封口子大桥的发起人吗？一个是年近花甲走路一瘸一瘸的杨有富，湘阴县新泉镇黄义村村支部书记；一个是年近七旬的汤梓华！但他们较一年前老了、瘦了，让人不敢认了。寒暄之后，他们向我详细叙述了其中的新故事。

血染断桥

杨有富告诉我，原桥是 1997 年 10 月 14 日垮的。当天，益阳牌口乡新章村 70 多岁的李少连老人又像往常一样来到大桥上，与正在施工的杨有富等人站在已成形的桥面聊大桥，忽听有人喊：“桥开裂了！”还没等他们回过神来，只听“轰”的一声，桥断了！桥上 10 多名建设者连同李少连老人全部掉进了一人多深的水中。杨有富说起那惊心动魄的一刻，仍然心有余悸。他说落水后，自己拼命游到岸边，想爬上去，就是动不了，大概是腿断了；汤梓华则脱下帽子给我看头上的三个“洞”，他说他掉到水里后，就什么也不知道了。这次事故中，对大桥倾注了无数关爱的李少连老人不幸去世，参加筹资的 9 人中有 7 人受伤，杨有富、汤梓华伤势最重。据医院诊断，杨有富大腿骨折，肋骨断了两根；汤梓华除了头部外伤，右肩锁骨也粉碎性骨折，至今右手仍不灵便。他们住院时，村上为他们垫付5000元，后来各家自己筹措医药费，总数超过了1万元。上次采访时，记者已深感他们为建桥到处举债，这次飞来的横祸，无异于雪上加霜。

不圆此梦心不甘

桥的倒蹋，不仅造成1死7伤，在经济上给了他们致命一击，农民自发集资建桥的可能性也理所当然地受到怀疑。但当地老百姓对于桥的断裂，没有怨愤，更没有责备、讥讽，只是痛苦地自问：柳林江两岸的农民难道真的没有过桥的命吗?

悲剧发生后，为修桥既出钱又出力的新泉镇建筑公司经理蔡伯帆到医院探望伤员，他看到这些为建桥掏尽了心血的硬汉们时哭了。当他们中有人问到桥怎么办时，躺在病床上的杨有富仍没有失去往日的果敢，更没有被断桥吓怕，说："只要我没死，一定想法把桥建起来。"大家都有一个共同的想法：不愿认输、不甘心把100多万元资金白白扔进水里，但又深知再次筹钱不易。最后的希望自然落到了蔡伯帆身上。

蔡伯帆是一位35岁木工出身的年轻人，作为镇建筑公司的总经理，当初他听说乡邻筹资建桥，二话没说就运来两大卡车水泥，后来工地急需资金，他又用自己的私房作抵押贷了一笔钱。事到如今，他心里明白，能筹到钱重建大桥的也只有自己了，他把心一横，用公司的部分工程机械作抵押，贷到30万元解决重建急需的资金。施工中，他不仅无偿提供施工工具，而且天天守在大桥上，亲自把关，心里只有一个想法：为了大桥，不想自己的退路，不考虑个人的得失。

幸运的是，桥的设计并无问题，桥墩施工也没有问题，之所以垮桥，主要是因为河底淤泥太深，用作跨桥撑杆的竹子在桥面施工过程中下沉变形失去作用。桥虽断了，但桥拱肋的三拱梁仍稳稳地立着。这样，他们并不需要从零开始。新桥1998年1月18日重新开工，如今人、车均能通行。尤其值得一提的是，去年10月，在重建的关键时刻，湘阴县新泉镇黄义村农民与益阳牌口乡新章村村民一经号召，就自愿集资50000余元，人均达到30元，其中最多的出了500元。这对于刚经历了1998年罕见大洪水的洞庭湖农民来说，实属难能可贵。由此可见，桥在当地村民心中的分量之重和盼桥之心切。这给发起者们以极大的安慰。

“无底船”即将到岸

大桥眼看可以投入使用了，可杨有富、汤梓华他们却并没有丝毫轻松之感，新的难题又摆在他们面前。目前几乎每天有大车小车从桥上通过，没有经过验收的桥万一出了事怎么办！再说这座跨越两地（岳阳、益阳）3个乡镇的桥，以后到底由谁来管养？这座几十公里柳林江上唯一的大桥在以后的防洪抗洪、发展经济方面无疑将起到很好的作用，但如果不将引桥修好，其作用将大打折扣，可修引桥的资金又从何而来？倡议者们举债建桥，已无力还债，很明显，他们已心有余而力不足，在各种困扰、担忧面前，他们想到了政府，想到了省城，于是杨有富、汤梓华作为代表来到了长沙。

写完他们的新故事，记者心里有许多感叹。

“湘益村口子桥”建设之初，预计投资400万元。尽管因断桥损失80万元，实际投资才250多万元。一座总长110米、宽10米、高38.5米、主桥跨度57米的大桥，由9位普通农民发起筹资建成，算不算个奇迹？

这群农民修桥壮举中有垮桥的败笔，但无论是成功还是失败，其意义早已超出建桥本身，他们都值得人们的赞美和肯定，毕竟，为了圆柳林江两岸农民的桥梦，他们敢闯、敢干、敢于付出，在两地两市地方官协商十几年未果的情况下，毫不犹豫地拿出自己苦心积攒的血汗钱建桥，杨有富、汤梓华此次为桥的事赴省城，住的仅是两元一晚的小旅馆，这种创业精神是多么难能可贵！

（载1999年1月10日《长沙晚报》）

美术高考：连赶十场不稀奇

昨日是清华大学美术学院在湖南招考的第二天。早上 7 时 40 分，在湖南科技职业技术学院前坪，小欣背着画夹，提着画箱，揣着准考证，随着长长的队伍准备进入考场。这张准考证还是两天前妈妈陪着她排了两个多小时的队才得来的。据了解，今年在湖南参加美术高考的，光湖南本地就有 3.5 万余人，加上周边省份过来的考生，人数就更多了。考生为了提高“命中率”，大多要赶考十余场，这使得今年的美术高考显得尤为火爆。

考生　最多的考了二十几场

“这是小欣的第十场专业考试。”小欣的爸爸从包里拿出厚厚一叠准考证说。记者略略翻了一下，有广州美院的，有苏州大学的，有江南大学的，有中国美术学院的，有南京师范学院的……小欣所在的品画室 50 多名学生大多报考了 10 所以上的大学，小欣也一样。“本来还想报考更多学校，可文化课也很重要，明天去湖南师大考完北京服装学院的服装设计专业，就得回学校备战 6 月份的文化高考了。”小欣的爸爸说。

记者好奇地问：“干嘛报考这么多学校?”“提高中标率嘛！也可多一些选择余地。”旁边一男生张震（化名）抢着说，“一般情况下，美术考生都会尽量多报一些学校，最多的甚至报了 20 多所学校呢”。

张震是岳阳市一中的学生，文化成绩在班上名列前茅。由于自小爱绘画，他于去年 11 月千里迢迢去北京有名的画室学习。他对记者说，他的梦想是中央美术学院，要先考五六所学校“练练笔”。

记者了解到，从 2 月中旬到 3 月中旬，省外有 400 余所院校在湖南选拔艺术人才。作为湖南省美术高招主要考点的湖南师大、湖南艺术职业学院，每场考试少则五六百人，多则几千人，场面火爆异常。

这种火爆场面在2月27日至29日达到了极致，近万名来自各地的考生在湖南师大参加了中国美术学院的美术招生考试。

家长 我已为孩子花了几万元

110元、150元、260元，从考生和家长的口中，记者听到，每场美术考试报名费都在百元以上。而考生们大多要赶考10场左右。

2月22日，苏州大学美术高招在湖南师大工院举行。中午12时多，考生们或坐或躺，在考场外的草坪上享受春日和煦的阳光。记者和来自张家界的小娟同学聊了起来。

“我是2月13日到长沙的，租住在师大附近的市民家里，住宿费每天30元。我要报考11所学校，加上每天的伙食费，一二十天下来，再节约也得花上4000多元。”小娟说，她父母都是工薪族，没时间陪她。每次考完，她得再寻找想考的学校去报名，几乎没时间歇息。

而家就在长沙的殷女士也不轻松。女儿一进高中，殷女士就将她送到了岳阳中学学美术。每学年，光女儿的学费就要上万元。到高三，女儿去北京有名的画室学了一个月，又花了近万元。现在，为方便女儿考试，她又将女儿送到湖南师大旁一家画室，晚上就睡在画室为学生统一租的房子里，这下又得花几千元。“花钱倒无所谓，只是女儿在那睡不好也吃不好，隔一天还要考一场，人整整瘦了一圈！”殷女士说，她每天都奔波于不同学校的报名点，给女儿报名。

一般来说，高中的美术教学不在学校正规的教学序列之中，为了解决美术生的需要，有条件的学校就由美术老师在课余为孩子们授课，假期集中培训，高考前再集中突击几个月，两年下来，就要花两三万元。

老师 不是“独木桥”而是“立交桥”

在采访中，湖南艺术职业学院的有关负责人告诉记者：“如今，艺术考试已不再是上大学的捷径。”

据统计，2008年湖南艺术类取得全省联考合格证的考生有5.5万人，其中美术类考生3.5万人，比上年增加1000多人。而外省艺术考生人数也飙升，山东省就有16万多人参加考试。2月18日，烟台大学2980名考生角逐70个招生名额，录取比例仅为1∶42.6。河北省艺术类考试的人数也升至61399人，比2007年增加了15198人，增幅近33%。

周南中学美术教研组组长谢海斌在接受记者采访时说："社会上一直有个误区，觉得考美术容易，其实美术考生要面临专业考试、文化考试双重压力。现在要上好的大学，不仅专业成绩要合格，文化高考成绩也要达到普通高考的二本线以上。"

于是，美术高考近年被一些人称为高考这座"独木桥"边的另一座"独木桥"。记者问："为何美术考试在湖南仍能吸引这么多人？"谢海斌老师说："首先是因为这几年招生人数持续增加；其次是湖南美术生水平相对较高，全国各大美院都喜欢湖南学生，大多在湖南设点考试，使湖南考生机会增加不少。"

对于"独木桥"的说法，也有一些行家表达不同意见。湖南师大美术学院一位不愿透露姓名的老师对记者说："与其说艺考是'独木桥'，还不如说是'立交桥'。它可以叩开大学之门，万一没考上，也学了一门技艺，可进可退。现代社会，艺术设计无处不在，从我们住的房子、开的汽车、用的电器，到看的报纸、穿的衣服、喝茶用的杯子等，哪一项能与艺术设计分得开？现在社会对艺术人才的需求量远远大于以前，艺术生找工作不会太难。退一步讲，孩子的艺术修养越高，越有益于整个民族素质的提高。我们总是强调素质教育，艺术高考这根指挥棒调动的这个方向，实在有太多可供专家、决策者借鉴的地方。"

（载2008年3月3日《长沙晚报》）

打工妹：坎坷求学路

7月11日，宁乡县坝塘镇油麻田乡申明亭村三组一户普通农家被喜悦包围：打过5年工的王家妹子南英考上了重点本科，收到了湖南师范大学美术系的录取通知书！

这不是一件了不起的大事，但对于南英来说，为了这一天，她付出的太多太多。

初中毕业辍学

8年前，16岁的王南英初中毕业，因中考失误，她离普高录取线仅差3分，本来，她还可以通过计划外招生读高中，而且计划外收费也只要800元。可就是这800元难住了她，她唯一的结果就是失学。但坚强的她没有流泪，而是向父母提出了外出打工的要求，出门时，她对母亲说："我是去挣学费的，我一定还要回来读书。"一个骄阳似火的秋日，带着失意、坚强以及美丽的憧憬，她登上了南下深圳的列车。

打工5年筹措学费

第一次出远门的南英，与人打招呼头都不敢抬，尤其是一口宁乡话，常常使原本想录用她的公司退避三舍。好在她姐姐先到深圳，摸到了一点门道，就建议她先"打白工"，也就是不要工钱。于是，她找到一家小餐馆，提出免费当服务生，老板看到小姑娘老实、精神的样子，勉强答应了。南英非常珍惜来之不易的机会，十分卖力地跑进跑出，她的卖力，引起了餐馆旁边"春风酒店"老板的注意，并将她招聘到了酒店，她终于有了一份比较稳定、待遇也不错的工作。但她从来没有放弃自己的求学梦，她一边利用业余时间参加电脑培训，并报考夜校英语专业自学考试班，一边努力工作，省吃俭用积攒学费。5 年后，她终于攒够了三年高中所需的学费与生活费。

辞工回乡再上高中

2001 年 7 月，王南英毅然辞去那份令许多打工者羡慕的工作，重新踏上求学之路。此时的她已是 21 岁的大姑娘了。但她对自己的选择充满了信心，并把“湖南师范大学”贴在自己的案头，毫不掩饰自己的目标：一定要考上湖南师范大学！

要想读大学，首先得进高中。南英怀揣着打工挣来的血汗钱，满怀信心地来到了宁乡的重点中学——二中要求读书，但二中老师对于这位没有当年的中考成绩，甚至也没有学籍的学生爱莫能助。正在此时，有人建议她到十二中去试试。当时的十二中自从改成职业中学后，已有三年没有招生了，此次是地方政府为了满足群众的强烈要求，批准以民办中学的形式重新招生的。经过一番周折，十二中领导同意让这位特殊学生跟班试试。

三年苦读终偿夙愿

终于有书读了，王南英虽然很兴奋，但接下来的难题更多。打过五年工的王南英，基础比应届初中毕业生差了一大截，尤其是数学有如读天书。一个学年下来，她有些精疲力竭。要考上大学，她必须选择好符合自己情况的努力方向。于是她把自己的奋斗目标定位在美术专业。最初，她连线条都画不直，但勤能补拙，在美术班里，她练得最起劲，几乎每天晚上都要画到 12 时。勤奋再一次回报了她，基础最差的她，今年高考以 237 分专业分、398 分文化分，超过了重点本科美术专业的录取线。这时，她已经 24 岁了。

王南英的成功，使桃李满天下，退休后仍发挥余热的班主任老师熊艮良兴奋不已，专为她赋诗一首：“命运蹉跎风韵存，但凭文才长精神。今日喜圆重本梦，学业还须学做人。”

（载 2004 年 7 月 12 日《长沙晚报》）

博物馆里的洋义工

在长沙市民心中，珍藏着大量文物瑰宝的湖南省博物馆是个美妙而神奇的地方。近年来，主动要求到博物馆做义工的人很多，记者在几十位义工中意外地了解到其中有一位竟来自美国密歇根州。

洋义工叫 Dwight Wymer，中文名字汪明，一个非常地道的中国名字。目前，他是美国 Professional Training 公司在长沙的高级主管，同时，作为心理学教授，他在湖南省肿瘤医院、长沙市第一医院任高级顾问。日前，记者带着好奇采访了他。

华盛顿地铁上的缘分

佩戴博物馆义工证的汪明先生

汪明先生给人的第一印象是睿智俊朗、风趣幽默。对于记者“您怎么会来湖南省博物馆做义工”的问题，他风趣地回答：“这都是缘分。”并说缘分这东西妙不可言，他特别相信。

2004 年的一天，临时回美国的汪明先生到华盛顿办事，乘坐地铁时，无意中听到有 4 个人在用中国话闲聊，在长沙已住了 4 年的他马上有种“听到乡音”的亲切感，于是用中文和他们打招呼并聊了起来。聊天中听说他们的同伴中有一个来自湖南长沙，他立即兴奋地说：“我就住在长沙。”当时，湖南省博物馆李建毛副馆长与这 4 人作为国家文物局派往美国学习的专家一同在车上，就这样，在同伴的引荐下，两位喝过长沙水的人马上攀上了“老乡”。临别时，两人交换了名片，相约“长沙见”。

不久，两人先后回到了长沙，很快就在省博物馆见了面。湖南省博物馆丰富的馆藏，精美的展览，深深吸引了这位高鼻子、蓝眼睛的“长沙人”，对中国文化有浓厚兴趣的汪明先生在获悉博物馆招聘义工的消息后，愉快地当上了博物馆的义工。

做义工感觉很不错

汪明先生从 2004 年开始在省博物馆当义工，一年多来，每当博物馆有难度较大的资料要翻译，或有重要的展览要向重要的外宾推介，都会打电话给他，而他也总是有求必应，无偿为博物馆翻译了大量的英文资料。问他都做了些什么事，他一一道来：省博最近结束的、在市民中产生了极大影响的“美国国家地理杂志百年经典摄影作品展”展出期间，他利用空闲时间为观众做讲解；即将在省博推出的“馆藏明清书法作品展”的英文说明，就是请他帮忙翻译的……而最让他感到有趣的是，博物馆制作的一部介绍马王堆汉墓陈列的形象宣传片，不仅请他翻译解说词，还请他配音，翻译还好，配音他可是新媳妇上轿——头一回，现场录制时颇有点紧张，经过返工才搞定。

当提到做义工的感觉时，他说：“博物馆是一个很好的集体，职员都有很高的职业素养，在这里工作感觉很不错。”并表示自己会一直做下去。

饭馆不放辣椒不喜欢

与汪明先生聊天自然要谈到他对长沙的感觉。汪明先生说，他和妻子到过中国的许多城市，但最喜欢的就是长沙。“长沙有美丽的山水，有宜人的气候，很适合居住。”他还告诉记者，他和妻子都很喜欢吃长沙菜，喜欢吃辣椒，有时，他们到餐馆用餐，老板一看是老外，以为吃不了辣椒，就少放或不放，“饭馆不放辣椒我就不喜欢，要他们加”。

汪明先生说，他把长沙当成了自己的第二故乡，一有闲暇，他就会骑上他的山地自行车在大街小巷、城市周边转悠，感受这里的人文特色，呼吸这里的新鲜空气，享受人们的热情好客……

（载 2005 年 11 月 27 日《长沙晚报》）

三、行家门的旅游经

文化与旅游，在同一个舞台演绎辉煌

首届中国国际文化旅游节将于10月23日至11月13日在美丽的世界自然遗产地张家界举行，这是中国首次“国”字号文化旅游节。节前，省文化厅厅长周用金、省旅游局局长杨光荣接受了记者的采访，都谈到了文化旅游不可分割的关系，对二者在同一个舞台演绎辉煌充满了期待。

咬到了未落水的钩子

记者第一个想知道的是：为何会举办中国首届国际文化旅游节？首届举办地又为何会选在湖南？

两位领导都谈到，举办中国国际文化旅游节，是落实文化部、国家旅游局《关于促进文化与旅游结合发展的指导意见》的实际行动。“选在湖南，是文化部和国家旅游局对湖南文化、旅游业的肯定，也是对湖南文化、旅游产业发展的综合考虑。”杨局长说。

周厅长告诉记者，他曾和文化部的领导开玩笑地说：“你们放的钩子还未落水就被我们咬到了。”据他介绍，当时全国有多个省市在争取举办，但湖南抢先了一步。

杨局长还列举了一些数据。他说，湖南文化在全国已形成一种文化现象，如湖南卫视在美国、加拿大等近十个国家和地区落地，在境外影响很大。1999—2009年，湖南的旅游收入从120亿元增加到1099亿元，年增24.98%。文化强省、旅游强省已成为湖南的发展战略。

“胡大姐”的新角色

“很多人过去去张家界是奔那里的山水而去，现在则是奔那里的狐仙而去。”周厅长非常自豪地告诉记者，近年来，张家界在发展旅游景点的演艺业方面做了很多工作，光室内剧场就有 6 个，很多人喜欢看的“狐仙”，就是天下闻名的《刘海砍樵》中的“胡大姐”。《天门狐仙·新刘海砍樵》，是世界上首台具有故事情节的大型山水实景音乐剧，在张家界公演以来受到游客的广泛好评和欢迎，很多人看了一遍又一遍。而湖南文化与旅游结合相得益彰值得大书一笔的经典案例是湖南省文化厅策划的“国际乡村音乐周”。去年首届乡村音乐节举办前，正是全球金融危机最艰难的时候，张家界旅游深受其累，乡村音乐周，不仅给张家界带来了人气，还免费给张家界做了一次国际性宣传，当时，全球媒体发了一万多条报道，张家界也迎来新的发展契机。

杨局长在谈到文化在旅游中的角色时，精辟地分析道，游客是文化消费最重要的群体，文化作为一种产业，必须推向市场，游客群体本身也是一种传播文化的庞大市场。旅游作为朝阳产业，前景巨大，旅游传播文化，促进交流、提升形象。

没有“书院”的岳麓山难以想象

谁都知道，文化与旅游关系紧密，但紧密到什么程度？周厅长的见解是，文化和旅游是灵魂和躯体的关系，没有文化的旅游是没有内涵的，是不可能持久的。他还举例说道，来长沙的客人一般要看岳麓山，山哪里都有，岳麓山本身并没有多大优势，为什么人家要看，就因为这里有岳麓书院。如果岳麓山没有岳麓书院，就少了湖湘文化底蕴，会少了很多味。而省博物馆近几年来，每年光接待境外游客就达 35 万人次以上。长沙旅游市场缺少这些，是难以想象的。

杨局长也认为文化和旅游谁也离不开谁，他还谈到了文化遗产资源对湖南旅游的特殊意义。他认为湖南有三个景区很有代表性，就是岳麓书院、韶山、凤凰。岳麓书院让人对湖湘文化有深刻了解、有种感悟；韶山是红色文化，让人了解新中国来之不易；凤凰是千年古镇，湘西的历史文化在这个小镇就可以找到。旅游由观光之旅变成感悟之旅、收获之旅，这就是文化传播的重要作用。文化在旅游中所起的作用就凸显了。杨局长主张，文化和旅游两者要结合起来发展，营造一种氛围，推出一些合起来的举措，要通过旅游让文化产业红火起来，要通过文化把游客留下来，把景点推出去。

（载 2010 年 9 月 20 日《长沙晚报》）

与文化结合旅游才可持续

——专访亚太旅游协会副首席执行官、战略管理部门总管张科德

首届中国国际文化旅游节正在张家界举行，近日，记者独家采访了来张家界参加中国国际文化旅游节的亚太旅游协会副首席执行官、战略管理部门总管 John Mkoldwski（张科德）。

记者（以下简称“记”）：您作为亚太旅游协会官员，您认为旅游对文化的影响有多大？文化和旅游是一种怎样的关系？

张科德（以下简称“张”）：旅游是一个很神奇的东西，如果你不管理旅游，那么旅游就会来管理你，从很大的层面上来说，旅游就是要通过管理，实现最大限度的效益，使当地老百姓受益。正因为如此，我们认为旅游与文化有着非常紧密的联系，通过这两方面的结合，才能够真正意识到旅游的力量，将二者有机地结合在一起，使老百姓受益。

本届文化旅游节的意义就在于我们能够向世人展示旅游的魅力。我们这个活动实际上是开辟了一条大路，将文化与旅游结合，使得整个旅游事业得以可持续发展下去，文化与旅游结合，是一个长远的战略规划。张家界的旅游产品是很独特的，为什么呢，张家界拥有国际游客，同时还有非常独特的文化符号、文化标志，还有就是旅游融入文化、文化支持旅游的这么一个和谐的环境，我觉得非常重要的是，你们要保持这样的和谐和氛围。

亚太旅游协会副首席执行官、战略管理部门总管 John Mkoldwski（张科德）在接受记者采访

记：您到过中国的很多城市，

您对中国旅游业的发展有什么好建议？

张：在我们看来，中国没有必要在旅游方面过于重视接待游客的数量，你们有资源、有文化、有历史，有各个方面的优势，关键在于如何将方方面面的优势整合起来，提升到一个新的高度，所以我觉得质量的提升可能更需要注重，让旅游的收益，真正地让老百姓，比如说农民，真正地受益，让他们能够卖一些产品，通过这样的方式让老百姓受益是很重要的，从旅游上获得的一些投入产出也会更大一些。

记：如果让您推荐中国的旅游景点给国际友人，您会推荐哪些地方？

张：这个需要看游客的意愿是什么，他想去怎样的一个地方，对于很有经验的旅游者，而他又想体验一下中国的纯真、真正的中国，那张家界无疑是一个很好的选择。当然所有的这一切都是由你的兴趣决定的，如果想要不同的体验的话，那么中国可以给你各种不同的体验，只是看你需要哪一方面。在这些因素之外，我觉得最重要的一个因素就是中国人民的热情好客，这是非常重要的。

（感谢长沙国旅常务副总经理马昕给此次采访当翻译。载 2010 年 10 月 27 日《长沙晚报》）

中国将成最大旅游目的地国

——专访世界旅游组织可持续发展项目部副主任索菲亚女士

索菲亚女士

昨日，记者独家采访了来张家界参加首届中国国际文化旅游节的世界旅游组织可持续发展项目部副主任索菲亚女士。

记者（以下简称“记”）：您对张家界的印象如何？

索菲亚（以下简称“索”）：这是我第一次来中国。在黄石寨看到的一些景色觉得非常美丽。《魅力湘西》这个富有民族特色的歌舞表演很吸引人，当地的歌舞和民俗构成了自然和文化的强大吸引力。

记：您对中国旅游事业的发展有什么好的建议？

索：我们一直在关注中国的旅游业发展，近几年通过政府的努力，尤其在旅游业中中国得到了非常有效率的发展。张家界作为一个年轻的城市、新的旅游景点，有很好的基础，但还有很多事情需要做，才会成为一个世界级的旅游胜地。我们一直和中国政府有一个良好的合作，也会提出一些我们的规划。

记：您对张家界旅游的可持续发展有何建议？

索：我们建议把张家界作为一个观测点，使更多的人了解张家界，同时保持张家界的自然与文化的要素，保持它们的原样，可以使很多代以后的人们还可以原汁原味地感受张家界，可以不断地、持续地来看世界奇观。

记：您觉得中国旅游业对世界旅游业的发展有什么影响及作用？

索：中国多年以来的旅游增长速度是最快的，有一个很有名的预测，今后20年内，中国会成为一个世界级的最大旅游目的地国，这是有据可凭的，中国的旅游业在各个方面还具有很大的潜力，前景广阔，我们世界旅游机构的全体专家都坚信这一点。

（感谢长沙国旅常务副总经理马昕给此次采访当翻译。载2010年10月24日《长沙晚报》）

张丰：站在国际旅游小姐背后的美丽使者

张丰，国际旅游小姐组织亚洲主席，浙江唐风汉格形象设计有限公司（下称“唐风汉格”）的创始人，也是2011国际旅游小姐中国区总决赛的执行主席。数年前，他拿下国际旅游小姐大赛总决赛代理权，开启了中国旅游业的美丽赛事。作为国际旅游小姐组织亚洲主席，他一年有四个月待在新加坡亚洲总部，目前，他和他的团队又开始为8月份在西安举办的2011国际旅游小姐总决赛做准备。近日在大连，本报记者独家采访了他。

张丰留影

无心之举成就非凡舞台

记者（以下简称“记”）：很高兴能在大连赛事上见到您，请您谈谈是什么样的契机让您加入国际旅游小姐大赛这项美丽赛事？

张丰（以下简称“张”）：我毕业后在杭州从事服装产业，1993—1997年，一直做时尚服饰企业的品牌建设与营销。随着中国服饰业高速发展，我们也力求有所突破，想寻找新项目。正好2003年，杭州提出“新杭州、新品牌”口号，市委市政府要求以新模式宣传杭州，贸促会找我们商量，2003年3月我们决定引进“旅游小姐”。当时国内其他地方也开始在做这个事情，环球小姐在山东，世界小姐也在此时进来了，项目引进后我们重新策划，将旅游小姐同旅游产业结合在一起。其实，将旅游作为一件事情来做，当时是一种很无心的行为。引进后却发现，旅游行业是暴利行业，比服饰比时尚更赚钱，于是，我们逐步退出时尚开始做旅游。当时国内策划机构几乎没介入旅游产业，我们就考虑如何搭建一个平台，重新策划，将“旅游小姐”同旅游产业结合在一起，于是，就引进了国际旅游小姐冠军总决赛项目，并签下2004年到2008年连续5年国际总决赛承办权合约期。从2004年开始，国际旅游小姐冠军总决赛作为杭州一年一届的西湖博览会立项项目。

中国选手的弱势在语言和性格

记：从2004年到现在，已经办了八届旅游小姐赛事，好像中国选手在世界旅游小姐总决赛中，从来没有拿过冠军，您觉得原因在哪里？今年的选手与往年比，有什么变化吗？

张：一个优秀的旅游小姐，一要有亲和力，在陌生的环境面对陌生人能够快速有效沟通；二要有一定的旅游知识；第三，姣好的外表也是必不可少的。世界旅游小姐总决赛中国选手没拿过冠军，我觉得主要是中国选手在语言和性格方面有弱势。中国选手比较腼腆，不善于同国际评委和嘉宾沟通，不善于展示自己；同时，很多选手英语说不好，也造成她们同国际评委和嘉宾之间的交流不顺畅。其实中国选手自身的硬件素质还是蛮好的。

今年有更多模特界以外的人加入了进来，有从事导游工作的，有在大学学其他专业的。旅游小姐比赛不是选模特，我们需要有各类综合素质的人进来，有更多模特界以外的人进来。另外在身高方面，你们也看到了，今年我们没有要求1.75米以上，1.65—1.68米的有十几个。而且基本上做到70%以上省级赛区由省旅游局组织，以便吸引更多旅游业的优秀人才参赛。国家旅游局也很看重国际旅游小姐赛事，局长邵琪伟连续三届都出席了国际总决赛。

国际旅游小姐大赛不是纯粹选美

记：旅游小姐大赛举办了这么多年，您一定很有心得，您觉得最让您满意或最成功的是哪一届？

张：我觉得成功的地方主要表现在我们的平台同旅游产品的紧密结合。

在提升景区品牌方面，最成功是浙江西塘，可以说西塘是在国际旅游小姐赛事的推动中迅速走向世界的。2004年前，西塘几乎是一个无人知晓的小乡镇，西塘的开放同我们赛事品牌建设是同步的，数据是很说明问题的：2004年，我们介入西塘经营时，西塘古镇门票收入是12万元，2008年我们离开西塘时，门票收入达7200万元。按西塘官方统计，这五年，他们的旅游总收入每年递增74%，西塘古镇一跃成为世界知名旅游城市。在规模方面，2008年郑州那次是最成功的，当时除赛事外，还有几个项目合在一起做，如旅游商品交易会，世界著名旅游城市市长论坛等，当时，有93位全球城市市长、178个国内旅游城市市长参加，后来城市市长论坛成为常设机构，由国家旅游局主办，两年一届，落户在郑州。国际旅游小姐作为一个平台，由此脱离了纯粹的选美概念，成为一个综合性的活动。今年在大连也不仅仅是旅游小姐赛，我们在旅顺湾准备成立双岛湾经营中心。同时，旅顺的很多百年老建筑，如关东军司令部等也是我们的关注点。

旅游小姐大赛绝非一场浮光掠影的选美比赛，而是要让美丽赛事成为时尚产业经济体系不可分割的一部分，而且旅游小姐还将承担着拉动多项时尚文化产业互通合作、共同发展的责任，为创造中国创意产业大环境尽自己的力量。

赛后介入旅游景区经营是我们的赢利点

国际旅游小姐大赛同其他赛事最大的区别在于政府主导，不是纯商业行为。2004—2006年，中国旅游业是由旅游局和国资委管辖的，私人化程度很低，作为一个策划公司或广告公司，你想要和政府平等坐下来对话，几乎是不可能的，因为身份不对等。由于当时政府在投入方面有局限性，开始我们的运营非常困难，为什么能坚持下来，当时，我们将国际旅游小姐作为我们公司引进的国际大公关活动，这个平台，我先贴钱给政府做，让你了解我们公司实力，接下来再进入你这个区域的旅游景点进行旅游推广。我们的赢利方式与很多文化公司不一样，我们看重的不是一次赛事赢利多少，就是参赛选手的报名及培训（包括机票、吃住）全是免费；对获奖选手，我们从来不收经纪费用。但作为公司，我们必须要赢利。赢利点在哪里呢，就是赛后介入这个地区的旅游景区经营，我只是将赛事作为突破口，作为一个平台。

平台既为政府所用，也为我们所用，达到双赢的效果。我们需要双赢，和政府合作也需要双赢。通过平台，宣传这个地区的旅游，提升这个地方的知名度，然后我介入这个地方的经营，我还给你政府带来投资，投资必须要提高你这个城市的知名度，我才有回报。如旅游小姐与西塘牵手合作短短五年时间，西塘便从一个几乎无人知晓的小乡镇一跃成为世界知名旅游城市，由此产生的经济收入数十倍增长，而淳朴善良的古镇居民也通过赛事的窗口认识了世界，迈出了创造美好生活方式的第一步，各项投资合作计划为这个美丽的古镇创造着数不尽的财富和活力。

（载 2011 年 5 月 16 日《长沙晚报》）

李明："想明白"再去旅游

李明，亲和力旅游湖南省中青旅国际旅行社有限公司董事长。2000年，他从团省委某处长的职位上"华丽转身"，到湖南中青旅干起了旅游业。十年中，他带领他的团队创造了旅游界一个又一个"神话"：第一个开控股子公司，第一个将子公司改为分公司，成为国内唯一一家销售网点覆盖全省的旅行社，并将分社开到周边省；建了中国内地第一家游客主题高级会所"亲和力旅游会所"；去年缴税400多万元，成为省内第一个税收过百万元的旅行社；2012年公司将力争上市，成为省内首家上市的旅行社。

从融合中体味和谐

记者（以下简称"记"）：旅游业可让您放弃官场，那您对旅游的感悟是什么？

李明接受记者采访留影

李明（以下简称“李”）：旅游能够让消费者在和大自然、历史人文亲密接触的过程中，感受到人和自然、人和历史文化的融合，从而得到一种精神上的放松，这种放松可能在未来会让他们更感知自我，珍惜家庭，从而带来生活和谐，让他们有更好的状态在自己本职的工作岗位上做出更大的贡献。因此，我觉得旅游业是一种高尚、崇高的行业，这是一件对世界对民族都有意义的事情。

旅游市场的“三个时代”

记：您觉得中国游客与外国游客在旅游方面有没有什么差异？

李：我更宁愿从宏观方面看待这个问题。我们和西方一些发达国家处于不同的市场阶段，像美国、西欧、日本这些发达国家和地区，他们的旅游已经发展到了第三个时代，即“休闲旅游时代”。而在我看来，任何一个国家旅游市场的发展势必要经过三个时代：“跑马观光时代”、“购物观光时代”和“休闲旅游时代”。现在中国大部分的老百姓攥着不多的钱出去旅游，肯定是想多跑点地方，也就是“购物观光时代”，但是我们也有一部分消费者已经处在了“休闲旅游时代”，比方说一些企业家或是拿高薪的职业经理人，他们都会有自己的一些度假计划。其实中国的游客与外国的游客在本质上是没有区别的，只不过他们的消费需求与消费能力决定了他们的消费阶段。

记：如果让你对国内游客提出一句忠告，你会说什么？

李：我还是建议他们想明白想清楚再去旅游，我希望他们出去的时候能够代表湖南形象、中国形象。你必须想清楚自己是去干嘛的？是为了放松，活得开心。想清楚再去旅游才会觉得“值”，会明白买的东西划不划得来，然后去理性消费。我希望我们的消费者越来越理性，越来越成熟。

有文化的企业生命力更长久

记：您是如何看待企业文化的？

李：在我2000年跨进旅游业时，旅游业态是个心态很不好的业态，比方说我们的导游在外面带团，看到有钱人大把挥霍，心态极容易失衡。那么作为我们来讲，就希望我们各个层面的员工心态要好，要懂得惜福和感恩。但这仅仅只是企业的价值理念并不是企业文化。文化对企业来说是一个奢望，比方说我要你说出一个人要有文化是个什么概念？至少是 30 岁以后你才能说一个人有文化。那么我们回过头来说，一个企业要有文化就比一个人要有文化时间要更长，我们不可以轻言哪一家企业有文化。

就我个人的知识储备来说，我在中国还没看到一家有文化的企业，但是在西方国家却已经有了，比如奔驰，它的文化是车辆的高贵、身份的象征；比方说 LV 包，它是皮包界最高贵的……一个企业有了文化，它的文化是要卖钱的，为什么 LV 卖得贵？它就是代表高贵的文化，所以卖得贵。如果一个企业解决了文化问题，那么这个企业的生命力将会更长久，那就会出现"百年老店"，甚至是"千年老店"。当然，人类社会之所以看不到"千年老店"，是因为人类社会有变更、有战争和灾难。

消费者是决定旅游业变化的原动力

记：您觉得现今旅游行业的新动向是什么？

李：我总是在研究消费者。所以在我的字典里有两句话：要从消费者的角度去思考问题，从消费者的立场去处理问题。一个企业就是要研究消费者的变化，行业的变化，未来的变化。我觉得近几年的变化就来自于消费者的规模还在不断扩大，消费的方向越来越理性，购物的性价比越来越成熟，他们已经不是简单地从价格方面去挑选，而是更多地考虑性能。原来我们所面临的消费者都是激情消费者，是政府机关，是国有企业，他们消费的时候不理性，而如今的消费者结构在发生变化，越来越多的是个体消费者，而个体消费者看似千差万别，实际上他们的需求是可以共性化的，即他们会购买性价比高的产品，所以说消费者群体在悄然发生变化，由过去的团体消费到以家庭、个体为单位的消费群体，而这种消费群体就是我们业态企业最好的服务群体，因为我们能很好地把握他们的需求。所以"亲和力"从一开始的定位就是更多的个体消费者。"消费者的变化是决定一个行业变化的原动力"，所以说"消费者是上帝"，他可以决定一个行业的规模，决定一个企业的生存和发展。消费者不变，谁变都是假的，谁变都是死路一条。

人生和事业都要有“亲和力”

记：你人生的目标是什么?

李：在2000年，我来这个企业的时候，企业的净利润是16万，销售收入是2000多万，没有交过税；在我手上大规模开始交税也是从2009年开始的，交了410多万；而到了今年9月底，销售收入已达8.1亿，预计年底将达11个亿。而这些变化绝不是个体的因素而是团体的因素，是一个行业的因素。但我们要做的就是做出湖南省的第三个产业亮点，这就是我人生价值存在的意义。当一个人把目标价值上升到了自身存在的意义之后，他浑身就会充满力量。当前，旅游企业最大的优势就是中国有全球最大的市场，并且这个市场蒸蒸日上，如果我们漠视了这个市场，浪费了这个机会，就会很遗憾。我要做的就是“让亲和力走向世界”，做全球同行业之中的NO.1。我对这个行业的发展以及个人的职业规划有一个很明确的看法，今天做的事情一定是昨天就已经规划好了的。如我们在6年前就开始在怀化部署我们的第一家分公司，这一家分公司设置的目的就是为了设置更多跟客户对接的网络，6年间，我们开了百余家门市，所以就有了近日的日本包机。

在我看来，有两件事决定了一个男人的存在意义。第一，打造一个团队，这个团队可以承担更多的社会、国家和民族责任；第二，自身的成长凝聚了很多人的帮助，我希望我的存在能够影响到、帮助到更多的人，让他们在这个团队中间或者是这个团队能够辐射到的领域内得到更多的开心、财富和自由。

（载2010年12月6日《长沙晚报》）

黄朝晖：旅行是微笑的理由

黄朝晖，长沙市旅行社协会会长、长沙中国国际旅行社有限公司董事长。上世纪80年代，在中国大部分老百姓还对“旅游”这项娱乐活动“鞭长莫及”时，他成为了第一个“吃螃蟹的人”：1985年开创了长沙至岳阳的湖南省第一条水上旅游航线；1986年成立了以经营水上旅游为特色的“云帆”旅行社，为湖南省培养了第一批兼职导游；80年代末，湖南省首家旅游公司“长沙云帆旅游公司”也在他的精心策划下正式挂牌成立。

旅游事业“搭乘”邮轮完美起航

记者（以下简称“记”）：据说长沙国旅是（香港）五星级超豪华“丽星邮轮”、意大利“歌诗达邮轮”及国际多家知名邮轮品牌的湖南省总代

黄朝晖留影

理，您当时是怎样发掘出“水上出境游”这块香饽饽的呢？

黄朝晖（以下简称“黄”）：我上大学时学的是海运管理，凭着专业的敏感，一直都很留意国际上旅游发展的新业态。上世纪90年代中期，我到香港、马来西亚、欧洲、美国考察时，发现这些国家的邮轮旅游都很发达，那时“邮轮旅游”还算是一种高端产品。我当时就想，随着中国经济的不断发展，“邮轮旅游”应该会慢慢渗透到中国。所以从90年代末开始，我便利用国外一些著名品牌邮轮停靠香港的良机，组织湖南游客在香港搭乘邮轮观光，至今，已有几万名游客享受到了我们提供的奢华、浪漫的邮轮之旅。

最漂亮的地方是“中国”

记：在您丰富多彩的旅行经历中，最难忘的是哪一次？您认为世界上最漂亮的地方是哪里？

黄：我到过80多个国家和地区，最让我心灵震撼的还是阿根廷与巴西边界的伊瓜苏瀑布。这是世界上最美的瀑布，层层叠叠，连绵几公里长，气势恢宏，在距瀑布还有几公里时，耳边就传来轰鸣的水声，再走几步，漫天的水雾扑面而来，整个人仿佛置身于缥缈梦幻的仙境里。瀑布四周的热带丛林郁郁葱葱，生态环境十分优美，大自然的大气与秀美在这里完成了最绝妙的结合。此外，亚马逊河也是很值得去看的。亚马逊河两边布满了原始森林，珍贵的树种和奇花异草让人目不暇接。最让我觉得刺激好玩的是坐在划艇上用小块牛肉钓食人鱼，你千万别小看这些小巧玲珑的家伙，它们牙齿锋利，一旦发现猎物往往发动“群攻”，可以在10分钟内将一头活牛吃得只剩一堆白骨。尽管国外的风景让人流连，但在我看来，世界上最漂亮的旅游目的国还是中国，在中国960万平方公里的土地上，有高山、有平原、有溪谷、有草地，还有悠久的历史文化旅游资源，可以说，什么都不缺，且互补性强，中国也正在一步步地从旅游资源大国发展成为旅游强国。

老祖宗留下来的东西是重要的旅游资源

记：您认为人文景观在旅游中会起到什么作用？

黄：中国有几千年历史，老祖宗给我们留下了丰富的历史遗产，像古代壁画、古村落、古城等，都是重要的旅游资源，吸引了大量的中外游客。我们应该爱惜文物，保护文物。也许是因为中国历史太悠久，很多人觉得老祖宗留下来的东西过多过滥，俗话说“物以稀为贵”，东西一旦“习以为常”了就不被珍惜了。其实那些东西不仅仅只是一件文物一座房子，更是一段历史，一份文化的沉淀，我们要保存好保护好老祖宗留下来的财富，让它们千秋万代地传承下去，让子孙后代更多的人感受到、领悟到悠久而古老的文明。

“抬头挺胸”去旅行

记：您如何看待当下盛行的“低碳旅游”？

黄：大众旅游时代的到来也宣告着低碳旅游的华丽开幕，在我看来，低碳旅游在环境保护方面应该加大立法。首先要保留原生态的自然旅游景点，少雕琢；其次，车路应在山脚下戛然而止，鼓励游客步行上山；再次，在核心景区内不要轻易搞建设，像雕塑、亭子什么的都没有必要；最后就是要统一开发旅游资源，现在在很多旅游资源“同质”的地区，旅游规划和建设交叉、重复、混乱的现象很严重，这样势必造成资源的浪费。

记：在您心中，“最完美的旅行”要具备哪几个要素？

黄：我认为没有“最”完美的旅行，只有“相对”完美的旅行。这就是首先要有尊严，无论是在国外、景区、住宿甚至是在飞机上都应当受到尊重，得到重视；其次要有所得，要充分感受旅游地自然风貌、历史人文景观、异国民俗的滋润，其中你能够看到、学到、了解到一些你从未知晓的东西；最后在旅行过程中要愉快、惬意、学会享受，旅游是物质与精神相结合的特殊商品，其精神性要远大于物质性，所以在旅行途中要学会用心去感受每一个微小的细节，或许它“一不小心”就成为了你下一个微笑的理由。

（载 2010 年 12 月 13 日《长沙晚报》）

廖纯华：做旅游每天太阳不一样

廖纯华，长沙蓝天航空旅游有限公司的总经理。一位修过三线，当过团支书，也吃过很多苦的女干部，在事业很顺时，她每次都急流勇退，华丽转身。从上世纪80年代初开始，她一直从事旅游工作，走南闯北的同时，也游遍了大好河山，她喜欢旅游，更喜欢做旅游。她说："做旅游，每天看到的太阳都不一样。"

喝着营养茶，看着川流不息的车流，我和蓝天航空旅游的廖纯华总经理就这样坐在咖啡厅临窗的位置闲聊着，话题不知不觉就扯到了旅游，于是，一段湖南旅游发展的历史在我面前徐徐展开，我的心情也随着其中的艰辛、酸楚、喜悦而激动着。

廖纯华在海南蜈支洲岛

摆着地摊推销张家界

廖纯华从1984年开始做旅游。那时，人们对旅游基本上还没有概念。“当年，作为湖南旅社的副总经理，我先后被派到大连、中央电视台学习服务行业规范化管理，出去学习，视野开阔了，回来就写了一本湖南旅行社服务规范标准手册，在当时影响很大。湖南旅社成立湖南省商界第一家旅行社——长沙旅游服务社，我兼任了总经理。”廖纯华说，为了扩大影响，当年，她们组织全国各大中型旅行社总经理到张家界开会，当时张家界还没对外开放，从长沙到张家界玩4天只要45元/人。“我们是早晨6时从长沙出发的，一路颠簸，车子8个轮胎，一路下来换了7个，到晚上12时多才到张家界。”开朗的廖纯华笑着谈着当年的艰辛。她说，那个时候当地还没有宾馆，她们住在索溪峪商业招待所。招待所没有东西吃，只好自己动手做馒头解决早餐问题。不过效果很好，长沙旅游服务社从此加入到了全国商业旅行社圈子，她也成为全国商业旅行社（当时全国有70多家旅行社）最年轻的常务理事。廖总说：“当时做旅游真的很辛苦，记得有次在无锡一个宾馆开全国旅游会议，与会的同行都在宾馆前面的坪里推销本地风光。为推销张家界，我们也在坪里摆个地摊，将文字资料放在地上，然后拆下宾馆床单，将张家界的风景照片用大头针钉在床单上，两个人扯着床单站在坪里展示，一天下来，连腿都是硬的。”

据理力争，免了7万罚单

1993年，廖纯华调到省国旅。

当时国际旅行社业务都是接待型不需搞销售，任务由上面一级一级往下派。她去了后，创建了假日旅游公司，并打破常规，率先将国内旅游融合到国际旅游中去，组织国内公民出去旅游。

在当时，要组织人们出去旅游，不是一件容易的事。廖总认识到，要走出去销售，要广而告之。当时各大媒体都没有旅游广告宣传，怎么能广而告之呢？廖纯华说：“1994年，我想到了办法：在当时长沙最繁华、人流量最大的地方友谊阿波罗（袁家岭百货公司）商店一楼大厅租了个摊位，放上几张桌子和旅游线路资料进行宣传，效果很好。”“记得我们当时策划的‘告别三峡游’，吸引了很多人，一周可收客上百人。”廖总说，但好景不长，工商局的人几次找上门来，说她们是异地办公销售，要罚7万元。后来直接找到廖纯华办公室，大有不拿到罚款不罢休的气势。廖纯华据理力争，问工商局：“商店里的衣服、鞋子等是商品，我们是做旅游，线路就是我们的产品。旅游也是商品，我们在商店租门面销售旅游产品，为什么要罚款?”终于说服了一位副局长，他对廖纯华说：“你好厉害，但我在你这里听到了新观念：旅游是商品。”“那一刻，我好高兴，一方面为7万元罚单可免，另一方面，我第一次将‘旅游是商品’的概念灌输给了他人。”廖总欣慰地说。

做旅游每天太阳不一样

因为想做个自由人，1997年，廖总从当时有“旅游业神话”之称的国旅出来，成立蓝天航空国旅。廖总告诉记者，她很喜欢出去旅游，经营旅行社后，每推销一个地方，她都是先自己去，反复去，有了感受，才介绍别人去。她说，做旅游不简单，其中有美学、心理学，你要学会欣赏，才能将美带给他人，介绍给他人。“如果你自己都觉得不美，怎么会将美带给游客。”

廖总做旅游，更喜欢个性旅游，一有闲暇，就会找个地方度假。她说：“只有按照自己的方式出去玩，才能彻底放松。我每年春节出去，一玩就是十来天，纯休假性质，很享受的。”她告诉记者，去一个地方旅游，玩的方式很重要，方式不一样，一个地方就是去五六次还会有新意。如她去过蜈支洲岛五六次，住在岛上的小木屋里，满岛的鲜花，浪花冲在礁石上，那种感觉特好。她说旅行社要根据游客的兴趣专门设计线路。如去武隆，光到武隆不行，要先坐飞机去重庆，再去武隆，玩3天后，坐豪华游轮从三峡回来，这与飞机去飞机回感觉完全不一样。

“做旅游每天见到的太阳不一样”，廖纯华说。问她原因，她说，因为“每天见的人都不一样哩”，旅游是个阳光行业，它让人快乐工作，快乐生活。

（载2011年4月11日《长沙晚报》）

罗戟：旅游是积累“财富”

罗戟，湖南人民对外友好协会理事，长沙市导游协会会长。这个1978级的大学生，讲得一口流利的日语，他坚信“与人快乐，自己快乐”，30多年来，始终满怀着新鲜感，做着快乐的导游，积攒着“可以带到天国去”的财富。他带团跑遍了祖国的山山水水，跑了地球上许多个国家和地区。

旅游不能“货比三家”看谁便宜

记：去年阿珍事件后，今年春节期间又发生了香港导游强迫内地游客购物而发生的不愉快事件，您怎么看待导游带游客购物拿回扣？

罗：游客旅游中要吃得好、住得好、玩得好、消费得好。购物就是旅游消费中的基本要素。因购物造成导游被投诉的问题，改革开放的前20年没有，是近几年才出现的。其原因：一是旅行社、导游和商店之间的利益驱使

罗戟留影

造成的。导游因旅行社旅游产品设定价格太低，只能靠游客购物来为公司、为自己挣钱，导游压力太大，当然个别导游本身的素质低也不容忽视。但无论如何，做导游不能把心思放在引诱游客购物拿回扣上。二是在处理这个问题方面游客本身不当造成。出去旅游是为了陶冶情操，带来快乐。不要像个难民一样任人宰割，不能明知那个旅游产品有问题，却因“便宜”还要报名。旅游产品不能用“货比三家”的心理去消费，性价比更重要。

导游要千方百计让游客快乐

记：作为长沙市导游协会会长和有着30年导游经历的前辈，您觉得要做好导游，最重要的是什么？

罗：很多人问过我，怎么还在做导游？我说我是将旅游作为自己的事业在做。我热爱这行，30年时间，中间有很多机会转行，但是觉得导游还是我的最爱。

做好导游三条很重要。一是精心准备，任何时候上团都要当成第一次。二是坚持不断地学习，多看书、多看电视，了解时政，扩大自己的知识面，这样就与游客有更多的交流话题。三是保持新鲜感，你的导游词是背熟了的，是基本不变的，但游客是第一次。你要站在游客立场考虑问题，让他们有新鲜感，你就不能厌烦要有激情。人与人之间一旦有了新鲜感，很多矛盾就可以避免，生活就有了无穷的乐趣。好的导游就是要尽力让游客在旅游过程中获得愉悦。这样，他认定了你，以后还会找你。比如我导游的很多都是回头客。旅游产品是个快乐的产品，导游自己要快乐，也要让游客快乐。

对马王堆文物“百看不厌”

记：您去过很多地方，您对哪个地方印象最深刻？最喜欢看什么风景？您最难忘的一次经历是什么？

罗：西藏让我很震撼，1997年我第一次去西藏，还在飞机上，我就开始兴奋，飞机贴着雪山飞过去，让我知道了“什么是蓝天，什么是白云”。那种“蓝”让人心醉，那种“白”能使心灵得到洗涤，这种对自然景观的感悟仿佛一下子就让人的思想得到了升华。如果身体允许的话，我还想带团去。我带人在日本北海道的冰天雪地里钓过鱼，在零下30摄氏度的天气里，要安安静静坐着等鱼上钩，很不容易，但我们坐了半个小时。这是一次旅游中难得的体验。

我很喜欢人文景点，对文物的兴趣让我很有动力，做了这么多年的旅游，我带过成百上千的团队参观湖南省博物馆，每次都是自己跟团讲解，但我对马王堆汉墓文物一直看不够，可说是“百看不厌”。

旅游是积累带得走的“财富”

记：随着生活水平的提高，旅游逐渐成为一些市民的生活常态，您建议游客去哪里玩？

罗：旅游是一种很健康的生活方式，建议市民在经济允许的情况下多出去走走，至于去哪里，这要根据个人的兴趣爱好，如内蒙古、新疆、东北、日本、欧洲、美加、湘西、怀化、吉首这些地方自然景观都好。不过，出发前一定要做好功课，不要明天有时间了就急着出去。这样你就不会泛泛而游。

一个人的价值是他（她）经历了多少，而不是有多少房产，有多少积蓄。我去过十几个国家和地区，其中东南亚、韩国去过很多次，日本更是去过上百次。每次回来将旅游经历整理一下，这是一笔很大的财富。人“百岁”后，什么也带不走，但旅游中看到的、学到的却可以带走，这些财富可以带到天国去。

（载2011年2月28日《长沙晚报》）

乡村旅游路在何方

——采访李青峰纪实

乡村旅游未来的发展方向是怎样的？相信这是很多农家乐经营者关心的话题！下面我们就同一位国内乡村旅游发展的先行者一起，共同探讨未来乡村旅游的发展趋势。

李青峰，一个不甘平庸、才华横溢的风趣男人，对发展休闲农业与乡村旅游有着一份固有的执著。他到过韩国、东南亚及中国的台湾、北京、上海、广东、成都等近五六百家休闲农庄；他曾在百果园、浩博农庄、千龙湖度假村等知名休闲农业企业任过总经理，带着“做好一家，不如提升整个行业”的责任感，两年前华丽转身，成为金一企业管理咨询有限公司董事长，带领他的团队在全国率先创立了“POO”体系，为休闲农庄提供规划、运营和创意，他说他要打造中国休闲农业与乡村旅游的“黄埔军校”式的“黄埔农校”。

“游”出乡村“三生”

记者（以下简称“记”）：近年来，到休闲农庄旅游已成为都市人周末休闲度假的一种生活常态，您能谈谈您对休闲农业的理解吗？您觉得目前休闲农业与乡村旅游有什么新动态？

李青峰（以下简称“李”）：休闲农业是依托于农业资源，提供市民休闲乐活的一个场所，其依托“三农”而延伸的“三生”（生产、生活、生态），直接带动相关产业的发展。休闲农业和乡村旅游是一个完整的链条，双方是一种递进关系，也是联络城乡感情的纽带。

随着生活水平的提高，城乡一体化的推进，市民对那种钓钓鱼、打打牌、吃吃农家饭菜的纯粹的休闲式的乡村旅游已越来越没有了兴趣，他们要求有视觉上的愉悦、行为上的互动体验，甚至要求能学到新的知识等等，这就要求休闲农业向创意农业、观光农业、设施农业等方面转型。

难忘“艺术化”的农庄

记：看过很多休闲农庄及度假村，让您感触最深的地方在哪里？

李：这几年，因为商务考察或旅游，我去过韩国、东南亚以及我国的台湾、上海、北京、广东、成都等国家和地区的五六百家休闲农庄，让我感触最深的地方是台湾，每一家都做得很用心很精致很艺术，一个个农庄就好像一个个艺术大师打造出来的作品。如台湾“古堡”，这个地方是它的主人花了十二年心血建成的，其修路、筑墙、建阶梯的耐火砖全部是从欧洲运来的；七尺露台中间有花草、香草，还有非常有轮廓的木头做铺垫，那个木头摸上去有一种沧桑感，那种感觉让人有发自内心的感应。

台湾农庄的产品深度加工也做得很好。如位于台北的大湖草莓园，草莓田之间全用糠壳覆盖，游客下去摘草莓绝不会弄脏鞋子，他们还开发了草莓冰激凌、草莓火腿肠、草莓香肠等系列产品。园中草莓造型的房子、景观也特多，营造了一个浓浓的氛围，那种意境，让人特别有感觉。

“低碳”生活就在身边

记：这两年有关方面一直在倡导低碳旅游，低碳旅游和休闲农业与乡村旅游有什么关系？您是怎样理解的？

李：休闲农业和乡村旅游本来就是一个低碳产业，它的植被茂盛，生态环境好，种的水果蔬菜、养的牛羊猪狗鸡，这些都是很环保很健康很低碳的，城里人到这些地方去消费旅游，就是低碳旅游。现在，长沙有些休闲农庄和度假村要求游客将车停在景区外，用电瓶车、人力车接待游客，浩博农庄甚至安装了污水循环处理系统，这就让景区本身更加低碳环保了。不仅如此，有些农庄还走出“家门”，将“低碳”送到了城里，送到了市民庭院甚至阳台上，金庭农业打造的阳台农庄正受到市民的喜欢，在自家阳台上就能享受自种的蔬菜，开启了“基地＋公司＋市民”的新模式。

与众不同才值得推荐

记：您心目中最完美的休闲旅游是什么样子的？如果有市民想去休闲农庄度假，您会向他们推荐哪里？

李："完美"只是一个相对的概念，但可以通过一个典型的东西来描述一下，比如说垂钓，原来是追求钓鱼的数量，鱼的品种，现在更多是追求过程，追求一种情趣。这就要求垂钓地的环境和硬件能让人愉悦，让人放松。还有配套的服务要做好，只有硬件和软件结合起来，才有完美的享受状态。

如果让我推荐休闲农庄，我会推荐特色鲜明的。在省内，我觉得怀化的日月湖，娄底的新天地，长沙的润泉山庄、浩博农庄、湘楚和道源、龙聚福都是很有特色的地方。在日月湖，你可以体验合拢宴、感受侗家文化；在润泉山庄有很好的"新"商务氛围；在新天地，你可以看到并吃到稀有的动物，像东北孔雀、鳄鱼等；而湘楚和道源则是一个运动型的农庄，有2000平方米的乒乓球、羽毛球体育馆。

（载2011年1月24日《长沙晚报》）

农家乐原来可以这么做

辣椒长在高高的树上，南瓜100多公斤一个，鲤鱼十几万元一条，瑞士小镇搬到了深圳山上……你相信吗？近日，长沙近20家休闲农庄的老总们就在市农业局（市乡镇企业局）领导带领下，在广东的珠海、广州、深圳见到了这些匪夷所思的事情……

珠海农科奇观——大棚里生长“世界之最”南瓜

走进以无土栽培农业为主题的旅游基地珠海农科奇观，那里一座座现代化的温室大棚立即吸引了我们，瓜果大棚、蔬菜大棚、花卉大棚……令人目不暇接。在巨型南瓜园里，有数十个目前世界上最大的南瓜品种，还有每个重达100公斤、各种颜色的巨大南瓜。而在五彩茄子及七彩太空辣椒园里，有红、黑、橙、黄绚丽多彩的茄瓜；长在树上一串串亮丽硕大的太空辣椒；花一般美艳的羽衣甘蓝；青翠碧绿的小青瓜……如果不是亲眼所见，你不会相信人世间居然有这么美丽的蔬菜。而在芦笋园、玫瑰园、荷花园、蝴蝶兰园、香草园、八卦田园、阴生植物园等专题园林，花的馥郁，树的茂盛，草的翠绿，让人尽享自然。还有多种娱乐设施，如踏水车、步步登高、织布机，使久居城市中的人们一尝返璞归真的滋味。

农庄简介：

珠海农科奇观是一处集现代科技农业生产景观、传统农业种植景观和旅游观光于一体的农科大观园，是珠海“一日游”的热点。该景区建有分子生物学实验室、化学分析实验室、组织培养室、大型自动化育苗温室，78座钢架玻璃温室大棚，引进、繁育世界各地名优瓜果、蔬菜、花卉500多个品种，形成奇特的高科技生态农业景观，可以提供“吃、住、游、玩、购、行”一条龙服务，这里年均接待游客30余万人，年均旅游创收达1200多万元。

观点集萃：

新江生态产业园董事长史文学、百果园农庄总经理邓洁观后颇多感慨：珠海农科奇观因科技使普通果蔬变得不普通，具有极强的观赏性。同时这里的植物花卉盆景外卖、DIY体验乐园、“珍奇蔬菜文化节”等，盘活了果蔬花卉经济，这正是长沙农家乐需要好好学习的地方。

顺德长鹿农庄——“弹射飞人”带你两秒钟冲到32米高空

古树、老井、小桥、流水、木船、草屋、栈道、凉亭、游乐场……位于广东顺德的长鹿农庄，绝对让你一见钟情。她是古朴的，古朴到让人如置身世外桃源，悠然忘忧；她是亲切的，亲切到让人如同回到老家，通身舒畅；她是动感的，动感到让人脚不停歇，想穷尽她的美丽；她也是现代的，现代到可以让你想怎么High就怎么High。这里，有临水而建、幽静的草屋别墅，有做陶艺、酿糯米酒的农耕体验，有攀爬、户外拓展等让你尽享农家乐趣。这里，有一投食就聚拢过来争食、亲切到可以吻你手指的美丽锦鲤；这里，有喷泉、云雾、沼泽、水帘洞及冲浪五个捉鱼区的梦幻捉鱼；这里，有2秒钟带你冲到32米高空的广东首家弹射飞人，有比大摆锤还要刺激3倍的“流星锤”，有让你恐怖惊悚、吓出一身冷汗的全球首艘鬼船“哥德堡”号；这里，聪明的猴子会骑自行车、大象是按摩技师、小猪小鸭会跳水；这里，你还可享受SPA、水疗等服务……

农庄简介：

长鹿农庄建于2002年，是一个集岭南历史文化、顺德水乡风情、农家生活情趣于一体的“农家乐”主题公园，由“度假村”、“游乐城”、“欢乐岛”、“生态园”四部分组成，各部分由鹿鸣桥、迎宾天桥、嬉波浮桥相连，有超过十万平方米的浩瀚狂欢水上世界。

观点集萃：

对这个农庄发展背景颇了解的金一企业管理咨询有限公司副总经理谢秋华向记者介绍，这个仅有40万平方米的长鹿农庄已创造了珠三角地区旅游业的奇迹，成为市区游客心目中理想的休闲胜地，这得益于它的先总体规划、后分期开发，引入智囊机构，从而规避了重复投资和项目先天不足的风险，而湖南休闲农庄在这方面的投入明显不够，基于此，我们成立了湖南首家休闲农业专业咨询公司，服务于全省的休闲农庄，并立志于做中国休闲农业的引擎。

深圳东部华侨城——登上110米旋转式“自然之眼”观光塔

如果说，珠海的农科奇观让你感受到了科技的神奇，顺德的长鹿农庄让你回归古朴自然，那么深圳的东部华侨城却以其高贵和谐、出手不凡让你惊叹。在这里，无论是流连于欧洲风情的茵特拉根小镇，还是漫步在美洲风情的海菲德小镇，你都可以感受到别具一格的异国风情和童话世界的浪漫氛围；累了，走进茶翁古镇，你可品茶餐、尝茶点、吃土菜、观茶戏、饮茶酒、做茶道，深入了解茶禅文化的博大精深。在这里运动，你可以沿着总长900多米、落差40多米的峡湾进行漂流。在这里观光，你可以登上110米的旋转式“自然之眼”观光塔，全方位欣赏自然景色。而价格不菲的欧式主题酒店、汽车旅馆，更会让你体验到这里的新奇独特。

农庄简介：

东部华侨城位于深圳大梅沙，占地近9平方公里，是由华侨城集团斥资35亿元精心打造的世界级度假旅游目的地，是由国家环境保护部和国家旅游局联合授予的首个“国家生态旅游示范区”。它集两个主题公园、三座旅游小镇、四家度假酒店、两座36洞山地球场、大华兴寺和天麓地产等项目于一体。

观点集萃：

市乡镇企业局副局长陈水平认为，这次考察学习，给我们的启发很大。

广东的休闲农庄没有停留在吃饭、打牌、钓鱼等农家乐的传统项目上，而是各辟蹊径，各自创出了一片天地。像东部华侨城，这里除了部分自然风光外，绝大多数景点都是人造的，但这种人造景点没有让人觉得不自然，原因就在于它不仅把自然和景观和谐地融合在一起，还开发了与之配套的功能项目。长沙的休闲农业一定要注重于规划设计和好的创意，同时要与地方经济、社会发展水平相适应，做休闲农业与旅游业的引领者，并不断吸取有益元素，这样，持续发展才会有更大空间。

（载 2009 年 10 月 16 日《长沙晚报》）

定制旅游渐行渐热

五一小长假快到了，刘先生在张罗着准备全家出游了。他告诉记者，他和几个朋友，共三个家庭一起，定制了亲和力旅游的西澳游，他们准备在广阔而美丽的澳大利亚西部享受自驾的快乐，过十来天不被俗事纠缠的清闲日子。无独有偶，朋友余先生也打电话告诉记者，他正准备和几个好友去吴哥窟观光，“这可是旅行社为我们特别定制的，让我们有充足的时间感受吴哥窟的历史文化”。余先生称，他只喜欢与“合味”的人一起慢慢游，花多点钱都没关系。

“花多点钱都没关系，只要玩得开心。”在旅游已进入大众时代的今天，有刘先生、余先生这种旅游理念的不在少数。在他们眼里，旅行依然是一件“奢侈”的事情，但是与“金钱”无关，关键在于个性和体验。于是，按照消费者的旅游需求，量身定制旅游产品的定制旅游应运而生。无论是新进入市场的小型公司，还是传统旅行社，都开始注重这种个性化的服务。

定制旅游在湘尚处在初级阶段

“在我省，定制旅游还处在初级阶段。”当记者问到湖南定制旅游发展情况时，好几位旅行社老总都这样对记者说。记者了解到，在省内，第一个旗帜鲜明地喊出做“定制旅游”的旅行社是亲和力旅游，去年 9 月，他们专门召开了新闻通气会，为此还在澳洲开了分公司，专门服务于游客“到西澳过慢生活”。“半年下来，我们接了 90 多份单，去过的游客都反应很好。”湖南省亲和力旅游国际旅行社有限公司董事长李明说，除澳洲外，有目的地的地方我们都可以通过定制旅游来进行产品覆盖，公司内部也有一站式服务，在欧、美、澳，我们都有直航定制产品，在大陆的海南、张家界、北京等，也有很多定制产品。

华天国旅、长沙国旅、湖南海外旅游、湖南新康辉等旅行社去年年底以来也都成立了相关的做定制旅游的部门，不过，他们没有明确叫“定制旅游”。华天国旅总经理助理兼市场部经理黎力告诉记者，今年1月，华天国旅成立专门的VIP客户中心，就是针对VIP客户的需求，制定专门的旅游产品，同时还专门开通了以“95”开头的报名热线，负责接待定制旅游业务。长沙市旅行社协会会长、长沙国旅董事长黄朝晖也告诉记者，去年底，长沙国旅也设立了专门的定制旅游部门，而前不久本报报道的湖南海外旅游包机自在游泰国住别墅线路，也是该旅行社针对特殊游客开发的定制旅游产品。

定制旅游，想说爱你不容易

“高端定制游完全为您量身定制，一人成团，专车专导。您可以自己任意安排出行时间，入住自己喜爱的酒店，乘坐自己喜好的车辆，想去哪就去哪，想吃啥就吃啥，想玩啥就玩啥，只要您有想法我们都将竭尽全力满足您的要求。”这是国内一家专做定制旅游网站的工作目标。

定制旅游，“提一个概念很容易，但是要保证客户高端体验却不容易。”李明说，对旅游企业来说，“定制”意味着独特，意味着品位，意味着高端。要真正让游客随心所欲地实现其旅游梦想，它需要专门的人员操作，需要高素质的专业导游，还需要相关的专业手段，比如，为做好澳洲定制产品，亲和力旅游不仅准备了100多位通过澳洲旅游局专业考试的澳洲专家，还成立了自己的境外分公司——澳洲公司，不久后还将在澳洲建立自己的领队导游培训基地。由于游客的多元化，需求也是多元的。尤其是随着80后、90后步入旅游市场，这种需求更是五花八门。这就要求“从业者从大千世界中找到满足游客旅游需求的每一个细节”，李明认为。

不仅如此，记者了解到，定制旅游对旅游消费者也提出了高的要求，除需要为这种专业服务买单外，还要求消费者对旅游有相当的了解。“你的旅游你做主，你自己到底需要什么？应有明确的表述。”为此，消费者可能要为一次特别的旅行做长久计划，并尽早地和旅行社沟通，因为有些热门的餐厅和酒店房间甚至提前半年或一年就要开始预订。但是，“现在很多人对旅游的认识还停留在走马观花的初级阶段，定制旅游的消费只占实际旅游消费的3%不到”。李明说，对于费用相对高的定制旅游，一般消费者显然不易接受，而有消费能力的目标消费群体，因文化、观念等多种因素，还没有定制旅游的意识。

个性化催生定制旅游

黄朝晖认为，湖南省的大众旅游线路很多已走入低价竞争的恶性循环中，旅行社只有通过差异化竞争才能更好地生存。“设计独特、服务优质的定制旅游产品，将成为旅行社新的经济增长点。”

对这点，李明也有同感，他跟记者举一个例子说，亲和力有8000元/人的澳洲游和18000元/人的澳洲游，但很多消费者会选择18000元/人的产品。“这就是大众常规路线和定制特色体验路线的区别。”李明说，这说明我们消费者越来越理性。这对旅游业的发展很有好处，对定制旅游的发展也很有好处。

记者了解到，随着团体消费、公务消费的大批量下降，一些旅行社举步维艰。而一直以客户和产品研究为主攻目标的亲和力旅游不仅没有受影响，今年1—2月销售额同比还上升了60%以上，其中散客增加了80%以上。“在我心中，旅游业的春天越来越近了。”李明信心满满地说。

“限制‘三公’消费对旅行社来说也是一次机遇，让他们明白只有采取正确的应对措施，旅行社才能迎来新的发展。”采访中，省会几家大型旅行社的有关负责人都认为，这个正确的措施，就包括跳出传统产品模式，根据不同客户的需求，制定出多样化的产品。“成熟的旅游消费者推动着市场走向成熟与完善。我们要做的就是把同一个目的地做成多样化，推出各种形态的产品，以满足不同消费者的需求。”李明说，从今年开始，他要求亲和力的每个目的地至少有五个以上的产品，以满足消费者的个性化需求。

（载2013年4月23日《长沙晚报》）

旅游专家告诉你游台湾

真的离台湾越来越“近”了！记者昨日从长沙国旅、华天国旅、中青旅等有资格组团赴台湾地区旅游的省内旅行社了解到，湖南居民赴台旅游直航团队有望在4月中旬成行。4月1日起，我省公安机关已正式开始办理赴台湾地区旅游证件。

台湾，对我们来说，是如此熟悉，却又真的陌生。终于有机会真真切切地去这座宝岛了，你所要了解的，既要有阿里山、日月潭，还要知道乐趣无穷的台湾式的吃、玩、泡，为了让您的台湾处女行更丰富多彩，我们特意采访了多次去过台湾的长沙国旅副总经理马昕。

两个证件要早办

记者（以下简称“记”）：我记得今年您去过台湾，具体是什么时候、以什么身份去的？

马昕（以下简称“马”）：我去过台湾多次，最近一次是今年1月15日乘长沙—台北首航直飞去的。首航飞机搭乘有由各方面专家组成的海峡两岸经贸交流团，我是团员之一，身份是旅游界代表。

记：如果我要去台湾，要准备什么证件？

马：主要是两个，一是大陆居民往来台湾通行证，二是入台证。大陆居民往来台湾通行证出境时用，入台证进入台湾时用。

记：如何办理这些证件？

马：办理大陆居民往来台湾通行证需要做的是：带好台湾游组团社开具的参团全额发票；持本人身份证和户口本的原件，填写好申请表格，着深色衣服；前往公安机关（是否分别在市州见面，需等待公安厅的正式通知）出入境接待大厅办理。领取大陆居民往来台湾通行证（一般7—10个工作日）

后，马上交回组团社，由组团社办理入台证及相关手续（原则上不晚于团队出发前 10 天）。申请人必须是湖南省户口的居民。但军人、公检法司在职公务员及所有报备人员，须持国台办批文方可办理。需要提醒的是，已经持有大陆居民往来台湾通行证的游客，携带旧证办理新的签注即可。

5 家旅行社有组团资格

记：省内居民想去台湾的话，在哪报名？

马：我上次去是作为经贸团去的，市民去的话，是作为旅游团。去台湾旅游须到省内 5 家（即湖南华天国际旅行社、湖南光大国际旅行社、湖南中青旅国际旅行社、湖南省中国国际旅行社、长沙中国国际旅行社）有组团资格的旅行社报名，这是国家旅游局、国台办确认的。

书店与夜市收获意外

记：您去过台湾多次，您觉得台湾有何特色？有什么必看必玩的地方？

马：台湾的自然景观和人文景观都很丰富，如台北故宫博物院、日月潭、阿里山、台中禅寺、鹅銮鼻灯塔等都值得一看；台湾的特产也很多，如乌龙茶、珊瑚都很不错，但是珊瑚很贵，要买的话最好去珊瑚博物馆买；还有太阳饼、凤酥梨也很好吃；不过，我最喜欢的还是台湾的书店，台湾有很多书店都是通宵营业，那里书很多，如诚品书店，不仅有好书，里面吃的、喝的样样俱全，还有咖啡吧，在那看书、买书真是一种享受，游客不妨利用自由活动时间去那感受一下。

记：据说台湾的夜市很发达，您去逛了没有？有何感受？

马：台湾夜市也是很有必要去的地方，那里东西很多，民俗味很浓，如士林夜市，小吃很多，又便宜又好吃；逢甲夜市小吃多，工艺品也多，还有台南的爱河漫游夜市，土特产很多。值得一说的是，台湾的夜市管理有序、土地利用率很高，如士林夜市，晚上 9 时至凌晨 3 时 30 分开夜市，夜市散后半小时打扫卫生，凌晨 4 时菜市场开始，早晨七八时后，菜市场退，卖服装的又开始了，一个市场、一个摊位每天如此周转三次，利用率如此高可能与台湾地少有关，但管理得很好，且非常干净。

温泉与小吃最让人“爽”

记：台湾温泉很有名，您去了吗？在这方面您对游客有什么好的建议？

马：到台湾不泡温泉，就等于到了北京没上长城，等于没去。我泡过六七次了。台湾处于环太平洋地震火山带，丰富的地热资源让台湾满岛都是温泉，很多酒店、宾馆能泡温泉，一个池子连着一个池子，且是免费的，如知本酒店的日式温泉、冬季游酒店温泉、水美温泉等，太多了，且都很好。如果游客去泡温泉，建议一个池子不要泡太久，每个池里泡那么 10 分钟就换一个池子会比较好。

记：台湾吃的很多，您觉得最好吃的是什么？

马：好吃的太多了，而且做得都很地道。特别是海鲜做得好，好吃、卫生又便宜，如鲍鱼、龙虾的价格比长沙要便宜一半；湘菜、川菜、粤菜都做得很地道，台湾的剁椒蒸鱼头比长沙的就好吃多了，因为它用的鱼是石斑鱼，比长沙的鳙鱼名贵好吃。

注意细节，游程会更圆满

记：除衣服洗漱用品外，去台湾还要带些什么必备用品？

马：如果要使用电脑等电器用品，必须带充电插座，因为台湾的插座是双扁孔，与我们的三孔不一样；还有就是台湾山区多，路的弯道多，坐车易晕车，而旅游时一般没时间去找药店买药，因此最好带些晕车药备用。如果有养身病，也要记得带足药。

记：台湾和大陆虽说同文同种，但很多地方还是不一样的，游客要注意些什么？

马：台湾与大陆在意识形态方面有很大不同，游客在台湾尽量避免谈论政治问题和宗教问题，我们旅行社会有相应的具体要求。

记：谢谢。

（载 2009 年 4 月 3 日《长沙晚报》）

四、大家小匠的艺术情怀

李自健：带着《人性与爱》回家

扩改通车后的新五一路旁，有块特别醒目的巨幅艺术展览宣传牌——“人性与爱·李自健油画环球巡回展”。这种长沙街头很少出现的艺术展览宣传牌，表达了长沙人民对一位为父老乡亲争光的湘籍艺术家的热烈欢迎。

李自健，1954年出生，我省邵阳人，1988年，他正是从长沙起步开始走向世界的。

李自健先生的“人性与爱”个人油画展今日在省博物馆新馆开展了。为了更进一步的认识他的作品及其人格，通过她在长沙的亲人、朋友、学生，记者采撷了画家奋斗史中的一些故事，以飨读者。

李自健（右五）与星云大师（右四）等人在画作《南京大屠杀》前合影（右三为李自健夫人丹慧）

一幅令日本右翼分子恐慌的油画

谈李自健，话题自然从《1937·南京大屠杀》这幅作品开始。这是一幅宽3.2米、高2.1米的油画，由“屠”“生”“佛”三联组成。据介绍，这件作品的创作缘于这段历史的一位目击者、现居台湾的世界著名高僧星云大师。1937年，12岁的星云大师随母亲去南京找父亲，一路上陈尸遍野，惨不忍睹。李自健与大师的一次随意谈话勾起了他的创作欲望，经过数月的精心创作，这幅有强烈震撼力的作品诞生了。日本人、联合国和平奖得主池田大作从友人处看到这幅作品后，主动致函李自健，说：“凝睇《南京大屠杀》，一瞬间，我的心停止了跳动。我的心哭泣了。而且，我的心燃起了火焰。”他还说：“这幅跃动着李先生魂魄的杰作，最主要的是在呼唤真实。”

就是这么一幅连正直的日本人也赞赏不已的现实主义力作，在其展出过程中却一次又一次地被日本右翼势力阻挠。1997年在纽约的一次画展中，即有几名日本人试图阻挠该画展出，但被李先生义正辞严地回绝：“日军能在南京杀死那么多中国人，难道我画幅画呼唤一下和平的心声都不行吗?!”后来作品到荷兰西菲里斯博物馆展出，当地日本右翼团体敦促日方驻荷兰颇有些身份的人出面干涉，日本驻荷兰大使馆也以《南京大屠杀》是“政治绘画”为由，向荷兰政府施压，但博物馆负责人一口回绝：“这是真实的历史，历史真相不容回避，我们的责任是向观众展现历史，而不是改变历史。”一次次阻挠失败的日本右翼势力并未就此罢休，今年1月21日，包括《南京大屠杀》在内的“人性与爱——李自健油画环球巡回展”在荷兰阿姆斯特丹苏富比艺术大厅开幕。当初签约时，苏富比方面对李自健的画作极为赞赏，但是在开展前夕，组织者突然给旅居洛杉矶的李先生发去传真，说《南京大屠杀》是“政治作品”，希望撤展。李先生当即回电，明确表示此画展现了人类历史上最残暴的史实，不能撤展。1月17日，当李先生与夫人飞抵阿姆斯特丹时，展厅已布置完毕，组织者告诉李先生，《南京大屠杀》已被“妥善保管起来”。在李先生的追问下，组织者终于透露了一些内幕：一些在荷兰的日本右翼分子多次通过日本外交官向苏富比公司施压，要求禁展《南京大屠杀》。苏富比虽是世界上最大的艺术品收藏和拍卖公司，但出高价从公司购买艺术品的多是日本人，苏富比岂敢得罪财大气粗的大主顾？正义与艺术就这样遭受金钱的凌辱！李先生对此无比义愤。此事经荷兰新闻媒体披露后，李先生获得全世界爱好和平人士的广泛关注与声援，荷兰读者纷纷投书表达它们的愤怒与不满。荷兰报界由此引发了“南京大屠杀”这一历史事件的大讨论，同时欧洲侨界日报也大幅报道事件始末。由于日本方面此次以罕见的外交手段介入，引起了中国政府的高度关切，中国派驻欧洲的各大媒体记者纷纷专访画家，表达强烈声援和支持。展览移师荷兰泽斯特皇家博物馆时，尽管日本右翼分子重施故伎，但这幅震撼人心的作品仍被挂在展厅的显要位置，并在荷兰掀起一股新的参观热潮。

一份记挂了二十七年的情义

李先生这次回国办画展，还了却了一桩记挂了二十七年的宿愿——找到了二十七年前为自己购买车票的车长！这个故事他不止一次地向自己的朋友、学生讲过。

二十七年前，追求艺术却又身无分文的他，与一同伴爬上了一辆火车，想去北京看一个全国性的画展。上车不久，他俩就被一个叫常振武的车长逮住了。李自健只得如实“交待”，并拿出自己随身携带的作品作证。常车长看着李自健的作品，被两位蓬头垢面却对艺术有执着追求的小伙子感动了，他不仅没有责罚他们，反而将他们带到自己家里安排吃住，给了他们去北京的路费。临别时常车长留下了一句让李先生受益一生的话：“做人就要做一个有情有义的人，在别人危难时，宁可拉一把也绝不要去推一把。”

二十七年过去了，画家成名了，成家了，但这份滴水之恩让他倍觉珍贵，于是有了寻找列车长的“真情”故事。

李自健先生记住了这份情谊，也通过自己把这种情义传递给了更多的人。他尽自己所能在世界各地行善举，尤其是对邵阳老家，更是倾注了巨大的热情与关怀。1995 年，他在邵阳捐资两万元助贫帮困；1999 年，出资 18 万元向百位邵阳贫困学生伸出援助之手，并承诺资助他们 9 年学费；最近又出资扶助百位下岗工人……

画家生命中对情义的珍惜，使我们更能感悟他一生中的“人性与爱”。

在西方艺术界有种很流行的说法，中国画家到了美国，往往是“得到了天空，失去了大地”。但重情义的李自健牢牢地把自己的心系在他的大地——故土的亲情、乡亲之中，他称自己的艺术得益于两种魅力：现实主义及中国·中国人与中国文化。他虽处在西方强势文化狂潮中从事艺术活动，但他没有盲目地追逐西方模式。我们从他的《红花被系列》中，看到了无数中国人童年的故事；从他的《乡土系列》中，读出了一个东方古老民族绵绵不绝的秘密；从他的《流浪者系列》中，感受到了他对生活在最低层人群的关爱；从他的《母女系列》中，悟出了人类社会最美好的情怀……这样的艺术品，是值得仔细品味的。

一双与艺术家有“距离”的手

在人们心目中，艺术家应该具有天生的纤纤长手，一个男人的手指不尖长，是不会有出息的。而画家李自健的手却粗、短、厚，对他来说，现在这双手，已经够“纤巧”了。这位没有艺术家“纤手”的艺术家，正是靠着这双短而厚的手写下了他不凡的人生轨迹。

李先生 3 岁的时候，父亲蒙冤入狱，兄妹 8 人顿时陷入生存困境之中，为了活命，他被寄养到一个偏僻的小山村。这双手是在搓泥巴团、捡石子和柴火中慢慢长大的。年纪稍大，这双手便干些扫煤渣、捡“烟屁股”、拾橘子皮的活计；十三四岁的时候，这双手就干起了抬泥沙、抬货物、拉纤等重活。16 岁的时候，随着李先生成为一名铁路修理工，这双手修理起了地球。从 17 岁开始，他成了一家小小街道工厂的钳工，而且一干就是 7 年，钳工的手与艺术家的手粗细自然迥然有别。

这双手，记录了他幼小时的生活磨难，也隐藏了成年后艺术人生中的幸运。

16 岁时，他遇上了艺术人生中第一位“贵人”——中央美术学院的陈西川老师。当时陈老师下放到了邵阳，李自健因而有机会与他结识。从陈先生那里，他学到了素描基本功，产生了对绘画的兴趣，而湘西大山中修铁路的经历，又使湘西的风土民情深深扎在他的脑海中，从他现在创作的一些作品中，我们还能强烈感受到这种生活的印痕。艰难而多彩的生活，使他有了厚厚的生活积累，他用拿钳子的手夹起画笔，绘出有强烈生活气息的作品。18 岁起，他便陆续有作品参加湖南乃至全国的画展。23 岁那年，他幸运地成了恢复高考后的第一批大学生，用自己对艺术的不懈追求，叩开了广州美术学院油画系的大门。大学毕业后，他在长沙市群众艺术馆当了一名职业画家。长沙，也就成了他施展艺术才华的第一个舞台。毕业后的第二年，他就与人合作，为湖南省新图书馆大楼中央大厅绘制了一幅名为《求索》的巨幅陶瓷壁画。除了艺术创作，他还与同道在长沙创立了“磊石油画研究会”。七八十年代，长沙有一大批青年对艺术充满狂热，考美院、当艺术大师成了当时许多年轻人的梦想。李自健所在的艺术馆为此专门开办了一个高考美术班，该班升学率名冠三湘，走出去的学生有的现在已是美术界的新星。在学生眼里，李老师是位经常通宵达旦刻苦钻研艺术的人，作品出色，课讲得好，没有人考究过它的手像不像艺术家。

1988 年，李自健迎来了他人生中又一次重大转机——他考上了美国麻省艺术学院！从此开始了他闯荡西方艺术节的传奇人生。尽管他获得了极大的成功，但他的手仍是粗、短、厚，而他就是用这样一双手成就了自己的艺术事业。

（载 2000 年 9 月 29 日《长沙晚报》，笔名月光　曾河）

朱训德：勇创艺术的时代高度

他的画空灵、飘逸，充满清新浪漫的气息；

他为人温和、谦逊，平易近人，一派爽朗儒雅之气度；

他社会工作管理工作很多，却对绘画从不懈怠。

他喜欢怀素的狂草，苏东坡的诗词，屈原的《离骚》；喜欢敦煌的壁画，马王堆汉墓的帛画；喜欢舒缓而诗意的中国古典音乐……

他就是著名的中国画画家、湖南省美术家协会主席、湖南师大美术学院院长朱训德教授。

工笔画发源于湖南

记者：您一直从事国画的教学与创作，能简要谈谈中国画的特点吗？

朱训德：中国画分为工笔画和写意画两种。工笔画在线条、色彩方面很讲究，耗时十分长，有浓烈的创造精神，精致典雅是其特色。写意画则以水墨为载体，书画相融。湖南的工笔画占有非常高的地位，其代表人物有陈白一等，作品在海内外都引起了很大的反响，在中南海、人民大会堂、东南亚等地都有展出。可以毫不夸张地说，在工笔画领域，湖南是中国的领头羊，中国工笔画的水平有多高，就要看湖南工笔画的水平有多高。

湖南还是中国工笔画的发源地，马王堆汉墓出土的龙凤图，就是典型的工笔画，现今最大的工笔画画家群体也在湖南。湖南工笔画具有浓厚的乡土气息、湖湘文化气息，清新浪漫是其特色。

记者：您的《人文时空》《过小年》《闹元宵》等中国年系列画作中，与长沙马王堆汉墓帛画的图案有异曲同工之妙，您也不止一次提及马王堆和岳麓书院。请问，它们对您有哪些影响？

朱训德：中国最早的三幅帛画就出土于湖南长沙的马王堆汉墓，马王堆汉墓的漆器盛载着汉代的雄浑，岳麓书院的砖瓦蕴含着楚地的书香，湖南铭刻着“惟楚有材，于斯为盛”的辉煌。在这独特而深厚的文化积淀下，我很多的理念都吸收了楚文化的浪漫诡异和汉唐文化的沉雄深厚，融合了印象主义的色彩因素和表现主义的符号特征，在内涵上则更多地回归东方精神。我的《中国年》系列作品的用色则借鉴了楚汉墓室壁画和漆器的特征，运用丰富的肌理和质地丰富的画底形成厚重的画面质感，呈现出一种凝重而深远、恢弘而震撼的美。

要勇于创造文化艺术的时代高度

记者：湖湘文化有何具体特点？它又是如何表现在艺术创作中的？

朱训德：我认为湖湘文化最大的特点就是“浪漫”的创新意识，这源自屈原的《离骚》《九歌》。这种文化是豪放的、有气派的，它不在于一字一物，而遨游于天地之间。作品中的山不是山，水不是水，而是一种精神，一种超越时空的人文精神和宇宙意识，充满了浪漫意识和敢于创造、敢于担当的精神。也就是说，它不仅仅局限于抒情，更勃发着巨大创新生机与力量，致力于为民族文艺复兴担当使命。具体体现在不排斥传统，而是在吸收传统精华的基础上，有自己的拓展创造。现代中国需要的是与世界对话的艺术，而不应是对过去的简单重复。吸引传统中最优秀的部分，创造性地体现在思维上、创造观念上、技法变革上。不能老是临摹古人，而不创造。超越古人，这才是敢为人先，勇于创造文化艺术的时代高度才是湖湘精神的灵魂与性格所在。

记者：您创作了许多获得国际赞誉的作品，其中，您最喜欢哪些作品？

朱训德：在我看来，我不同时期的作品风格是非常不同的。早年的一些作品，如《春花集锦》《暮光》《山月无声》《春兆》《冬语》《晚炊》《洞庭吟》《朝天辣》等，都是抒情清新的风格，以表达人生为主。而近来的作品，如《中国年》系列，则致力于探索新的材料新的题材，将中国的绘画传统理念与西方的表现方式相结合，强化并融合“线”与“彩”，直接以色造线，从而刻画出粗犷飘逸的造型。其中更采用了我自制的绘画材料——岩彩，它是用山上的石头磨成的，这种材料的颜色千年不变，色彩浑厚而璀璨。

朱训德 1992 年作品《朝天辣》（绢本）

大气昂扬应是国画的品格

记者：您认为中国画的精髓是什么？您如何看待现当代的中国画？

朱训德：国画的精髓就在于中国的诗意精神，这种诗意精神表达的是“天人合一”的和谐意境，展现人文、自然、宇宙等的精神主题。它不在于具体的事物，而在于用线条之美、色彩之美、韵律之美，表达一种意象、一种诗意、一种情怀。最近我画的《时空》系列作品就是基于这种思考。

我曾经去过法国的罗浮宫，看过美国和日本的艺术博物馆，也欣赏过故宫和敦煌的艺术品，我发现，只有充满创造活力的作品才能在历史的长河中流传。这就是我更偏好汉唐艺术的原因，因为它的精神自信和开阔心境，体现了民族风采。汉唐文化中的大气和昂扬，充满了生机和力量，这是中华文明的高度所在。

不仅是国画，现代中国文化人都应向汉唐时期学习，同时向世界一切优秀文化艺术敞开胸襟，弘扬这样的大气和昂扬的品格。只有充满生机的作品才能与世界美术对话。

记者：您一直强调“小我”要溶于“大我”。在您看来，身处现今的环境中，画家和艺术家们应如何溶于“大我”？

朱训德：所谓“小我”是只在乎眼前物质的需求。但物质的“我”是有限的，精神的“我”是无限的。因此，要忘却“小我”，就应忘却眼前的、物质的需要。而“大我”，则是指为未来国家文化建设做出努力。对于我来说，湖南“艺术高地”的发展就是“大我”。从“艺术长沙”，到“艺术湖南”，再到“艺术中国”，湖南的“艺术高地”一定会成为中国的“高地”，而我就将湖南艺术发展的过程看作是实现“大我”的过程。简而言之，中华文化艺术的全面复兴更是我们文化艺术家的“大我”。

（载2014年5月9日《长沙晚报》）

廖静文：做大画家的妻子

廖静文，湖南浏阳人，曾任第七、八届全国政协委员，徐悲鸿纪念馆馆长。1953 年，当徐先生走完人生最后一步时，廖先生才 30 岁。

9 月 15 日，廖静文先生带着徐悲鸿的近百幅作品来到长沙，准备参加于 9 月 18 日在湖南省博物馆举办的《徐悲鸿画展》。廖先生面容白皙清瘦、步履轻缓，有些老态的神情里，透出当年的秀美和岁月的沧桑。当记者问起她回家的感觉时，这位快 80 岁的老人声音哽咽，眼中噙满了泪花，连说“我这是回到了娘家，娘家使我感到很亲切”。

才女·贤妻

与廖先生接触不久，就发现她对母校周南印象特别深，周南校庆时她因无法参加而特地写了一篇题为《一座金色的桥梁》的文章，回忆了自己在周南女中的 6 年学生生活。她告诉记者，自己生在浏阳，长在长沙。她于 1923 年出生在浏阳北乡的大山里，儿时的记忆是开门见山、出门爬山，6 岁的时候，她随在长沙工作的父亲迁居到了长沙，是在长沙完成从小学到高中学业的。

她动情地对记者说：“浏阳培养了我对大自然的热爱，在长沙时，祖国正处在多灾多难的时期，我也同当时大多数学生一样，积极参加爱国学生运动，‘12·9’学生运动爆发时，我正在周南女子中学学习，我参加了长沙学生大游行。后来，因战火纷飞，周南女中搬到了南田（益阳安化县一个小镇），我任学生会主席，组织了一系列学生爱国运动，如捐款抗日，慰问伤员，排演《雷雨》《日出》等进步作品等。当时周士钊（新中国成立之初，曾任湖南省副省长）先生任我的国文老师兼班主任，因我的国文成绩很好，工作又出色，很得先生宠爱。”她还向记者讲了一个小故事：因参加各种各样的爱国活动，落下的功课相当多，老师要考试了，同学们可犯愁了，于是她作为学生的“头目”与几位同学向周先生提出是否可以免考，但一向对学生要求严格的周先生坚决不同意，并且提出只考作文算了，作文可难不倒当年的这位有点名气的才女与“学生会主席”，但她却想到大多数同学怕的就是作文，认为自己不能太自私而没有同意。

这次考试的成绩到底怎么样，廖先生没有说，记者也没有问。廖先生向记者透露，她当年的学习成绩很棒而且颇有理想，她曾在报考国立商学院时考了第一名，但她当年的理想是做中国的居里夫人，当科学家，因此放弃了这次机会。然而，她最后的选择却是做一个画家的妻子。

顺着这一话题，记者向先生提了一个问题：以您当时的条件，肯定不乏追求者，为什么最终选择了比您大 28 岁的徐先生呢？廖先生深情地回忆起她和悲鸿相识、相知的片段。

“那是在 1942 年年底，高中毕业后我在桂林一个文工团工作，有一天，我去应聘中国美术学院（在重庆）图书管理员，口试时的主考官就是徐悲鸿先生，他当时穿一件深蓝色的旗袍，40 多岁年纪却已两鬓如霜，一双好看的、沉思着的眼睛特别有神采，给我留下了深刻的印象。后来我被录取了，有一段时间，我帮悲鸿整理放在桂林七星岩的藏书和藏画，工作在他身边，我觉得他很朴实，一点也没有大画家的架子。当时，他还在嘉陵江对岸的中央大学艺术系兼教，很忙碌，也很苦，中国美术学院因当时处在筹备阶段，没有自来水，没有电灯，但为复兴中国美术、培养一流的中国美术家，他毫无怨言。他的雄心壮志，他对中国美术事业的忠心耿耿深深地打动了我。”在这个时期，她考上了当时条件很好的金陵女校，不仅生活条件好，而且有出国的美好前途等着她，也可以圆自己的科学家梦，然而，在徐先生的一次重病之后，为了悲鸿，她义无反顾地放弃了这一切，在一片反对和不理解声中，她嫁给了他，成了大画家的爱妻与事业帮手。

为什么嫁给他，在半个多世纪以前，她就对所有不理解的人说“为了爱”。

时间已证明了一切。

西瓜·螃蟹·糖果

从廖先生的言谈中，记者注意到，“悲鸿”在她心中占据的位置并没有因近半个世纪的阴阳两隔而减少，她对丈夫的爱和真诚日久而弥坚。

廖先生说她很长时间有两样东西是不吃的。一是西瓜，她说，只要看到西瓜，就想起悲鸿，她说起了原因。小时候的悲鸿家很穷，西瓜是家里的重要经济来源，在家的时候，他种过瓜。悲鸿病重的时候，很想吃西瓜，当时正值九月，不像现在，任何时候都随时可买到西瓜，当她想方设法买到一个西瓜，剖开一看，根本就不能吃了。不久，悲鸿就去世了。直到现在，她说起这个故事心情仍很沉重，想不到，一个小时候种过西瓜的人，临死的时候居然无法吃到一口西瓜，从此，廖先生也不再吃西瓜。她还说起了吃螃蟹，悲鸿在世的时候，螃蟹是家中最受欢迎的佳肴，而且喜欢买螃蟹吃，但悲鸿死后，家里基本不做这道菜了，偶尔吃一次，总觉得无法与和悲鸿一起吃时相比。

廖先生还和记者谈到一个关于糖果的故事。徐悲鸿先生虽然是著名的大画家，但却不乏常人的生活情趣与对妻儿的怜爱，他常常参加各种会议，当时开会多备些水果糖，散会时，忙大事的大画家总不会忘了带三块糖回家：儿子女儿各一块、妻子一块。徐先生去世前带回的最后三块糖，一直被廖先生视为珍宝锁在柜子里收藏，直到“文化大革命”造反派抄家时丢失。

这些生活中点点滴滴的小事，使我们感到，尽管廖先生30岁就失去了她的悲鸿，失去了幸福与安宁，但她曾经拥有的爱，已足以让她骄傲一生了。

“无悔”·“后悔”

记者从各种渠道了解到，在今天，艺术品在拍卖市场的价格往往能创出奇迹，像徐悲鸿这种大师级的艺术作品，在市场上更是充满活力，甚至有的人靠伪造或模仿徐先生的马发了大财，然而，徐先生去世后，廖静文先生将他留给她的1100多幅作品（其中一些很有价值的画都有徐悲鸿先生亲笔写的“爱妻保存”字样）以及他收藏唐、宋、元、明、清、近代代表作家书画一千余件，珍贵的图书、图片、碑帖等一万余件全部捐赠给了国家。问及她当时的想法，廖静文先生说：“悲鸿是人民的艺术家，他的作品和他的收藏都应该属于人民。悲鸿曾为收购和保护这些东西竭尽全力，他曾说过，他是为了国家而保存这些作品的。我这么做，正是实现悲鸿生前的意愿。”既然如此，有什么值得后悔的呢？不仅不后悔，而且深以为荣。

作为大画家的妻子，她并不是坐享大师的光环，而是不遗余力地张扬大师的影响力，可以说，她把自己对丈夫的怀念与爱融入到了丈夫的事业中。徐先生谢世不久，她就立志要把悲鸿的艺术人生介绍给世人，让更多的人了解悲鸿、欣赏悲鸿的作品。在周恩来总理的直接关怀下，1954 年，悲鸿纪念馆建成，悲鸿遗作展也于此前在北京开展。改革开放以后，廖先生为宣传悲鸿，更是跑遍了大江南北，上海、南京、广州、武汉、哈尔滨、深圳、南宁、桂林……都留下了先生的足迹。在悲鸿逝世 30 周年前夕，她饱含深情地写成了《徐悲鸿一生》，完成了自己的宿愿。让更多的人了解了悲鸿与她的奋斗历程，直到今天，尽管已是快 80 岁的人了，每到一地举办画展，廖先生一般亲往，而且要求举办单位必须开有关徐先生艺术的座谈会、研讨会，她总是利用一切机会宣传徐先生的艺术、宣传徐先生的人格。

不难看出，宣传徐先生、延续徐先生的事业，是她生命的全部，因此，她有许多设想，如办一所徐悲鸿美术学院，以继承悲鸿的教育方法；建一个徐悲鸿基金会，奖励、培养更多像悲鸿一样的美术人才……但“这些都要钱才能实现”，廖先生说。

（载 2001 年 9 月 21 日《长沙晚报》）

浔陌：田野间的一缕新风

他成功地以国画形式续写田园情怀，被誉为陶渊明、王维诗情的再现。他就是中国山水画家协会副主席，浏阳人浔陌。

在浔陌的画中，你很难用上“像”或“不像”这个词，因为他的画并不是把田园景象原封不动地照搬了下来，而是加入自己对田园景象的深刻理解，每幅画都似在叙述一个故事，让人进入一种身临其境的现场感。和煦的清风，初开的野花，如茵的绿草，湿润的泥土，错落有致的村庄，田头劳作的农夫……浔陌为我们唱起了一首首田园牧歌。

浔陌在创作

为画好山水，他隐居乡村多年

潇洒的长发，豪放不羁的个性，宽厚亲和的谈吐，浔陌总能在第一时间给人留下深刻的印象，就像他笔下的山水田园画。

少年的浔陌生活在湘东北的连云山麓、浏阳河畔，那里青山绿水，有得天独厚的人文和自然景观，这些潜移默化地培养了浔陌乐山乐水的特质。很小的时候，浔陌就显出与众不同的个性，他画笔不离手，用稚拙的笔触诠释着对家乡的热爱。后来，对绘画有独到见解的浔陌干脆将自己的画室搬到了田园山水之间，曾隐居乡村多年，体验田园生活。

与中国传统的“追求名山大川”的山水画不同，浔陌的山水画有他自己的题材和风格。他以富有张力和内涵的笔墨语言，营造一种清新自然、生机盎然的生存世界，为中国田园山水画开辟了一条新的道路。他笔下的山水没有硬恶的峻石，没有危绝的深谷，只有静谧的山林，悠闲的田野，宁静平和的村庄，怡然自得的农夫……让人感觉大自然原来那么淳朴，那么无私，那么亲切；让人明白了陶渊明为何躬耕南亩，归去来兮！

笔墨随时代，他开现代田园山水画新风

细品浔陌的画作，心中会泛起一种温暖的情愫，会一瞬间从高速度、高节奏、高频律的生存状态中回归乡村田园，得到心灵的净化和片刻休闲时光。也就是说，他的画作传达给人们的是一种叫正能量的东西。

浔陌以一个文化人的担当来观照这个世界。他认为，“笔墨当随时代”，应该使绘画艺术在保留其深厚的民族文化底蕴的同时升华其新的风貌、新的意境和品格。他说：“画家要化小我为大我，要站在历史和社会的高度，体现人文关怀，歌颂真善美。”他没有对他熟悉的乡村去作理想化的处理，也没有有意在田园中寻找落后的东西加以渲染，而是全力地关注庄户人家周围生活环境和美的发现，更多地着眼于水墨自身的审美价值和功能的发挥，赋予它们以丰富的审美含义，为当代山水画坛展示了一个最为贴近土地，贴近自然，乡土气息浓郁的山水画派。

在艺术创作中，浔陌独钟情于表现中国独有的文字美、文学美。他的作品全以篆书入款，款句多为自拟，如“陌上秋收”“浔陌沃野”“四野秋畴”“皋圃萧闲”“林野幽居”等，无一不出自中国古代田园山水诗中的灵感而创造性地加以整合，表达出悠远、清逸、深邃的意境。这足以显出浔陌的“画外功”，这些“画外功”，同样给观者带来美的享受。

（载 2015 年 2 月 13 日《长沙晚报》，笔名黄钰舒）

童治军：为松痴狂

与画家童治军在一起是快乐的，瞬间你就会被他的激情所感染而变得情绪高昂，轻松愉悦。

在他的尚艺斋工作室墙上，顶天立地地矗立着三五青松，刚劲挺拔，延绵开放之枝梢，似主人拱手相邀，在欢迎友人的到来，极其生动而富有生活情趣。青松凌云，又宛若天籁之音，飘逸非凡，让人顿生身临其境之感。

观松之风韵，远涉高山

自古以来，中国文人雅士对松情有独钟，童治军也不例外。

受父亲影响，童治军从小爱画画，长大后，对绘画有独特领悟的他最爱

童治军在创作

画的就是松，他说他喜欢“松树的风骨精神”，故从十年前开始，就专攻松。

为画好松的风韵，他经常走出画室，爬到高山顶去观松。名山大川都留下了他的身影。他说同一棵松，从不同角度、不同时间观察，其形态都会不同。久而久之，他和松之间似乎有了某种感应。松的大气霸气，松的铮铮骨气，松的灵动多姿带给他激情飞扬，更成就了他与众不同的独家风范。几笔勾勒，几笔挥洒，一棵疏密有序、挺拔秀美的苍松就跃然纸上。尤其是松的枯枝针叶、古藤缠绕更显出松的苍劲雄伟。

画松之风骨，潜心创作

童治军说：“绘画乃寂寞之道。”国画大师齐白石曾经花十年时间关门谢客，潜心研究，摸索适应自己才秉、气质和学养的艺术道路。

童治军为了潜心创作百米长卷——《松风万里图》，三年不出远门，废寝忘食，画出了 108 棵不同形状、不同风情的苍松。他擅长绘制大尺寸作品，更显示出松的大气霸气，给人一种视觉的冲击和震撼，营造出一种身临其境的氛围。

童治军笑称：“画画要耐得住寂寞，沉得下心，才能绘出感悟。深思熟虑后，才能画出真正打动人心的好画。”在外人眼里他是个非常开朗活泼的人，甚至有些人都觉得他不像画家，但在夜深人静独处的时候，画家内心的寂寞又有谁能读懂？

也许只有他的画才能释放他的寂寞，他画中的松树不单单只是松树，更是画家的心象和符号，是画家对人生的思索和生命的感悟。为了攀登艺术高峰，童治军恪守“寂寞之道”，寄情于松，神游于天地万物之间，几分洒脱，几分豪迈，怡然自得。

（载 2015 年 1 月 30 日《长沙晚报》，笔名黄钰舒）

朱戊扬：醉墨淋漓为稻来

飘逸清雅、蓬勃向上、和谐宁静……这是朱戊扬国画作品给我的深刻印象，一如他本人。

印象更深刻的是他以水稻为题材的国画作品：无论是汹涌澎湃漫无际涯的稻海，还是迎风舞动随意涂抹的几株稻穗，都让人无比震撼。尤其，滚滚稻浪中，数只曼舞的红蜻蜓，似乎要飞出画面，给人无限想象。

杂交水稻之父袁隆平院士看到朱戊扬的水稻国画作品后，欣然在上面题词："画中有谷。"

与生俱来"稻谷情"

看过朱戊扬的作品，见到他的人，基本上都会问，为何选择画水稻？的确，中国历来画花鸟虫鱼者多，画山水树竹的更多，而画水稻禾苗的还真少见。

在很多人眼中，水稻是极其平凡的，是不屑入诗入画的。但在朱戊扬看来，水稻是生命之源，是神圣的，是多姿而有灵性的。他甚至为其鸣不平。他说，水稻禾苗的形态长势与兰花之叶很相似，但自古以来，以兰赋诗作画者数不胜数，而画稻者却少之又少，因此，他要身体力行，画出心中敬畏的水稻。他要成为国内目前唯一一个专注于画水稻的画家。

朱戊扬告诉记者，他出生在邵阳崀山农村，他忘不了小时候红薯拌饭的饥荒时节，兄弟姐妹们争着从红薯饭中挑选米饭吃的情景，更忘不了农家耕作时"汗滴禾下土"的艰辛。"能吃饱饭"是他儿时的渴望。他喜欢沉甸甸的稻穗，喜欢丰收的感觉。他说，杂交水稻之父袁隆平提高了稻谷的产量，解决了历朝历代未能解决的温饱问题。他要画水稻，画袁隆平的杂交水稻！将金色稻田所赋予的神圣意义诠释给世人，呈现给世界。

朱戊扬在精心绘制国画作品美丽的《家园》

“沉甸如稻”抒情怀

水稻很朴实，也因为太朴素，特性少，要画好并不容易。这对熟悉水稻的朱戊扬同样如此。为此，朱戊扬深入田野细心观察，常常一待就是半天，他喜欢薄薄晨雾弥漫田野的朦胧；喜欢黄昏时稻子随风起伏涌动的金黄色波浪；喜欢明月洒落透过水稻叶子的光芒；喜欢水鸭、燕子、蜻蜓嬉戏飞舞田间的灵动……

朱戊扬国画作品《当代神农袁隆平》及袁隆平院士在画上的签名题词（朱戊扬供照）

朱戊扬感慨，画水稻难，用工笔画水稻就更难，要一粒粒勾线，一点点上色，才能画出水稻的质感。一幅画常常要耗费很长时间。如2010年由中国美术家协会独家主办的“上海世博会中国美术作品展”，朱戊扬的入选作品《惠风》，他画了半年。因为作品太大，他只能趴在地上画，几乎每天画8个小时以上，每次画得胯骨酸痛。

朱戊扬的稻谷系列国画，常以水稻为核心、花鸟鱼虫为衬景，仿佛满纸光华，既有工笔的精致仪态，又张扬出写意的酣畅淋漓，将一派丰收的场景升华为田园牧歌式的立体生活。同时，他借助西洋油画技巧，如弱化线条，强调和谐的意境，不但使谷物产生了向画面深处延伸的立体感，更使之在空间上形成具有重量和厚度的体量感。

稻谷是具有普世意义的一个物种，但它在长达五六千年的种植历史中，从未有一个艺术家站到生命的高度倾情抒写。朱戊扬抑或在某一个瞬间捕捉到了它的本质，悟出了它养育人类生命的崇高价值。

（载 2014 年 10 月 17 日《长沙晚报》，笔名黄钰舒）

蔡亮宏：硬质微雕第一人

朋友说，在深圳混得风生水起的艺术家“蔡疯子”到了长沙，要不要见识一下？我说“行”，于是以最快的速度赶到酒店。

眼前的“蔡疯子”大名叫蔡亮宏，五十出头，却有着与年龄不相仿的外貌：秃顶，两鬓仅存的几绺头发其白如雪，甚至连眉毛也是白的，但容光焕发，说起话来声音洪亮，浑身透着一股仙风道骨之气。

艺术界被称为“疯子”的人，大多是些特立独行、造诣独到之人，中外概莫能外，眼前的“蔡疯子”到底“疯”在哪里呢？

残疾孩子与李立大师结缘

“没有恩师李立，就没有我的今天。”

一开口，蔡亮宏就不无悲伤地谈到了刚刚仙逝的金石书画篆刻大家李立先生。他告诉记者，七年前，恩师还特地托人将一幅画带到深圳送给他，说“好久不见，很想念”。

蔡亮宏是湖南湘阴人，七八岁时因左手摔伤骨折，到长沙边治伤边上学，虽手伤没治好，落下残疾，却因和同学李磊石玩得好而认识了他的父亲——著名金石书画家李立。他说：“那时，我常去李老家玩，看到李老总是一个人在房子里刻石头，很好奇，常常偷偷去看，李老发现我对篆刻感兴趣，便有意教我。”

学艺之路并不平坦。一刀一笔，一撇一捺，一点一勾，蔡亮宏不知用钝了多少刻刀，手上磨破了多少血泡。让他至今心酸的是，父母并不理解他，还因画画和刻章子误了做事而打他，别人也说他“不务正业”。蔡先生说，16岁时，父母甚至将他赶出了家门。为了养活自己，他做过许多苦力活，如挖藕、挑砖、炸爆米花、办砖厂、做水电、搞修理等。1987年，怀揣着600

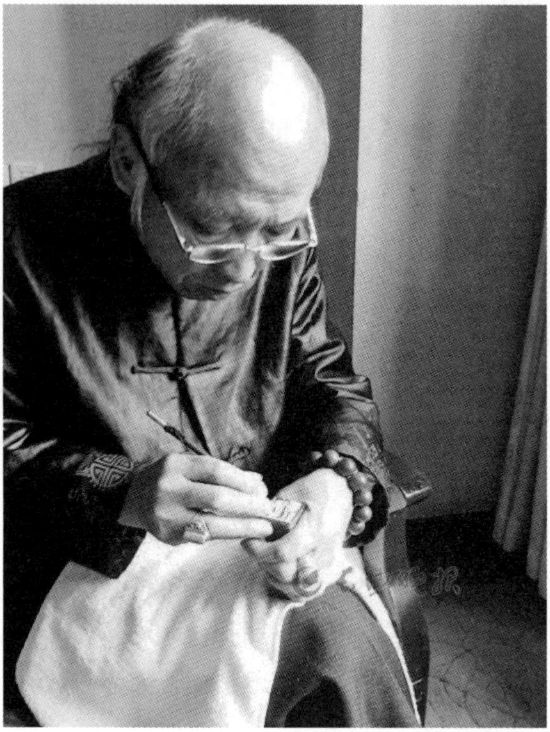

蔡亮宏先生坐在椅子上，用不太方便的左手执石，右手横竖左右那么一雕，不到半小时功夫，一方精美的印章就成了

元钱，他到深圳罗湖口岸摆地摊。最终靠一支画笔、一把刻刀在深圳驰名中外的布吉大芬油画村办起了“风子草堂”，赢得了他人的尊重和认同。

微雕《红楼梦》熬白了青丝

蔡先生诗书画印园林设计样样皆通，而造诣最深的，当数篆刻制印。

“学习一家，融通百家，自成一家。”蔡先生的作品，无论是小篆、印篆，还是金文、古钵等文体，无不布局奇巧，笔力苍劲，刀法传神。就是在质地无比坚硬的玛瑙、翡翠、钻石上微雕，也不需用显微镜放大镜，只用意念即可。前年，他将古典名著《红楼梦》70余万字，刻在长11厘米、宽70厘米的513块玛瑙上，在篆刻界引起轰动，也成就了他“中国硬质微雕创作第一人”“岭南第一刀”的美名。

“为刻《红楼梦》，蔡先生每天熬到夜里两三点才睡，六年下来，头发全白了。”熟悉他的人说他“不要命了，疯了”，却对他献身艺术的精神和毅力心悦诚服。

谈到当初之所以选择在诸如玛瑙、翡翠等硬质物品上苦练专功的缘由，蔡先生向笔者讲了一则故事。

上世纪90年代，他在罗湖口岸摆地摊。一天，有个日本人拿着一块翡翠，要他在上面创作一幅微雕。翡翠价格不菲，质地坚硬无比，传统工具很难操作。刻石无数的蔡先生觉得这是一件砸饭碗的买卖，于是婉言谢绝了。望着顾客面带嘲笑的神情，他的心被刺痛了。自那以后，他开始向宝石微雕发起挑战。

功夫不负有心人，经过多年的练习，他终于练就了“蔡氏微雕技法”这一绝活。他的微雕作品，曾多次在天安门城楼上展示，并被人民大会堂、国家画院等单位收藏。

（载2015年1月9日《长沙晚报》，笔名黄钰舒）

杨炳南：勤博新成就书法大家

“没什么特点，鬼画桃符！”杨炳南先生被问及其书法特点时，他这么回答。可当八旬杨老迈着稳健的步履走进书房、信手拿起毛笔时，其沉稳矍铄的气质、流畅有力的笔法才渐渐显露实力。他创作时的强大气场，眼神中的专注执著，使在旁观看的我们都不禁噤声，为之折服。

调皮的杨老从小爱书法

杨炳南先生出生在湖南常德桃源县一个并不富裕的家庭，却在那个连低等教育都不普及的年代迷上了书法，喜欢上了书法过程中一笔一画的神韵。为练字，他捡狗尾巴草在泥土上写，找小树枝在沙滩上画，晚上睡觉的时候都用手指在肚皮上写字！“我已经入迷了。”杨炳南这样形容自己。

杨老说他从小就“调皮”。记者发现，这种性格表现在书法风格上，就是独具一格。他的行草，气势磅礴，张弛有度，其破笔和旧笔的运用显出独特的味道。他认为，与好笔的温顺不同，只有破笔和旧笔方能写出行草独具的劲道和风骨。

“不老实，到处学。”杨炳南这样概括自己。以楷书为基础，颜体、柳体多有涉猎，后以行草为风格，学习王羲之、张旭等名家。学遍百家，后集百家之长，才能自成一家，这是杨炳南的理论。

“不仅基础很深，而且刻意追求个人风貌。”有人这样评价杨炳南。那么，他刻意追求的是怎样的个人风貌呢？杨老用他的作品为我们举了例。其作品《观海》中，用篆书书写了“观海”两个字。“观”字用浓墨描绘，将其拟人化，字形看起来便像人的双眼在“看”。“海”字用淡墨描绘，其线条的波浪仿佛真如海水般涌动。杨炳南学画画出身，尤擅水墨。一幅书法，在他的手下，不仅是简单的书写，更如水墨画般形象灵动。

杨炳南老师挥毫泼墨

“勤、博、新”成就大家三字诀

“搞艺术要有灵气，作品中必然要有自己的东西，才能成为大家。”杨老认为。但如何运用灵气和天赋创造艺术？杨老用“勤”“博”“新”三个字来概括。

“勤”，就是“勤奋”。只有对一样东西的喜爱达到入迷的程度，才能全身心投入。“不入迷不会有什么成就。”杨老说，只有摸清每一条脉络和每一种文化沉淀，才能达到常人所不能达到的水平。

“博”，即“博学”。书法不仅是书写这么简单，它涉及古代文化的方方面面，没有深厚的文化积累不足以表现书法的独特韵味。因此，广泛涉猎经史子集、诗词文学、音乐戏剧包括自然历史等“书外功夫”就显得尤为重要。他再三强调“坚持传统毫不放松，学习经典继承传统”的重要。

“新”，便是“创新”。学遍百家，得自成一家。所谓“翰墨不蹈袭前人轨辙，又能多有变化争出新意”。“艺术要有个性，没有个性不成其为艺术，那是别人的艺术，不是你的。”杨老说。

（载 2014 年 5 月 16 日《长沙晚报》）

林旭平：我的钱都在石头里

这段时间，篆刻家、收藏家林旭平很忙：再过四天，就要出发去广西参加在南宁举办的第十一届中国－东盟博览会，回来后又马上要赴意大利进行文化交流。他说，尽管很忙，但能借此机会传承中华传统篆刻文化和石文化，他感到很高兴。

玩石藏石，他从小就会

学电子的林旭平喜欢玩石，并成为篆刻家，这对于了解他的人来说，一点都不奇怪。

林旭平祖籍福建，他说，他的祖爷爷是当地有名的石雕师。家里收藏很多名石，尤其是福建的寿山石；到爷爷时，为和浙江工艺大师合作雕刻《八骏马》，举家搬到浙江青田，家藏寿山石也带到了青田。

林旭平见过几百种石头，他对石头有种与生俱来的兴趣。很小的时候，爷爷和父亲做石雕时，他就在一旁看；也参与当地小朋友之间的赌石游戏，且每赌必赢。1987 年，不到 15 岁的他花 150 元买了一块 20 多斤重的石头，一开，红粉就流出来了，是一块上好的鸡血石，一转手，他就赚了五六千元。后来，在长沙上大学，每个学期他都要家里托运石头过来供他销售。他说，也是从那时开始，他认识了著名金石书画家李立。

在林先生的藏石阁，举目都是色彩斑斓、价格昂贵的印石。有“石帝”田黄石（几乎都来自上百年的家藏）、“石后”鸡血石、“石中君子”芙蓉石，还有寿山石中的其他名品，如荔枝冻、朱砂冻、艾叶绿等。林先生介绍，这都是他几十年的收藏，他的钱全在石头里。

林旭平（左二）将篆刻作品赠送给全国劳动模范——中国第一位拖拉机手梁军（右二），梁军是1962年发行的第三套人民币一元券上女拖拉机手的原型（林旭平供照）

篆刻治印，得益于两个“一”

林先生虽出生在素有“雕刻之乡”的浙江青田的雕刻世家，但篆刻治印却是大学毕业后才开始的。

“这得益于两个‘一’，即一个人，一本书。”林旭平说，“一个人”就是李立老师，“一本书”是《明清帝王玉玺》。他告诉记者，上世纪90年代中期，李立老师看他石雕做得好，要他临摹赵之谦、吴昌硕、黄牧甫、齐白石作品。从那时起，他开始学治印。一次，他在北京故宫参观时，偶遇《明清帝王玉玺》一书，爱不释手，于是对服务员软磨硬泡，花900元买了下来（当时只卖给华侨等持外币的人）。

有篆刻大师李立、易越石、韩天衡等名家指点，有《明清帝王玉玺》一书可临摹，有祖传的镂空雕和薄意雕作基础，林旭平直入秦汉，铁笔不离手，孜孜以求数十年，承袭古法而不为所囿，将篆法、章法、刀法熔于一炉，形成端庄典雅、工整精致、章法别致的独特风格，成为我国篆刻艺苑中公认的“林一刀”。

他的作品深受人们喜爱，2002 年中央电视台做了两期《印石文化》节目，请他做主讲；2010 年他与著名书法家贺京沙合作篆刻的印章为大英博物馆收藏；去年，“时代领跑者”——全国劳动模范代表座谈会，他也在受邀之列，任务是为袁隆平、梁军等新中国成立以来 60 位最著名的劳模刻印。

林旭平藏石心得

寿山石是目前艺术品投资的一个大项，寿山石价格每年都以 30% 左右的幅度上涨，即每三年价格涨一倍。这其中又以寿山田黄石最为尊贵。2008 年，重 257 克的一方田黄凤钮闲章拍出 423 万元，折合每克为 1.6 万元。此后，优质的田黄石价格每克就在 2 万元左右，特别好的品质可达 5 万元以上。

寿山石的收藏需要相应的专业知识，新手一定要注意多看、多摸、多问、多体会、多总结。收藏寿山石要把握四个要点：第一，就石料本身而言，一定要先看寿山石的“六德”：即温、细、润、结、凝、腻；第二，看雕工，好的雕工自然流畅；第三，就收藏的品种而言，田黄石目前已基本没有新品，收藏者更应关注其他石种，如芙蓉石、桃花冻、荔枝冻、鸡血石、青田石、封门青等；第四，就购买力而言，建议收藏者从普品入手，同时采取以石养石的办法，从小及大，这样才可做得长久。

林旭平印石鉴赏心得

近年，篆刻印章被投资收藏机构比喻为不容忽视的“小盘绩优股”。2013 年，吴昌硕一件重达 239 克的田黄石作品以 1380 万元的高价成交。那么，什么样的篆刻印章才堪称完美，值得收藏？

林旭平认为，值得收藏的印章应该具备三个条件：首先是印材美，用印章之材的优雅可人、自然气质来实现印章先天的贵族血脉；二是印雕美，也就是钮饰。在继承悠久的石雕工艺基础上，或巧用俏色，或“因材施艺”，创作出便于把玩的“人性化”印雕艺术；三是印文美。毋庸置疑，一件完美的印章作品，只有得到篆刻家的精美镌刻印文，才算是有了灵魂。收藏者可多关注郭功森、周宝庭、郭懋介、林亨云、林之康、林飞等名家作品，以及一些中青年高手的作品。

附记：

林旭平，1973 年生，中国艺术研究院、中国篆刻艺术院会员，高级工艺美术师。中国文化遗产保护研究院篆刻室主任，中国田黄印社社长，中国国家画院特约篆刻家。

著有《林旭平篆刻集》《林旭平印谱》《林旭平和他的印章》《田黄石的欣赏》《田黄印石赏玩》《田黄石的故事》《中国寿山石精品赏玩》等。

（载 2014 年 9 月 12 日《长沙晚报》）

五、藏家的平淡与传奇

林安：爱上长沙窑

“在‘长沙市第二届民间十大收藏精品’评选中，我已进入20强。”

年刚过，电力工程师、湖南省收藏协会常务理事、收藏家林安先生就传来喜讯。他告诉记者，他期待他的长沙窑藏品能成为长沙市“民间十大收藏精品”。

酱釉香炉、白釉绿彩水盂、青釉褐彩格言壶、白釉绿彩写意纹壶、青釉褐彩四头鸟形哨……在林安先生的两层楼藏品阁，层层置物架上摆着琳琅满目的长沙窑瓷器，宛若一个小型长沙窑博物馆。精美的器物透着历史的沧桑，让人仿佛穿越时空，回到大唐盛世。林安先生笑着告诉记者，这还只是他收藏的一部分，光长沙窑瓷器，他就收藏了1000多件。

第一次玩收藏：用半个月工资买了一个同治粉彩人物罐

“我与古董的缘分是从上世纪80年代开始的。”林安告诉记者，自己创办的工厂需要卖掉废品的时候，恰巧他的一个要好的同学的父亲在废品收购站负责，一次他去废品店，发现很多准备作废铜处理的古钱币很漂亮，经同学父亲同意用废铜换了十几个，回家一查资料，吓了一跳，居然是几百年前的明朝和清朝的。喜爱历

林安先生（左）在新加坡与新加坡陶瓷协会会长林亦秋先生交流长沙窑瓷器的收藏经验

史的林安如获至宝，在办企业的同时也从此更加热爱古旧的物品了。

上世纪 90 年代，企业略有盈利，林安就成了长沙古玩摊的常客。“那时，文物贩子在宝南街建设电影院篮球场摆地摊，每到周末，天不亮我就赶到那里，但因为旧货鱼龙混杂，我基本上多看少买，同时结识了很多藏友，学习很多收藏经验。”

林安先生收藏的“黑石号”沉船上的唐代长沙窑瓷器——青釉褐绿彩花卉纹碗

“有次看到一个清同治年间的粉彩罐，爱不释手，就和摊主讨价还价，用 25 元买了下来，当时一个大学毕业生的月工资不到 50 元。”林安说，这是他第一次买古董。

后来，古玩摊搬到了清水塘，林安仍常去逛，收藏品也多了起来，明清瓷器、木雕、古旧家具等，凡是看上眼的，就是不吃饭，他也要想法攒钱买回来。

第一次玩长沙窑瓷器：在望城收到几块长沙窑瓷器残片

随着藏品的增多，林安意识到，古董在历史价值、同一类藏品当中，年代越久，藏品越珍贵。于是，他开始关注明代以前的老东西。

“但知道长沙还有唐代的瓷，却是从专家的文章中看到的。”上世纪 90 年代末期，长沙窑瓷器只有博物馆和少数人收藏。为解读长沙窑的奥秘，林安去上海、北京、西安等地参观博物馆，并开始收藏长沙窑瓷器，且一发不可收拾。

1996 年，林安在望城文物商店看到长沙窑瓷器残片，于是买了几块回家。

1998 年，林安花三百元钱在清水塘地摊上买回一个修补过的长沙窑单色釉执壶。

1998 年 9 月，印尼勿里洞岛海域打捞出的“黑石号”沉船上，发现大量长沙窑瓷器，长沙窑瓷在唐代是有名的外销瓷一时众所周知，作为收藏家的林安开始关注流落在海外的长沙窑瓷。林安和长沙窑瓷器收藏者们一起，像蚂蚁搬家似的去国外收购长沙窑瓷器。到目前为止，他个人收藏的各类长沙窑较完整的器物已逾千件，长沙窑100多种类型器物他基本都有，特别是印尼“黑石号”沉船的碗，他收藏了很多。

第一次写专著：“新析”长沙窑

自从爱上长沙窑，林安就天天和长沙窑打交道，经过多年的摸索，他自有一套鉴赏长沙窑瓷器的经验和理论，就算是一块瓷片他也能识别。

“长沙窑瓷器大多数是釉下彩，画上去的图案在釉下，烧成成品后，图案看起来亮丽如新、光彩夺目，具有很高的艺术价值。”

“古朴是长沙窑瓷器最大的特色。”

“古董是没有生命的，当你的心灵一旦和她融合，觉得她有了生命，有了灵魂，你就可以随她穿越时空……”为了和长沙窑“对上话”，林安几乎牺牲了所有休息时间。2011年，他的专著《长沙窑新析》出版，引发了一轮新的研究长沙窑的热潮。之后，他又着手研究长沙窑“海上陶瓷之路”对西亚、中东、非洲国家在经济、文化及艺术等方面产生的深远影响，并开始重走长沙窑的海上陶瓷路。

2012年林安和几位长沙窑爱好者到“黑石号”沉船地——印度尼西亚勿里洞岛考察，并在雅加达印尼国家博物馆、新加坡国立大学及东南亚许多博物馆和海外许多长沙窑瓷器收藏家进行了友好交流，促成了包括德国、英国、美国、挪威、日本、新加坡、马来西亚等很多长沙窑瓷器的爱好者和收藏家来长沙考察长沙窑的发源地并进行学术交流。

“重走长沙窑‘海上陶瓷之路’是我的梦想。”林安说，他计划沿着“黑石号”的路线重走长沙窑“海上陶瓷之路”，了解国外对长沙窑瓷器收藏、研究的最新动态，也让更多的人了解唐代长沙窑，了解中华文明。

（载2015年3月6日《长沙晚报》）

罗伯特：以投资眼光收藏矿晶

在刚刚闭幕的第二届中国（长沙）国际矿物宝石博览会上，缅甸“抹谷之王”红宝石、澳大利亚欧泊、巴西碧玺等顶级矿物晶体齐齐亮相。当人们将目光放在这些来自全球的宝藏时，一位来自美国的世界著名矿晶收藏家因拥有多种中国矿晶精品而受到关注。他就是美国 The Arkenstone 矿晶公司董事长罗伯特·拉温斯基博士。在本届展会现场，本报记者专访了他。

不是有钱才能玩收藏

“我很小的时候就可以从路边的岩石中找到贝壳的化石。”罗伯特说。他从小生长在美国俄亥俄州的一个普通家庭，对矿晶有着异禀的天赋，他喜欢矿晶那种独一无二的原始、绚烂之美。那时他没钱，为了买漂亮的矿晶，十三四岁时，他开始打工赚钱。从 1 美元、2 美元的这种小件开始买进，渐渐地，罗伯特常利用周末去一些矿物博览会以求扩大他自己的收藏，但却因缺少资金，只能通过卖出藏品获得的利益来买进更多更好的东西。

“我的成功主要得益于互联网。”

当被问及成功的原因时，罗伯特很肯定地说，互联网兴起时，他利用这个机会创办了第一个矿石网站，且将办公室设立在艺术画廊里，这样来参观的人也能做生意。“不用像其他展商一样到处跑展会，人们通过互联网找到我，我开辟了一条与其他人不同的生意路。”

收藏矿晶“求精不求泛”

现今，矿晶作为艺术品收藏的一种，收藏价值也愈发被重视。有人认为收藏矿晶要以欣赏和爱好为主，不要想着赚钱，但罗伯特却不这么认为。

"我是以一种投资的眼光来收藏矿晶的，盈利是一个很重要的部分。投资与欣赏可以并驾齐驱。"他说。

采访结束后，罗伯特·拉温斯基博士搬着他展厅的宝石留影

罗伯特认为投资矿晶重要的原则是"求精不求泛"。"要在自己的经济能力内买最好的，宁愿花 6000 元买一件最好的，也不要花 1000 元买 5 件差的！"

罗伯特强调，品质越好的矿晶保值升值空间越大。从近 20 年矿晶价格的增长幅度看，品质一般的呈直线形态，中间品质的呈曲线形态，顶级矿石则是直线飙升！对此，罗伯特的好友、中国矿业大学教授、AAA 国际矿业公司总裁刘光华先生告诉记者："矿物晶体价格几十年来都在稳定增长，每年的增长率是 10% 到 100%，且其价值仍然被低估。"

罗伯特说，他的矿晶涨到"都不好意思说了"。如 2008 年他花 5 万美元买进湖南郴州瑶岗仙镇的一块萤石，现在涨了 50 多万美元，且很多人想买。

湖南拥有世间难得的矿晶珍品

罗伯特说："和其他人一样，一开始我的注意力放在全球的市场。"上世纪 90 年代，他发现中国这个巨大的市场还没被人发掘，"这对于我是一个好机会"。中国丰富的地貌，必然有更加精美的矿石，且价格会很便宜。于是，罗伯特将注意力转向中国。

"在中国，特别是在湖南，每年都有非常多的好品质的矿晶出土，你只需花 500 元到 1000 元就能买到一件很好的东西。"罗伯特告诉记者，湖南拥有一大批享有国际号召力的晶体矿山，如瑶岗仙、上堡、水口山、石门雄黄矿、凤凰辰砂矿等，都是世间难得的矿晶珍品。国际上的收藏家，很多以拥有瑶岗仙矿物标本为荣。而他就收藏了瑶岗仙的珍品。

在收藏中国矿物晶体的过程中，罗伯特越来越被中国美丽的矿晶吸引，并逐渐形成一个理念，即用自身的能力来保护这些珍贵的宝藏。

（感谢本次展会志愿者、湖南农业大学学生祖国鸿为本次采访进行现场翻译。）

附记：

什么是矿晶

矿晶是矿物晶体的简称。欧洲有句名谚：石头是上帝随手捏的，矿晶是上帝用尺子精心设计出来的。矿晶是岩矿成矿过程中生长的单种或多种矿物共生的结晶体，在自然界以完好单晶或晶簇产出的矿物比较稀少，一般都要在晶洞裂隙中才有可能找到，是大自然赐予人类天然、独特、精美、珍贵的不可再生的艺术品。很多深藏在地底下的矿物晶体就在46亿年前宇宙爆炸的那一刻生成，其收藏在国外已有百年历史，在中国刚刚起步。

（载2014年5月23日《长沙晚报》）

红色收藏：玩的是激情追忆

2013年5月，吴作人作品《战地黄花分外香》在嘉德春拍中以8050万元成交。

2013年11月24日，毛泽东亲笔致傅宜生（傅作义）、薄一波的手递公函封在中国嘉德2013秋季拍卖邮品钱币专场中以人民币655.5万元成交。这也是毛泽东毛笔字迹首次上拍，该封为中国革命军事委员会公函封。

自1993年画家刘宇一的油画巨作《良宵》在香港拍出836万港元，“红色经典”油画首次进入拍卖市场以来，红色收藏品在近年来的系列拍卖中都取得骄人战绩，红色收藏品如同其他珍贵文物藏品一样，已受到市场关注和青睐。“其实，作为一个收藏大类，红色收藏早就受到独具慧眼者的青睐。只是到了近几年，这片洼地的价值才被逐渐挖掘出来。”省收藏协会一位负责人对记者说。

红色藏品千件以上的国内达千余人

据了解，红色收藏广义上指近代以来中国人民在反对外来侵略、争取民族独立和解放、进行革命战争、建设新中国等活动中涉及的重大历史事件和历史人物的遗存品的收藏。用时间作为分类标准，可分为两大类：第一类是从1921年7月1日中国共产党成立到1949年9月30日中华人民共和国成立前的各类红色收藏品；第二类是中华人民共和国成立以后与中国共产党有关的各类红色收藏品。

“红色收藏，它不仅是一项收藏活动，更是对过往岁月的承载。”这位负责人说，许多藏家亲身经历过那个火热的年代，是历史的见证者，他们对红色时代抱有纯真而热烈的感情，藏品中有他们的历史记忆、人生信仰。从某种意义上说，红色收藏玩的就是一种怀旧心理和激情追忆。

目前红色藏品收集到千件以上的收藏者在全国达到千余人，建有各类大小专题收藏馆 200 多家，出版专著的也有几十人，而随时举办的各种专题展览更是层出不穷。据保守估计，仅毛泽东像章收藏一个门类，全国就有收藏爱好者数十万之众。

湖南红色藏品藏家多门店少

“目前，湖南红色收藏者有国有文物单位、民间博物馆和私人藏家。”省文物局博物馆处处长陈学斌在接受记者采访时说，国有文物单位包括重要历史人物、重大历史事件的纪念馆、陈列馆等；湖南民间也有很多红色藏品博物馆，目前经省文物局审核设立，并在国家文物局备案的有 17 家。其中有两三家在红色收藏方面很有名。

记者查阅相关资料了解到，湖南有名的红色品藏家有罗玉其、雍晓春、刘昌年、彭小成、张长友、傅伯瑜等，其藏品涵盖像章、著作、诗词、画像、塑像、图书、瓷器、生活用品、宣传画、电影海报、手迹等各个方面，大多数以收藏与毛主席有关的文物资料为主。这些人基本上有自己的私人博物馆或藏品店（室）。目前市场上红色收藏品的交易情况，据罗玉其说“蛮火”。

记者本周日、周一两天，从上午 11 时到下午 5 时多，将湖南古玩城、大麓珍宝古玩城、天心阁古玩城、东铭古玩城、白沙古玩城、有缘古玩城、盛世收藏转了个遍，发现除天心阁古玩城有两家店外，其他古玩城已基本没有专门的红色收藏品门店，特别是大麓珍宝古玩城，其红色收藏品区所有门店，不管门是开着的还是关着的，里面空空如也，没人也没藏品。

赝品不少，红色收藏要睁大眼睛

随着国内收藏热的出现，红色收藏这种大众性、普及性、门槛低的活动很容易被人们所接受。藏品价格的上涨更让人趋之若鹜，于是市场上赝品出现了，假主席像、假毛瓷、假手迹、复印件当原件等现象层出不穷。如何避免上当受骗？行家建议，一要做精做专。人的精力是有限的，想要穷尽浩如烟海的红色收藏品是不现实的，因此不要全部涉猎，要专攻一项，做些研究，只有在对相关历史和知识比较了解的基础上才会有判断能力。二是要收名品精品。如中华人民共和国成立以来的红色宣传画很多，可名家大家画的宣传画和一般人画的宣传画是两个概念。

附记：

红色收藏五大门类

第一类是毛泽东像章，主要是以1966年、1967年的像章为主。全国爱好者在25万人以上，存量多、门槛低、普及性好。

第二类是红色书报刊、红色文献，以中国共产党主要创始人创办的刊物、文献、发表的文章为主。此类藏品具备文物性、文献史料性和艺术性，“三性合一”，文化价值最高，而且最容易得到党史界、学术界认可。

第三类是红色雕塑，领袖人物雕像或革命重大历史场景的浮雕，并以“瓷雕”为主。瓷雕认可的四大产地有江西景德镇、湖南醴陵、山东淄博和广东石湾。

第四类是红色画作，以中国共产党领袖形象和革命历史场景创作的油画以及以毛泽东诗词创作的国画最有价值。这类藏品目前价格都在亿元级别。

第五类是宣传画和海报。当年为了配合政治运动的宣传画不但具有视觉冲击力，还具有国际市场，其绘画语言和西方后现代艺术非常接近；海报是指红色经典电影比如《英雄儿女》《白毛女》等电影海报。

（载2014年4月4日《长沙晚报》）

张国清：把湖湘文化藏在家里

“学贵专精，思贵独创。”《湖湘近现代名人书画》一书中提及的这句话，或许可以用来形容收藏名人张满爹。

张满爹大名叫张国清。

根据事先约定，我们驱车直奔满爹望城的家。坐在客厅沙发上的满爹，脸色发白，看上去很憔悴。他告诉我们，因为想买一个明朝的瓷花瓶，这几晚都没睡好。但一听记者提及他的字画古董收藏，他马上来了精神，咧开嘴，憨憨地笑。

曾国藩用宫廷手绘的粉红笺纸写就的《行书中堂》

满爹自幼喜欢画几笔兰竹雀燕，他认为自己之所以醉心于收藏，一方面源于个人爱好，另一方面则是觉得这个领域有着广阔的利润空间。满爹和一般人想的不一样，他认为搞收藏如果在付出后有更大的回馈，这样在寻宝过程中才能有动力、有寄托。

很多人说满爹很聪明，别人当农民时，他学木匠；别人当木匠，他就转战木材加工。上世纪 80 年代，他成为望城首富。后来，从事木材加工的多了，满爹就转到了园林艺术。其资金也随着他的转行越转越多。

8 年前一个偶然的机会，满爹看到了古玩业个中机遇。于是，他找到省书画鉴定专家李智勇咨询。

“从事古玩的人很多，你可以以湖湘文化作为突破口。”李智勇提醒满爹并开出了值得关注的 50 个湖湘名人名单。

从单子上一个一个名人开始，满爹逐渐挖掘到了湖湘名人这条与众不同的收藏路线。

“现在我收藏了90多位名人的几百件真品。”满爹告诉记者，其中许多藏品连博物馆都没有。

记者看到，满爹藏品中，有萧锦忠等清代湖南多位状元的书法，齐白石的《毛栗图》，曾国藩的《行书中堂》，左宗棠的《行书七言对联》，彭玉麟的《水墨梅花横披》《水墨冰梅图》，胡林翼的《行书五言对联》等，还有郭嵩焘、李元度、曾纪泽、何绍基、何维朴、曾后希、熊希龄甚至罗典等人的书画作品。

在众多的藏品中，满爹说他最爱曾国藩的《行书中堂》，这是他前几年花重金从上海买回的。他取出卷放在柜子上的墨宝，将画轴慢慢推开。

记者立即被这幅刚健中显婀娜，圆润中透秀劲，雄奇里现淡远的字所吸引。仔细一瞧，不光字漂亮，用的纸也很特别，墨青的叶脉搭以红、黑色小花，中堂行书配以华美的纸张，让人顿生一种才华与艺术交相辉映的内涵深度。满爹介绍，这是以宫廷手绘的粉红笺纸写的，这种笺纸一般有宫廷画师手绘图，当时是专供慈禧使用的纸张。

“在收藏作品时，满爹很谨慎，光我认定是不够的。他还要将作品拿给省市甚至上海、北京许多专家看，如果有一个专家有疑问，他就会放弃收那件作品。”李智勇说，功夫不负有心人，几年来，满爹虽花了几千万，但也拥有了很多价值不菲的名品精品。

（载2014年6月20日《长沙晚报》）

石头爷爷的“石头经”

2011年，一块标价为14万元的“崂山绿石”以48万元的高价被拍走；2012年，一块标价为16万元的“灵璧石”以23.8万元的高价被买走……随着奇石藏品拍卖价格的节节走高，人们对它的关注越来越高，在长沙，记者近日见到了一位奇石收藏爱好者——王莉茗。

十年前，一个机缘巧合，40多岁的王莉茗爱上了奇石。几年下来，湖南各地的石头都有收藏，但他说，他最喜欢宁乡沩水河的奇石。从2004年到现在，他收藏的沩水奇石不下2万颗。他说，十年间，一有时间，他就到位于关山村的沩水河里捡石头。记者随车前往发现，当地连三岁的小孩都认识王莉茗，并亲切地叫他“石头爷爷”。

“好人好石好心”，王莉茗和他的石头。左边那颗“心”来自里耶，右边那块“人”字石来自石门

寻石：神奇的“党徽石”开路

王莉茗说，他和石头有缘。

十年前的某一天，王莉茗在长沙红星花卉市场看到一堆无人问津的石头，是一位湘西老农运来长沙卖钱的。王莉茗无意中发现其中一块青铜色的石头上有浮雕图案，觉得很特别、很好看，就花 20 元买了下来。回家后，他用水将石头洗干净，神奇的事情发生了，石头上的花纹像极了党徽图案！王莉茗简直不敢相信，又找来党徽仔细比对，太像了，自然天成。就这样，王莉茗被大自然鬼斧神工、博大精深的魅力所吸引、所感动。党徽奇石也开启了他寻石、藏石、赏石、悟石之路。

王莉茗告诉记者，从此，他利用一切可能的机会出门寻石、捡石，最后，他将捡石地点重点放在了沩水河。有了一定的积累后，他开始将捡回来的石头取名字，并分门别类进行排列组合。现在，他收藏的石头涵盖“人生百态”“山水情怀”“动物世界”“奇石字典”“哲理小品”等五大类。

“天线宝宝”，像吗？来自里耶

“开心”“鸿运当头”是石门的，“熊猫仔”“天线宝宝”是在里耶捡的，“嫦娥奔月”“盘古开天地”来自沩水河……在王莉茗的藏石室“千佛阁”，王莉茗如数家珍，激情澎湃地介绍道。

悟石：发现平凡中的神奇

“精美的石头会唱歌，它能给勇敢者以智慧，给弱者以坚强，它能给勤奋者以收获……”这首歌唱出了爱石者的心声，更唱出了王莉茗的心声。

很多人都说，王莉茗玩石玩得有悟性，玩得有积累，玩得有情趣。

“石头是大自然的精灵。它有密码，有文化。”王莉茗说，每一块精美的石头都是大自然独一无二的杰作，是不可再生的宝贵资源。读懂它才能喜欢它，喜欢它才能收藏它。随着对石头了解和研究的深入，他对大自然充满了敬畏之情，每捡一块石头，就等于向大自然深深地鞠上一躬。

“大眼睛”，来自沩水河

“石头本不起眼，我们以感恩的心态捡起它，关注它，就会有福报，有快乐。”王莉茗以收藏鹅卵石为主，鹅卵石资源丰富、平凡。王莉茗说，发现平凡中的神奇，是一种快乐和享受。他认为，捡石头是积德，积生命之德、智慧之德、文化之德、自然之德、缘分之德，真正的爱石玩石之人要做到“敬”“静”“净”“劲”“尽”五个字，敬爱大自然，以一颗安静、纯净的心，尽心尽力地寻石、藏石、赏石，只有这样，才能享受到近在咫尺的神奇、美丽、快乐和幸福。

藏石：门槛低，随缘就好

“奇石是所有收藏门类中门槛最低的一种收藏，几乎是零门槛，人人都可以参与，但同时又是经济回报最高、风险最低的一种收藏。”王莉茗说，想玩石头可以去山里捡、水里捡，这根本不需要什么本钱。

收藏奇石要随缘。王莉茗告诉记者，他之所以以收藏沩水河的石头为主，最主要的原因是沩水河离长沙较近，找石运石方便。一有闲暇时间，他便邀上三五好友去沩水河的河滩上捡石头，有时一周来回好几次。

“当然，够得上收藏级的石头还是要具备几个条件。”王莉茗说，顺眼、顺心、顺意，成形、成才、成意，是他捡石头的标准。他认为，沩水河的石头黑底带金、黑底带银（即黑色石头上有黄色或白色花纹），很漂亮；沩水河的石头硬度很高，很适合收藏。

王莉茗说，黄金有价石无价。收藏石头是一种高雅的精神享受，是一种艺术上的追求和陶冶，能带来健康、快乐和智慧。他捡来的每块石头都如同他的儿子，他不会卖掉。他透露，曾经有人花81万元购买他手中一块叫做“春天的故事”的石头，他也没卖。

王莉茗告诉记者，收藏奇石不要过分“痴迷”。但在时间和精力允许的情况下，可以进行长期收藏和把玩。“石在，火种不绝！”哲人的名言让我们感到平安踏实的同时，似也为我们藏石爱石提供了最好的注脚。

湖南主要收藏石产地及特点

湖南省奇石珍品研究会会长郭佳告诉记者，奇石收藏主要指收藏水石，即从河里捡来的石头，收藏湖南的水石可关注这些地方：

1. 炎陵石：主要在洣水河，属玉化石，有高的硬度、光泽度、脂度和耐打磨加工等特点，适合做摆件、挂件等。如黄蜡石。

2. 里耶石，也叫里耶白水石：产于湖南省龙山县里耶镇酉水河中。石质细腻，呈棕红色，石上间有金黄花纹，似文如图，极为雅观。

3. 洪江石：画面石多，色彩丰富，但石头表面比较粗糙。

4. 石门石：属砂岩石，包浆较差。但画面丰富，颜色对比度好，石头表面比较光滑。

5. 沩水石：石质较硬，多呈黑色，上有黄色或白色花纹。有些石头图案很漂亮。

6. 武冈石：产于资江、沅水中，多玉化石、蜡质石。

7. 耒阳石：多为彩硅石，青色石头上有花纹，个体不大。

8. 武陵石，又叫武陵空洞石：石头呈灰黑色，上面有很多小洞。

（载2014年8月15日《长沙晚报》，笔名黄钰舒）

瓷器上那抹鲜艳的“中国红”

“在近期出版发行的《中国陶瓷百年史》综合篇里，收录了从 1911 年到 2010 年 100 年间对中国陶瓷业有贡献的人，共 94 个。其中已去世的 28 个，年龄最小的是 60 后，只有 10 个人，本人就是其中之一。”在中国红瓷器工艺园“中国红瓷器陈列室”，长沙大红陶瓷发展有限责任公司董事长尹彦征拿着厚厚的《中国陶瓷百年史》（上下册）自豪地对记者说。

尹彦征用中国红图片印刷品和中国红瓷器实物对比，说明如何通过瓷器有无玻璃质感，判定真假中国红瓷器

作为中国红瓷器的发明人，对中国红自有其独到的认识。“中国红瓷器是中国的，红色是中国的，瓷器上面的绘画也是传统的中国元素。所以每一件中国红瓷器都是原汁原味的中国元素。”尹彦征说，正是这种原汁原味，让中国红一诞生就被选为赠送给国际友人的国礼；也正是这种原汁原味，让中国红瓷器成为藏家们的新宠，且十年内升值了三四倍。

一抹标准红，寻了千余载

唐代铜官长沙窑的铜红釉，宋代钧红，明代宣德霁红，清代康熙郎窑红、桃花片，乾隆祭红、豇豆红……在中国陶瓷千年历史中，红色瓷器的水平也在不断提高，但遗憾的是，唯独没有象征吉祥、喜庆，最为中国人喜爱的大红色瓷。“这是因为红色釉料不耐高温，红色釉在500℃的时候就开始分解褪色，直到褪成无色。”学化学的尹彦征说，因此，红色成为中国陶瓷史一道千古难题。

“中国红瓷器经过1200℃～1300℃的四次高温反复烧制，它的热稳定性比其他瓷器要高，且光色均匀，色相与中国国旗、国徽一致，结束了中国瓷无标准红色的历史。”尹彦征花了近20年，专门研究在高温情况下怎么样使大红色不褪色，试验了4000多种配方，烧过了10000多件样品，改进过20多种窑炉，最后终于成功研制出中国红瓷器。

“我用化学方法解决了千年难解的陶瓷难题。”尹彦征笑道，也正是这一技术难题的突破，奠定了中国红瓷器在陶瓷行业的地位。

《中国陶瓷百年史》这样评价：“‘中国红’命名的大红釉器物则是显示国运亨通的标志性艺术瓷器。”由此可见中国红瓷器的高贵地位。正因此，每年有三四千件中国红瓷器被选为国礼赠送给国际友人，作为收藏品，中国红瓷器也增值稳定，如2004年生产的一件中国红瓷器，当时价格3000多元，如今已经涨到1万多元。据市场反馈，中国红瓷器价格十年内已普涨3～4倍。

独此一件！中国红收藏前景看好

玩收藏的朋友邹先生儿子要结婚了，他买了一整套中国红瓷器给儿子布置新房。他说：“中国红瓷器独特、喜庆、色相好，且有收藏价值。”

据介绍，中国红瓷器品类非常丰富，共有4个系列107种，其中瓶、蛋、炉、盘、壶、笔洗笔筒等艺术品，都具有极高的收藏价值。“我们的中国红瓷器艺术品不是批量生产，拉坯、绘画全靠手工。每一件都是仅此一件。”尹彦征介绍，在瓷器的收藏证书上都有手绘者的名字，还有收藏编号。“这个《富贵牡丹图》是中国工艺美术大师宋定国亲自设计的，这个是中国工艺美术大师陈惠生设计的作品，那个《楚韵·高脚赏瓶》是我设计并且彩绘的……”尹彦征指着身边的瓷器一件件介绍。

众多中国红瓷器品种中，哪些更值得收藏？尹彦征说，有艺术绘画的能保值增值。中国红瓷器中，以全手工拉坯的价值高，其中全国工艺美术大师的作品更受藏家喜爱；另外是手工彩绘的价值高，其中尤其以人物彩绘难度最大，人像要烧制在中国红瓷器上是非常难的，因此最值得收藏。中国红瓷器全部为手工拉坯，手工彩绘，不同的工艺美术大师或者同一位工艺美术大师在不同的时期制作出来的作品都是不同的，所以每一件中国红瓷器都是独一无二的，弥足珍贵。

中国红瓷器的独一无二还表现在可以“个性化定制”。如消费者可以将自己喜欢的照片放到瓷盘上，可以将自己喜欢的画绘到瓷瓶上等。“这个绘画，可以消费者自己绘，也可以消费者提供图样，由我们的大师绘。”尹彦征说。目前，中国红瓷器也开始大力开发日用瓷系列，其中较为典型的是中国红瓷器婚庆系列和中国红瓷版画系列。和可作为艺术品收藏的中国红瓷器比较，婚庆系列和瓷版画系列更加贴近生活，价格也相对便宜。

识真辨伪，关键掌握三招

艺术品有收藏价值就有仿冒，只有十多年历史的中国红瓷器也一样。市场上出现的很便宜的所谓中国红瓷器，那是赝品。“真正的中国红瓷器本身有突出的接口，且部分瓷器表面不平整。”尹彦征说，这是辨别真假中国红瓷器的最基本常识。另外，中国红瓷器经1200℃～1300℃高温反复烧制而成，而仿造的中国红瓷器一般烧制温度在800℃以下，其瓶子上的大红釉色或像汽车烤漆一样烤上去，或用树脂浇上去，彩绘也大多数是贴花形成，用力一抠就会掉下来。

尹彦征简要地向我们介绍了辨别真假中国红瓷器的三个妙招。

第一招：看有没有玻璃质感。这个很关键。真正的中国红瓷器表面会透出一种玻璃质感，而假冒的则由于其大红色为低温烤漆，故颜色没有玻璃质感，看起来很呆板。尹总用中国红瓷器实物和中国红瓷器印刷品给我们进行对比说明，假的中国红瓷器上面的红色就像印刷品上的红色，其色虽然鲜艳，但是浮在表面，没有玻璃质感。

第二招：看色彩深度。真正的中国红瓷器其大红色釉色是由内到外透出来的，质地坚硬，大红亮丽、光泽度高，玉质感十足，而假冒的中国红瓷器没有色彩深度。

第三招：看底款。真正的中国红瓷器，每一件的底部都有一个底款，这是中国红瓷器注册商标以及发明人尹彦征先生的姓名注册内容之一，采用了汉代封泥印的艺术风格，由我国著名的金石书画艺术家李立先生亲自设计、镌刻而成。除此之外还配有中国注册商标的标志“R”。

“看玻璃质感，认准商标，认准‘尹彦征’这个章，认准国家注册商标‘R’就不会搞错。”尹彦征说。

（载 2014 年 7 月 11 日《长沙晚报》）

蜜蜡成为新土豪标志：小小老珠也疯狂

“脖子上挂串蜜蜡，手上戴串沉香，这是北京新土豪的标志。”有着20多年收藏鉴赏经验的源远堂主、长沙湘版文化传播有限公司总经理肖坚强说，老珠成了玩家的新宠，也成了这两年各大拍卖会杂项的主流。今年春拍征集，他收藏的一串料好工精的十八子老蜜蜡提珠就被北京中国国际拍卖公司征集走。

“早十年在市场上50元可以买到一颗西周玛瑙，而且还可以挑好的，现在要1000多元一颗。”“蜜蜡前些年才120～150元/克，现在涨到了700～1000元/克。”记者在湖南古玩城、大麓珍宝古玩城采访时，很多经销商感叹，老珠涨疯了！

一串“多宝珠”，花了近十年

刘琦是中国地质大学古生物化石专业毕业的80后高材生，后在英国硕士毕业，并取得中国宝玉石协会宝石鉴定师证（CIG）、钻石分析师证等证书。他说他自小就喜欢珠子，长大了看到珠子就想买。九年前在英国留学，他看到市场上各种漂亮的珠子，终于开始了自己的收藏，正式进入五彩斑斓的珠子世界。几年下来，他收藏的古珠多达百余种。这些珠子来自世界各地，有蜜蜡、红珊瑚、金刚菩提、灵骨、琉璃、玛瑙、青金石等。每到一个国家，他都会去古玩市场淘古珠。

刘琦说，收藏珠子是很有意思的一件事，起步也不高，你可以一串一串买，也可以一颗一颗买。他说他有一个多宝串，就是花了近十年才成的。这个多宝串有12颗珠子。“这颗青金石是在阿富汗买的，这是来自古罗马的金珠、蓝琉璃，这是中国新疆的，这是印度的……”摸着一颗颗珠子，刘琦像抚摸着自己的孩子一样。“古珠收藏随意，出手也不难，但必须有耐心。”他说，古珠不像瓷器等大件物品，必须保持整器的完整性。一串珠子十几颗甚至几十颗，你可以一次性卖出去，也可化整为零，一颗一颗出手，很方便。这也是为什么喜欢古珠的人越来越多的原因之一。

记者在大麓珍宝古玩城遇到了正在买古珠的陈女士。和刘琦一样，陈女士也喜欢古珠，但她偏向于佛珠。她说她家里有上百串佛珠，但她现在仍然是每到一个地方就上古玩城，看到喜欢的就买回家。

老珠新串，长沙人玩出新时尚

目前，古玩市场上珠子的材质很广泛，老珠子主要有象牙、沉香、蜜蜡、玛瑙、老珊瑚等，但量并不多。“这些‘老东西’有厚重的文化内涵，戴着它，感觉自己触摸到了古老的历史。”肖坚强说，最流行的老珠子是高古的东西，最贵的是天珠，一颗九眼天珠，价格过亿元。

肖坚强告诉记者，目前，玩名贵老珠子在北京很流行，有钱的老板、文艺界名人都喜欢戴串老珠。但在长沙，在档次上低了很多。记者走访长沙古玩市场也发现，经营老珠的商家还很少，湖南古玩城的梓逸台，大麓珍宝古玩城的源远堂、榄紫缘算是货品比较多的。

长沙不少古玩摊位上，大大小小的散珠等待着慧眼识珠者，老珠新珠重新搭配串连的手串、项链也很多。同行的黎女士买了一颗古沉香，说是回家和其他珠子正好配成一串。她告诉记者，很普通的散珠经一番搭配组合，用上一两颗经典的老珠子画龙点睛。“这样不仅将散珠的装饰欣赏功能发挥到了极致，消费者也更喜欢。”很多商家反映，这种珠串和纯粹的老珠串比起来，价格更便宜，市场接受度也更高，尤其受到爱美的女性喜欢，老珠子就这样成就了古典又时尚的潮流。

“玩珠子渐成时尚，与人们承受的压力越来越大有关。”肖坚强说，很多人将佛珠作为一种精神寄托戴在手上，或作为护身符带在身边，心烦时，摸摸佛珠，心情马上能静下来。

古珠收藏要多学多看

珠子的材质很多，天然的包括玛瑙、水晶、珊瑚、砗磲、青金石、绿松石、各种地方玉、翡翠、珍珠、琥珀、蜜蜡、象牙、木头、各种果实、玳瑁、贝壳、骨头、碧玺、天河石等；人工材质有琉璃、陶瓷、合金、金、银、铜等。细分下来，每一种材质又分三六九等。对于收藏新手来说，应该如何介入如此丰富的珠子世界呢？肖坚强、刘琦等行家认为，和其他古玩一样，除了书本上的理论基础作为铺垫外，最重要的是必须见实物，多上手多观察，才能有比较直观的感受。真正的珠子与使用现代技术做出来的仿制品还是有很明显的区别，需注重包浆、颜色、纹路、钻孔方式等。爱好者可以把目光锁定在某一单类上，做集中深入的收藏研究。

收藏古珠最重要的一点是要心态好。老珠市场上假东西很多，如红玛瑙、红珊瑚，多为浸色；普通沉香加香料充名贵沉香；高温高压制出假蜜蜡；大叶檀充当小叶檀；猛犸象牙充当非洲象牙等。因此，要想买到货真价实的东西，不要轻易下手，挑选珠子时最好邀行家把关，或者从信誉比较高的人士手上或有质量保证、有三包承诺的实体店去购买，不要期待在地摊上能捡漏。

（载 2014 年 3 月 28 日《长沙晚报》）

一场晶火传奇的玻璃盛会

长沙湘江新区规划展示馆中，一批来自异域的珍品露出面容。展厅中昏暗的灯光、透明的玻璃橱柜折射出历史光环，更营造出历史的穿梭感，而这些珍品便是历史的见证。6 月 20 日晚，湖南省博物馆引进的“晶火传奇——欧洲玻璃艺术珍品展”开幕，展出的200 件（组）玻璃艺术珍品来自欧洲历史的各个时期，均是有着一百多年历史的捷克共和国布拉格国家工艺美术博物馆的藏品。这些玻璃艺术品玲珑剔透五彩缤纷，巧夺天工的工艺，丰富的表现力，在这个绚烂的夏日，定能让长沙观众大饱眼福。

展览：欧洲玻璃珍品展劲吹中国风

据目前考古所知，玻璃工艺起源于公元前 3000 年左右，经过上千年的磨炼，才从制作小件的玻璃饰品，发展到制作玻璃容器。随着玻璃制造技术的不断发展与人们对于审美的不断追求，玻璃艺术品在不同时期凝结了不同的艺术语言。

“此次展览的展品主要由三个部分组成，第一个部分是一些非常珍贵稀有的玻璃艺术品，第二部分是包含捷克和欧洲其他国家历史与文化的制品，第三部分则是具有中国特色和中国传统文化的藏品。”21 日，布拉格国家工艺美术博物馆馆长海莲娜·尼克斯马科娃在接受本报记者专访时介绍。

展品中，像陶瓷的版画、花瓶、酒具等具备中国风的玻璃艺术品格外引人注目。其中一件长方形的玻璃版画上画着远东式房屋、飞翔的仙鹤、低矮的假山石和中国人。海莲娜告诉记者，这件玻璃版画是仿造瓷版画制作的仿品。在 17 世纪，欧洲人十分推崇中国的瓷器，认为那是时尚的象征。

而制作于 19 世纪 20 年代末的一件中国风的甜点盘，盘中的杯子上有中国特色的楼阁式建筑，其中两件小瓶子的造型很有创意，仿造了中国传统文房物品镇纸，上面还带有瓶塞。海莲娜说，当时西方国家对东方的文化有着巨大的好奇心，在这样的背景下，欧洲列强与清政府频繁接触，更多的中国元素进入西方社会，对西方艺术产生了重要影响。

市场：古代料胎鼻烟壶屡卖高价

玻璃艺术品具有长久的历史，不仅具有实用价值，更具有极高的审美价值。

“玻璃不是起源于中国，而是来自遥远的西方。中国的玻璃也与西方玻璃不一样。”在省博物馆为此次展览特设的讲座上，中国社会科学院考古研究所研究员安家瑶教授介绍，早在春秋末战国初，西亚的玻璃珠饰经过中亚游牧民族进入中国中原地区。但壁薄质轻、晶莹透明的玻璃一直只是中国上流社会的奢侈追求。到中国自己能产玻璃时，国产玻璃是以铅钡玻璃为主（西方玻璃是钠钙玻璃），以仿玉制品为多，基本没有发展玻璃实用品，而是以观赏品、宗教用品为主。

据了解，目前西方市场中有玻璃艺术这个专门的学科和成熟的市场。而在中国传统的艺术品领域里，玻璃主要以几种形式出现：一种是琉璃，譬如汉代的珠子、小瓶；一种是料器，主要出现在清代；一种是套色玻璃，旧时多用在满洲窗和板状玻璃画上。事实上，琉璃和料器与现代玻璃并不完全相同，只是材质一样。而与当代玻璃艺术不同的是，中国的玻璃艺术以雕刻为主，如套色玻璃的工艺难度就在于各种图案的腐蚀雕刻上。

在艺术品拍卖市场上可以发现，拍出高价的玻璃艺术品主要是清代的各种料器，包括料胎画珐琅和料胎鼻烟壶。近年来，古代玻璃器拍卖，成交价前30名中几乎都是料胎鼻烟壶。譬如2005年12月12日北京瀚海以352万元人民币成交清乾隆御制料胎珐琅彩开光山水鼻烟壶，2008年纽约佳士得以42.25万美元成交1736年至1780年御制料胎画珐琅葫芦形鼻烟壶等。

收藏：玻璃艺术品或可成为新选择

在中国众多收藏门类中，琉璃艺术品相比瓷器、玉器、书画等来说，一

21日，布拉格国家工艺美术博物馆馆长海莲娜·尼克斯马科娃（右）在入住的喜来登酒店接受本报记者专访

直是状态相对稳定的冷门品种。中国大陆琉璃收藏近十年才出现，玻璃收藏呈现慢热升温态势。

在现今的市场中，可购买的古代珍品极少，大多数顶级制品都收藏在博物馆。基于此，海莲娜·尼克斯马科娃忠告玻璃艺术品收藏爱好者："市场很新很复杂，要想买到好的藏品，不要完全着眼于市场，而要从欧洲收藏家的手中购买。"

海莲娜说，欧洲玻璃艺术品的价格大多数在1000欧元左右/件，而那些顶级的来自中世纪的玻璃艺术品则从2.5万欧元到60多万欧元不等，品质好的玻璃艺术品与顶级油画和雕塑的价格差不多。

随着收藏的流行与价格的水涨船高，赝品在玻璃艺术品的收藏中也成为一大问题。

"鉴别玻璃制品主要是鉴别年代。"海莲娜称，大多数赝品是用现在的玻璃去仿造古代制品，其中尤以仿法国中世纪的制品为多。然而对于普通人来说，没有特定的工具和测量方法，鉴别是一件很有难度的事，这需要多年的经验以及丰富的知识。

"当古代玻璃珍品愈加稀少时，现当代玻璃艺术品则成为新的收藏选择。"海莲娜·尼克斯马科娃建议，如果没有那么雄厚的经济实力，可以先去收藏欧洲现当代的玻璃品。特别是上世纪50年代至70年代，这个时期的玻璃品价格不会很高，但也具有较高的欣赏价值。

（感谢省博物馆段炼为采访进行现场翻译。载2014年6月27日《长沙晚报》）

六、行者的快乐与激情

山在哪我便在哪

整装待发的徐江雷

徐江雷，长沙名望巅峰体育文化有限公司董事长，一个游走在城市与山巅之间的“驴友”，湖南首位登上珠峰的登山探险者。他抱着“活着”的人生信念，“活”出了很多人仰望的“高度”：至今已征服全省24座1800米以上高山中的14座；轻松拿下了全国16座5000米以上的雪山；2007年，39岁的他与8844米的珠峰来了一次“亲密接触”。2010年年底，湖南省首支登山探险队在他多年努力下“亮相江湖”。

“好玩”的孤独者

记者（以下简称“记”）：作为“内行人”，你如何看待登山这项运动？至今为止最惊险的登山经历是什么？

徐江雷（以下简称“徐”）：在我看来，登山是孤独者的运动，没有人能够代替你去承受万难千险。登山是极限挑战，也可以说是世界上最危险的运动，每次的登山其实都暗含着一些始料未及的危险。2002 年 5 月，我攀登海拔 6178 米的青海玉珠峰时，就在山腰上遭遇了 20 年不遇的暴风雪，5 顶帐篷成为了我们十几个人的“临时避难所”，庆幸的是食物充足，口渴了就煮雪喝，在帐篷里足足待了 22 个小时后，我们在第二天中午的时候“全身而退”。

记：你登珠峰的原动力是什么？

徐：我觉得只要是登山就很好玩，而“玩”也是有终极目标的，我的终极目标就是在有生之年用我这双脚攀登更多的山，用这双眼睛看更美的风景。

旅行在于一颗蠢蠢欲动的心

记：你如何看待“低碳旅游”这个新生事物？

徐：这只是一个相对性的概念。人类有史以来就是地球上最具有“掠夺性”的动物，人们每天都在抱怨生态被破坏、资源枯竭，却忽视了自己每一个细微的举动就有可能“推波助澜”。

而所谓“低碳”，根本就不需要你做什么轰轰烈烈的壮举，做好身边的点滴小事很重要，就是看你“想不想做”。我就始终坚持环保登山，在登山过程中所产生的废物、垃圾等，我都会随身携带下山。

记：作为一名资历丰富的“驴友”，你认为旅行最重要的是什么？你对市民旅游有什么好的建议？

徐：在我看来，旅行最重要在内心，要有一颗蠢蠢欲动的心、一颗奔腾的心、一颗探索世界的心。旅游就是在你有限的时间和金钱基础上让你的快乐最大化的娱乐活动。在出游之前，一定要做足“功课”，上网也好，“道听途说”也罢，要充分了解目的地的人文地理以及风土人情，尽量找到不同“质”的东西，这样你才能有针对性地去玩。现在很多人都是抱着所谓的“神秘感”去旅游，然后“稀里糊涂”地拍照、购物，根本就没有“玩”到当地的精髓。

人人都能有“完美旅行”

记：你人生中最完美的旅行是什么？对普通人来说，你认为什么才是“完美旅行”呢？

徐：旅行无所谓完美，只在乎你自己想做什么，目的地在哪。它是不拘泥于任何形式、任何外部条件的，实际上这就牵涉到“梦想”了。我要是问你，你的梦想是什么，你不能脱口而出，那么这就不是梦想。我很欣赏国外小学生的一个作文题，题目是“我人生的50个梦想”，这些梦想绝不是大笔一挥，一蹴而就的，因为随着年龄的不断增长，梦想也在不断调整。我现在的梦想就是争取今年年底能到南极，争取成为湖南登顶南极的第一人。其实，只要你在旅行中感受到了快乐，那么这就是你的“完美旅行”，我们来到世界的初衷就是为了找寻快乐，很多人总是借口工作忙没时间去旅行，我只想对那些人说，工作只是快乐的手段，不要因小失大。

（载2011年1月10日《长沙晚报》）

“骑”出来的潇湘美景

陈剑岷，湖南环湘自行车赛发起人、湖南目前唯一国家级自行车教练员、2008年北京奥运会火炬手。为圆环湘国际自行车赛梦想，七年连续环骑湖南，2006年曾环骑湖南边界公路5000公里。他对湖南地形非常熟悉，即使闭着眼也能画出每个地区在湖南版图上的位置。

屡战，屡战，还是屡战

记者（以下简称“记”）：环湘自行车赛已被列为湖南省每年一届的常规重要赛事。您创办环湘赛的初衷是什么？

陈剑岷（以下简称“陈”）：爱好体育的朋友都知道环法自行车赛，这是世界上最著名的自行车赛，比赛也成了法国流动的风景线。湖南的版图和法国版图很相似。我作为一名业余运动员和业余教练，从18岁开始在全国

陈剑岷在骑行

的专业赛场打拼了十来年，仅仅获得过几次省冠军，在全国的最好成绩也只是锦标赛的第五名。通过比赛总结觉得，赛事是培养运动员和爱好者的最重要途径。湖南没有专业车队，赛事更是少之又少，这样参与这项运动的人没有机会得到锻炼和提升。发达国家运动员成绩好就是因为比赛多，一个运动员一年可以参加 100 多场比赛，比赛就是最好的训练。中国专业运动员一年则只有春、秋、冬 3 次比赛，太少了！所以创办环湘赛就是给湖南自行车爱好者提供更多次的赛事平台，激发爱好者的热情。同时利用赛事宣传湖南旅游景点。

环湘风景美如画

记：您号称“用自行车丈量湖南省版图”，让您印象最深刻的是哪些自然风景和民俗风情呢？

陈：2005 年，因环湘国际赛事泡汤，我一个人骑着自行车用 15 天的时间沿着湖南旅游景点转了一圈。2006 年，我沿着湖南省的边境线走了一次真正意义的环湘游，我发现湖南的风景很让人陶醉，尤其是好多没有开发的地方透出它巨大的吸引力。比如，在邵阳南山牧场老山界的山上看云，那真叫一种享受，它让你仿佛置身仙境。“一览众山小，山腰云雾绕”的气势刚过瘾，南山到通道的山道两边的天然人间画廊又让你陶醉。而最有意思的要数在通道侗族文化村里吃“合笼宴”了，那种亦歌亦舞亦酒的氛围让萍水相逢的人甩掉拘束，欣然享受着旅游中的随意与自在。

通过几次环湘骑行，我看到了我省边界一些地方有绝美的自然风光和民俗风情，除前面提到的南山外，平江老区有秀丽的山地风光，炎陵有高耸入云的八面山，永州有江永女书和野生大灵芝、风水古木。当然还有舜皇山山道的峰回路转，崀山丹霞地貌的秀美独特，洪江古商城的奇特和雪峰山的秀美，多情的凤凰沱江和风光险峻的张家界等，很多风景还鲜为人知。也正因如此，怡景环湘的念头在我心中永恒。

怡景环湘志在宣传秀美湖南

记：听说今年的环湘赛您准备全部以旅游景点为据点，可行吗？

陈：2011 年我倡导“怡景环湘，环保健康”理念，所以我希望参与骑行的选手在骑行陶醉湖南山水的同时，把湖南秀美的山水通过媒体的宣传和电视的转播变成湖南流动的风景线，比赛和骑行全部在景区。分站赛放在旅游局推荐的重点景区，骑行就串连当地的其他景点，通过怡景环湘，展示湖南秀美风光。

（载 2011 年 3 月 14 日《长沙晚报》）

长沙三勇士登上 7546 米高峰

7 月 8 日，3 名湖南人成功挑战“无氧登山的极限”，登上了有“冰山之父”之称的海拔 7546 米的新疆慕士塔格峰。他们分别是来自湖南美迪建筑装饰设计工程有限公司的张晓帆、廖武军和长沙女子监狱的女警官林曦。据悉，这是湖南登山爱好者第一次成建制以团队的形式登上海拔 7000 米以上的山峰。

昨日，回到长沙的他们接受了本报记者的采访。坐在记者面前的三位登山勇士虽然面露倦容，但聊到这次登上慕士塔格峰，一个个便神采飞扬，甚至互相调侃起来。

出发：顺利抵达 6250 米高的 C2 营地

6 月 20 日，作为此次挑战慕士塔格峰的湖南登山队队员，张晓帆、廖武军和林曦三人从长沙出发。24 日，三人到达慕士塔格峰海拔 4400 米的登山大本营，和来自全国各地的 30 多位登山队员会合，次日便开始了适应性训练。

慕士塔格峰海拔 7546 米。据“湖南登珠峰第一人”、省登山协会副主席徐江雷介绍，在攀登珠穆朗玛峰等海拔 8000 米以上山峰时，一般从 7600 米开始就得随身携带氧气，慕士塔格峰海拔将近 7600 米，因此被称为“无氧登山的极限”。

“在那么高的海拔训练，几乎所有人都有高原反应——气喘、脉搏跳动快、血压低、头晕目眩。”廖武军说，为了适应气候与高海拔，6 月 26 日至 28 日，他们一直在拉练。直到 7 月 5 日，才正式开始登山。

登山第一天，队伍到达海拔 5300 多米的 C1 营地，而 C1 的位置已经达到雪线（“雪线”为开始积雪的海拔高度，雪线以上的山体有积雪）。登山第二天，队伍开始向海拔6250米的C2营地前进。此时，队员们全都换上了踏雪板和高山靴，以增加脚着地时的面积。

“穿踏雪板和高山靴，我们花了半个多小时。”张晓帆说，海拔太高，人很虚，每做一个动作都会气喘吁吁，而每一个小动作都很消耗体力。

也许是因为经过适应性训练，开始很顺利，队员们没出任何意外，顺利到达了C2营地。

冲顶：第一次迷路第二次“霸蛮”成功

C3营地的海拔已达到6930米，大气压减低，空气十分稀薄。7月7日，队伍向C3营地进发时，因缺氧以及极度疲惫，有些队员开始出现幻觉。在无尽的雪路上，他们好像看见了绿洲、城市、高楼，有些幻觉比较严重的队员甚至还伸手拦出租车。但他们仍要凭着残存的意志，在厚厚的雪上踏出一个又一个深深的脚印。阳光直直地射下来，照在他们身上。这时的阳光已不再是温柔，而是凶猛。紫外线十分强烈，再加上积雪反射紫外线，形成双重照射，尽管他们都做了很多防护，但很多队员的脸仍被严重灼伤，脸上的皮已经可以一层一层地撕下来。

到达C3营地后稍事休整，7月8日凌晨2时多，他们开始登顶。然而，走了两个多小时后，因雪雾太大，找不到路旗，登山队迷路了。没过多久，队员们手脚开始发麻。环顾四周，没有任何可以求助的东西，从前觉得无比圣洁的雪，此时却模糊着他们的双眼、遮挡着他们的脚步。恐慌、脆弱、害怕如密网般缠住他们的整个心脏，一点一点地收缩着。还要继续吗？等待半个小时后，凌晨5时多，大伙只得选择撤退，原路返回C3营地。

早上8时，队员们重新整装出发，开始第二次冲顶。

“大概下午2时40分的时候，我们听说已经有两人成功登顶，而组织方的‘关门时间’（登山队伍必须撤退下山的时间）为下午4时。只剩1个多小时了，如果赶不上，就意味着湖南的队员全部登不了顶！这下我可急了！我当时想，咱们不能丢湖南人的面子！”廖武军说，关键时刻，他们拿出湖南人吃得苦、霸得蛮的劲头，三人全部卸下随身携带的装有饼干、手套和水的背包，一个劲地往山顶冲。终于，廖武军在3时40分左右成功登顶。张晓帆和林曦也在“关门时间”前陆续登顶。

遇险：下山路上一个晕倒一个迷路

为了成功登顶卸下随身携带物品，廖武军这一举动差点让自己丢掉了性命。“这是我犯的最致命的错误。”回忆起当时的情景，廖武军仍心有余悸。

登顶之后，天色渐暗，风雪似乎马上要来，气温也低到零下二三十度。为赶时间登顶，廖武军用力过猛，体力已有点不支。登顶成功后，他随即往山下走，但此时，他的意志力已随着体能一起慢慢消退。他感觉冷入骨髓，手被冻得逐渐失去了知觉。他努力睁了睁眼睛，却只看见越来越浓的白雾。他使劲甩了甩脑袋，却听不到风以外的声音。他使出全身力气往前走，却发现脚只移动了一点点。他想高声呼救，喉咙却好像被卡住，只能发出低声的呢喃。他想吃点东西，背包早已被他卸下，身上没有任何食物以补充能量。这时，在他后面登顶的林曦和另一名登山队员路遥追上了他，并努力牵着他走。可他的身体渐渐麻木，终于，他支撑不住，一屁股坐在地上，陷在雪里，便什么都不知道了。

而张晓帆登顶之后的路程也是十分坎坷。“我登顶时太猛了，用尽了体力，下山时只得硬挺着往前走。”张晓帆说。最不幸的是，大约在晚上八九时，张晓帆迷路了。大雪已经覆盖前面的人的脚印，方向已无法辨别。他就像掉队的蚂蚁一般，只有凭着心中最后一丝信念，四处找寻着生还的希望。

获救：两人从地狱边缘被拉了回来

看到廖武军陷入迷幻状态，林曦手足无措，只好哭着跑下山去找救援人员。“我当时是真的慌了。”林曦事后说。

“不知道过了多久，大概半个小时吧，队友‘老狼’经过那里，看到路边一个‘雪人’，扒开雪一看是我，就叫醒了我。随后，林曦叫来的‘协作’（登山服务队）也到了。”廖武军说，“协作”带来了氧气，他吸了十分钟氧后，就跟着“老狼”顺利下了山。“这是我第一次这么近地闻到了死亡的气息。”廖武军感慨地说。

而在黑暗中迷路的张晓帆，不断地修正方向，却又不断地迷失方向。直到出现在风雪中已摇摇欲坠的路旗，如暗夜里的灯塔般，向他伸出了温暖的援手，才将他从地狱边缘拉了回来。“下山之后，我只想说，活着真好。”张晓帆说。

终于，这支 36 人的队伍中 25 人成功登顶。3 名湖南勇士从 6 月 24 日进山，7 月 11 日回到长沙，他们在山上整整待了 16 天。而林曦，也代表着湖南女子登山的最高峰。

感受：不是为征服只是为证明自己

“经历过这样的生死体验，以后还会想登山吗?”记者问廖武军。

“当然。别人的梦中情人是美女，而我的梦里却全是山。当我登山的时候，什么烦恼什么困苦我全都忘记了，心中只有山。在登顶的一刹那，你可以用世界的眼睛去看这个世界，你可以用世界的耳朵去听这个世界，你会沉浸在风里，沉浸在雪里，沉浸在这一路走来的脚印里，然后就这样和自然融为一体。这种内心的冲击感，是无法言喻的。”廖武军说，喜欢登山的人都爱山，山能给他们其他东西所不能给的成就感。

“我前世肯定是山的女儿。”林曦笑着说。她第一天前往 C1 营地时，一直在拉肚子，以致那天还迟到了两个小时。别人都以为她会半途而退，可是她坚持了下来，且越到后面，她的状态越好。在那最接近世界极限、最远离生命气息的高山上，她说她看清了生命最深刻的纹理。

“记得有位登山家说过‘登山是移动的冥想’。我们登山，不是为了征服，而是为了证明自己。就这样默默地走，不断地走，心无旁骛地走，一直走到世界尽头。这是对内心的锤炼，这是对信念的奠基。当我们站上山顶时，我们便能更清醒地认识自己，更专注地看待人生。更多的时候，我们不仅需要强健的身体，更需要强大的内心。”张晓帆说。

提醒：登 5000 米以上高山三个条件

现在，登山运动已受到越来越多人的喜爱，但是，登山尤其是登大山

（指海拔 5000 米以上的山）是一项风险比较大的运动。

登山要注意哪些事项？哪些人可以进行登山活动呢？徐江雷说，除登山必备的装备外，登大山必须具备三个条件：一是良好的心态。登山者要有“舍得”的心态，要视情况而定，不要以登顶为目的，登山享受的是过程；其二，要有健康的体魄。大山上空气稀薄，高血压、心脏病患者不能登大山；其三，要有科学的登山方法。登山是探险不是冒险，要有前期的训练，如每天坚持 3000 米跑步、2000 米游泳等。

附记：

“冰山之父”——慕士塔格峰

慕士塔格峰，位于东经 75.1 度，北纬 38.5 度，在新疆阿克陶县与塔什库尔干塔吉克自治县的交界线上，海拔 7546 米，是著名的帕米尔高原昆仑山脉的第三高峰，在全世界排名第 69 位。地处塔里木盆地西部边缘，东帕米尔高原东南部，距喀什市 200 公里，距塔什库尔干塔吉克约 90 公里。

慕士塔格峰山形浑圆，风光壮丽，常年积雪，雪线海拔约 5300 米，冰山地貌发育十余条冰川，冰川末端低于海拔 4500 米。从山脚的卡拉库里湖边看去，慕峰就像是白发苍苍的老人，当地人尊称为“慕士塔格阿塔”，“慕士塔格”意为“冰山”，“阿塔”意为“父亲”，故有“冰山之父”的美称。

登雪山必备的装备

背包、睡袋（最好用羽绒，注意防潮）、高山帐篷（防风）、防潮垫、冲锋衣裤（GER – TAX）、登山靴、保暖内衣、绒衣、羊毛袜、头灯、冰镐、雪杖、小刀（瑞士军刀）、毛线帽、常用药品（头痛粉、感冒药、维生素、抗菌药、消炎药等）、高热量食品、保温瓶（1L）、军用水壶（带有饭盒的那种）、相机、电池、胶卷等。

（载 2011 年 7 月 18 日《长沙晚报》）

梦在哪，路就在哪

李翔，大汉控股集团副总裁、大汉置业副董事长。抱着“干的时候，干出别人干不出的样子；玩的时候，玩出别人玩不出的花样”的人生座右铭，干出了湖南民营企业前3强的大汉控股集团，他的“大汉模式”，正受到越来越多人的关注；他玩过沙漠探险，登过珠峰，骑着自行车环游青海湖，他的旅行足迹遍布除南美洲以外的整个地球。

最难忘的一次，18个人在沙漠中徒步了8天

记：您去过很多地方，让您最难忘、最艰难的一次旅行是什么？

李：我去过除南美洲以外的很多地方。最难忘的一次是2008年带领一些不怕死的、有梦想的人徒步穿越世界第三大沙漠——内蒙古巴丹吉林沙漠。这个活动我整整策划了7个月，从1万多人中选出18个人，采用的是部队特种兵的训练方式。18个人在沙漠中徒步了8天，横跨甘肃、内蒙古，足足走了220多公里。我们在沙漠的中心地带看到了一座有200多年历史的庙宇，他们靠着骆驼驮东西进去；见到了残酷沙漠里温柔的海子。这个活动我没要参赛者出一分钱，我还奖钱给他们，穿越过去以后我还奖了他们一万元。我在《沙漠很远，沙漠很近》一文中写到了这次旅行的艰难。

记：您从什么时候起开始探险？

李：我在32岁时开始策划探险活动，在野战部队曾经当过4年兵，参加过中越战争，打过两年仗。在我身体内有这种不畏生死的基因。年龄越来越大的时候就开始感叹我们每天都在为生计而忙碌，每天都纠结于金钱利益当中，纠结的东西多了，人的心就小了，所以就想去寻找一些纯自然的东西来净化心灵，寻找扩大内心的东西，远离那些是非恩怨，活得更长远一些、

更淡定一些。正因为如此，所以就去做了一些尝试。

很多好玩的地方就在身边，比如娄底新化大熊山

记：您经常带家人出去游玩吗？一般会去哪里？

李：去啊，附近一些好玩的地方去得比较多。很多好玩的地方就在你身边，只是看你有没有用心去发现。如在娄底新化大熊山的原始森林里，有很多温柔、浪漫的景色，比如峡谷、层层叠叠的瀑布、很多不知名的野生小动物、心无旁骛而内心无比安静的农民。如果下个月去，还可以看到在山的南面（阳面）那金灿灿的草丛，草丛背后满挂着晶莹剔透的冰层。还有隆回的小沙江，那里更加原生态，最重要的是可以攀岩，那里的岩石是我见到的最好的。

旅行把平常的胸怀打开，让我更能谦让和包容

记：旅行对您这么重要，那您从旅行获得的最大收益是什么？或者说旅游对你的事业有什么帮助？

李：只有在经历过一些特别的事情，你才会知道“你是谁”，你才会有自己的原则，你的内心才会强大，你才会去包容别人。人都是“环境动物”，当看到一些不同的东西时，肯定会有感悟之心的。旅游对我的影响是潜移默化的，是巨大的。打个比方，人的贪婪的欲望要靠两种东西，如电影《色·戒》一样，我觉得人就是在色和戒之间行走，“色”就是人对物质的欲望、对情色的欲望、对名誉地位的欲望等等，“戒”就是规矩，我们讲的法制、道德、伦理、责任等都是“戒”，光有“色”没有“戒”不行，会让人走入邪门歪道；光有“戒”没有欲望那这个人会没有动力，没有奋斗之心。我在此基础上加一条：“心戒”，就是内心简单而宽广。我把自己的旅行经历当成“行四方”。在旅行中，会把平常在小天地里的胸怀打开，当你的内心打开后才更能够承受委屈、承担责任，也更能谦让和包容。

（载 2010 年 11 月 15 日《长沙晚报》）

七、记者的体验游记

给自己一个去美国的理由

2011 年 11 月 4—11 日，我参加了湖南亲和力旅游公司组织的美国西部 8 日游。

10 月 20 日　美国旅游面签按手印

今天去美国驻广州领事馆面签。很多人都说，美国面签难通过，因此，从亲和力旅行社的工作人员到每位准备去美国的游客都很谨慎，生怕过不了关。我们先是按亲和力旅行社的要求准备资料，什么结婚证、房产证、财产证明、单位简介、单位保证书等，还要去照相馆照一张四四方方、不能露齿的白色背景照片。仔仔细细忙了几天，整理好放在一个专用文件袋中，19 日，即面签前一天，旅行社还特意将我们叫去，交给我们问答式的两页纸，要我们背下来，上面有一些估计面签时会问到的问题。还要我们注意衣着得体，举止大方，气质高雅。为保面签成功，同伴还专门去做了头发，其慎重程度绝对不亚于一次招聘面试。

早上 7 点多，我们坐车到了长沙高铁站，安检后，乘 8：27 的 G1021 次车赴广州，吃过午饭后，下午两点前，我们到了领事馆。经亲和力安排的人交代有关面签的流程等问题后，我们忐忑着上了四楼，交出手机、相机等电子产品（也可直接寄存手提包）给工作人员，我们随人流上了五楼，顺着“非移民”通道，走进了面签室。

面签室看上去好像银行营业厅，一个一个的服务窗口。正对着门的左边和正面 6 个是交资料的，交完资料，就排队去正面右边两个窗口按手印，先是左手四指并拢按，再右手四指按，最后是两个手的拇指同时按，交资料和按手印一般不会有什么问题，按着要求做就好了。真正决定面签成不成功的是最后一道环节——面签。面签窗口在大厅的右边，一共有五六个，与前面不同的是，这里每个窗口坐着的都是美国人，能说中国话的美国人。

我们顺着通道蛇行着向前，排队时还能听到前面的人面签时的问答。有人说一起去的最好去同一个窗口面签，于是有一起出游的两三人同时拥向一个窗口，却被维持秩序的人拦了下来，说“等到谁就是谁，轮到哪个窗口就是哪个窗口，要一个一个来”。终于轮到我了，我走向第二个窗口，“面签官”是一位漂亮的年轻白人姑娘。

我说：“下午好。”

她操着一口好听的带着美国味的普通话说：“下午好，你为什么要去美国?”

我回答：“我想去看看那里美丽的山山水水。”她笑了，又问：“你出过国吗？到过哪些国家?”我回答：“出过国，去过日本，去过韩国的济州岛。”

她翻了翻我的护照，突然问：“你有几套房子?”

我如实回答：“有＊套。”

她点点头，随即问：“你有小孩吗?”

我说：“有。”

她问：“多大了?”

我说：“上大学了。”

她问：“在哪读书?”

我答：“在南京师范大学。”

她又问：“学的是什么专业?”

我没听清楚，她又问了一遍，我还是没听清楚，我随即说：“对不起，我没听清楚。”她又说了一遍，我笑着回答：“设计专业。”她笑着对我说：“你通过了。”然后给了我一张绿色的单子。

我接过单子，也笑着对她说：“谢谢。”

一场简单的交流对话，坦诚、直接、轻松，精心准备的资料还没来得及“开封”，去美旅游的绿色通道已打开。

11月1日　美国旅游行前说明会

今天去亲和力会所参加了美国旅游行前说明会，为4日去美国旅游作最后的准备。美女导游赵洁从在美国的吃、住、行、娱、购及旅游必带用品等方面给我们讲了此次行程中要注意的事项。

由于我们去的美国西部城市洛杉矶及拉斯维加斯气候比较干燥，紫外线比较厉害，赵洁建议我们带好防晒霜、保湿霜，同时，建议我们自备牙刷、牙膏及拖鞋，因为美国从节约能源考虑，所有的酒店及宾馆都不提供这类东西的一次性用品。美国的一些酒店是可以上网的，但像拉斯维加斯的酒店，上网是要收费的，一般 10 美元一天；在美国如要给手机、相机充电，如果自己的插头是两孔的，可直插，如果是三孔的，需带转换器；美国的冷水是可直接饮用的，但要喝热的，须自己烧，在酒店一般用咖啡机烧水；美国酒店的房间很舒服，不要看它的星级，也许它们的五星酒店大厅都没有我们三星酒店大厅豪华气派，但它们很注重细节。

说到大家关心的购物，赵洁建议我们不要错过洛杉矶到拉斯维加斯路上的奥特莱斯，她还给我画了示意图，告诉我进店以后朝哪边有什么品牌，她说，奥特莱斯一般销售的不是新款，所以所有商品一般都在五折以下，像在中国卖得比较好的衣服 polo（她身上就穿着这种品牌的红格子衬衫）、ck，还有 coach；她说，美国的保健品很不错，像深海鱼油、羊胎素等。她告诉我们，美国商品的标价中都没含税，结账时会将税费算进去。因此，结账时的价格会比我们看到的价格牌上的价格高。

“此次行程有几个不可错过的美景”，赵洁说，一是拉斯维加斯的夜景，二是圣地亚哥的海湾，三是科罗拉多大峡谷。

11 月 4 日　行李从长沙“直挂”洛杉矶

北京时间 11 月 4 日晚上 9 时，我们一行 14 人（本来有 22 人，面签时好几个人没过关），随湖南亲和力旅游导游从广州白云机场出发，经过十几个小时的飞行，5 日上午 9 时 40 分（洛杉矶时间 11 月 4 日晚上 7 时 40 分）顺利到达目的地——美国洛杉矶机场。在机场过安检时，轮到我超顺利，我前面的人都是按了右手四指手印还被要求按拇指，然后左手再重复同样的动作，而我按了左手四指后，安检员就说“ok”了。洛杉矶时间晚上 8 时多，我们到达入住酒店——QUALITY，一个三星级的酒店，我们将在这里住上三晚。

洛杉矶的夜晚美极了。从空中俯瞰，漫无际涯的彩灯将城市装扮得璀璨无比。“浩如星海”，这是人们形容彩灯繁多的，可我还从来没有见到比这还多、还出彩的繁星，这是我此生见过的最壮观最美丽的“繁星”，记得上月，我曾在广州300多米高的“小蛮腰”塔上感叹珠江美丽的夜景，此时此刻，我只有感叹“城外有城”了。飞机在洛杉矶上空飞行了十几分钟，彩灯就绵延了十几分钟，此时，无论你从哪个角度俯瞰，彩灯都“远至天边”，即你视线所及的地方，全被彩灯覆盖。

美国之行第一天的行程还有一个“意外方便”：就是在白云机场办理登机时，亲和力旅游团的团员行李是南航从长沙黄花机场“直挂”洛杉矶的，中途不用取出来，到达洛杉矶才提取，给我们省了很多麻烦。

11月5日　一条平常小街居然就是星光大道

今天在梦幻之都洛杉矶走完了预定行程，走了星光大道，游览了洛杉矶环球影城。

心目中神圣无比、灿烂无比的好莱坞星光大道（Hollywood Walk of Fame）原来就是好莱坞城一条平常小街！这条建于1958年的小街两边人行道上镶着2000多颗金色的五星状地板砖，大部分星上都刻有好莱坞著名电影明星的名字，也有少数五星上是空着的，我想它是在等着下一位巨星的出现。我们来来回回走了两遍星光大道。同我们一样，无数的旅游者从这条刻有明星名字的大道走过，他们或手持相机拍下那些在阳光下耀眼的“星星”，或忍不住弯腰寻找着自己的偶像，找到了会欣喜若狂的同她（他）合影。我想找到刻有成龙、李小龙名字的星星，但没有找到，不过享受到了寻找的乐趣，倒也增添了旅游的快乐。

下午游览了好莱坞环球影城。好莱坞环球影城是一个再现电影场景的主题游乐园，内有多部大制作电影为主题的景点，好像好莱坞将所有的辉煌都搬到了这里，供错过电影节的人们瞻仰。我最喜欢的是乘坐环球影城游览车进行摄影棚巡礼。西部大片场《辛普森》《大地震》《金刚》等片场一一呈现，让人仿佛置身神奇的电影银幕世界。这项旅游体验服务很到位，游览车

这就是好莱坞的星光大道

每到一个电影片场，车内的电视屏幕上必会适时播出某部相关电影的桥段。游客则一边看着电视，一边听着导游惟妙惟肖的讲解，一边又在车外寻找影片中的背景物。游览车（Backlot Tram）沿途经过了《大金刚》（King Kong）、《大地震》（Earthquake）、《大白鲨》（The Jaws）及其他电影的场景，还会经过西部小镇、纽约、英国伦敦、德国柏林、罗马古城等电影拍摄场地，让人如临其境。坐在车内，我们还体验到了电影中的山洪暴发、强烈地震等场景。这些摄影现场，特别逼真。

环球影院的水世界（Water World）是园区内最受欢迎的表演节目，在这个以电影《水世界》为主题的节目秀中，我看到了海盗之间的水上大战、喷气船滑水表演，飞机冲出来的强烈冲击爆炸和烟火效果，这些也让观众的情绪 High 到最高点！

让人似曾相识却更加震撼的，是与株洲方特欢乐世界的“飞跃极限”类似的“RKUSTYLAND”，但与方特不同的是，这是一场惊险刺激的历险体验。

需要说明的是，好莱坞是梦幻的美国，在车上，导游一再强调让我们记住，好莱坞是一个城市而不是一个电影公司，只因为在这里汇集了太多的电影公司，就把所有的美国影片统称好莱坞电影，也形成了美国著名的电影产业。

11 月 6 日　我看到了“世纪之吻”

今天的行程是美国西南部城市圣地亚哥。导游临时加了墨西哥边境城市蒂华纳，为此每位游客要多交 60 美金。

今天要感谢老天爷。

9 时从宾馆出门时雨下得有些大，本想今天的户外行程会因此大为不便，不想车驶出 50 多分钟后，雨过天晴，11 点左右我们到达了美墨边境。导游将车子停在了美国这边的停车场（他说车如果想停到墨西哥，过得去但回不来），走了百米不到，经过两道旋转铁栅门（第一道是美国的，第二道是墨西哥的），不用出示任何证件，我们就到了墨西哥境内，再向前走几分钟，就到达蒂华纳。轻松得让我怀疑自己是不是真的到了另一个国家。

蒂华纳是个濒临太平洋，有百万以上人口的城市，颇有美洲风味。我们沿着“革命大道”走了两三百米，马路两旁，尽是一些低矮的、具有不同色彩的建筑。走在街道上，远处的山峦以及依山而建的建筑群，一切都尽收眼底。“革命大道”两旁尽是小百货店、手工艺品店，小商贩们则站在自己的店门前，显得非常热情。有些小贩还会讲上几句生硬的中文，你问他商品质量如何，他会告诉你“马马虎虎”（导游说有一个台湾导游跟墨西哥人开玩笑，说中国人认为自己的商品最棒时就说马马虎虎，这样每个墨西哥商户都学会了对中国人说“马马虎虎”，却不知道他们被开了一个大玩笑）。我们在路边的小店买了一些旅游纪念品，据说这里的皮制品货真价实，我们一行很多人都买了皮包、皮带之类，皮带用的皮真的很厚，拿在手上沉甸甸的，讨价还价后，只用 10 美金就可买一条。我花 18 美元买了两条，另花 15 美金买了三个漂亮的小袋子，小到只有幼儿园小朋友拿才合适。还有一个钱包我想买，但我只想花 5 美元，与店主的 8 美元有些距离，我就用笔用手势同他讨价还价，不知是被弄得心烦了还是觉得我讨价还价时样子有些可爱，大个子店主伸开双臂同我来了一个美国式拥抱，逗得我的同行者哈哈大笑，最后，钱包是买成了，可没我的份，因为只剩一个，同团的常德奶奶要，我只好发扬风格了。

12 点半，我们从蒂华纳返回美国。一小时前，我们从美国去墨西哥什么手续也不用办，一小时后，当我们要返回美国时，发现过境马路边排起了 2 公里左右的长龙。陪同我们的高导说，从墨西哥去美国，护照需要在美国边境的机子上刷一下，其实平时人不多，不用排队，今天因为是周日（美国时间），周末到墨西哥度假的美国人要赶回去，所以要排队。一个小时后，轮到我们过境了，我好想边检员能在我的护照上盖个美墨边境的章，可他只将我的护照在一个类似银行刷卡机上刷了一下，我就返回了美国。刚一过境，老天爷就下起了大雨，我们在凉棚下避了十几分钟雨，等导游开车过来。上车后，曹导说，别看现在下雨，保证五分钟后天晴，果然，车行不过五分钟，雨停了，太阳随后也出来了，我们心中充满喜悦。

在圣地亚哥，我们看到了第二次世界大战时期美国退役的一艘航空母舰，上面停放着许多参加过二战的美国战斗机。在航空母舰前面的广场，是美国著名的塑像“世纪之吻”，一位美国水兵得知第二次世界大战结束后高兴地抱着一名护士忘情地一吻，被永远地定格在美国人民的记忆中了。在这座塑像前我们照了很多相片，以此纪念我们的美国之行。

我们还参观了“科罗拉多”酒店外景。这座建于1888年的酒店，位于大海边，有白色的墙壁、金黄而层叠的楼顶，还有绿色的草坪、粗壮的古树、芬芳的鲜花，富丽堂皇的。我们在外面拍了一些照片，在海边追拍了一下海燕，在酒店一楼的商店看了一下服装。

据说，“科罗拉多”酒店有许多骄人之处：这是世界上最大的全木质结构酒店，也是全世界第一间装有电灯的酒店，它的电路设计和安装还是爱迪生亲自指导进行。酒店内部装修也十分豪华气派，曾有12位美国总统下榻于此。因为高档特别，且有百多年历史，这里接待过很多名人，也有过许多传奇故事。据说英国前国王爱德华八世就是在这里邂逅当地名媛华里丝·辛普森，而后放弃江山。还据说美国作家弗兰克·鲍姆就是在这里写出了童话小说《绿野仙踪》，书中翡翠城的原型，就是科罗纳多酒店。而人们最津津乐道的还是梦露和肯尼迪总统酒店幽会的事。据说，酒店的306号房间就是肯尼迪总统与梦露的长

圣地亚哥军港航母停泊的岸边，开阔的草地上伫立着一尊几十米高的雕塑，它就是闻名世界的“世纪之吻”雕像。

包房。梦露还曾在此拍摄了一部名叫《Some Like It Hot》的电影。更有传说这位名噪一时的影星最后的神秘归宿也就在此，甚而饭店里的229间客房中有一间被称为“鬼屋”。可惜，我们无缘入内。

11月7日　诱惑之城的诱惑

早上8点半，我们离开圣地亚哥，前往美国拉斯维加斯——世界上最大的赌城。

一路上，车子好像开在青藏高原上，高速公路两旁高原山地几乎都是戈壁，没有树木，草也很少，车内几位老同志直喊“耳朵听不见，出气不赢，头晕”，似有高原反应了。“这里是沙漠区，但有风却没有风沙，更没有沙尘暴，不知人家美国是怎么治理的。”车内不知谁在这样发着感慨。

在离拉斯维加斯只有半小时的路旁，沙漠戈壁中有一大型购物商场，导游说这就是“奥特莱斯”（outlets），车内女同胞们欢呼雀跃，这也难怪，来美国都几天了，她们强烈的shopping欲望还不曾释放，现在在中国游客心中“又好又便宜”的outlets就在眼前，你叫人怎么不兴奋！

车一停，一行人直奔过去，在进门左边的快餐店草草地吃过饭，就各自寻找心仪的品牌店去了。

在outlets只安排两个小时，依我们平时购物的经验，两个小时根本就容不得你仔细的品鉴、比较、挑选，更容不得你犹豫、徘徊，否则会一无所获。我们只好往平时还熟悉的品牌店里跑，抢也似的买下提包、拖箱、衣服等物品，也不管喜欢不喜欢，合适不合适，时间到了，一算去了三四个店，抱回了1000多美元的商品，然后依依不舍地上车离开，继续下一段的旅程。

五点多，我们到达拉斯维加斯。“前面有自由女神像的是纽约赌场饭店（New York）、有狮身人面像的是Luxor（卢克索酒店）”，“世界上最大的酒店MGM Grand（米高梅）里面则豢养着数头狮子，Paris Las Vegas Hotel（巴黎酒店）完全模仿巴黎的埃菲尔铁塔、凯旋门等著名建筑”……司机兼导游曹先生一边开车，一边向我们介绍着拉斯维加斯著名的酒店。窗外一座连一座豪华无比的建筑让我们唏嘘不已：拉斯维加斯在上世纪30年代还是一块寸草不生的沙漠地，到现在还只有80年左右，就已成为别具一格的旅游胜地。

我们入住的酒店叫"Plaza"，酒店前金光闪闪的，将整个酒店衬托得金碧辉煌，房间也不错，房大床大，装修也简洁大气，是我喜欢的风格。窗外霓虹闪烁，直达天际，似在高调地告诉初来乍到的我，这是一座美丽的不夜城！

"Plaza"的正对面就是步行街，和酒店只隔着一条并不宽敞的马路。放下行李，吃过晚饭，我已将劳累的身躯融入步行街的灯红酒绿中。

这条步行街叫佛瑞蒙特大街（Fremont Street），街道并不宽阔，两侧有许多的店面，餐饮、民族饰品、服装店、鞋店、小剧场……店子外面的街道上还有许多人在"摆地摊儿"，画肖像的、卖香水的、卖冰镇冷饮的，什么都有，更绝的是，还有许多街头艺人在这里表演自己的绝技。

这条街大气、华丽、壮阔。最让人叹服的是街道顶部的"天幕彩屏"。这个由1.2万个荧光灯组成的巨型荧光灯屏幕，也是世界上最大的LED荧光屏。每当夜晚华灯初上之时，荧光屏就生动地播放着各种宣传片，热闹非凡，吸引着来自世界各国的观光客。

据说，当地人将"天幕彩屏"叫"灯光秀"，"灯光秀"天幕大约有100多米长，每晚从华灯初上直至半夜，天幕都在快速地变幻着不同颜色的图像，播放着不同主题的节目，但快到你根本看不清或来不及想清那是什么，只觉得很梦幻、很绚丽、很现代。伴着激昂而环绕声效果极好的音乐，整个步行街变得很"high"，走在步行街上的人们也会变得很"high"，一些开放的老外们，一边驻足仰头欣赏着天幕，一边听着音乐扭臀摆臂的，似乎忘记了人间还有烦恼。更有趣的是，步行街有索道贯穿首尾，走在街上，"嗦"的一声不时从顶上传来，抬头想探个究竟，早有人飞驰而过。想一想，头顶流动"彩屏"，脚底下是"high"着的人群，从中一"嗦"而过是什么样的感觉，恐怕只有玩过的人才能说出它的奇妙。

在步行街，我遇到了一个在卖饰品的中国姑娘。她告诉我，她姓何，是广州人，因为男朋友在我们所住的酒店"Plaza"负了一点小责，一年前，她来到拉斯维加斯，在步行街帮人打理生意。小何长得很漂亮，大红羽绒衣外套着步行街特有的淡黄色工作服，她说，往年拉斯维加斯这个时候穿短袖，不知今年为何变得这么冷。她还告诉我，"灯光秀"每天晚上7点开始，到次日凌晨2点结束，几乎半小时换一个主题，每天都有不同的节目，比如“KISS VEGAS”、星河大战、“ROCK”都是她喜欢看的。

而她最喜欢的是每晚10点那个，音乐超级好听。她还告诉我，想从她们头顶一梭而过要花20美元，来回梭的话则要30美元。

11月8日　大峡谷的震撼

早晨5点起床，5点半在酒店前厅集合，今天的行程是去科罗拉多大峡谷——世界七大自然奇迹之一。

6点左右启程，我将从长沙带来的饼干、香干等全数拿出来分给同车的人，也许是饿了，大家都吃得津津有味，直到消灭殆尽。汽车一路行驶，两旁全是戈壁滩，单调乏味，我迷迷糊糊睡着了。“胡佛大坝到了”，导游的声音将我从梦中唤醒，睁开眼，发现金黄刺眼的阳光下，路的左前方难得的一片绿色中有一碧蓝色的湖，导游说，这是大坝蓄水后形成的米德湖水库，胡佛大坝1936年建成，当时美国总统叫胡佛，遂以他的名字命名。从这开始，路的两边有了一些房子，像是临时的维修站或驿站，也好像是当地普通的民房，大峡谷景区也就这样毫不张扬地呈现在我们面前——我们到达了景区入口，时间是9点左右。

车停在停车坪。在导游的带领下，我们领牌、排队、称重、编号，准备搭乘直升机从空中俯瞰大峡谷。

根据排队顺序和编号，我和同团其他四个人是NO.1组，我的编号是“C”。在乘机坪等了一会，我们依次坐上了飞机，编号“A”坐在驾驶员身旁，我们其他四人坐在后面。这是我第一次坐直升飞机，大约几分钟后，我们就在大峡谷底部降落了。由于是冲刷出来的缘故，大峡谷山峰并不是十分险峻，但在阳光的照耀下，依太阳光线的强弱，岩石的色彩会变化，或深蓝，或棕色，或赤色，扑朔迷离而变幻无穷，也许就是这苍茫迷幻的景色，让地球上很多人魂牵梦萦、流连忘返。坐船在科罗拉多河里浏览一番后，我们登机返回，为了看到峡谷的全貌，同时拍到好的照片，上机前我和“A”商量，和她换了一下位置。坐在前面就是不一样，随着飞机的起伏前行，苍茫迷幻的嶙峋岩层、蜿蜒曲折的科罗拉多河、深不见底的巨谷像画卷般在我面前徐徐展开，其气势磅礴让我惊叹，让我震撼，也让我感到自己的渺小。据说，亿万年前，这里也同喜马拉雅山一样，曾是一片汪洋大海，造山运动使它崛起。科罗拉多大峡谷地区最初河与山同高，只是经过数百万年湍急的科罗拉多河的冲刷，两岸岩壁被摩擦切割成今天全长近400公里、宽约20公里、平均深度1500米的世界著名大峡谷。

坐过直升机，我们乘景区大巴到达大峡谷南缘的老鹰崖，这里是大峡谷著名的景点，也是游客拍照的最佳地点。2009年3月20日正式对外开放的大峡谷悬空透明玻璃观景廊桥就位于这里。由于坐过直升机，我们没有再花钱上玻璃观景廊桥（据说要35美元），只是以它为背景留影纪念。

不过，我会为这个距谷底1200米高空的透明玻璃观景廊桥感到骄傲和自豪，因为它是出生于上海的美国华裔企业家构思出来的。

回到拉斯维加斯城，时间已是下午五点多，导游根据要求，将我们直接放到了这里唯一的“Outlets”。在这里，我买了“CK”斜背包（49美元），“LEVIS”牛仔裤（49.99美元一条）、“TOMMY”围巾（28.98美元，以上价格均没含税）等物品，收获颇丰。

“Outlets”晚上8点半关门，步行回到酒店已9点半，草草梳洗完，就到酒店一楼找正在战斗的男同胞们。坐着看他们玩了一会，经不住诱惑，我也体验了一把，不想半个小时就赚了31美元。

11月10日　不用为购物后悔买单

美国之行就要结束了，今天我们踏上返家的途中。

车行半小时后，我们要求去一下途中的“OUTLETS”，团员有几个想将前天买的“COACH”包包退掉（昨晚买了更合意的“CK”），我也加入其中，因为我发现前天“霸蛮”买的一个准备送人的包不是她喜欢的类型。我们一行3人，带着惶恐来到刚开门不久的“COACH”店，拿着手中的包对营业员说“return”。接待我的营业员（一位黑人美女）验过我递过去的包之后，二话没说，就将100多美元现金放到了我手中。同伴有一人一下子要退三个包包，营业员说没这么多现金，要她两个小时后再来，同伴说她要回国了，赶飞机，没时间等。营业员听明白后，立即向店长（一位高个子黑皮肤女人）报告，店长立马赶到柜台，退给了同伴三个包的现金。这么好的服务态度，让同伴似乎有些不好意思，看到柜台上有新款，于是又买了一个“COACH”新包。

返程的第二站是购物。这次是导游带我们去华人代理的保健品店。什么深海鱼油、胶原蛋白、骨胶原、强肾宝、护肝宝，以及小孩、大人吃的钙片，什么都有，且是“MADE IN U. S. A”，一行人大袋小袋提上车。

返程途中，发生了一桩有惊有险却幸亏没有人员受伤的事件。我们团的另一辆车发生了车祸，说是一辆由四位年轻人驾驶的小车因为在车内打架，致使车辆横行，车尾直冲我们这台车。车祸发生不到十分钟，美国警车、救护车、事故抢险车相继赶到。许多美国民众还自动停下车，询问是否要帮忙，让坐在车内的我们的团员们大惊之后倍感温暖。

（载2011年11月《星辰在线》）

日本旅游日记

2010 年 10 月 7 日到 12 日受湖南中青旅亲和力旅游之邀，我随团游览了日本大阪、京都、东京、静冈，沿途将参观感悟随手记录了下来。

10 月 7 日

下午两点半，飞机准时起飞，我随湖南中青旅亲和力旅游长沙直飞日本旅游团登上了赴日六日游旅途。经过三个小时飞行，五点半（日本时间六点半），我们安全抵达日本大阪。

日本关西机场很大，空空荡荡的，工作人员屏声静气地说着话，一丝不苟地做着事，机场到处都很干净，让人感觉很舒服。

等了片刻，大巴将我们送到了“关空日根野”酒店，酒店不大，我们住的房间很小，大概十来个平方米，双标间，可里面什么也不缺，连国内酒店没有的储物柜和备用手电筒都有，这是中国大陆酒店不曾看到的，足见日本人做事的精细周到（写到此，想起日本机场大巴座位后的挂物钩和杯托，我对日本的人性化服务真的很佩服）。酒店的卫生间很小，可能只有一平方米，浴缸窄窄的，转个身都不太方便，但感觉很好，洗澡时缸内不会积水，也不用放防滑垫之类的东西，所有洗漱用品一应俱全。

10 月 8 日

从酒店出来，宁导（日本地接）一直不停地在车上介绍日本情况，说我们很幸运，进出日本的机场都是很有特色的。如大阪关西机场是日本最漂亮的海洋机场，它是完全靠填海填出来的，花了一百多亿美元，为将机场与陆地连接，还建了一座专门的跨海大桥。而我们离开日本的静冈机场，则是建在一片丘陵上的内陆机场，一般不对外的，如果不是湖南中青旅游签下直航日本的包机，我们是不会到这里来的。

导游说，日本的国土面积很小，所以这几年一直在不停地填海。汽车往前急驶，左边出现大片工业区，导游说，这是日本的重工业区，所有公司使用的土地都是填海填出来的，这些工业区建在内海中，有的独处一片海域，有的连成一片，但房子都像是浮在水面上的，密集而繁华，导游说，为了避免污染，日本将所有的重工业全部集中到了远离居民区的海边。其实，肉眼看，就是工业区内的水面上，也不见有任何漂浮物。

日本的汽车有黄白两种牌照，小排量汽车是黄色牌照，日本为节约能源，保护环境，一方面鼓励国民使用小排量汽车，另一方面也鼓励国民淘汰使用五年以上的汽车，政府会在税收等方面进行调控，排量大的或使用时间长的汽车将被课以重税。因此，日本街上跑的以两厢小汽车为主，看上去全是崭新的，像刚出厂的新车一样，给干净的城市增添了一抹流动的亮色。

10月9日

整天都在下雨，淅淅沥沥的，好在一天几乎都在车上度过，雨水并没有因此对我们的行程产生影响。参观了鳗鱼厂、茶园、地震馆、忍野八海，感觉没一个地方让人震撼的，想想日本也真可怜，什么地方都是小小的，一点气派也没有，忍野的所谓“八海”，只是八个斗笠大的集满水的坑！正如昨日清水寺内三条细细的小水流被导游称为三条瀑布一样，让人大跌眼镜。不过，话说回来，正是这种

清水寺内瀑布

“小”，让来自“地大物博”中国的我等感受到了小的不一样。就说忍野八海，有中国江南“小桥流水人家”的味道，那里有一个小小的卖场，里面的东西很丰富，我特别喜欢那个16000多日元一个的小提包，还有那个同样质地的、10000日元一个的小钱夹，那种花纹我从来没有看见过，小红碎花，看上去很高档，摸起来很舒服，据来自中国哈尔滨的店员说，这是鹿皮制品，可惜我囊中羞涩……

10月10日

今天参观的主要景点是皇居二重桥，早听说“没到皇居二重桥，等于没到日本”，因为这里是日本天皇的官邸，也是日本最高权力的象征。

还没到皇居二重桥，一个大大的广场呈现在我们面前，和我们之前看过的小小房子、小小公园形成很大反差。这就是皇居外苑，俗称皇居前广场。广场上长满黑杆绿叶的松树，叫黑松，据说，黑松价值相当于人民币100多万元一棵，整个广场在黑松的映衬下庄严肃穆，给皇宫披上了宁静而又厚重的历史感。靠近皇居附近，地面黑色碎石子铺路，至皇居前垂柳婀娜的护城河边，可见俗称眼镜桥的石拱桥和名为二重桥的双层铁桥，在此合影留念的游人络绎不绝。

二重桥是通向皇宫的特别通道，位于皇居正门前，因护城河水深，旧桥较低，所以在桥上再搭一座桥，称为二重桥（前方为正门石桥，又称眼镜桥），是东京都内最佳的拍照地点。它是一座横跨内护城河的独具特色的桥，也是公认的日本标志。据说，只有在新年和天皇的生日时，公众才获准过二重桥站在皇宫附近接受天皇的问候。经过这里时，碰巧皇宫轮值警察换班，此时，深深的皇宫一张小门被打开，两个警察换下了刚才在执勤的两个警察。

隔着深深的护城河和高高的围墙，远远看皇居，犹如深藏在山坡上的庙宇。在第二次世界大战时期，许多侵略中国的决策和文件就是从这座“庙宇”中发出来的。

10月11日

交了3500日元，明天要上到富士山2000多米的地方，根据这两天日本之行的经验，我对此行期望值不敢太高，来自地大物博、山奇水秀的中国大陆，来到小岛日本，所见的自然风光本来就不该有太多惊叹，也正如日本导游所说：比起中国，日本是没有什么风也没有什么景的，但到日本，感受的就是日本的人文风情，日本的现代化建设和日本的高科技，导游骄傲地说，日本确实没什么发明，但日本能将别人的发明发扬光大，比如照相机是德国人发明的，但现在最好的照相机在日本，德国人会千里迢迢跑到日本买相机。

平和公园内的和平塔

在日本几天，看得最多的是街上跑的各式各样的汽车，如丰田车、三菱车、本田车等，很多款型在中国根本看不到，导游说，日本的民族特性是将最好的东西留给自己，汽车如此，其他东西也如此。尽管日本出口了很多高科技产品到国外，但同类东西的最新款式、最高配置却是在日本国内。他的话不但街头跑的汽车可以证明，在日本大小商店的照相机、摄像机、MP3 - MP5也可以证明，柜台上凡标有“日本使用”字样的，都是最新款的、最好看的，这些东西日本以外的人买回去也是不能用的，因为制式不同。日本的汽车很便宜，一般在五万到十几万元（人民币）之间，油费也不贵，93#

汽油每升才相当人民币 11 元多，比中国大陆每升 6.39 元贵不了多少，可日本人的收入却是中国大陆的十几倍。

10 月 12 日

天公作美，蓝蓝的天空飘浮着白云，让平时难得一见的富士山露出了圆润的山头。大巴朝着富士山爬行，山头时左时右的，好像在跟我们捉迷藏，一路上去，树木植被由纯绿变成绿中夹黄，绿中夹红，美不胜收。红的像火一样红，黄的是那种明黄色，金碧辉煌的，在阳光的照射下，红的夺目，黄的耀眼，灿烂而辉煌，热烈而有激情，像在迎接远道而来的我们，我们也以同样的激情回报，大家纷纷拿出相机快速地按着快门。

圆润的富士山山头

富士山是日本第一圣山，有“不二的高岭”别称。富士山跨越静冈、山梨两县县境，属富士火山带系山脉的主峰，呈圆锥形，以第一的高度及完美无瑕、端庄秀丽的姿态，成为日本自然美景的象征。

秋天的富士山五彩缤纷，有如一幅色彩斑斓的油画，美不胜收，给我们日本之行镀上了绚丽色彩。

美景背后的另类故事

导游说，日本男人一生很努力在拼搏，日本的终身雇佣制和员工级别制，以及日本女人结婚后不得不回家的现实，让日本男人时刻绷紧身上的每一根弦。日本男人最怕中年失业，失业后女人会对他说“咱们离婚吧，我和孩子有政府养”。于是男人只好净身出门流落街头，这样就形成了日本独特的游民阶层，在日本的地铁口，甚至街边，会看到这些游民，他们拒绝政府的资助，宁愿拾破烂也要养活自己。真是家家有本难念的经！不同的国家有不同的文化，不同的文化有不同的价值取向！

（载 2010 年 10 月《星辰在线》）

“五一”去韩国济州岛看海

2009 年 4 月 30 日，长沙至韩国济州岛直航班机将开通，湖南华天国旅适时推出了直航济州岛之旅。一本护照、两个小时、三四天时间，不用签证，你就能到有“东方夏威夷”之美誉的韩国济州岛，走进《大长今》等影视名作的取景之地。

海水　肉眼可窥十米下秘密

济州岛海水的清莹碧透早有耳闻，但百闻不如一见。

踏上这个海中小岛，海就会成为你爱上这个地方的一大理由。无论是在刚可没过脚背手背的浅水区，还是坐着快艇到达深及十多米的深水区，都能很清晰地看到海底石头及海中生物。海水中没一丝油污，没一片纸屑。

我们住的华美达酒店同济州岛的大多数宾馆一样，临海而建，只要打开窗户，海潮拍击海岸的哗哗声就会传入耳鼓，凭窗远眺，大海一望无际，在海天相接处，你甚至分不清哪是天哪是海，因为天是蓝的，海也是蓝的。面朝大海，深深呼吸，清新澄彻的空气会渗入你的五脏六腑。导游告诉我们，这一是得益于对环境的保护，二是这里火山熔岩的影响。尽管这里处在北纬 30 多度，但冬天最低气温不会低于零下 2 度，夏天的最高气温则为 30 摄氏度左右。属亚热带季风气候，但没有亚热带的那种潮湿、燥热的感觉。旅游途中，我遇到了从大连来的张小姐，她告诉我，她是第二次来济州岛旅游，她喜欢这里的大海，那种蓝让人陶醉；她也喜欢呼吸这里的空气，那份清新让人心旷神怡。

济州岛的 10 多个海水浴场，也就分布在这样清澈的海水中。

海岸 柱石如钢筋水泥浇铸

济州岛号称风多、石头多、女人多，其中的石头不仅多而且怪。这些岩石多是火山岩浆从火山口喷出，经急速冷却发生收缩作用的结果。

在城山日出峰景区，我们坐着快艇享受海上狂飙刺激的同时，从海上看到，日出峰直插向海中，三面为悬崖峭壁，由99个岩峰围拢的火山口，活像一顶皇冠。

济州岛海岸景观

说到济州岛的海岸美景，不得不提到的一个地方就是柱状节理。它位于济州岛西归浦市中文观光区的大浦海岸，石柱多呈四角形或六角形，笔直、挺拔，如同石匠雕凿而成，巍然屹立于海岸，令观者不禁由衷慨叹大自然之伟大。伫立海岸，看蓝色的海水冲到20多米高的柱状节理上溅起的白色水花，你会浑然忘却人间烦恼。

济州岛200多公里的海岸线，真像鬼斧神工留下的杰作。远远看去，有的像黑黑的淤泥摊在海边；有的则像粘结在一起、添了色的爆米花，层层堆积于海岸；有的则笔直、挺拔，如同钢筋水泥浇铸的大厦支柱一般，护卫着海岸线。走近细瞧，岩石上面有很多蜂窝状的小洞，当地人用这些岩石铺路、护房、砌墙、做景观石……

走在济州岛的海岸线，变幻的奇石，让人流连忘返。

海女 50岁以上才有资格申请

到济州岛的第二天，我们就见到了充满传奇色彩的海女。

正在处理海鲜的海女

海女，是对女性赶海者的称呼，她们仅戴一副潜水镜就能徒手潜入十七八米深的海底呆两三分钟捕捞海鲜，劳动强度大、风险高。现在的济州岛，要做海女可不是一件容易的事，政府规定，年龄必须在50岁以上才能申请，目前，全岛有5000多名海女，年龄最大的80多岁。

在城山日出峰景区，我们拾级而下，海面上一个个白色漂浮物吸引了我们，导游说，那就是海女的背囊，她们此时正在水中捞宝贝哩。走到海边，漂浮的白色背囊边有五六个海女，身穿黑色紧身橡胶潜水服，戴着潜水镜，几乎步调一致地一会儿浮出水面，一会儿扎进海里，好像一群美人鱼在游戏。过了一阵，有两人向岸边游来，摘掉潜水镜，黝黑面庞一脸沧桑，一个海女手里提着张牙舞爪的八爪鱼走向我们，我赶紧举起相机，将镜头对准了她。她走到游人面前，打开鱼篓，鲍鱼、蚝、海胆、海草等等战利品倒满一地。在济州岛，品尝海女刚刚捕捞上来的海鲜，是一种独特的体验。只见海女把生蚝逐只取出，把一只鲍鱼切成一片片，又把一条八爪鱼的须切成一节节，从海胆中取出只有手指头大的东西，全部放在一小盘上，游客就用芥末、辣酱拌着吃。

海滩、海女、海鲜，这样的体验真个叫韵味十足！

（载2009年4月17日《长沙晚报》）

最爱长滩岛的白沙滩

“其实不想走，其实我想留，留下来陪你每个春夏秋冬……”旅程结束离开长滩岛时，周华健的这首歌不知不觉地萦绕脑际。五天前，我随华天国旅包机游团队从长沙出发，经过三个半小时飞行，到了有着“世界最美沙滩”之称的菲律宾长滩岛，过了几天无拘无束、休闲惬意的日子，感受到了岛上美丽的热带风情，感受到了当地人的友好热情，也零距离触摸了长滩岛那“柔软得像少女头发”一样的细白沙。

正午白沙滩，烈日下透清凉

我们此行的领队——华天国旅市场部经理张世忠说，长滩岛就是用来自由自在休闲度假的。果然，第二天早晨没有往日旅游的 morningcall，9 时多自然醒，昨天舟车劳顿带来的疲倦已一扫而光，吃完早餐步出皇冠大酒店，我们乘“嘟嘟车”（“嘟嘟车”是长滩岛最普遍的交通工具，像长沙的“边三轮”摩托车，可坐五个人）来到了著名的白沙滩。

碧蓝的海水、白色的沙滩、数不尽的棕榈树，无数穿着泳装、趿着人字拖的游客，长滩岛的海滩看上去几乎就是童话中的模样，充满魔力。

脱下鞋子，赤脚走在沙滩上，细沙轻轻柔柔钻进脚上的每一处纹路，长长的沙滩上没有丁点杂质，可以毫无顾虑地在沙滩上弹跳跑动，而不用担心脚底受伤。让人奇怪的是，30 摄氏度的正午阳光下，洁白的沙滩并不会给人一种白得耀眼的刺痛感，反而是非常的温柔婉约。而脚板也没有灼热的感觉，反而觉得惬意、清凉。“这就是长滩岛沙滩与别处不一样的地方”，地接导游史蒂文说，珊瑚死亡后，由于海水或自然风化等原因，大片珊瑚被磨碎，和细沙融为一体，形成了这里的白沙滩。因此，即使是炎热的中午，白沙滩的沙子的温度也不会很高，反而有丝丝的清凉。

夜晚白沙滩，喧嚣和宁静中现魅惑

白沙滩是看落日的好地方，因为它处在长滩岛西部。可惜在岛上的几天，每天傍晚都有云朵遮挡，虽也见到天空红霞片片，却无缘看到红红的太阳跌入碧蓝大海的美景。从风帆船下来，舍不得离开的我们沿着沙滩向北走，边戏水边欣赏夕阳。黄昏的白沙滩情趣盎然。有小孩在做沙雕，有年轻人玩滑沙板，更有人在沙滩上举办婚礼。一袭圣洁、白色的装饰，一对新人，一桌饭菜，十来个亲朋，简单而浪漫，还有大海作证，羡煞游人。

黄昏，一对新人在沙滩上举行圣洁的婚礼

夜晚的白沙滩是魅惑的，开在海边的各国餐饮和情调酒吧吸引了不同国籍的游客。夜晚的白沙滩有两副面孔，靠近酒吧商铺一边是喧嚣热闹的，很多酒吧都设有不插电的现场弹唱；而临近大海这边是宁静悠闲的，它们中间只隔着一层用竹竿撑起来的简单透明的防沙网。美味、音乐、海边按摩和绘体是这里最令人心醉神驰的玩意儿。喜欢热闹的游客三五成群在街上路边摊吃最原汁原味的海鲜烧烤，再去酒吧喝上一杯，更可以在海边来个菲式按摩。喜欢安静独处的，可去海滩，或静静地坐在沙滩上，看满天繁星闪烁；或蹚着海水漫步，看温柔的海水如何浪花都不起地慢慢爬上沙滩；也可吹着海风，听着沙帘内酒吧传来的无比深情的菲律宾语情歌。无论哪种方式，你都会醺然欲醉，惬意满怀。

清晨白沙滩，耙子成为一道风景

早早地起床，6 时不到出门，从三号码头沿着海滩直走到一号码头沙滩尽头，又原路返回，不紧不慢走着，花了近两个小时。这里的沙滩让人感觉很舒服，直着走，近5公里长的沙滩中途没有一处障碍物；横着走，海滩舒缓地伸向海中，走两三百米都很安全。

早上的白沙滩，有很多游客及当地人，或散步，或泡海水，或跑步，因一夜涨潮，海水已到海岸边（实际上，长滩岛没有人为垒起的海岸），白天近在咫尺的圣母岛已远在百米外的海中，朝着她的方向走去，走不到十分之一，海水已没了膝盖。

早晨的长滩岛海边，虽没有了夜晚的喧嚣和魅惑，却别有风味。5时多开始，沙滩边的店铺都开始打扫，将夜晚搬出来摆在海边的桌椅、鞋垫之类搬回去。据导游说，这里白天是不允许在海滩摆摊的。说到打扫，这里的居民不是用扫帚拖把，而是拿着类似小时候农村晒谷用的耙子在沙地上刨，刨出沙子中的杂物捞起，用塑料袋装好运走，打扫后的沙滩上留下了长长的耙子印。有当地小伙爬上高高的棕榈树清理枯枝，见记者将镜头对着他，立即冲着记者露出笑脸，并调皮地做了个孙悟空式的招牌动作。更有三五成群、身穿统一黄色T恤的学生模样的人，被大人领着在捡被海水冲到沙滩上的杂物。

（载2013年9月12日《长沙晚报》）

在沙巴，追看世界最美落日

在南中国海的最南端，有一个很大的岛，世界第三大岛，长得像没有脚的狗，这就是婆罗洲岛。沙巴岛位于婆罗洲岛的北上端，这里以金色而细腻的沙滩闻名，这里有长着两个胃的长鼻猴，这里因处于台风地带之下，终年没有自然灾难，被誉为“风下之乡”。但对于很多旅游者来说，这里仍是一块陌生地。黄金周前夕，长沙首趟直飞沙巴航班开通，本报记者受湖南海外旅行社之邀赴沙巴提前感受了那里的美景美食。

入境的温馨

凌晨3时，我们乘坐的湖南海外首航班机如期到达沙巴州首府亚庇。下飞机、办出境手续，并没有想象或传闻的那么缓慢。入境时，边检人员只要求我们按了一下手印，连行李都不用过检。拖着箱子准备走出机场大厅，却被盛装打扮的美丽的马来西亚姑娘拦住，她们给每位旅客挂上一个颇有民族特色的挂饰，一如我们西藏人见到尊贵客人时送上哈达。经过4个小时飞行，在这异国他乡的夜晚，这个漂亮的挂饰让人倍感温馨。

在沙巴留影

日落的美丽

在沙巴，最让人感动和最值得做的事情是观赏日落。沙巴是世界上三大观赏日落的胜地之一，一年 90% 以上时间丽日晴空，可看日落。沙巴的日落，美得扣人心弦。第一海滩及我们所住的佳兰文莱酒店及香格里拉大酒店外沙滩，都是看日落的好地方。据说，黄昏临近时，你守在这些地方，便可看到漫天绚丽色彩的火烧云，平铺天际的金红海水。天上不挂云彩的话，甚至可见一轮红日如一个大大的火球，慢慢滚落海水中，美不胜收。可惜的是，由于没有经验，连续三天，当记者风风火火赶到海边时，日落已然结束。看完日落，可以静坐在沙滩上，或走在细腻而柔软的沙滩上，或闭上眼睛睡在海边躺椅上，任柔柔的海风轻拂。沙巴的海风，干爽、轻柔而无味，那种舒畅无法言喻。

黑夜的浪漫

沙巴生长着很多红树林，在这些红树林里，不仅能看到满天飞舞的萤火虫，还能近距离观赏到长鼻猴，是沙巴之行不可错过的体验。

想要去红树林欣赏萤火虫，乘船是唯一的途径。我们参观的是 Kawa 红

夕阳西下，乘船去看长鼻猴和萤火虫

树林，一片藤蔓丛生的原始滩涂水域。晚霞满天之时，我们随人流经过一个陈旧的、摇摇晃晃的栈道，排着队小心翼翼地依次上船，一艘艘船趁黑钻入一道道宽窄不一的水道，“那里有只长鼻猴”“那只鸟好漂亮”……两边红树林中不时给我们惊喜。约半个多小时后，天色暗了下来，丛林中不时一闪一闪地发出光亮，一颗颗晶莹透亮，一片片有如繁星闪烁，导游说，那就是萤火虫发的光。黑夜的浪漫就这样被它们点亮。船员会用火把吸引它们的注意，当它飞到你身边时千万不要用闪光灯，也不要设法抓住它们，用眼睛欣赏它们的美即可。

岛中的游乐

沙巴岛，几乎是一个能让每一个旅游者都能获得满足的地方。喜欢刺激探险的人，可以进入原始森林跋涉，走让人心惊肉跳、高达 27 米的树梢吊桥；乘筏渡河，窥长鼻猴的起居，黑夜探萤火虫的闪烁；爱好挑战自我的人，可以攀登东南亚的第一高峰京那巴鲁山，接受寒冷的考验。这里的海水清澈，海上运动更是丰富多彩。游客可随降落伞在海的上空飞翔、起落；可乘着快艇或骑着摩托艇在海面上驰骋；也可海中漫步，或潜入深海，观赏五光十色的海洋生物。据说美人鱼岛非常美丽，游客也不多，值得一去。

沙巴的海鲜

在沙巴，酒店、路边店处处都可吃上海鲜。但有两个地方，很值得一去，那就是亚庇著名的“海王城”和佳那娜岛水上屋餐厅，点菜员都会讲中文，在这里吃海鲜，完全没有语言上的障碍。

“海王城”的海鲜个头很大，七星斑比普通石斑的肉质更鲜美滑嫩。而佳那娜岛水上屋餐厅直接开在海上，海鲜捞上来就吃，够新鲜。要注意的是，马来西亚是传统的回教国，一般餐厅都不供应猪肉，酒的价钱也比较高，所以要事先问清楚，如果要喝酒的话，还要按照当地的规定去签个名。

（载 2012 年 10 月 17 日《长沙晚报》）

游台湾，为了那“外婆的澎湖湾”

“澎湖湾澎湖湾，外婆的澎湖湾，有我许多的童年幻想，阳光、沙滩、海浪、仙人掌，还有一位老船长……”《外婆的澎湖湾》成就了很多人童年的梦想：去台湾，去有着阳光、沙滩、海浪、仙人掌的“外婆的澎湖湾”看看。和很多市民一样，听说湖南新康辉旅行社有从长沙直飞台湾澎湖岛的包机，于是，我们哼着这首小调，向着那童年的梦想，出发了——

环岛数日，累并快乐着

台湾之行，不全为了“外婆的澎湖湾”，台湾本岛风土人情以及同宗同祖的台湾人，对我们同样有着巨大的吸引力，我们要在有限的几天里，玩转大台湾，近距离感受其风土人情。于是，在游澎湖湾前，我们先来了个台湾环岛游。同大多数人的环岛游一样，我们游览了台北故宫、101 大楼、日月潭、阿里山、鹅銮鼻灯塔等闻名景点。从台北到台南再到台东，最后又转到台北，台湾海峡、巴士海峡，再到太平洋，汽车在弯弯曲曲的路上盘旋，低矮的民居，多山的陆地，乌黑黑的海滩、尖锐而不规则的珊瑚礁，或蓝或浑的海水，或低或高的海浪，整齐有序的街巷田畴，中横公路之险、“故宫”文物之奇、日月潭邵族姑娘之美，让人印象深刻……一路的舟车劳顿，一车的欢声笑语，浮光掠影中，我们对台湾有了粗浅的印象。

环游台湾，最让人心旷神怡的当属乘船游览高雄西子湾，由于天气原因，迷人的夕阳美景我们无缘见到，却也见到了西子湾美景。黄昏时，徜徉在长长的西子湾防波堤，眺望海洋，浑然山海衬着繁忙进出高雄港的各国船只，大船鸣着呜呜笛声入港，堤防上成双的情侣们相伴着来看海潮覆岸，很多人会坐着游船去旗津半岛，据说旗津古镇上有蟹丸等超级好吃的海鲜美味，古镇尽头还有片黑色的沙滩，一切让人感觉新鲜好玩。

潘安邦旧居后面潘安邦和他的外婆塑像

澎湖休闲，闲适又惬意

如果要远离城市的喧嚣，找个地方休闲，澎湖绝对是个好地方。这个位于台湾海峡中的列岛曾被《中国国家地理》等媒体评为中国最美十大海岛之一，去年又获“世界最美丽海湾”认证。当然，澎湖吸引我们的，是“外婆的澎湖湾”，一路上，很多团友一直说，想看看外婆的澎湖湾到底是什么样子。

我们是下午从台北坐飞机到澎湖岛的，踏上澎湖的原野，一眼就能见到特殊的景象：低矮的野草和灌木，用珊瑚礁石砌成的防风墙。据导游介绍，澎湖有 64 个岛，澎湖之名系以澎湖最大的本岛与中屯、白沙、西屿三岛相衔似湖，外侧海水汹涌澎湃，湖内波平浪静，澄清如潮，故而得名。岛与岛之间用桥连接，最长的桥叫澎湖跨海大桥，有 4000 多米，连接白沙和西屿两个海岛。澎湖岛很多海滩很原始自然，处处可见当地人用石头围成方方圆圆的形状，导游说，这是用来围鱼的，每当涨潮时，渔民不用出海也有收获。每到夏秋季节，澎湖众多的海湾和海洋鱼类吸引着世界上很多爱好钓鱼的朋友前往。

澎湖很静，5 万居民有 3 万在台北等地求学或打工。到了晚上，街上人很少，几乎没有汽车经过，摩托车也不多，街边店关门很早，但有些海鲜吃店会经营到很晚。此时，邀三五好友，点上几盆新鲜海味，再来点小酒，吹着海风边吃边聊，是件很惬意的事。如果是和心爱的人一起，可去“西瀛胜境”漫步，相偎着走过西瀛虹桥（又叫“情人桥”），据说这样可以相爱一辈子。澎湖值得一游的地方不少，如观音亭、西屿落霞、歌星张雨生纪念馆、潘安邦旧居等。在白沙岛，有树龄达 300 年的“通梁大榕树”，此树很奇特，树干已经枯朽，众多树枝却下沉入土，在周围长出 20 多条枝干，盘根错节，枝叶繁茂，其覆盖面积达 660 多平方米，犹如撑开的一把巨伞，形成天然凉亭，“凉亭”下设有石桌石椅，我们坐在这里一边喝茶，一边与乘凉的当地老人了解古榕的历史。

记者手记

台湾之行，不为山水，不为美景。因为预料之中，日月潭可能不如大陆的西湖、千岛湖，阿里山也绝对比不上大陆的黄山、张家界、九寨沟。可台湾不可不去，因为有一份牵挂，有一股子非去看看不可的冲动，不用邀请，更无需盛情，去了就好，看到了就好，这样心里才踏实。

台湾之行，环岛“走”遍台湾的各处景点，也进了不少于十家购物店，没有震撼的感觉，也没有刺激的体验，但时时处处，却感受到了一份平实、一种温馨。这种温馨和平实体现在晚饭后逛街问路时受到的礼遇，坐车环岛时地接导游热情而专业的讲解；表现在街道上、住房边每个角落的规整干净，在湖水海水的澄明清澈，表现在阡陌中行行笔直的青苗上，更表现在小吃摊主售卖的诚信友好上……

够了，还需要什么呢？游台湾本来就是去体验宝岛的风土人情和人文景观，去体验脑海中的台湾和现实中的台湾有何区别，体验同为中华民族却在两种不同体制下生活的差异点。

（载 2013 年 4 月 18 日《长沙晚报》）

爽爽的夏日盛会，香港等着你

香港回归十五周年之际，一年一度的“香港夏日盛会”也于6月22日到8月31日举行。受香港旅发局的邀请，记者近日去香港体验了时尚购物、应季美食、休闲娱乐等众多独具魅力的活动，度过了几天爽爽的夏日。

冰极天地里感受冬日酷爽

2012香港夏日盛会最让人爽的当属香港海洋公园。到达香港的第二天，我们就在旅发局有关工作人员的带领下来到了海洋公园。这是记者第二次到这里。第一次是去年1月份“梦幻水都”开幕时。这次最大的惊喜当属高峰乐园内十几个新开的游乐项目。缤纷的色彩、闪烁的灯光和强劲的音乐，还有从各个游乐场传出的欢笑声、尖叫声，让人忍不住想参与其中，high起来，叫出来。超速旋风、雷霆节拍、横冲直撞……一个个听着名字就感觉刺激。特别是倚山临海而建的“动感快车”，坐上去，双脚悬空，面对大海，极速俯冲，一个接一个的转圈和急弯，让人感受从未有过的离心体验，想玩刺激、想看大海的朋友，一次让你玩个够。

香港海洋公园内海洋奇观夜景

当然，高峰乐园更有7月13日才开幕的冰极天地。在酷热的夏日，在一群花花绿绿的游乐设施中，突见一处冰雪般的建筑，不用进去，已感觉清凉了。

一旦忍不住迈入只有10℃左右的冰极天地，你会有仿佛置身极地的冰凉快感。1万多平方米的地方，拥有北极之旅、南极奇观、雪狐居等景点。在北极之旅，海象及斑海豹在七彩极光下现身，游人可以于冰极隧道欣赏它们曼妙泳姿；又可跨过天桥，穿过北冰洋上的冰川，深入洞穴，和海狮近距离接触。在南极奇观，则可尽情捕捉南极跳岩企鹅、巴布亚企鹅及国王企鹅的趣致。看够了，可坐上以冰上雪橇为理念的过山车，横穿整个冰极天地，来次难忘的冰极冒险之旅。

“天际100”360度鸟瞰全港美景

在香港，目前最高最新最快的旅游体验，莫过于在“天际100香港观景台”观赏香港全景。

“天际100”位于全球第四高的环球贸易广场100楼，海拔393米高，是香港繁华闹市区唯一一个地标性观景台。在入口的“回忆长廊”，两旁电子屏上展示着香港从一个小渔村发展到国际大都市的历程。随人流进入号称全港最快双层电梯，从2楼到达100楼观景台，我们只花了一分钟。

在“天际100”欣赏香港美景

在观景台上，360度全方位观看香港：东面壮丽的维多利亚海港，南面港岛高厦林立的繁盛奢华，西面辽阔的马湾海峡、宏伟的青马大桥，北面九龙半岛密集的绚丽市景及狮子山下的温馨故事。所有美景皆一览无余。观景台上还备有高科技望远镜，有晴天模式、日夜景致及烟花效果的选择功能。通过望远镜功能的调节，不管你想看什么样天气下的香港，你都可以如愿以偿。在“天际100”，还有专为游客服务的“行程编排站”，想知道如何去玩，或吃或购，点下电子屏幕就可搞定。

“天际100”每天上午10时到晚上10时开放，成人票价150港币，3岁以上小孩105港币。针对暑假市场，“天际100”向内地游客隆重推出暑假家庭游优惠，从6月15日至9月2日，内地旅客凡通过旅行社报团或预定自由行套餐，每两名成人带一名小孩子参观，小孩子可免票入场。

“购物天堂”狠狠地爽一把

去香港，当然不可能不购物。朋友周女士一年要去香港几次，不为别的，专为购物。香港“购物天堂”的美誉在“香港夏日盛会”期间再放异彩。除了遍布全城的商场店铺大减价优惠外，Visa go购物狂赏活动也将惠及所有赴港旅客——持Visa卡消费满指定金额，即有机会获得多种优惠和精美礼品，更可参加大抽奖赢取额外大奖。一年一度的“Visa go香港购物王大赛”引来了世界各地的参赛者，优胜者将获得价值20万港币签账额的终极大奖。

今年3月才开市的香港老大街，从不同角度呈现了香港上世纪50—70年代的独特风貌和地道情怀。游客可在此品尝到超过70款老香港的特色街头美食及饮品

记者入住的太子酒店在香港九龙岛的广东道，这里离维港很近，名牌满街，BOSS、爱马仕、香奈尔、路易威登、蔻驰、马克雅可布、杜嘉班纳、普拉达、芬迪、菲拉格慕、古驰、安普里奥阿玛尼等店铺云集。海港城本身也是香港最大面积的购物中心，有 700 多间商铺，初入商场的人常会逛到迷路。据介绍，每逢周末，这里一天就有超过 15 万人来此购物。

与之可以相比的，是位于香港铜锣湾中心地带的时代广场，16 层的商铺，带给你琳琅满目的国际名品。也许你会说，这些地方好是好，可咱老百姓消费不起。不用着急，还有既时尚够品味又便宜有个性的地方，那就是 K11 和朗豪坊。朗豪坊位于旺角黄金地段，这里有 200 多家有名的国际和香港本地的潮流品牌，很多衣服打折后三四百元就可买下来，朗豪坊已成为香港潮买潮玩的新地标，很多到香港的年轻人必去。位于 11 楼的 baby cafe，是著名艺人杨颖开的主题餐厅，这里的创意美食吸引着无数的年轻人。

（载 2012 年 7 月 16 日《长沙晚报》）

上有天堂，下有苏式幸福滋味

冬天的苏州，历经春夏的热闹、深秋的沉淀，终于重回她江南水乡的温柔宁谧，等待你一览胜景。苏州市旅游局近日推出“冬游苏州幸福季”活动，本报记者受邀前往，和全国30多家主流媒体记者一起，深度体验苏式生活，踏访古城、寻迹古镇、畅游太湖，体味了一番苏式生活中的幸福滋味，了解到苏式生活中一些不可或缺的幸福密码。

苏式生活之“水”

苏州的地理位置注定她有发达的水系，而发达的水系让其有着久远的历史，也成就了其闻名中外的古城古镇古村落。4000多年历史的苏州古城、千年历史的周庄古镇、吴中陆巷古村……一路走下来，一个个“小桥、流水、人家”的江南水乡独特风貌已深入脑海，小船轻摇，绿影婆娑，好一幅“吴树依依吴水流，吴中舟楫好夷游”的悠闲景致。或许，“水”是苏州的灵

双桥又叫钥匙桥，由一座石拱桥和一座石梁桥组成，建于明朝，是周庄的标志。因旅美画家陈逸飞的作品《故乡的回忆》而闻名于世

魂，也是苏式幸福慢生活的源泉。

早在公元13世纪，马可波罗就在自己的游记中将苏州赞誉为“东方威尼斯”，时至公元21世纪的今日，记者一圈游下来也直感叹：这个“东方威尼斯”果真名不虚传。

苏州是水的世界，满街满镇几乎全是曲直不同、宽窄不一的水巷渠道。鳞次栉比的古民居簇拥在水巷两岸，开门开窗就是水，就是桥，就是船。街道也依河而建，水陆并行。但苏州到底有多少面积的水、多少座桥，我不清楚。不过，据说光老城的七里山塘河就有“横七竖八”十几座桥；四面环水的周庄，里面四条呈井字形的水道上有14座桥。水中，舟楫摇曳，桥上，时有坐着照相或发呆的俊男美女。

水乡苏州古城古镇，最适宜人静船歇的时候去慢慢地窥其真面目。但如果因此说苏式生活就是小船摇摇古镇悠悠，那就大错特错了，不信，就去苏州新区金鸡湖看看，其时尚、前卫、繁华，会让你有穿越千年之感。圆融天幕、摩天轮、东方之门、音乐喷泉、金鸡大桥、时尚卖场……新苏州的时尚苏式生活在这里展露无遗。

苏式生活之“园”

苏州之所以被外国朋友誉为“最中国”旅游城市，自然少不了这里有最具中国特色的众多园林。苏州全市现有园林60多个，其中拙政园和留园列

《红楼梦》开篇“最是红尘中一二等富贵风流之地”的山塘街

入了中国四大名园，并同网师园、环秀山庄与沧浪亭、狮子林、艺圃、耦园、退思园等9个古典园林被联合国教科文组织列入《世界遗产名录》。

苏州园林是建筑、山水、花木、雕刻、书画的综合艺术品，个个曲折迂回、步移景换，充满了诗情画意，美似《红楼梦》中的大观园。且每个都有独到之处：网师园以“方寸山水”见神奇，拙政园被誉为“中国园林之母”，狮子林林有竹万、竹下怪石似狮子，留园有冠云峰、楠木殿、雨过天晴图“三绝”，启园有柳毅井、古杨梅树、康熙皇帝的御码头“三宝”……苏州园林精致雕花的窗、巧妙的借景、别样的屏风、随处可见的假山奇石，还有过去使用现已不可能见到的丝质窗……无处不吸引着中外游客。

游苏州园林，要不急不赶，细细研读，才能品出其中的味道，这样下来，小的园林要花上至少半天，大的园林是几天也不能穷尽其妙处的，这就不难理解为何很多游客到苏州一住就是十天半个月的了。从苏州园林也可看出苏州老百姓的性格，“行到水穷处，坐看云起时”，现代苏州老百姓虽“玩”不起园林，却承袭了苏州园林老主人的人文精神。在苏州旅游，随便走进一个园林，你都可以看到人们坐在门口或天井里晒太阳、聊天、吃饭、喝茶、下棋、看雨、听风，男女老少，皆而有之，随缘安分的闲适之情令红尘中人心底发痒。据介绍，在园林中休闲玩乐，已成为现在苏州人尤其是老年人的一种平常生活方式，他们花百余元买个年卡，每天早晨或上午进园，玩到晚饭时回家，比上班还准时哩。

苏式生活之“曲”

在苏州旅游，园林不可不去，古镇水巷不可不游，但昆曲评弹也不可不听。昆曲号称“百戏之王”，它的发源地就在苏州。缠绵婉约的昆曲和评弹可以说是“吴侬软语”苏州话的艺术升华。

在苏州，随处都可听到绵软清新的昆曲和评弹，园林、博物馆、戏台，甚至是餐馆、游船上都有，一般老百姓兴致来了，也能随口来几句。欣赏昆曲和评弹最集中的地方当属极具老苏州特色的休闲古城区——平江区，这个不大的地方拥有多处书场、戏台和戏曲团队，无论你走到哪里，都能听到“中国最美的声音”苏州评弹，欣赏到优雅委婉的昆剧表演。在平江路上的礼耕堂，在周庄古戏台，我们就欣赏到了一场场高水平的昆曲和评弹表演，“杜丽娘”的缠绵婉转，“杨贵妃”的清丽妩媚，让人不禁随之一咏三叹。一方水土养一方人，苏州，也只有苏州，才有如此让人缠绵悱恻的艺术，也难怪，昆曲就被称作水磨调，只有水乡的水缘与水韵才可造就如此柔曼的曲调。

如果你觉得不过瘾，想一探艺术的渊源，那么，位于苏州平江区的中国昆曲博物馆、苏州评弹博物馆将为你解惑，这两处地方每天下午都可欣赏免费的昆剧和评弹表演。

（载 2012 年 12 月 17 日《长沙晚报》）

爱在浙江西塘

因参加“2013 国际旅游小姐亚洲总决赛暨群星演唱会”活动，近日，我到了离杭州 110 公里、距上海 80 公里的浙江西塘古镇，一天一晚时间，我不下三次走过西塘的烟雨长廊，宁静的清晨、迷离的夜晚、熙来攘往的白天，西塘给我留下的，不光是游人如织的旅游小镇，透着古朴温柔之美的江南水乡，更是一座有着家乡一样感觉的小镇。

商品很雷同，店名我最爱

古镇西塘不是很大，所以在西塘游玩不用刻意去记路线，这对于有些路

清清河水倒映着古桥古民居，让西塘更像一幅画

梦里水乡——西塘美景

盲的人来说，会感觉很轻松。顺着河道走，自然能游览到各处景点。而长达千米的西塘廊街——烟雨长廊，一边是商店或民居，另一边是河，廊街有小河紧贴着，弯弯曲曲，情调非常，是西塘的特色也是古镇的核心。

西塘古镇，融合了湖南凤凰古城和洪江古商城的风格，其街宽度不大，一般只容两到四个人并排走过，街的两旁是店，也有一边是店一边是河的；巷和弄的两边是高高的防火墙，斑驳的墙体，有些弄宽不到 1 米。

同丽江、凤凰、周里等古镇一样，西塘古镇店子都是卖各种旅游纪念品的，一些店也小有特色，如“寄给未来”原创书屋，经营自制小饰品的手工工坊。但大多商店的商品似曾相识，一圈走下来，卖同种商品的店子也不少。随意问个老板“生意好不好做”，回答说“逛的人越来越多，买的人越来越少”。

西塘吸引我的是小店的装饰和店名，有挂满酒瓶的酒吧，有用写满字的小纸片堆出的墙壁等，时尚气息扑面。店名则更是丰富多样，清新雅致如“半朵悠莲”“意纤回”“风吟”等，时尚有趣如“两小无猜”“瓶中时光”

“爱梦”等，意犹未尽如“我在西塘等你”“爱转角”等，走在街上，追着店名，不仅有趣，心也会柔软起来。“明清的建筑，现代的人”，想起网上对西塘的形容，不觉会心一笑。

白天人太多，早晚我最爱

在西塘时间不长，我却体会到凌晨、夜晚、白天逛西塘的不同感受。白天游西塘是很难受的，不宽的街道，满街的人，走路都很困难，更别说赏景了。尤其在一边是店一边是河的烟雨长廊，碰上有人想进店看看或想停下来拍照，会突然间左冲右突起来，真担心被挤入河中。据说，这还不算人多的，虽说是周末，但因有旅游小姐活动，停了旅游团队的游览，不然人更多。今年五一小长假，朋友陈小姐一家随旅行社来西塘，因人太多，只好住在县城，可游西塘时，县城到西塘的高速路被挤得寸步难行，10 公里远的路程汽车走了五个多小时。西塘的游客人数由此可见一斑。

夜晚的西塘是迷人的。迷离的灯光，影影绰绰但不是很挤的游人，爱静的话，可以花 20 元坐上小木船，在水上优哉游哉；爱闹的话，可去临河的酒吧街，那可是一个可以让人“嗨”到天亮的地方；文艺一点的，可以去音乐街听听音乐，去西园或酒文化博物馆参观。

我最喜欢的是凌晨的西塘，此时没有了夜的炫，也没有了白天的闹，游人很少，是拍摄风景的最好时间，也是最能享受古镇风情的好时间。偶尔驶过的装着蔬菜的三轮车，洗衣的大妈，划着小船打捞杂物的河道清理工，站在河边晨练的老人，背着书包上学的小朋友……此时此刻，你会意识到，西塘不仅仅属于游人，它更属于生活在这里的西塘人，这里充满了平民式的生活气息，这，也许正是西塘的魅力所在。

（载 2013 年 5 月 23 日《长沙晚报》）

伟人之路在脚下延伸

2009年，湖南省旅游局重点推出以“爱国和励志”为主题的“毛泽东成长之路”红色旅游精品线路。6月底，“毛泽东成才之路探寻先锋队”28名优秀青年和湖南众多高校的2000余名青少年先后从伟人故里韶山出发，踏上重走“毛泽东成长之路”的征程。

“毛泽东成长之路”线路

毛泽东故居—南岸私塾—外婆路（“毛泽东小道”）—东山书院—东台山—茅浒水乡—湘潭东方红广场—宽裕米行—窑湾码头—湖南第一师范—岳麓山—橘子洲头

“一担柴”与“石干娘”——儿时毛泽东生活的踪迹

韶山冲，是一个风景美丽的小山村，也是中国人最熟知的小山村。1893年12月26日，太阳初升的那一刻，伟人毛泽东就诞生在这里一个叫“上屋场”的古朴农舍里。

这是过去湖南农村最常见的那种农舍，两侧横屋与正屋的组合呈凹字形，当地老百姓形象地称这种农舍为“一担柴”。

走进“一担柴”，一系列既遥远又贴近、既陌生又熟悉的原生态场景让人兴奋不已：与秦汉时期几乎一模一样的脚踏碓臼、与唐宋时期区别不大的犁耙、与清代相差无几的小油灯，以及一百多年前湖南农村常见的粗糙的木桶、床铺、桌椅板凳、水缸等真实地印下了儿时毛泽东的生活点滴。而那个火塘，青年毛泽东曾在这里鼓动弟妹走上革命道路。

走出故居，不远的一个山脚下，有一条窄窄的小路向大山深处延伸，这条路连接的是毛主席外婆家——大坪棠佳阁（原名湘乡棠家垞），毛主席小时候经常从这条崎岖山路去看外婆。6 月 22 日，28 人先锋队沿着这条充满荆棘、满是野生植被的小路，走了近 4 个小时才到达棠佳阁。路上，队员们在毛泽东与老虎对视过的地方驻足，在毛主席拜的“石干娘”前祈福，在美丽的野花、惊飞的鸟儿处流连。“在这条鸟语花香却杂草丛生的羊肠小道上，我们能感受到小小年纪的毛泽东去外婆家的快乐与艰难。”先锋队队员盛煜说。上世纪初，少年毛泽东吟诵着“男儿立志出乡关，学不成名誓不归”的豪迈诗句，从这条小路走出了韶山冲。

湘乡与东山——少年毛泽东求知的福地

湘乡与东山，是毛泽东成长的福地。毛主席曾满怀深情地说：“我虽然是湘潭人，但受的却是湘乡人的教育。”“我进不了东山学校，也到不了长沙城，只怕出不了韶山冲呢！”

东山学校，全称为“东山高等小学校”，也曾改名为“东山高等小学堂”，坐落于湘乡市城东的东台山下、涟水河畔，始建于1895 年，原称“东山书院”。

走进东山书院，环形河、小石桥、图案精美的书院梁柱、毛主席所在的五班教室、用过的桌椅、可升降的黑板、自修室、寝室、毛泽东借阅书刊的便条、“春来我不先开口，哪个虫儿敢作声”的小诗等历历在目，近距离来此体验，心中油然生出亲切与敬仰之情。

据导游介绍，当时书院周围有三口品字形池塘，设计者匠心独具地将三口池塘挖通，连成环形河。每当旭日东升，池塘升腾的水雾在晨光照耀下，与远处山峦相对应，犹如一朵盛开的莲花，书院就是建在这块“莲花宝地”上。

上世纪初，少年毛泽东来到了这所环境优雅的学校，幸运地遇到了一位叫李元甫的思想进步的校长和几位具有进步思想的维新派教员。少年毛泽东在东山学校的半年里，博览群书，从《盛世危言》《新民丛报》等宣传进步思想的书刊中发现了在韶山冲他永远不会了解的道理，有些文章他读了又读，差不多能背出来，他还给自己取名“子任”，意即以天下大业为己任。此时，少年毛泽东已萌发了要“改造中国与世界”的远大理想。当东山学校发现自己的弟子应该到更广阔的世界发展时，就把他引导到了省城长沙读书。

“古井”与“八班”——青年毛泽东飞翔的身影

一师全称为湖南省立第一师范学校，旧址就在今天长沙市城南的书院路妙高峰下，这个学校除了毛泽东这个杰出校友，还有何叔衡、蔡和森、李维汉、徐特立、夏曦、萧三、任弼时、廖沫沙、周谷城等著名人物。青年毛泽东在此求学、工作长达8个春秋。毛主席曾对美国著名作家斯诺说：“我在这里——湖南省立第一师范的生活中发生了很多事情，我的政治思想在这个时期开始形成。我也是在这里获得社会行动的初步经验的。”

一师校舍非常吸人眼球，仿日本青山师范（今东芸大学）建筑风格，楼栋之间或由走廊，或由亭楼连接，形成四合院落式样，古朴典雅，独具一格，让人流连忘返。

一师留下了青年毛泽东勤奋学习的身影。他所在的八班教室、阅报室、寝室均依原样陈列，课桌、报夹、床与被褥，让有过同样学生生活经历的我们生出似曾相识的感觉；“不动笔墨不看书”的他，在学校图书上留下了大量圈点、眉批；他写的《讲堂录》《读书录》《随感录》《日记》和抄本多达一大网篮。他的杰出才能当时就得到师友认同，在学校组织的“人物互选”中，他的票数居第一。

一师留下了青年毛泽东显示卓越领导才干的身影。一师《校志》清楚记载：1917年10月15日至11月16日的32天时间里，他参与组织的活动有64次之多，他提倡的“三不谈”，即不谈金钱，不谈男女问题，不谈家庭琐事，影响了大批热血青年。

一师也留下了青年毛泽东走上革命道路、从事革命活动的身影。在一师的大礼堂，他用浓重的湘潭口音讲述共产主义与中国的关系，大礼堂的一角还存放过他领导“学生军”缴获北洋军阀败兵的枪械，他在一师附小任主事并兼任师范部国文教员期间，革新教育，开办成年失学补习班和民众夜校，创办文化书社，组织马克思主义研究会，创建革命团体“新民学会”，从事建党建团工作，他正是从这里出发奔赴党的“一大”会场的。

（载2009年7月10日《长沙晚报》）

“灵秀湖北”行

为宣传打造“中三角”旅游精品线路，长沙晚报携手《长江日报》《江南都市报》共同推出“中国旅游日万人畅游鄂湘赣”主题系列旅游。2012年5月18日到21日，三报通过电话及微博招募的首发团一行近三十人，进行了4天3晚免费“灵秀湖北”之旅，参观了中国最大的城中湖——东湖美景，见识了“世界奇迹”曾侯乙编钟及千年不锈的越王勾践剑、吴王夫差矛，还观赏了世纪工程三峡大坝和绝版峡江风情——国家级5A景区三峡人家等湖北精华景区，其美丽的自然风光及厚重的人文景观，让首发团一行感叹不已。

到鄂首日，楚天台上楚天舒

到达湖北已是下午4时，我们随即参观中国最大的城中湖——武汉东湖。东湖位于武汉市城区的二环与中环之间，光湖面面积就达33平方公里，据说是杭州西湖的六倍。导游谢忠玲说，毛主席非常喜欢东湖，生前曾20多次到东湖，主席常躺在东湖边的躺椅上休息、沉思，那片地区也因此取名叫“听涛区”，是东湖很有名的景区。但因时间关系，我们无缘一见。我们直奔东湖的核心景区磨山。磨山在东湖中央，三面环水，常有鲜花盛开，可惜我们来得不是时候，早点来的话，可观磨山樱花、杜鹃花、牡丹花花开盛况。这里号称“世界三大赏樱胜地”，其樱花之美绝不亚于武汉大学。晚点来的话，这里的桂花可是“八里磨山，十里飘香”。

花开有时节，可磨山的楚风楚韵却是常在的。我们一行在磨山楚文化游览区登楚城、逛楚市、上楚天台，玩得不亦乐乎。楚天台位于磨山最高峰，345级陡峭的台阶让人望而却步，上去以后，再花上20元爬上楚天台的顶楼，夕阳下，微风中，一幅“极目楚天舒”的壮阔场景会让你的心情爽到极致。

旅游日，“微游记大使”拔头筹

19日，是第二个“中国旅游日”，也是我们此行活动的重点——参加湖北省旅游局启动的以“健康生活、欢乐旅游”为主题的万人畅游鄂湘赣活动暨“灵秀湖北”英文网站开通仪式。活动在武汉新修的汉街举行，有湖北省政府、省旅游局领导出席，有文艺表演，有全省风景如画的三峡人家风景区，工作人员在表演三峡渔家劳作。

旅游景区、旅行社的现场摆摊推介，长沙去的十人中，有五位微博高手获得了“畅游鄂湘赣”微游记宣传大使。“刚拿到的‘畅游鄂湘赣’微游记宣传大使聘书。好高兴!”这是来自长沙市消防支队的张宇知的微博感言。

首发团参观的第一个景点是湖北省博物馆。镇馆之宝——元青花四爱图梅瓶、曾侯乙墓出土的编钟……让我们惊叹连连。但这里最为瞩目的当属出土于2000多年前春秋战国时期的国宝级文物———“越王勾践剑”和“吴王夫差矛”了。当这两件宝贝同时出现在面前，很多游客同时举起了手中的相机，左拍拍、右瞧瞧。看着那闪烁着炫目青光、寒气逼人的越王勾践剑，很多人惊叹：是什么样的工艺让这把穿越了2000多年历史长河的青铜宝剑仍丝毫没有锈斑?

游“三峡”，坛子岭叹“世界殊”

20日，首发团一行近三十人参观了举世闻名的水利工程——三峡大坝，游览了绝版峡江风情——三峡人家。三峡大坝的宏伟壮观、三峡人家的清丽脱俗，让我们领略了三峡不一般的美丽。

三峡大坝和三峡人家都位于湖北宜昌。一路上，导游小谢介绍，宜昌古称“夷陵”，因“水至此而夷，山至此而陵”得名。这里历来是兵家必争之地，也是屈原和王昭君的故乡。她还说，网上对三峡大坝的责难很多，但宜昌人感谢这座大坝，大坝的建成让宜昌成为著名的水电旅游名城。她半开玩笑半认真地说：“是三峡大坝给了我饭碗。”

耗资近千亿元人民币的三峡大坝建成后，在宜昌形成长达600公里的水库，成为世界罕见的新景观，吸引着世界各国的旅游爱好者。新景观由坛子岭景区、185观景台、截留纪念园三部分组成。三个景点可从三个不同的角度观看三峡大坝。在大坝最高点——海拔260多米的坛子岭，俯瞰三峡大坝的全貌，你会油然而生“当惊世界殊”的感叹。“三峡大坝真的很壮观，怎么拍怎么好看。”长沙的微博达人欧小斌老师说。在三峡大坝最佳的旅游体验是感受“大船爬楼梯，小船坐电梯”的神奇，这也是三峡大坝独有的景致，不久即可变成现实，导游告诉我。

到三峡人家，不可错过巴王宫，这个用石头和泥土建成的寨子，用巨石和原木垒成的城堡，是最后一个巴王及其族人退守三峡的居住地，又是抗击外敌入侵的军事要塞，它记录着一个民族从发展壮大到衰落的历史。

附记：

三报跨省联合，四天的行程，各微博达人通过微博、游记等形式随时与公众分享“中三角”旅游体验。政府牵头，媒体跟进，与粉丝互动、让微博先行，相信这种新的旅游宣传形式，将进一步推动“中三角”旅游的深度融合，也对我们推进湖南旅游产业的发展不无启迪。

（载2012年5月28日《长沙晚报》）

醉在三亚的椰风海韵中

阳光下的柔软沙滩，清爽的习习海风，热带雨林中的花草虫鱼，丛林“鸟巢”的幽静浪漫……冬无严寒，夏无酷暑，素有“东方夏威夷”之称的三亚，6月到9月最高气温一般在28℃左右，已吸引越来越多中外游客在此消夏狂欢。作为中国唯一的热带滨海城市，近日，三亚首次推出了“清凉一夏文化三亚”夏季旅游营销大行动，全国近百家媒体记者走进三亚，提前体验了三亚夏日的魅力。

坐着游轮、吹着清爽的海风欣赏三亚市景，是很不错的选择

踏沙　戏浪　寻梦

三亚有闻名中外的“天下第一湾”亚龙湾和大东海、三亚湾等优质海滨，来到这里，你可以看云、观海，在沙滩上悠闲地休息。

三亚的大部分宾馆酒店都在海边，有的甚至拥有自己的海滩，我入住在位于三亚湾的三亚海韵度假酒店，它的海滩长达数公里。这里的海滩沙细如粉，柔软如棉，海边一早一晚满是游泳嬉戏的人们。

一早起来，走向海滩，任暖暖的海风吹着，看白色的浪花一浪高过一浪地涌向沙滩，穿着各色泳衣的男男女女或在海水中游泳，或在逐浪嬉戏。我也禁不住诱惑，脱鞋下水，细细的海沙随着一浪又一浪的海水在脚趾脚背聚积又流失，流失又聚积，那种感觉很奇妙的。太阳出来了，我也玩累了，只好走回沙滩，那里有专为游客准备的躺椅，也有拉在椰树干上的网状秋千，躺在秋千上，仰望天空，高高的椰树亭亭玉立着，叶子在阳光下闪光，在海风中摇曳，这时候，你什么都不用想，任海风轻轻地、柔柔地吹在身上，任身子随秋千晃动，不知不觉，你会进入甜美的梦乡。如果你不放心睡在外面，不妨走进沙滩上专供游人休息的亭子，这些亭子都有一个好听的名字，如“发呆亭”“享幽亭”“浴风亭”等，光听名字你就会喜欢，亭子里有睡床，床四周有雪白的帏幔，你可以放下来独享一片天地，晚上 10 时前没有人会来打扰你。如果想回宾馆又舍不得大海，没关系，宾馆每个房间的阳台上都有观景浴缸，你可边洗澡，边观赏浩瀚美丽的大海。

巢居　试险　品情

从三亚湾出发，汽车穿过满是榕树的小道，半个多小时后到达位于亚龙湾热带天堂森林公园，这里有三亚鸟巢度假村。到这世外山庄还真不容易，景区的环保车在弯多路窄坡陡的山路左右摇摆着急驰而上，让人感到刺激的同时，不免心都跳到嗓子眼，好在路两边一会儿是美丽的亚龙湾海景，一会儿是少见而多变的热带雨林植被，美景当前，心里不免少了许多惊恐。导游说，这里是三亚的避暑胜地，气温比市区低三四摄氏度。

去三亚鸟巢世外桃园，要走过这条摇摇晃晃的索道。索道那头掩映在热带雨林中的就是鸟巢，它面对三亚最美丽的海湾——亚龙湾

参观完山上的集结地（户外爱好者的乐园），再过一座吊在半空中的索道桥，我们终于到达三亚“鸟巢”。座座“鸟巢”掩映在热带密林中，依循山岭骨架，顺势根石脉络，用木棍木板悬架于陡峭的山坡，各占一隅。一条条架在树腰上、仅容一人通过的蜿蜒曲折的木板小道连通彼此。入住“鸟巢”，栖居于丛林之上，云雾袅袅，眺海水连天，日出日落；聆窗边虫唱鸟鸣，浴着清爽的海风，吸着纯净自然的天然氧分，在这远离尘嚣的所在，和心爱的人一起“君临天下”，是何等的自在逍遥。难怪这里被称为“秘密花园，情人爱巢，誓约圣境”。

观猴 冲浪 潜水

猴岛位于陵水南湾，离三亚湾足有一个小时车程。南湾猴岛是全世界唯一一座热带岛屿型猕猴保护区，全岛生长着茂密的阔叶林和灌木丛林，四季花果飘香，风景秀丽，气候怡人。岛上生活着近2000多只活泼可爱的猕猴，属国家二类保护动物。

走入猴岛，但见各种植物搭配错落有致、独具匠心；顽皮、可爱的猴儿们在绿阴下、树枝间扑腾纵跃、追逐打斗，旁若无人地嬉戏。“啊，我的眼镜!”正走着，一男性游客的眼镜成了猴儿掌中玩物。幸亏工作人员追赶及时才抢回眼镜。在一个叫“猴趣”的地方，一群游客在争着和训练有素的猴子合影，我看到一只长相漂亮的小猴在空地方玩着，就慢慢靠近，将镜头对准它，正在我准备按下快门时，一重物砸得我一个踉跄，当我回过神来，发现一只大猴子从眼前一闪而过，好多人涌过来忙问我受伤没有，我惊魂未定，工作人员说，肯定是母猴以为你会伤害小猴，所以攻击你。好在你戴着帽子，相机又挂在脖子上，不然，损失就大了。

南湾猴岛有很多令人捧腹的猴艺小品和猴杂技表演，最让人捧腹的是人猴幽默剧，看了你会为猴子高智商的表演天赋叫绝。

三亚还有很多美景，如天涯海角、鹿回头、南山大小洞天等，如果天气好的话，不妨去蜈支洲岛冲浪、潜水，这里的水质是一流的，海上游乐项目也很丰富。

（载 2010 年 6 月 13 日《长沙晚报》）

徜徉在“清明上河图”里

9 月 1 日，一趟从长沙直达开封的列车将开行，从此，长沙、开封这两座中国首批历史文化名城的联系将更加紧密。作为七朝古都的开封，能让游人找到些什么感觉？7 月 30 日到 8 月 2 日，记者随长沙市旅行社协会一起进行了先期探访。

水，颠覆了我对北方城市的印象

走进开封，让我不断感叹的，居然是这里随处可见的湖、河、水面。

一直以为，北方都是少水的，开封作为一个北方城市，自然也不例外。当开封以一座钟灵毓秀的水城形象屹立在我面前时，喜水的我很是惊喜。

开封水域广阔。据开封市旅行社协会会长张军介绍，水面占据了开封面积的 1/10，占老城区面积的 1/4。这里有包公湖、龙亭湖、铁塔湖、阳光湖等大小七个湖泊，有广济河、黄汴河、惠济河、利汴河等河流贯通。水系相当发达，丝毫不亚于一些南方城市，是名副其实的“水城”。目前，集河湖和文物古迹为一体的宋都景区水系工程正在建设。一条桨声灯影，充满宋韵宋风的水上旅游线路，即将面世迎宾。

“难怪中国 5000 多年历史中，有那么多朝代喜欢建都于此。”同行者感叹道。

开封又名汴州、汴梁、汴京、东京，自战国时候的魏开始，曾先后有七个朝代在这里建都，迄今已有 2700 多年的建城史。尤其是北宋时期，它是世界上首屈一指的国际大都会，曾达到“汴京富丽天下无”的中国封建社会的顶峰。

开封因水而生，也因水而毁。作为七朝古都，开封留下来的古建筑其实没有想象的那么多，很多古建筑都被黄河泥沙淹埋地下。“开封城，城摞城，地下埋有几座城。”据说，在今开封市地下 3～12 米深处上下叠压着 6 座城池。这 6 座城池自下而上分别是：战国时期魏国的大梁城，唐代的汴州城，五代及北宋时期的东京城，金代的汴京城，明代开封城，清代开封城。

园，带我走进“东京梦华”时代

我们在开封的踩线活动是从游开封府开始的，之后又游览了相国府、大宋铁塔、清明上河园等。

开封府为北宋时期天下首府，位于开封包公东湖北岸，气势恢弘，巍峨壮观，与位于包公西湖的包公祠遥相呼应，同碧波荡漾的三池湖水相映衬，形成了“东府西祠”、楼阁碧水的壮丽景观。在开封府，除了能够看到大批珍贵史料、轶事和陈展外，还能够看到“开衙仪式”、“包公断案”、“演武场迎宾”等丰富多彩的表演活动，真切地体会到“游开封府，品味大宋文化；拜包龙图，领略人间正气”。当然，最有趣的还是登上清心楼，从这里远眺，能看到雕梁画栋的御街，曲折蜿蜒的湖岸，画舫清悠的湖面，领略“一城宋韵半城水”的优美意境。

在开封，还有一个让人流连的地方，即清明上河园。

清明上河园——精彩表演在汴河进行

清明上河园位于开封城西北隅，是以宋代张择端的名画《清明上河图》为蓝本，集中再现原图风物景观的大型宋代民俗风情游乐园。

这里最让人叹为观止的是园中随处可见的“宋朝人”和一个接一个、全天候不间断的宋代民俗风情表演。走在园中任何一个角落，你都会与他们不期而遇。有皇帝、大臣、员外，有赶考的书生，做生意的小贩，拉着马车的车夫，有新娘，甚至还有被押送的囚犯，他们个个穿戴宋朝的服饰，做着适合自己身份的事，一点也不忸怩作态，让人仿佛穿越时空隧道回到了千年前的宋朝。园中一个接一个的民间绝活演出更是让人叫绝。“这里让人叫绝的远不止这些”，清明上河园的总经理周旭东说，园中的演出一天有几十个，最让人叫绝的是每天晚上上演的大型水上实景演出《大宋·东京梦华》，这个斥资 1.35 亿元，由 700 多名演员参与演出的实景剧，将精心选择的北宋印象包含其中，场面壮观，撼人心魄。

寺，让我在“天地之中”体味传奇

对少林寺的认识，是从李连杰主演的电影《少林寺》开始的，那百转千回的《牧羊曲》至今回荡在耳边，也让我对此行充满期待。

8 月 1 日一早，我们驱车向着少林寺方向进发，一上车，长沙市旅行社协会副会长廖纯华就笑着说：“告诉大家一个好消息，今天早上新闻报道，少林寺申遗成功了。”这个消息让大家很兴奋，都说择日不如撞日，能在这永载史册的日子去少林寺，是很幸运、很有意义的一件事。

进入登封境内，但见山路两旁彩旗猎猎，威风锣鼓震天响。“热烈庆祝登封‘天地之中’申遗成功”拱形横幅一个接一个……嵩山如黛，门楼巍峨，在少林寺大门口，“少林寺庆祝‘天地之中’申遗成功”庆典正在进行，少林众僧一个个龙腾虎跃般在台上展示自己的拿手功夫。

少林僧人们是有资格骄傲和喜悦的。因为当其他地方的人们还在对“世遗”怀着无限的企盼时，少林僧人们每天的生活起居，都能触摸到世界文化遗产。景区负责市场营销的王俊玲女士告诉记者，这次申遗的内容主要是 8 处 11 项古代建筑群，即中岳庙、太室阙、启母阙、少室阙、会善寺、嵩阳书院、嵩岳寺塔、少林寺常住院、塔林、初祖庵等。这些地方有的是僧人们进行佛事活动的重要场所。

一路走来，我们领略了少林寺七进建筑常住院的雄伟，在千佛殿历代少林寺僧练拳习武的脚坑遗址，见识了少林功夫的不同凡响；而密如森林、形态各异的“塔林”让人陡生敬畏，这些古塔中安葬着历代高僧的灵骨或生前衣钵，古塔塔顶或圆或方，层数也因塔而异，导游说，从这些特点就可分辨出此塔建于何朝，塔主的身份地位……这些列入世遗的古建筑有的宏大无比，有的精细非常，他们历经汉、魏、唐、宋、元、明、清，可说是一部中国中原地区上下2000年形象直观的建筑史。因为时间关系，我们不可能一一欣赏，当我们依依不舍地离开少林寺时，我在心里说，少林，总有一天我会再来的。

（载2010年8月30日《长沙晚报》）

踩线黔东南：万水千山总是情

从怀化出湖南，有一个美不胜收的地方，走入其中，你会被这里优美的自然风貌和迷人的民族风情深深吸引：那连绵的大山，峻峭的崖石，苍翠的树木，幽深的峡谷，纯净的空气，无不让人心旷神怡；苗族姑娘甜美的歌声，侗家少女优美的舞姿，革家姐妹神秘的装束，无不让人意醉神迷；这里有气势恢宏的千户苗寨，有古韵幽幽的千年古镇，有澄彻刺激的峡谷漂流……这里是少数民族的天地，其苗族人数占到全国的四分之一，侗族人数占到全国的二分之一，这里就是神奇的贵州省黔东南州。

静静㵲阳河舞出千年风情

烈日炎炎的夏日，记者随长沙市旅行社协会一行 50 多人踩线黔东南，首先进入黔东南州的镇远县。

呈现在我们面前的镇远是一个有着 2000 多年历史的古镇。古镇四面环山，一条河流静静流淌了几千年，并将古镇劈成两半，这条河是沅水上游，叫㵲阳河。㵲阳河在镇远划出个倒 S 形，让镇远版图看似阴阳八卦太极图，镇远也为此被人们称作太极图上的“东方威尼斯”，让人惊艳。

清晨，薄雾笼罩中的㵲阳河妩媚动人，走上明朝洪武年间修的祝圣桥，顿时产生穿越时空之感。桥身上修有一个古亭，叫魁星亭，据说，亭建好后，这里出了两个状元。魁星亭看似侗寨的风雨桥。桥上有些当地老人在纳凉，从他们从容的语调中，能体会出一种“把酒话桑麻”的悠然自得。河岸有释儒道三教合一的青龙洞，其建筑依山傍水，从山脚层层向山上延伸，煞是壮观。

泛舟㵲阳河，我们被绿得澄彻透明的河水所吸引，恨不得掬一捧入口，一尝它的甘甜。㵲阳河两岸山似刀削，景如笔画，万木葱翠，绿得耀眼。岩石天裁，成惟妙惟肖的“孔雀开屏”；瀑布神造，成让人惊诧的“白龙腾飞”。河谷时而狭窄，时而宽阔，让人“疑无路”之时又顿生“柳暗花明”之惊喜。

“舞阳河让人惊喜的地方远不止这些”，据黔东南州旅游局副局长张远卿介绍，河岸山崖上有一个桃花寨，26户人家，一年四季用温泉浇地、做饭、洗衣，村民大多能活80多岁。不久的将来，那里将被打造成少数民族风情旅游地，游客可从河边攀崖入寨，一睹其尊容，并在那里洗温泉赏美景。

西江千户苗寨织出壮美景观

黔东南的公路大多盘旋在山上，车子在一个个山顶蜿蜒爬行，转过无数道弯后，美丽的西江苗寨映入眼帘。

那种壮观简直让人惊诧，让人震撼！先前也看过不少苗寨，但像这样规模的苗寨却是第一次。

那是山谷间的一块盆地，盆地的四壁和缓而温柔，灰黑色的民房密密匝匝布满山坡，从盆地底部几乎一直延伸到山顶，一片黑顶的中央，间隔着一片淡绿的梯田，然后是片浓绿的树林，像极一幅水彩画。

西江苗寨位于贵州省雷山县，是中国最大的苗寨，1200多户苗民聚居在一起，连绵的吊脚楼一层叠一层，这些用枫木搭成的吊脚楼顺着山势向四周展开，黄昏时分，暗红色的枫木板在夕阳照射下射出一片金黄，整个村寨就像童话世界一样美好。夜幕降临，家家户户开着灯，且每户至少三盏，成千上万盏灯一齐亮起，从远处看，灯光闪烁，有如繁星点点，布满山岗，让人仿佛进入一个梦幻世界，满眼所及充满新奇和陌生，却又是那么熟悉那么浪漫。

走入苗寨，会发现一个很有趣的现象，擦肩而过的苗寨女人，不管老少，头上都插着一朵红花。不过，据同行的张局长介绍，红花的插法很有讲究，从花的位置就知道她结婚与否，如果花插在前额正中，表示她还没结婚；如果是斜插在一边，表明她已有丈夫。记者见到，无论结婚与否，她们个个都很水灵，不知是这里的山水滋润的结果，还是她们使这里的山水显得更加灵秀。苗寨中的房子都修得很精致，许多人家都把自己的房子拿来做生意，寨子一派欣欣向荣的气象。

杉木河漂流：方知山水之至乐

夏季旅游之乐莫过于漂流。黔东南州的施秉县城素有“中国漂城”之称，考察团一行当然不会放过这么好的机会，进入贵州的第二天，就在施秉杉木河漂了一回。

杉木河系㵲阳河支流，全长44公里，流程内天然落差总计达640米。

经几个小时上下辗转颠簸，下午4时多，汽车进入一个大峡谷。刚一下车，峡谷凉意如春风拂面而来，其清新的空气也如清流润喉，让人疲劳顿消，神清气爽。

杉木河水清澄彻，绿意盎然，波光闪闪，似乎在以自己最妩媚的姿态迎接远方的来客。

我们终于启漂了。顺流而漂，河道或宽或窄，溪水或浅或深。小艇好似一艘艘碰碰船，在溪中乱撞。时而左冲右突，时而原地打转，时而激流勇进。在36摄氏度的酷热天气，河水溅在身上还让人直打冷颤。仰而观天，天色如此湛蓝，只有乘飞机于云层上端才能见到如此情景；俯而瞰水，水质那么澄彻，再好的水晶玻璃也不可能那么清亮透明而富有质感；环顾两岸，峭壁高耸，树木葱茏，凤尾竹摇曳，宛如进了三峡，让我不禁想起“两岸猿声啼不住”的诗句。我们悠哉乐哉地漂着，贪婪地呼吸着清新的空气，而大自然也毫不吝啬地在我们眼前缓缓地展开它的长幅画卷，款待着千里而来的考察团。

漂了近两个小时，河岸忽有一排烧烤摊档。张局长说，这是景区给漂流游客安排的“点心”，游客漂到这里可下艇休息，并享受免费的（其实费用在门票里）烧烤套餐，填饱肚子后继续前行。可惜啊，今天太晚，已收摊了，我们只有空流口水，“望摊兴叹”的份。

杉木河漂流，是一幅看不尽的层峦叠嶂，道不完的贵州山水，叹为观止的水墨丹青。同行者由衷地感叹，经杉木河漂流之后，方知山水有此至乐。

（载2009年7月24日《长沙晚报》）

里耶，一个帝国的背影

那井　印记深深

里耶对我的第一次撞击，其实仅仅是一口井。

这口井被人骄傲地称为“中华第一井”“世界第一井”。2002 年，在井内 2000 多年的淤泥中，考古队员用双手抠出了 3.6 万余枚秦简！

到了里耶，我直奔这口让我神往已久的古井。据发掘者湖南省文物考古研究所的柴焕波先生介绍，该井始建于战国，废弃于汉初。井深达 14 米多，井的四壁呈黑色，结构十分考究，建造时，先挖了同心的圆圈，然后用木框套榫，用 43 层木板叠砌，用原生鹅卵石铺井底。井的地面设施也很完备，井台、井道、井亭等遗址保存完整。

谁都知道，秦王朝只有短短 15 年寿命，秦在武陵山腹地的统治顶多也就维持 10 多年，而通过一口井，秦王朝对中国历史文化的贡献几乎得到了全面展示：李斯对中国文字改造的成果、秦代刀笔吏们开始的官样书法、政府官员的严谨刻板、国家机器的高效运转制度等无不鲜活直观。

“北有西安兵马俑，南有里耶秦简牍。”叩拜了这口井，见识了井中淤泥中的简牍，对这样敢与帝都比肩的口号，我再也无异议了。里耶，这个帝国边城，虽远不及帝都宏大，却也再现了秦王朝的辉煌。喜欢秦兵马俑，也有理由喜欢里耶秦简牍。

那巷　神韵飘飘

从秦代古城遗址出来，沿着酉水河堤岸漫步，左边，酉水河轻波荡漾；右边，山峦青翠幽远，民居檐翘瓦黛。不知不觉间，我们一行走到了叫河街的小街，街头有块纪念碑，上有“长沙市援建”字样，不免平添一份亲切。

导游告诉我们，古镇现保存有7条巷子，街巷总长2491米。他一再对我们说，不要小看里耶的小街，明清时期，这里可走出了不少富商大贾，街尽头的河码头当时一天停泊商船多达150艘。

初看里耶的小街小镇，似乎与湘西其他小街没什么特别之处，同样的青石古街曲折幽深，同样的木构房屋前铺后居，同样的青砖封火墙高耸飞翘。但随着导游的介绍，我从这种似曾相识的感觉中品出了新味道。明清时期，与大街小巷连接的飞头与山头、水边，有许多土家人的宗教性建筑，如八部庙、婆婆庙等，清雍正七年以后，浓厚汉文化色彩的文昌阁、关帝庙、水府庙也拔地而起。

里耶，正是有了这种多元文化精神载体的建筑，在商业喧哗之中，便多了一份和谐；一个远离通都大邑的小镇，也担当起了中央帝国的富国强兵之责。

那山 奇趣多多

从长沙去里耶，山多、路险，到了里耶，当地人一定还要推荐你去那个好玩的八面山。据说，中国滑翔队看中了这里，已将它作为训练运动员的基地。

八面山奇景很多，因为时间仓促，导游为我们精选了燕子洞与自生桥这两个景点。

燕子洞是由并列在悬崖峭壁上的5个洞组成，洞中有洞，洞洞相连。洞中凉风嗖嗖，流水潺潺，其中一个洞据说通到了重庆西水境内。解放初期湘西剿匪时，匪首师兴周率2000余部下藏匿洞中，并储备了3年的粮食。电视连续剧《乌龙山剿匪记》中不少实景即拍摄于此。自生桥其实也是一个洞，只是有一拱桥似的山体横跨洞桥。

在洞中享受惊险的乐趣时，更多的联想是那座秦帝国控制过的古城。如此的山，如此的洞，难道只有土匪借用过？秦、楚争夺里耶时，就没有发现这些出奇制敌的好去处？里耶，有已发现的奇景满足我们的游兴，更有无数秘密等着我们去发现。

（载2009年2月20日《长沙晚报》）

芙蓉镇，挂在瀑布上的千年古镇

吉首—张家界的旅游线上，有一个让人心动的历史文化名镇——芙蓉镇。

芙蓉镇，原名王村，是湘西四大名镇之一，上个世纪80年代，一部叫《芙蓉镇》的电影使之名扬天下，也让这个原本叫王村的小镇被外地人习惯地称为“芙蓉镇”，2007年8月23日，这个古镇也正式更名为芙蓉镇。

古街：品晨韵　追星踪

记者看了《芙蓉镇》后就仰慕这个小镇。虽是下午7时才到此地，仍满怀欢喜地走进古镇小巷。

从芙蓉广场沿着窄窄的巷子一直往里走，很平常的青石板路、偶尔蹿过的小狗、悠闲坐着聊天的老人，寂静、幽深，似曾相识，与我的期待有落差。带着脚的酸痛与疑惑，我结束了与古镇的第一次接触。

次日一大早，阳光为古镇镀上一层迷人的金黄，我再次沿着青石板路拾级而下。古街上不时走过的游客、赶集的山民，为小巷增添了人气，这种热闹景致与昨晚的安静形成鲜明对照。走在石板路上，两旁商铺的银饰、竹筒酒十分打眼，位于贞节牌坊边的“刘晓庆米豆腐店”让人眼睛一亮，胃口大开。尽管《芙蓉镇》是一部上世纪80年代红火的电影，但当地人仍会骄傲地告诉你，谢晋在哪里坐过，姜文在哪里扫过街，刘晓庆在哪里开过店。

铜柱：探争战　觅和风

坐在刘晓庆米豆腐店吃完一碗细腻、滑嫩的米豆腐后，继续沿着青石板路往下走，走到古街的尽头，就到了沈从文先生所说的“最美丽清奇的王村码头”。全国重点文物保护单位、有千年历史的溪州铜柱就矗立在码头附近的民俗博物馆内。

博物馆周馆长告诉记者，公元940年，五代的楚王马希范与溪州土家族首领彭士愁交战后媾和，划疆而治，立此柱作为界标。铜柱高3.98米、直径0.39米，重2500公斤，刻字3000左右。千余年来，“溪州铜柱”屹立在猛洞河边，历经五代、宋、元、明、清，默默见证和记录了土、汉和平共处、文化交流的历史。

瀑布：穿水帘　沐浪漫

芙蓉镇被人们称为“挂在瀑布上的土家古镇”，到了芙蓉镇，当然不可错过其村口千年奔腾不息的瀑布——芙蓉瀑布。

瀑布一般宜远看，但芙蓉镇的瀑布不仅可“远看”、“近观”，还可“穿行”。从芙蓉码头开始，沿着河岸，有条游道从瀑布背面一直延伸到河对面。沿着这条游道钻进瀑布仰观，倾泻而下的瀑布更像即将编成“布”的丝线挂在织机上，而溅起的水花，让人又真切地体验到“大珠小珠落玉盘”的美妙，水流下泻形成的水雾如花絮扑面，让人想躲避又想亲近。从水帘中极目远眺，就是宋祖英老家的方向，朦胧中，不免让人突然幻想出一个背着小背篓的姑娘甜美放歌的倩影。

这，才是我要找的芙蓉镇。

（载2009年5月8日《长沙晚报》）

有空，去“神奇绿洲”绥宁洗肺

第一次到绥宁，第一个感觉就是山真绿、水真清、空气真的沁人心脾！这里可以说是湖湘的“绿肺”。绿肺之中还有天下最奇的铁杉林，有拍摄过《秋收起义》《那山那人那狗》等影视作品的古村古镇，有古风浓郁的“姑娘节”……

大园“四八姑娘节”：原汁原味的民俗

到达绥宁的第一天，撞上了苗家传统节日——嫁出去的女儿回娘家的“四八姑娘节”。朋友说，每年农历四月初八，绥宁县苗族村寨的苗族同胞都会聚在一起，喝烧米酒，吃黑米饭，载歌载舞，庆祝自己的节日。为了宣传绥宁，今年县里把表演活动送到了长沙，朋友就把我们带到了一个叫大园的古苗寨，这里的老百姓每年都自发组织活动。我们到达寨子时，古苗寨苗族同胞正在村后半山腰的一个坪里比赛，加油声欢笑声很远就能听到。我们进场时，正在进行踩高跷、背媳妇比赛，参赛者不仅有村民，还有像我们一样撞上的游客。欢乐的队伍中，还有一群闻讯而来捕捉快乐、拿着“长枪短炮”的全国各地摄影爱好者。

大园古苗寨位于绥宁县关峡乡，这里的“原汁原味”还吸引了许多艺术家，《秋收起义》《那山那人那狗》《痴虎》《战火童心》等影视剧都曾在这里取镜头。

黄桑自然保护区：相亲相爱的铁杉

到绥宁，不可不去黄桑国家级自然保护区。绥宁曾被联合国教科文组织称之为一块没有被污染的“神奇绿洲”，而黄桑国家级自然保护区则是“神奇绿洲”里的湖湘“绿肺”。据介绍，这里有丰富的野生动植物资源，光木本植物就有 102 科，1021 种。其中稀有珍贵的 193 种。保护区内有闻名遐迩的八大景观：六鹅洞瀑布、穿岩、三马饮清泉、暖风清凉洞、长苞铁杉林、菩萨岩、鼓殳楼岩、鲤鱼跳龙门。由于时间关系，我只去了鸳鸯岛和长苞铁杉林。

鸳鸯岛其实是个形似鸳鸯的山。遮天蔽日的原始次森林中，一条不足一米宽、铺满落叶的林中小径，将游客领向林之深处。小径一边是小溪，一边是高山。古老的藤蔓缠绕着更加古老的树干直冲天际，小心翼翼地走在小径上，盛开的山花、叮咚的溪流、凉爽清润的空气，让人爽心悦目。有点遗憾的是，没有看到鸳鸯，据朋友介绍，这里过去还真有鸳鸯。

黄桑最迷人的，还是坐落在源头山的长苞铁杉群落。只见 38 株铁杉，根根树干笔挺伟岸，宛若一个个玉树临风、高大帅气的男人；树枝繁茂相连，犹如一个人丁兴旺的大户人家；树根盘根错节缠绕一起，好似血脉相连不可分离的大家族。这种枝、干、根互成连理的景观，真是一幅妙绝天下的自然奇观。据说有外国人曾想拿一架飞机换一棵铁杉哩。

寨市古镇：制造惊喜的小镇

矗立在寨市镇最高处的钟楼，楼内有口明代的大铁钟

“一座孤城万座山，孤城恰在万山间。无边树色家家绕，不尽秋阴面面环。”这是唐代诗人对寨市的描述。有着上千年历史的寨市古镇（原是绥宁县城所在地），现在仍有 72.5% 的森林覆盖率。更值得骄傲的是，这里现存有唐、宋、元、明、清历代官方和民间保护森林的封山育林石碑 100 余块。这在全国都属罕见。这是绥宁“神奇绿洲”称号的最好历史见证，也是古镇别具一格的特色。

寨市古镇虽小却有厚重的历史文

化底蕴：高井怀古、明代城墙遗址、抗日阵亡将士纪念碑、高功山红军哨堡、寨市老街、邓小平征战绥宁纪念馆、西河风雨桥……导游边走边介绍着。游览中，一个老得掉牙的剃头铺、一个尚有汉代风韵的铁匠铺让我获得一份意外惊喜。而那条西河街，因 1930 年邓小平在此指挥过绥宁战役，又叫“小平街”。

我一边赞叹美景，一边为交通不便、不能让更多的人体验这份别致的快乐而遗憾。寨市镇党委书记黄先伟告诉我，交通不便是暂时的，一条正在建设中的高速公路将把寨市与外界的联系“缩短”。

（载 2012 年 5 月 7 日《长沙晚报》）

五月，看大围山杜鹃烂漫

“花中此物是西施，芙蓉芍药皆嫫母”，诗人白居易眼中的“花中西施”杜鹃，是长沙市的市花，每年3月开始，山坡原野，甚至密林石缝，一株株红杜鹃点缀在山野绿林间，别有风韵。而当丘陵平地的杜鹃凋零后，湘东第一峰——浏阳大围山上海拔1200米以上，高山野生杜鹃却次第开花，爱花的朋友，何不邀上三五知己，在这个时雨时晴的五月天，登上大围山，奔向杜鹃花海？

据介绍，大围山万亩野生杜鹃主要分布在海拔1200米以上的溪谷及山坡，目前已查明的有38种，有映山红、鹿角杜鹃、云锦杜鹃、猴头杜鹃、红毛杜鹃等。5月12日，本报记者奔赴大围山，与漫山遍野的野生杜鹃来了一次亲密约会，感受到了大围山杜鹃的四宗“最”。

站在大围山国家森林公园海拔1500米的山坡上，满眼都是红色的杜鹃花

最曼妙：“红花覆路旁”随性而韵味

开车从大围山栗木桥往山上走，大约从海拔1000米开始，路旁不时冒出一株两株、一团两团红得似火的杜鹃花，她们或藏于一片浓绿之中，或随风摇曳于头顶车顶；或长于看不见的泥土，或冒出于坚硬的石缝；时远时

近，时密时疏。但无论是那“万绿丛中一点红”的艳丽，还是“红花覆路旁”的俏美，却都随性而曼妙，独特而有韵味。

赏花路线：从栗木桥到七星岭，可坐车到海拔1400多米处，不用下车，打开车窗便能欣赏到路边散漫开着的杜鹃花。

最壮观：五指峰一带山岭杜鹃连绵成片

大围山的七星岭、五指峰、马尾漕、漂砾群、东麓园等处，红色的杜鹃花漫山遍野，姹紫嫣红。一株株、一簇簇争奇斗艳，从山脚漫到山顶，又从山顶伸到山脚，占据着一个又一个的山头，然后连绵成片，满山杜鹃尽情绽放，似火般燃烧在山山岭岭。其中最壮观的当属五指峰一带。从五指峰朝张坊镇方向俯瞰，满眼红色，似火如霞。特别是五指石一带的杜鹃花开得很灿烂，红的似火，白的如粉，黄的赛金，还有一种紫色的更加夺人眼球。

赏花路线：从栗木桥步行到五指峰，需花时1.5小时，沿途有争流竞芳、九曲羊肠等景点。也可以先将车开到玉泉山庄再步行，到达五指峰需花1小时，此条路过穿山甲后，杜鹃花很多。

最惊艳：七星岭上翠者欲滴红者欲燃

大围山杜鹃花品种丰富，红的开得热烈，紫的开得浪漫，黄的开得含蓄，白的开得圣洁，粉的开得妩媚，其妖娆多姿，让人目不暇接。她们集中连片，美不胜收。最让人惊艳的地方是七星岭景区一带。这里的山山岭岭好像是专为杜鹃而存在的，山上没有别的杂树，大红的杜鹃花在或鹅黄或嫩绿的杜鹃树叶映衬下更加明艳夺目，翠者欲滴，红者欲燃。一缕云雾飘过，如果此时再加上几位裙袂飘飘的美女，你一定误以为是王母的七个女儿又下了凡尘。

赏花路线：驾车到七星山庄，从山庄左边或右边步行上山，即可置身花海。最佳赏花点在山庄右边的瞭望塔处。

最火红：杜鹃与红军革命遗址相映红

大围山的杜鹃与革命圣地井冈山的杜鹃一样，因秋收起义，因与毛主席、王首道、胡耀邦等老一辈革命家的关系而更加红艳。据说，大革命时期，老一辈无产阶级革命家毛泽东、彭德怀、胡耀邦、王首道曾在大围山一带留下了光辉足迹。现存有扁担坳、红军桥、毛泽东遇险旧址、王首道故居等遗址。在纪念建党 90 周年火红的日子里，去看看大围山红杜鹃，寻访一下先辈们留下的足迹，想想是他们用鲜血和生命换来我们今天的美好生活，你也许会有更多的感慨。

赏花路线：上山时离七星山庄 400 米的地方，有一处坳的两端各有一小山头，地势较平，形似扁担负重的地方，就是扁担坳。

（载 2011 年 5 月 16 日《长沙晚报》）

去城之西找关于山的故事

长沙向西，除了岳麓山，你还数得出别的山吗？与东边、南边、北边那些相继炒热的山相比，过了岳麓山的山，没有一个有名。其实，岳麓向西，还有连绵的山，这些山一座连一座，和缓而温柔，清丽而常绿，山上有茂盛的植被，珍稀的野味，多彩的鲜花，更有沁人心脾的清新空气，动人心旌的传奇故事……

莲花山：登顶放眼有“莲花”

特点：山高视野开阔，多为碎石简易山路。开车上去十几分钟到山顶，走路上去要一个多小时。只适合白天爬山，此处登山宜穿平跟鞋。

岳麓区莲花境内处处是山，山山有故事，山山有传奇。

去莲花登山，最不要错过的当属莲花山。莲花山主峰海拔比岳麓山云麓峰还要高出 40 米。出生在山下五丰村梅家坳组的廖伯钧告诉记者，莲花山主峰原来叫五丰大山，山顶原是解放军九五微波站驻地，山中修有防空洞，现有移动公司的微波传送站。

从莲花镇中心往坪塘方向，车行五六分钟左转就可到达五丰梅家坳组，这里有一条水泥路，是通往莲花山的唯一一条路，车行不远，水泥路变成了简易山路，但路并不难走，十几分钟就可到达山顶。“如果靠两只脚走上去，要花一个多小时。”同行的莲花镇党政办副主任朱丹说。

登上莲花山顶，极目远眺，你会看到五座相连的小山峰，它们正好形成一朵莲花模样，据说莲花镇就是因此而得名。如果朝长沙方向远望，美丽的长沙城可收眼底，面对如此壮观的场面，人的心境会一下子变得开阔起来。

莲花山有许多美丽传说，且现在仍有一些遗存，如“石牛塘”“石干娘娘女神岩”等，山中原有一座始建于唐朝的禅宗寺院——云盖寺，曾得皇帝赐匾，盛极一时。这座毁于大跃进时期的寺院，在莲花山半山腰的一片荒草中，仍依稀可见。

在原云盖寺的上方，现建有云盖山庄，山庄周围种有几百亩桂花树、几十亩梨树、十多亩桃树。“瓜果飘香的季节，欢迎来山上采摘。”山庄石老板说，山中生长的水果味道很甜，很好吃。

从莲花山半山腰处俯瞰，锦绣河山、田园风光尽收眼底

小仙窝：脚踏仙踪享野趣

特点：青石板路。环形山，坡度和缓，沿着一人多宽的步道从左边上右边下，需花一个多小时。只适合白天爬山。

位于莲花镇桐木大华的小仙窝，青山绿水，好似仙境一般。这里三面环山，山中夹着十几口水塘，水塘像梯田一样从山口延伸至高处的山中，满塘的绿水在蓝天白云下，闪着银光，似一颗颗宝石。据说农庄的戴新华老板已将这里的山和水长期承包了下来，为方便游客登山健身，他投入几百万元修了登山道和休息亭。登山道随山形呈环状，登山者可从山的一边上另一边下，不用走回头路。登山道是青石板的，只有一人多宽。

这是小仙窝的“升仙台”，足有200平方米的平整的天然巨型岩石，上面密密麻麻地布满了碗口大小的雨坑，据说是雷公的杰作

山中植被非常茂密，常有树枝从路的这边从空中伸至路的那边，人从枝下过，感觉多了一份野趣。山中很雅静，鸟的啁啾、水的叮咚，似动听的音乐不时传入耳鼓。一路走来，你会看到与观音菩萨有关的“观音井”、与天上仙女有关的“升仙台”、与华南虎有关的“虎啸亭”等景点，这些景点都有一个非常美丽的传说，如观音井，是一个天然石穴，石穴不深，但井水从没干过，当地村民说，这井中之水是从观音菩萨净瓶中流出来的，常喝可消灾祛病，附近村民都喝此井水，活到九十以上的好几个。小仙窝戴老板告诉记者，他早几年在外做生意时中风，回家休养天天喝此井水，果然好了。喝口观音井水，坐在升仙台的大石板上，想象着仙女上天时的美妙景致，边登山边探寻着这些美丽动人的传说，登山的旅程不知不觉又多了一份妙趣。山道还算和缓，路边不时有水泥凳可坐坐，还修有三个亭子供游客休息。记者穿着高跟鞋登山，一个多小时下来，没有感觉特别累。

光明大山：骑车漫步寻“白马”

从长沙出发，沿金洲大道一直往西开20公里，在金城大道段左边，就是望城县光明村。这里是我省新农村建设示范村，将被开发成市民休闲旅游胜地。除修建“五谷”“八景”等主要景点外，计划在光明山上建一条绕山自行车道、8 条登山步道。目前已建好自行车道和两条登山步道。自行车道环绕整座山，长达 6. 5 公里，骑车绕行一周，需 20 分钟。

我们是从光明村村部旁边的步行登山道上的山。登山步道有两人宽，是青石板的，淡色的鹅卵石镶边，修得很精致。步道有点陡，尤其是快到山顶时，步道似云梯，一梯一梯往上延伸，让人感觉有些吃力。“在这锻炼身体很见效，很多长沙市民傍晚开车来登山，有位市民坚持了半年，瘦了 20 多斤。”同行的光明村领导说，登山游道有 2 公里长，走完全程需 20 多分钟，山上的路灯是自动控制的，每晚 7 时开灯，24 时熄灯。

光明山的传奇故事也不少，据说，很早以前，光明山就有关于白马精的传说，后来，白马精被泰山石镇在山脚，如果去登光明山，你不妨找找那块泰山石，看看它的下面是不是还有白马精。

（载 2010 年 4 月 9 日《长沙晚报》）

八、我的业余弄墨

永远的 9 月

9 月，是中华民族永远值得纪念的日子；9 月，也是与中国最伟大的人民领袖联系在一起的日子。

60 年前的 9 月，这位近代中国最伟大的人民领袖用他的雄才与胆略，带领中华民族的英雄儿女赢得了近百年第一场真正完全意义上的民族胜利；50 年前的 9 月，这位近代中国最伟大的人民领袖在天安门城楼上庄严宣告一个新生的共和国诞生；29 年前的 9 月，也是这位近代中国最伟大的人民领袖停止了他对民族命运的思考。他，就是永远的毛泽东。

毛泽东，这个在湘江击浪的热血青年，从三湘大地走出但已不仅仅属于三湘的名字；这个在中华大地演绎一代风流的中华豪杰，从中华大地升起但已不仅仅属于中国的伟人，是一位相信枪杆子却握了一生笔杆子的人，是一位百万军队的最高统帅却打枪脱靶的人，也是一位从血与火中打拼出来却没有毙敌记录的人……然而，他却是近代中国最伟大的人民领袖，更是中华民族八年抗战中最伟大的领袖，他通过自己的思考与奋斗在伟大的抗战洪流中成为砥柱中流。

正是他，在中华民族面临亡国灭种的关键时刻，以民族利益为重，放下一党之利，一家之仇，一己之欲，与老对手握手，接受对手的领导；还是他，用人民战争的战略思想，与强敌比高下，将敌人的嚣张气焰一一掐灭；又是他，找到了“持久战”这个以弱制强的制胜之道，化解了盲目的“速胜论”，清除了悲观的“亡国论”，把胜利带到了中国人民的面前！

这些胜利之宝，让我们产生联想的，却是一孔透风的延安窑洞，一盏昏暗的小油灯，一支飞舞的兔毫笔！就在这样的窑洞里，就借着这样的灯光，就用这样一支中国人用了 2000 多年的笔，“掌上千秋史，胸中百万兵”，一代伟人的智慧与思想使内斗的枪口转向了侵略者，让胆怯者鼓起了战斗的勇气，让失望者燃起了希望的热情，让观望徘徊者看到了胜利的曙光，也让奋斗者有了前进的动力……于是乎，地不分南北，人无论长幼，全部站到了抗日的旗帜下，曾被讥为一盘散沙的民族出现了空前的团结，抗日的力量空前壮大！被失败咬噬的中华大地、被强盗践踏的美丽山河，从此有了祝捷的礼炮、胜利的欢呼、自豪的9月！

9月，因为与一场伟大的胜利联系在一起，因为与一个伟人的名字联系在一起，也就成了我们永远值得的纪念、不可忘怀的珍藏。

（载2005年9月9日《长沙晚报》《弘扬伟大的抗战精神》专版）

山两边都是我的家

我的家在长沙，但隔着岳麓山，我还有一个家在莲花镇，那是我从小生活的地方，是我的老家。据说，原有座桥叫莲花桥，但我打小就没有见过这座桥，也从没有见过莲花。

儿时最激动、印象最深刻的事，是到住在长沙城里的舅舅家去。但去一趟舅舅家，可不是件容易的事，一路上要转两三趟车，更难受的是，我还晕车。

老是觉得，云遮雾罩的岳麓山将我的莲花与舅舅家的长沙，分成了截然不同的两个世界。山那边是舅舅家的长沙，车水马龙，路宽房高，晚上明亮如白天；山这边是我的莲花，牛叫鸡鸣，路狭房矮，一到晚上，黑灯瞎火，只有声声狗吠不时在山间回响……仿佛我的莲花除了山还是山，没有什么好玩的地方，而舅舅家的长沙，有好多好玩的好吃的，无不让人遐想和向往。

时间在推移，很多事情都在变，长沙、莲花、我自己，都在变。我的最大变化，是大学毕业后在长沙建了一个家。但不管怎么变，我还是忘不了莲花。常常，我会站在阳台上眺望岳麓山，白云缭绕，满目青翠。当年，我只有一个家，在山的那一边，而今，我却有了两个家，岳麓山两边都是我的家。

那时，回莲花看老爸老妈，是每个节假日的必修课。与节假日回乡下探亲的人流挤挤撞撞，转几趟公共汽车，再去长途汽车站转乘长途中巴车，折腾下来得半天时间。此时虽然两个家的距离没有记忆中的那么遥远，但回趟岳麓山那边的家还是累得够呛！后来，我有了车，第一次感觉到，两个家之间其实不远，很快，我就能从长沙的家到莲花的家。

像做梦一样，原来属于乡下的莲花划归到了城区，家人、朋友见了面，互道彼此是“长沙人”了！不过，那语调中多少有点自嘲与调侃，在心理上，大家还认为自己是莲花乡下人。就在这种似与不似之间，莲花与长沙城区的联系，随着路的拉通变得越来越密切，看得见的变化，目不暇接：水电，与城里一样了；电信，与城里一样了；养老、劳保、医保、教育也开始照城里的样子在办了……突然，我强烈地意识到，儿时的莲花，已经离我远去，山两边的家有了很多的共同之处。

前两年，连接莲花的泉水路拉通了，从此，我回莲花的家有了捷径！这条捷径，不仅为我节约了回家的时间，而且接下来的几年，每每回家，都发现有新的道路开工建设。路的走向，或南北或东西，长沙城区与莲花之间，路网正在一天天织就！这张网，彻底改变了儿时留在我脑海中关于莲花与长沙的概念！

通过这张网，我发觉莲花其实四通八达。有段时间，我以为离莲花镇很远的梅溪新城、洋湖湿地公园，原来就在自己老家东边很近的地方！有次带着姐姐一家人到洋湖湿地看灯展，完了把他们送回莲花后，自己又驱车返回长沙的家，来来回回也就个把小时！其实，长沙与莲花，已经在一个生活圈了！

随着路网的逐步完善，我家的老屋，已到了长沙的大马路旁边了！家门前的小河，变成了风光带，一个小广场建在风光带旁，每到晚上，邻居大妈们的广场舞跳得比烈士公园里的大妈们还起劲！如今，我的两个家已经融为了一体，从长沙一路驱车回莲花，早已分不清哪里是乡下，哪里是城市了。我的莲花，真的是长沙的莲花了。

路网催开了莲花的清香，家的变化，让我的心暖暖的。

（载 2017 年 9 月 1 日《长沙晚报》）

让人怀念与感恩的考试

考试，对于今天的孩子来说，不是一个令人愉快的话题。但今天很多正参加高考的孩子的父母命运的改变，却是从一场愉快甚至是激动人心同时也是残酷竞争的考试开始的。这场考试，就是 1977 年中国的高考，一场曾消失了 11 年的考试。

这是一场直接影响了 1000 多万人的考试，这更是一场让全中国人民欢欣鼓舞的考试。世界上、人类历史上，似乎还没有一场考试直接让如此多人的命运一夕之间发生 180 度的大转折，还没有一场考试与一个国家、一个民族的振兴联系得如此紧密。而重新加速祖国与民族腾飞、开启 1760 万青年志向与梦想的钥匙，正是这次 30 年前的高考。

这场考试，来得突然，虽让人有点手足无措，却迅速变成全民尤其是全体青年人的行动。当年，不管你是城市的下乡知青还是“社来社去”回乡务农的青年，不管你是当兵退伍的战士还是在工厂做工的小伙子，不管你是一官半职的乡村领导、国家干部还是街道的小摊小贩，也不管你是胡子拉碴手里牵着小孩的父亲还是刚刚毕业的中学生、想回炉的工农兵学员，也不管你是学生还是老师，突然之间，大家都可以为自己的命运做主了。在残酷的考试面前，尽管也只有一部分幸运儿直接受益，但这种公平、公开的方式即使对考场的失败者来说，也是欣然接受的，所有获得了考试机会的人没有理由不怀念这次考试。

这场考试不仅仅影响了一代青年的命运，更开辟了一个崭新的时代。我们看到，通过这场考试，全社会开始尊重知识与人才，陈景润式的科学家成为时代偶像；通过这场考试，全社会开始意识到知识的力量，“为中华之崛起而读书”成了时代的风尚。之后“科学的春天”到来、“科学技术是第一生产力”伟大论断的提出，使中华民族在世界舞台的声音越来越响亮，中国的年轻一代，也有了在世界舞台施展才能的机会，中国出现的可怕的人才断层，也因此很快弥合……

考试，不是一个让人爱的话题，但不管我们今天怎么看待考试尤其是高考，请让1977年那场让人怀念、让人感恩，同时也是竞争残酷的考试，成为我们心底不可磨灭的记忆！

（载2007年6月6日《长沙晚报》《三千功名尘与土——纪念恢复高考30周年特刊》）

勿忘卢沟桥枪声

卢沟桥，六七百年前即因杰出的建筑技术、美丽的风光、厚重的文化底蕴而名扬天下，自从乾隆爷为之题词写诗后，“卢沟晓月”、数不清的石狮子给人们带来安宁与祥和。

1937 年 7 月 7 日卢沟桥的枪声，改变了这种安宁与祥和。

这一天，日本人带着他们的野心、狂妄与强盗逻辑，提出要到中国军营搜寻“演习失踪的士兵”，借此发动全面的侵华战争。是可忍孰不可忍！在如此侮辱面前，血性的中华儿郎终于奋起抗争。北京不是东京，永定河不是日本的琵琶湖，卢沟桥与富士山更是风马牛不相及！驻扎在自己领土上的中国军队的军营居然被要求接受日本军队的搜查！“战死则荣，偷生则辱”，中国守军官兵发出了誓与卢沟桥共存亡的怒吼。从此，中华的英雄儿女，在各条战线上谱写着可歌可泣的英雄乐章。左权血洒太行以身殉国，张自忠身先士卒身中六弹壮烈牺牲，狼牙山五壮士把所有子弹射向敌人后视死如归跳下悬崖……

卢沟桥的枪声，不仅激起了中国军人的血性，更点燃了中华大地的全面抗日的烽火。中国人的心，早就被日寇的狼子野心撕开道道裂痕，卢沟桥枪响之前，业已到了忍无可忍的地步。“九一八”，日本人侵占了中国的东北，此次重施故伎，司马昭之心，路人皆知！“平津危急，华北危急，中华民族危急！只有实行全民族抗战，才是我们的出路。”中国共产党在“七七事变”后的第二天即发出通电，号召全国人民奋勇抗战。从此，中华民族找到了自己的脊梁与灵魂，中华民族最优秀的儿女，汇成气势磅礴的黄河大合唱，“坚持抗战，反对投降；坚持团结，反对分裂；坚持进步，反对倒退”，最后赢得了民族解放战争的胜利。

卢沟桥的枪声离我们越来越远了，卢沟桥的晓月、石桥上的狮子早恢复了原本的安宁与祥和，成了游人的最爱。游人中，有中国人、外国人，其中不乏日本人。今天的我们享受着和平的生活，但留在桥头的累累弹痕却是不能漠视的。牢牢记住落后挨打受辱的历史，紧跟和平与发展的时代主旋律，韬光养晦，重新找回中华民族的骄傲与荣光，这，就是我们永远要记住卢沟桥枪声的理由。

（载 2007 年 7 月 6 日《长沙晚报》《我是一个兵——纪念抗日战争全面爆发七十周年》特刊）

华北怒吼

这是一把振奋了一个民族的大刀，这是一把令侵略者胆寒的大刀，这也是一把沾满了中华民族之疼与悲的大刀。

这把大刀，无畏地挥舞在敌人的铁蹄之前，唤醒了坚船利炮也未震醒的睡狮，在我们这块古老的土地上激起了雄狮的第一声怒吼。

有了这把大刀，黄土岭骁将巧斩“名将之花”，平型关诸雄血拼东洋恶犬，铁道线编写了武工队出演的传奇剧，地道里造就了庄稼汉演奏的浪漫曲，在大刀的挥舞间，血色的土地上，低音、高音、A 调、B 调，声声吼向夺我家园的悍贼，步步踹向辱我同胞的强盗。

有了这样的大刀，有了这样的怒吼，有了这样的万众一心，钢枪铁炮也无法阻挡铁血男儿慷慨赴国难的勇气与脚步，中华民族的英雄谱中，又多了左权、包森和等一连串闪光的名字。

大刀血写了民族的豪迈与勇气，也血写了落后的教训与无奈。我们原本无需用血肉之躯与敌人的坚船利炮相拼，我们原可以凭 5000 年文明成果的骄傲拒敌于国门之外，我们原可以刀对刀、枪对枪地与强敌平等对话，然而，我们失去了太多的机遇，积累了太多的贫穷，面对用现代技术武装的强敌，我们只能用如此不对称的战法与敌周旋，大刀在与大炮的撞击声中，中华民族锻造着自己的民族精神。

失去的不等于放弃，大刀在大炮面前虽然是那么的不对称，然而，大刀战大炮所显示的勇气与英雄气概，是永不屈服的精神，是用自己的牺牲换取民族生存的精神，“大刀向鬼子们的头上砍去”，高唱如此惊天地、泣鬼神的歌曲，谁还能再麻木？谁还会再胆小？谁还会瞻前顾后？是的，大刀比不上大炮，大刀落后于大炮，但大刀精神却是不可战胜的，磨炼了这样一柄大刀的民族，是决不可战胜的。

因此，我们要为 60 年前的这柄大刀而歌唱。大刀作为武器，是没有多少威力可言的。然而，大刀作为精神，却蕴藏了无穷的力量。大刀精神已成了我们民族最可宝贵的精神财富之一。正是因为有了这种财富，凶残的敌人也不得不低下骄横的头，正是因为有了这种财富，5000 年的文明正继续着她下一个辉煌的 5000 年、50000 年。

（载 2005 年 8 月 15 日《长沙晚报》《铁血凯歌——纪念抗日战争暨世界反法西斯战争胜利 60 周年》特刊）

华东怒吼

不伤老百姓，不打自己人，兄弟同心，其利断金。在东洋人虎视眈眈的时候，在“攘外必先安内”叫嚣喧嚷的时候，在外敌已然酣睡在自己卧榻之侧的时候，我们这个经过了5000年文明洗礼的民族，在强敌面前，水火不容的兄弟摈弃前嫌，无论兵还是民，无论盟友还是政敌，血融到了一起，枪口对准了一个方向，明知退一步或可偷生，却义无反顾地冲向前方；明知孤军作战必败无疑，却毫不畏惧地战斗到生命的最后一息。

上海守军，人海填火海，以巨大的牺牲为保卫南京争取时间；败退之军，背水而战，为尊严不惜犯兵家之忌，失败、牺牲编织的华东抗日战场，一寸山河一寸血，八百壮士告诉了我们什么叫英雄气概；萧山令死后仍站在江中的身躯，告诉了我们什么叫不屈；张自忠将军的身先士卒，告诉了我们什么叫精忠报国。敌人的凶残，打碎了国人的一切幻想；同胞的鲜血，激起了全国军民抗敌的怒火；悲壮的失败，再一次向人们提示了一个浅显的道理：没有团结就没有力量。就在不可一世的敌人占上海、夺南京之后，中国军民终于用自己的团结，赢得了一场漂亮的胜利。无论是正规军还是杂牌军，无论是国民党队伍还是共产党队伍，大家不惜用自己的牺牲，为友军的胜利创造条件，于是有了徐州会战的精彩一笔，于是有了台儿庄的漂亮一战！团结就是力量，团结就是胜利，团结就是希望。

正是面对民族危亡的艰难困苦，中国军民悟出了这样的道理，士兵们才会唱着这样的歌走上战场。

今天的中国，早已不是60年前的中国了，经济建设已成了时代的主旋律；当今的世界，也不是60年前的世界了，和平与发展成了全球的主题。我们无需唱这样带火药味的歌走向世界，但仍需要我们回顾60年前那场战争的教训，仍需要我们重温这些老军歌。这种回顾与重温既是提醒我们勿忘历史，也在告诫我们今天保持忧患意识，指导我们思考明天。

（载 2005 年 8 月 15 日《长沙晚报》《铁血凯歌——纪念抗日战争暨世界反法西斯战争胜利 60 周年》特刊）

离奇药价害了谁

近年，药品推销圈子里出现了一句行话："开医院。"这句有点像"黑话"的行话是指药品推销人员（又叫医药代表）通过"孔方兄"的魅力，搞定医院上至院领导下至库管员的大小神灵，将自己推销的药品打进医院。包括满足这部分开支在内，5 元钱成本的药就可能被虚高定价到 100 元甚至更多，高药价便风行医院、药店了。离奇药价理所当然地引来社会的一片叫苦声、谴责声，不幸得病的人对此更是深恶痛绝。

其实，病人并非是高药价的唯一受害者。在销售者的推销环节中，医院是被"开"的对象，当人们把医院看成商人纵横捭阖的战场时，医院在社会上的崇高形象也就"走样"了，他们将失去"声誉""信任"这个无价之宝。

掌握开处方的医生，只有按某代表旨意开某剂某药，就可能在存折上多出几个阿拉伯数字，看上去他们只有收益，没有损失，其实他们也是捡了芝麻丢了西瓜。人们的意识里，一直把医生与天使、救命恩人联系在一起。然而，对于这些蝇头小利，一些人把"医生"给看扁了，扁鹊、华佗、白求恩们造就的白衣天使圣洁的形象就可能这么给毁了。

医药公司、厂家应在药价的飙升中弹冠相庆了吧？然而，据媒体报道，他们对高药价也是"恶言相向"，药品价格再怎么升，全"升"进各种"打点""关照""回扣"中去了，厂家、公司能分到几杯羹？医药代表也不是受益者，他们的收入与销售量挂钩，吃饭、养家、发财，全捆在销售额上。在激烈的市场竞争中，哪种手段有效就使用哪种手段，否则，你不用他用，倒霉的还是自己。为了多"开"医院，除了用"回扣"这一招，他们还得使出浑身解数求爷爷、告奶奶，低声下气，其中的甘苦，只怕也是一言难尽。

这样说来，高药价似乎只有绝对的受害者，没有完全的得益者。然而，药价的虚高，却又确确实实与医院、医生、厂家、销售单位或个人密不可分，他们何以像吸毒者一样明知有害却仍要吸毒？不少人已为之把脉问诊，众多病因中，无序竞争、暗箱操作是关键，只有揪住这个病根，下重药、猛药，或公开招标，或医药分离，或病人择医等等，才可将此怪病连根除掉。清除了离奇药价这个怪病，净化了我们的医药市场，就能还医院祥和亲切，还医生圣洁高尚，还生产销售者清清白白。这样，才能使患者放心地花该花的钱、吃该吃的药，也才能使整个社会的道德建设出现一扇风清日丽的窗口。

（载 2000 年 8 月 27 日《消费周刊》）

我的爸爸

长相忆，泪满襟。爸爸，您在天堂还好吗？两年前的那天早上，睡梦中您面带微笑，一声不吭离开我们后，我们无时不在想念您。

爸爸的温柔

1950 年，爸爸参军回来，被安排到商贸系统工作，二十出头就当上了供销社经理，却将一个小小供销社干得有声有色。可“大跃进”时因一句“亩产一万斤，鬼话”的右派言论，他被解甲归田，回乡当了一名生产队队长。从此，农忙时节，寂静的乡村一早准会响起他洪亮的声音：“出工了……”

爸爸常被人叫作“拼命三郎”，凡是他经手的事情，非干出个“人样”不可。他只有中等个，力气却超常，用“土车”运煤、到山上挑柴、去水田挑谷，他总是比别人的分量多出很多，为此挣的工分也多，别人说他力比牛大。爸爸从没歇息的时候，做完队上的事，回家就忙着种菜、浇菜，由于家乡石多土少，分外贫瘠，要有收获就得付出比别人多出几倍的劳动……

爸爸去世后不久，我从他过去一位同事那知道，上世纪五十年代，爸爸参加过修洞庭湖的“战斗”。那时没有现在的机器设备，靠的是十几万人肩挑手提。那年风雪很大，白天战天斗地后，晚上一场大雪就会将洞庭湖覆盖，早晨连路都找不到，爸爸每天自觉地起早床扫雪，一天早晨，也许是饥寒交迫，他昏倒在雪地里……但他的努力没有白费，他带领的那支队伍总是拼在前头，任务是完成得最好的，爸爸也因此火线入党。

如此硬、如此强的爸爸也有温柔时。那是上世纪七十年代初一个大年三十的晚上，爸爸在公社煤矿工作，负责用焦煤炼制硫黄，那晚正好轮到他值班（即晚上睡在厂里），因家里有事，爸爸要我代他。

半夜里，爸爸来了，坐在我的床边，很歉意地、温声细语地对我说："清满，你最听话最老实了，今晚还替爸爸守在这里，来，爸爸再给你两角钱（白天已给过了）当压岁钱。"说完，就塞给我钱，又匆忙走了。感受着爸爸如此温柔，眼泪一下子湿了我的被角……

1983 年，我考上大学，开学那天，爸爸背着我的被子、提着我的箱子，转几趟车将我送到大学。到校后，爸爸帮我开好床铺、挂好蚊帐，又出去帮我买生活必需品，甚至连女孩子用的东西也全买齐了，然后交代我什么东西放哪就走了，望着他离去的背影，我才感觉到，原来，爸爸是如此的温柔和细腻。

爸爸的沉默

爸爸过世两年多了，每当想起他，想起他的沉默，我的心就会隐隐作痛。爸爸曾能说会道。在同事眼里，是个"有水平的人"；在妈妈嘴里，是个"缝上半边嘴，都没人说得过他"的人。可退休后直到过世近 20 年，爸爸却变得沉默寡言，寡言到惜字如金的程度。我不明白，爸爸何以会这样。

爸爸年轻时因右派言论被解甲回乡，但他并没有因此而少说话。那时他领头的那个生产队有好几百人，经常会开会，一开会爸爸都要讲话，大到党的政策，小到社员工分分配、生产生活，总要滔滔不绝地讲半小时以上。据说，其声如洪钟，在没有扩音器、没有麦克风，甚至没有会议室的情况下，在偌大的生产队晒谷坪开会，坐在最后一排的社员都能清晰地听到他在讲什么。

1979 年，爸爸平反了，那时他已近五十岁。落实政策后，他被安排到乡（那时叫"公社"）政府工作，当了一名专门处理群众纠纷、家长里短的司法干部。这个工作更是让他的口才发挥到极致，据说，要离婚的夫妻在他的劝说下和好如初，几乎反目的婆媳在他的"批评"下情同母女，即将爆发的农村打斗事件在他的制止下平息下来。保一方平安成了他义不容辞的职责。为此，他是不管风吹日晒白天黑夜的，半夜有事，他也会赶赴现场。因为他雄辩的口才，加上他"不怕恶"的勇气，这个过去"不平静"的乡成了最安定的乡，司法工作年年都是县里的先进，爸爸也年年被评为县级或市级先进个人。

可就是这样一个爸爸，退休后到离世前，尽管耳聪目明，思维精到，却沉默寡言，你跟他说什么，他只简单地回答“是”或者“不是”，要不就是“嗯嗯”几句，“哈哈”几声。问他什么，他也不会过多地发表意见，妈妈说他“哑了”，老公说他“大智若愚”，这中间的变化如此之大，我却至今弄不明白为什么。

（载2012年2月28日《长沙晚报》）

只为他人着想的妈妈

“我的思念，是不可触摸的网……”每当想起妈妈，《心雨》的旋律便会在我脑海里萦绕。妈妈离开我已有五年。五年里，无论落寞还是高兴，我总会想起她。每每提笔想留下她的点点滴滴，却因为不可触摸的心痛而无从下笔。

妈妈身体本来很好的，在我印象中，没住过院。爸爸走后，她一个人在老家，种种菜，甚至还种了三分田，可是，那天中午，正在地里挖土种菜的她突然摔倒，然后头剧痛，不省人事，送医院开颅后再没醒来，同爸爸一样，舍不得和我们说上一句话，舍不得看上我一眼，就那么无声无息地走了。

妈妈个子高挑，大眼睛，很漂亮。年轻时她很活跃，常领着村里的少男少女上夜校，演节目，后来她还当上乡妇女主任。正要往县城调时，被外婆阻止。外婆理由很充分：女孩子不要在外抛头露面，再说儿子在城里做事，家里没人照顾。后来，外婆干脆要母亲去学缝纫，说“还是手艺靠得住”。

妈妈很聪明，衣服做得又快又好，十里八乡的人家都请她。上世纪七八十年代的农村，有一门手艺可吃香。在我童年的记忆中，妈妈每天一早就出门到人家去做衣服，晚上很晚才回家。回家后还要赶做别人送上门的衣料，一年到头，没一天不是忙着的。那时，我家的大年夜画面是：爸爸在热气腾腾的厨房准备过年的饭菜，妈妈则在冰冷的桌子前赶做别人过年要穿的衣服，其间不时有客人来我家陪母亲聊天，或拿走母亲为他们做好的过年新衣服，或者送来母亲为他们做衣服的工钱；我们几个小孩子则一会儿跑到厨房吃点东西，一会儿跑到妈妈身旁看她做衣服。

妈妈用她的手艺让我们过着比同龄人更好的日子，尽管我的家乡地薄人多，但我们小时候并没有挨过饿，因为妈妈朋友多，隔三差五的还有荤菜吃，每个季节都有新衣服穿。尤其是过年，妈妈总要给我们几姊妹每个人都做身新衣服，让我们高高兴兴漂漂亮亮地过年。

印象中妈妈说得最多的话是“进来坐一下咯……呷了饭再走咯”。我家住在公路旁，路过的人很多，且路过的人一般都和母亲熟。如果没急事，他们都会进来看看，母亲在家，他们就坐下来。这时候，母亲会要我泡杯茶，她自己则会给客人倒杯酒，然后继续做衣服。客人边喝酒边陪母亲聊天，不知不觉就到了饭点。

到了饭点当然要吃饭，蔬菜地里有，寻来便是；我家离镇上不远，十分钟就到了，母亲吩咐我们“去买点肉”，于是有荤有素，客人酒足饭饱后满意离开，下次再来。这种状况在母亲60岁后的居家日子里更甚。无论我什么时候回家，碗柜里都放着没有吃完的荤菜，一问又是昨天谁谁来过，亲戚朋友、街坊邻居都是她的客人。

60岁以后，妈妈基本上不怎么做衣服了。但赋闲在家的她并没有闲下来。家里客人多，外面要她做的事情也多。尤其是左邻右舍红白喜事总少不了她。她常常被人请去帮着张罗，甚至会不请自到。尤其是白喜事，一听谁家老了人，不管手头有没有事，自己身体好不好，她一准抬脚就走，她要去帮往生者穿好衣服，整理妆容。而这些，纯粹是帮忙。

我庆幸有这样的好妈妈，也心疼她的辛劳。甚至会埋怨：“你为别人做这么多，别人只怕都不当回事。”妈妈说：“你要人家当么子回事，帮他家做好了事，自己心安理得，这就行了。”这就是我的妈妈。一辈子只为他人着想的妈妈，一辈子从来不考虑自己的妈妈。

（载2017年3月27日《长沙晚报》）

父母要与女儿一起成长

14 岁的女儿在《给爸爸妈妈的一封信》的作文中，劈头就来了一句："明年就要步入犯了法得进劳教所的年龄了。""犯法""劳教所"之类犯忌的字眼，竟成了我眼中什么都不懂的"小家伙"介绍自己年龄的春秋笔法，真是吓了我一大跳！

但回过神一想，她能在信中这么表述自己即将的变化，明白人要对自己的行为负责，何尝不是一件值得高兴的事呢？

"小家伙"真的不小了。我似乎难以接受她的独立，她的逐渐不愿向父母问东问西。想当年，她还在我肚子里的时候，我为她想到的第一个名字是"依依"。虽然，我并不知道她是女还是男，但从不怀疑即将出世的她或他一定会"小鸟依人"般依偎在我的怀中，一定会喊妈妈做这做那，一定会跟屁虫般要跟着我到这里去那里。这种感觉在她出世以后真的实现了，我从这里体味着做母亲的快乐与烦恼。

突然有一天，女儿喜欢独自一人在家，不愿与父母一起上街，穿着打扮要自己决定了。对此，我有高兴、有失落、有遭"遗弃"的不快。这种感觉还没有平复，今天的小女，居然成熟得过分地谈起"犯法""劳教"这种深沉的话题来了。我的孩子到了该思考这种严肃话题的年龄么？我的孩子到了能理解这种严肃话题的年龄么？我没有想到，还没有做好准备，我真的不愿这么早就放弃母亲的那份呵护之责。

然而，她确确实实是这么写了。她为什么要这么写呢？朦胧中，我好像触摸到了她成长中的躁动、对未来的害怕与做人责任的觉悟。在接下来的叙述中，她确实表达了这样的倾向，而且处处显露出对自己成长的拒绝、排斥与无奈情绪。

字里行间，似乎在呼唤父母把曾经有过的那份亲密无间找回来，又似乎在要父母为她即将面对的一切注入理解、呵护、关心，其中有渴望，有无奈，也有勇敢的面对。小女长大了，我的母亲角色却还停留在十年前。

孩子会成长，其实父母也应该成长。小女虽是用刺眼的文字表达自己的成长与伴随成长而来的责任，她其实是在明白地告诉父母：她有是非观了！她有法律概念了！她有责任意识了！

我为什么要为她的成长害怕呢？我为什么要为她责任意识的觉醒害怕呢？

（载 2005 年 2 月 6 日《长沙晚报》）

因为爱，所以放弃

欣彤是我的大学学妹，1999 年毕业后去了人人想去的上海工作。早几年，她和一大学老师结婚了，丈夫有才有貌有涵养，日子过得富足而温馨，羡煞许多人。

坐在咖啡厅靠窗一个角落的桌子边，几句寒暄后，在咖啡的氤氲中，欣彤的思绪飘向了远方，悠悠地向我述说着那份给她带来快乐与痛苦、喜悦与忧伤、期待与失望，让她难以割舍却不能不舍的感情。当然，那段感情发生在婚内，男主角的名字叫“浩”。

相识，在公司招聘会

在原单位闲极无聊，2002 年，我参加了一个公司的招聘。报名的那一天，冬日的暖阳让人精神特好，我到公司时，报名点聚集了不少人，桌子后面坐着三四个招聘官。我将简历、身份证、学历证等递了上去，一个额头宽阔、五官娟秀、身材魁伟、态度亲和的人接过去看了看，然后说：“你是长沙的？”我好像突然听到了什么“弦外之音”，马上回答：“是的，您也是？”我得到了肯定的回答。他乡遇老乡，我们都很兴奋，就这样，我和浩相识了，我也一试成功。浩是我所在部门的主管，他为人特好，对我关爱有加，每遇业务上有不懂的地方，他都很耐心地给我讲解，甚至手把手地教我。我是个知恩图报的人，于是我有意无意地寻找机会关心浩。比如给浩送上一杯热茶，浩感冒了给他买来感冒药等等。这样一来二往，我发觉我越来越离不开浩了，我喜欢每天每时都看到他，我喜欢有他参加的任何活动。而浩也总能让人高兴，那年的情人节，浩买了一大束红玫瑰送给我，让我非常感动。

浩很讨人喜欢，尤其有女人缘，这和他对人体贴入微有关。记得有次部门聚餐，回单位要横穿马路，当时汽车川流不息，向来粗心的我差点被车撞着，浩本能地用手拉了我一把。当他那温暖的大手碰到我的手时，我有一种触电般的感觉。

相吻，在豫园长廊

我对浩的喜欢一发不可收拾。浩有一台属于自己的车，他每天开着这辆车上班，而这车开到公司就停在我办公室的对面。于是，工作之余，站在办公室凝望浩的车成了我每天必做的事情。我一看到那辆车就有一种莫名的激动：浩来了，浩就在公司，就在离我不远的办公室，这样我心里就会很踏实。如果看不到浩的车，我就会想：浩到哪里去了？是不是身体不舒服？这样我就会想方设法搞清楚，直到有了答案。不见浩，不见浩的车，我整个人有如一具行尸走肉，直到浩出现，我才会重新恢复活力。为了能更多地看到他，听到他，我像一个初恋的小女孩一样，千方百计地寻找机会，却又怕人（包括浩）窥见心中的秘密，于是尴尬也就成了在所难免的事。如常常电话打通了却吞吞吐吐说着一些连自己都觉得可笑的话；期待相遇，偶然相遇了却又呆呆地看着他，要么惊慌地想逃走。

自从对浩有了这种感情，我在不知不觉中就冷落了丈夫，原本幸福的小家就有了一些磕磕碰碰。一天傍晚，和丈夫吵过之后，我走出了家门，走在举目无亲的繁华都市，孤寂无助的我带着哭腔打通了浩的电话。浩以为发生了什么大事，立马赶到我的身边，我和浩边走边聊，不觉走进了豫园。在豫园的一个长廊上，我们坐了下来，聊着聊着，浩突然问我对他的感觉，我当然说“好”，这是肺腑之言。浩听着，似乎陶醉其中，好久没吱声，只是用他那温柔的眼睛凝视着我，然后捧着我的脸，说他也喜欢我。我当时惊慌失措，本能地想逃，但他吻住了我，深深地吻着我……相恋，避着所有的人。

那天，我失魂落魄地回到家，宽容的丈夫笑脸相迎，似乎全忘了刚才的争吵。晚上躺在丈夫身边，做贼心虚的我久久不能入睡，望着已进入梦乡的丈夫，我觉得好对不起他，平生第一次，我接受了他以外的另一个男人的亲吻，这是对他的背叛，他知道了肯定会离开我。而这不是我希望的，我还爱着他，更何况我们有一个可爱的儿子。我吻着熟睡中的丈夫，心里一千遍一万遍地对他说“对不起、对不起……”我也下定决心，不会有第二次了。可那一吻之后，我和浩的关系变得很微妙。他对我一个不经意的注视，就可以扰乱我的心智；一声深情的呼唤就可瓦解我的决心。我们常常通过互打电话、互发短信、上 QQ 聊天以诉相思。有时，我们也会相约共进午餐，或品茶喝咖啡，我们也彼此买礼物送给对方，浩的细心、温柔、多情、浪漫，给我带来了许许多多的惊喜和快乐，而我对浩的依恋和期待也与日俱增。我们好像是一对初恋但不宜露面的情人，享受着彼此给对方带来的情感上的快乐。

我沉浸在浩给我的情爱之中，自觉是全世界最幸福的女人。但每每冷静下来以后，对丈夫的愧疚之情也会折磨着我，我为他不平，我恨我自己。正因为这样，我和浩一直没有做出更加出格的事，我觉得，只要能和浩保持着这份感情，哪怕永远只是柏拉图式的，也是天底下最美妙的事情。

放弃，因为爱得太深

浩在单位本来就是一个人见人爱的帅哥，喜欢他的女人也不少。浩主宰着我的喜怒哀乐，我会因为他的一句情话、一条短信高兴几天，会在能见着他的场合精心打扮自己；也会因为他多望别人几眼或和别的女人谈笑风生而心生不快；甚至会为他没打电话给我而心情郁闷、大发雷霆……这些在他看来就有点“小气”“不可理喻”，他为此常常说我。这让我很伤心，我觉得他真的不懂我的心——一颗深深地爱着他的心，于是说他“太博爱”“不专一”，两人常常为此闹得不愉快。但这种不愉快常会在浩的宽容与对我百般呵护中化为乌有，我们一如热恋中的情人，每次吵过闹过之后都会和好如初，甚至感情更炽烈。

几年来，我一切以浩为中心。想他时，我可以对丈夫和小孩视而不见；为了他，我可以对丈夫说谎、可以放下小孩不管；为了和他约会，我可以不见远道而来的同学。我没有了自己的理想和追求，也疏忽了丈夫和儿子！每当冷静下来后，我会恨这样的我，我会为这样下去所产生的后果而战栗。我试着改变，但每次一见到浩，我就会心慌意乱，什么改变都不可能了。我知道这是在自囚、自囿、自掘坟墓，这份不该有的爱情之火总有一天会灼伤许多无辜的人，我不想这样。

有人说时间和距离能使人忘记，我决定离浩远一点。于是，今年3月，在没有告诉浩的情况下，我回到了长沙，换了手机，进了现在的公司。我希望，我的决定能给自己、给浩一些独立思考的空间；也希望浩明白，我的离开是因为我对他爱得太深，我不希望给他带来更多的困扰。让我们彼此将对对方的感情，藏在心灵深处吧。

（载2006年6月24日《长沙晚报》，笔名月光）

纸　包

对于九十年代出生的小孩子来说，恐怕不知道纸包是什么意思，但在我们这些三十多岁人的记忆里，纸包总与热闹的过年紧紧联系在一起。

小时候，过年了，妈妈的柜子里慢慢积满了好吃的。那时，好吃的东西一律用一种草纸包着，外边还用绳子扎得牢牢的。纸包里的东西很诱人，冰糖、蛋糕、雪枣、香芋条……要买这些东西，爸爸妈妈往往要排上好几个钟头的队。等这些纸包买齐了，妈妈才长长舒口气，哪包送三姑，哪包送六舅，仔细地分好，然后讲一长串听不太懂的大道理，千叮咛万嘱咐我们姊妹几个别偷吃了。

每天经过柜子，那香喷喷的气味真馋人，不到过年，不要说吃，就是看看这些纸包都不容易啊！不能偷吃，嗅嗅、摸摸总可以吧？为了避免馋嘴的坏名声，总是等到没大人时，迅速打开小柜摸摸这些大大小小的纸包，一次、两次，不能偷吃的教训还能在耳边回响，三次、四次，小手指就忍不住在纸包上掏个小洞，然后用指尖在里面打几个滚，沾点甜粉放在嘴里噙着，顿时便觉得美味无穷。慢慢地，我们胆子也越变越大，有时竟敢勾出一小块冰糖什么的，躲在角落里迅速消灭。为了这么一次冒险，挨骂挨揍当然是免不了的，但到了第二年，身上的疼痛早已忘记了，纸包里那些甜甜美食的巨大诱惑却是眼前现实，于是又情不自禁地背着爸爸妈妈勾出些来品尝，不过，这偷吃的水平却逐年提高，戳的小洞决不再出现在正面，每次也决不偷吃同一个纸包，不知是爸爸妈妈假装不知，还是我们的技巧太高，自从采用这种“游击”战术以后，很少挨父母训斥了。

当我把自己五六岁时的这些往事讲给自己六岁的孩子听时，她像在听什么传奇故事。这也难怪，如今的孩子，花花绿绿食品袋装着的食品想吃就有，他们怎能理解他们的父母亲当年的那份艰难呢？

（载 1997 年 3 月 3 日《长沙晚报》）

说“逍遥”

躺进山林田野逍遥自在地写些妙语宏文，发些“奇谈怪论”，这是以庄子为代表的中国古代文人们的人生理想、生活方式，他们构筑了中国传统文化的一道炫目风景，影响了一代又一代文化人。

庄子十分潇洒地议论过“逍遥”：“逍遥于天地之间而心意自得。”他甚至还专门写了《逍遥游》这种汪洋恣肆鼓吹逍遥的奇文。在他的理想中，人只有追求逍遥，才能过上赛神仙的日子。庄子不仅写逍遥文也做“逍遥人”，他不只一次放弃升官的机会，把织草鞋谋生、借粮米度日、著书立说修身的无拘无束的逍遥日子看得比自己的生命还重要。他的思考，他的探讨，他的奇文，处处闪烁着一位智者的超然，一位哲人的深邃，一位文人的机敏与幽默。在我们历数民族传统文化瑰宝时，总少不了提到庄子。

走进传统文化的大厦，逍遥文人带给我们一种全新的感受：其精神风骨分明告诉我们，他们尊尚、追求的逍遥其实只是表达了一种人生理想。把逍遥描绘得美轮美奂的庄子，真要是那么逍遥放浪，他留给我们的那一篇篇绝世奇文又如何能诞生？显然，庄子并没有把自己置于人类社会之外而逍遥自得，他只是抛开了现实的喧嚣，潜心挖掘着自己智慧的宝藏，他选择的是一条用自己的睿智与奇才思考社会、探讨人生的与众不同的奋斗之路，否则，他只会像某些世外高人、桃林隐士那样，浪得虚名，不会为我们这个民族留下任何可供传承的东西。

许多过来人都知道，在史无前例的“文革”中，知识分子队伍中也有一批既不参加东派也不参加西派，一度被称为“逍遥派”的人，他们是庄子的现代注脚。这些人在政治狂热浸入到每个角落的年代里，坚守着自己的工作岗位，潜心于自己的专业研究。拨乱反正，当科学的春天重返神州大地的时候，他们在逍遥日子里默默播撒的种子，成为这个春天里最早一批开花并结出的科学之果。把“逍遥”戴到知识分子头上，决非这个词本身显示出来的那样轻松愉快。中国知识分子的“逍遥”，反而意味着对事业的孜孜追求，对自己言行的苛刻限制，对人生价值的深沉思考。

一个国家，一个民族，不能缺少气吞山河、治国平天下的栋梁之材，也不能没有远弃浮华、穷宇宙天地人生玄妙的超然之士。做后者，就得多些“逍遥”，看淡现实社会的回报，让自己的价值在民族前行的列车中闪光。

（载 1997 年 8 月 3 日《长沙晚报》，笔名月光）

梦中堤坝

我童年、少年时生活的地方，出门便是山。中学时读范仲淹的《岳阳楼记》，怎么也想象不出“衔远山、吞长江，浩浩汤汤”的气势，只是觉得洞庭湖很遥远，范老先生的文章很美。没想到，长大后我居然做了洞庭湖人的媳妇，一次又一次地走进洞庭湖，走进水绕堤圈的圩垸，感受了那被称为生命线的堤垸对于生命的意义。

从小山区到大湖区，第一次的感觉是新奇而难忘的，但我的这个第一次却没有与《岳阳楼记》中描写的洞庭湖对应起来。那次的洞庭湖之行是在冬季，冬季的洞庭湖中到处是裸露的湖洲，被湖洲分割开的湖水像山区一条条小溪般窄狭，只有略为宽阔一些的湖面在寒风中翻起小涟漪，时远时近的堤坝，似乎随船变形，蜿蜒曲折，不见头尾。下船登堤，走过长长的湖滩，才到堤上，伟岸的堤坝对于湖水，就像巨人对于侏儒。当我得知小山一样的堤全是用泥土夯筑，泥土是人们一肩肩挑出来时，十分纳闷，湖水这么低，堤筑这么高，有这个必要吗？丈夫告诉我，只有冬季，湖水才这么平静，一到春夏，尤其是夏天，水不仅会淹没湖洲，还会涨得与堤坝齐高，甚至会漫过堤坝，垸内人民的生命财产，就靠这些人工夯筑的土堤呵护着。

一个湖水猛涨的夏季，我又一次来到了洞庭湖，湖中的“小溪”和平坦宽阔的湖洲不见了，在堤上，湖水伸手可及，湖面比垸内农舍的屋顶还高。曾给我伟岸印象的堤坝，此时竟像个弱不禁风的女子背着几百斤的麻袋，战战兢兢，随时可能被压扁。1996 年夏天，我为之提心吊胆过的一段堤坝，终于在洪水的挤压下溃决了！住在垸内的兄弟姐妹们也因“决口”在水中浸泡了三个多月！命虽保住了，好不容易攒下的财产却原原本本地还给了洞庭湖。

虽然有人把一年高过一年的洪水归罪于圩垸太多，但谁也不愿意把贡献了无数财产的圩垸还给洞庭湖。人类与自然在洞庭湖堤坝上你抢我夺的故事还要一代一代演绎下去，高大的土堤虽然呵护了一代又一代湖区人，但土堤毕竟是土堤，洪水不时通过浸润、冲击撕开一些缺口，毁人家园，噬人生命。曾亲睹过荷兰拦海大坝的丈夫，念及老家泥土筑的湖堤，不觉异想天开：说要把我娘家房前屋后的石头山搬到洞庭湖去，用石头筑起洞庭湖区的拦湖大坝，永葆“鱼米之乡”平安富饶，而抬升湖水的湖洲泥土，也可回填到挖掉的石头山去造新的良田！这虽有点像“白日做梦”，但仔细一想，这又何尝不是一个美妙的设想？我们的祖先不是用最原始的方法，一砖一石砌出了万里长城？而荷兰人不也用石头、钢筋水泥造出了海水都冲不垮的拦海大坝！

今年夏天，洞庭湖的堤坝又一次承受了水的狂放，百万军民用自己的血肉之躯，守护千里湖堤度过了一个又一个险关。我们在为之感动的同时，多么希望我们的大堤少一些险情！多么希望有一个让人放心、让人安心的坚固堤防！梦中堤坝虽只是浪漫的想法，但我们坚信，这样坚固的堤坝一定会矗立在八百里洞庭！

（载1998年9月6日《长沙晚报》，笔名月光）

九、点滴思考

规避新闻报道负面影响的几点认识

关于负面新闻，南京大学新闻传播学系教授张威在《比较新闻学：方法与考证》一文中有过这样的阐述："负面报道"聚焦于那些与现行社会秩序和道德标准相冲突的事件以及一切反常现象，一般说来，犯罪、性、丑闻、事故以及自然灾害等事件，往往是其报道重点。孙卫华先生则在《关于"负面新闻报道"的理论辨析》一文中指出，作为一种过于模糊、宽泛的概念，"负面新闻报道"这个提法已不足以应对复杂的现实，学者视野中关于这类新闻的论述，需要一种更为细致、具体的视角。这两种观点虽然有明显的差异，但就界定的对象来说，都是指新闻事件本身。

笔者认为，如果学者们对于负面新闻和正面新闻的认识是基于对新闻事件本身特质的界定，那么，新闻本身的性质是媒体无法改变、无法制造的客观存在。我们应该怎么对待"负面新闻"呢？如果我们把眼光盯在新闻事件本身就事论事，很难给人满意的回答。正面新闻不一定都是正面的效果，负面新闻也不一定完全是负面的影响。在研究这一问题时，我们试着跳出新闻事件本身，从新闻产生的效应或影响对其进行审视。

（一）新闻效果的两重性

新闻报道不但要真实反映舆论，而且要正确引导舆论。由此出发，无论正面新闻还是负面新闻，对其加以宣传报道，就是要达到正确反映舆论、引导舆论的目的。根据这一原则，新闻的导向性是第一位的，事件本身也要以导向为依归，从新闻产生的效应看，新闻事实本身并非唯一决定因素。

正面影响并不是正面新闻的专利，正面新闻如果把握不好，出现夸大、失实、失当等也会产生负面效应或影响，即使好的动机也会产生不良的社会效果。如一篇关于重庆市容清管站负责人获得"全国五一劳动奖章"殊荣的报道，有的媒体制作这样的大标题：《“粪头”的情怀》。“粪头”是什么？是旧社会对掏粪工的蔑称，用一个蔑称来称呼这位劳模是否合适？显然，采编人员本意是将其作为典型人物、高扬主旋律的正面新闻推出的，但如此不当处理，一个很有典型意义的新闻人物，反会成为街谈巷议的笑柄。

与此对应的是，报道负面的东西不一定是在“找茬”“添乱”，负面影响不是负面新闻的专利，负面新闻处理好了，完全可能收到满意的正面效果。在首批全国文明城市评比过程中，呼声甚高、倾注了大量人力、投入了相当多财力的长沙市与金牌擦肩而过，对长沙广大干部群众来说，不能说是好消息。在处理这一新闻时，《长沙晚报》不是就事论事，发一条小消息就算了，而是针对市民情绪沮丧甚至发牢骚的情况，在第一时间推出系列评论《文明创建参与为荣》《百姓受益是最大的欣慰》《不甘人后再创辉煌》，入情入理地回答了应怎样对待长沙落选，以及今后文明创建工作怎么做的问题，不仅提升和统一了人们的思想认识，而且还激发了干部群众克服存在问题、瞄准先进、推动文明创建工作再上新台阶的热情和干劲，成了新一轮文明创建的再动员，社会效果十分明显，得到中宣部的充分肯定。当然，负面新闻虽不是洪水猛兽，但是，如果片面消极地反映阴暗、没落、腐朽，大肆渲染凶杀、抢劫、吸毒、暴力、色情，热衷展示落后、贫穷、困顿等负面新闻，使人与人之间没有诚信只有藩篱，使世界好像已到末日，谁能有安全感？谁还愿意谈远大理想、努力奋斗？毋庸置疑，负面新闻本身包含的潜在或可预见的负面影响是远远高于正面新闻的，但即使如此，此类负面新闻也含有不可替代的正面效应，如警示社会，震慑犯罪；针砭时弊，监督检查；端正视听，防止讹传等。

因此，就新闻事件本身来说，无论正面或负面新闻，都可能包含了正面或负面影响的要素，对这种新闻两重性的把握水平，是检验新闻工作者职业水准、政治素质的尺度之一。

（二）新闻负面效应产生的几种原因

根据正面新闻、负面新闻两重性的特点，我们认为，新闻的影响与效应是衡量一个新闻事件该不该报、报道角度是否合理的关键所在。为了有效规避新闻负面影响，首先应找到新闻负面影响出现的原因。我们认为主要有以下几点：

1．媚俗。媒体把环卫劳模称为“粪头”，把因触电而死的人比喻成“烤鸭”，更令人不能容忍的是，江苏一名行人因头部惨遭车轮碾压而亡，某报竟称之为“中头彩”。为了迎合一些人的低级趣味，把恶心当有趣，把灾难当生活调料，媒体不是肩挑道义易俗，而是迎合低级趣味去媚俗，好的新闻资源被糟蹋，负面影响是显而易见的。

2．臆断。这是正面报道出现负面影响的重要原因。新华社“舆论引导有效性和影响力研究”课题组的问卷调查显示：68%的被调查者认为典型报道的主要问题是“都是优点，没有缺点”；61%的被调查者认为是“模式化、概念化”；50%的人认为是“空话、套话多”。这种宣传，表面上可能是正面影响，实际上是严重影响人们对优秀人物的认可，如果人们总以怀疑的眼光看待模范人物，能说这种宣传带来了正面影响？这种隐性的负面影响后果更严重。

3．过量。有人就某省会城市5家综合性日报的负面新闻进行了统计，5家媒体5天的负面新闻184条（仅指省内负面社会新闻），平均每家约35条，有家报纸社会新闻版有一天几乎全是负面报道。一条新闻常常同时成为数家媒体的报道对象，若被网络转载，就会很快成为全国多家媒体的报道内容。一件很小的事，因高频率出现在媒体，可能成为负面影响很大的“大事”；如果大众从媒体接受的新闻信息大多是负面的，效果可想而知。过量的负面报道，编辑的处理手法再高明，也不可能期望有什么好的正面影响产生。

4．跟风。当前，媒体的竞争日趋激烈，新闻资源却有限，在激烈的新闻大战中，编辑记者往往为得到一条意想不到的新闻而兴奋，也常常因为漏掉一条新闻而沮丧，有时还会受到来自本报的批评。缺少个性和独家新闻意识的办报作风，很容易使受众产生信息接收疲劳，因而对千篇一律的新闻产生排斥感。这种排斥感的后果是，整个媒体魅力消减乃至丧失，于是乎出现了所谓“看小报不看大报”“看副刊不看头版”“看标题不看内容”的说法，其负面影响不容忽视。

5．猎奇。媒体并不一概排斥猎奇，但缺少科学精神的猎奇，就可能出现负面影响，诸如“78 岁老太怀孕”的消息漫天飞，最后闹了场笑话，其产生的负面效应可能是整个媒体信誉的下降。

（三）规避新闻负面影响的“两个效应”

要规避新闻负面影响，方法当然很多，针对上述负面新闻产生的原因，我们主张媒体从营造以下“两个效应”入手寻求解决之道。

1. 营造负面报道的“警钟效应”。负面新闻不是不能报道，它本身是无罪的，关键是看你怎么去报，抱着什么态度去报。负面新闻的罪名正与媒体对此类负面新闻的取舍、量的把握、编辑不当造成负面影响大有关联。如媒体对犯罪新闻的报道，有的热衷渲染犯罪细节、犯罪手段，这种渲染，无形中成了诱发犯罪的因素。美国广播公司对 100 名青少年罪犯进行研究，其中 22 人说他们是模仿电视上的犯罪方法。华盛顿大学的一项调查发现，在因暴力罪入狱的男性犯人中，有 1/4 到 1/3 的人承认他们在犯罪时曾有意识地模仿影视片中的暴力犯罪手段。显然，媒体报道犯罪新闻时，如果渲染细节，可能被人模仿，因此，安全预警、提醒防范，应该成为犯罪新闻报道的主要视角。其他负面新闻的报道也应采取同样的方法，如有关饥荒、贫困、灾难、战争的报道，渲染血腥残酷的一面不能当成报道追求的效果，而是要让人们从血腥残酷中发现应该吸取的经验教训，让这样的新闻起到“警钟长鸣”的作用。

2. 营造正面负面新闻相互比照的“镜子效应”。正、负面新闻作为对立的两方，媒体适当的取舍与编排，有意识地使之像镜子般相互比照，这就是我们所谓的“镜子效应”。

《长沙晚报》作为市委机关报，坚持以正面报道为主的方针，多次强调要适度控制负面新闻，舆论监督做到“有利（有利于改进工作）有度（有度就是不集中）”，批评报道后要注意推出正面典型。如 2006 年二三月间《长沙晚报》在推出有关长沙出租车行业常见病 5 篇批评报道的同时，推出了一些正面典型，如长沙市十张笑脸之一、出租车行业代表李大庆《你微笑我快乐》等。正负互为镜鉴，读者在正负对比中更好地观照出落后与进步，同时促进了有关管理部门的工作。2006 年 4 月 11 日特大涉黑案在湖南娄底开审，《长沙晚报》既在重要版面报道了这起“被告人数最多、涉案罪名多、犯罪事实多、出庭律师多、庭审时间长”的湖南最大的涉黑案，又在同日的同一版面配发了《对涉黑者的另一种审判》的言论，在同一版面上将有关黑恶势力的负面新闻报道与言论互相观照，使读者更清楚地认清了黑恶势力的真实面目，提升了负面报道的正面影响力。

综上所论，我们认为简单地排斥负面报道，是不符合实际的，而应从影响或效应的角度研究规避新闻负面影响之道。

（载《新闻战线》2006 年第 6 期）

利用批评报道进行舆论监督的几点思考

舆论监督是当前新闻学研究中的热门课题，一般说来，批评报道总是把“不好”的东西揭露给人看，会触及一些人或一些部门的名誉与利益。新闻舆论监督并不等于批评报道，但批评报道是实施新闻舆论监督的基本方法和基本手段，也是人民群众借助新闻媒体行使当家做主权利、表达不同意见、抨击社会丑恶现象有效、直接的形式。如何利用批评报道有效地行使舆论监督，笔者将之归纳为如下的“五个一”，敬请方家指正。

首先，克服一种认识：强调舆论导向会削弱批评报道的威力。

“舆论导向”是我国新闻工作者从新闻实践中提炼并经实践检验的新闻学概念，它强调在宣传报道中弘扬主旋律、正面报道的重要性。1989 年以前，我国传统的新闻学理论教科书中还没有“新闻舆论导向”这一说法，1989 年春夏之交的政治风波中，新闻舆论对当时社会局势所起的作用被广大新闻工作者切身感受到了，经过江泽民同志的概括，“新闻舆论导向”这一说法逐渐升华为理论概念，并反复出现在党的各种文件中，成为新时期我国社会主义新闻舆论工作的一条基本准则。

批评报道作为新闻报道的方式之一，以直面生活、针砭时弊见长，强调在撰写或发表批评报道时要注意导向，是否会改变批评报道的这种特色，从而削弱其舆论监督威力呢？是否背离了新闻报道客观、真实的规律呢？回答是否定的。必须指出，社会主义的舆论导向不是刻意“作假”“作秀”，而是选择角度、方式、时机、范围的问题，而批评报道也不是为批评而批评，为曝光而曝光。可以说，公开或撰写批评报道时的所谓“导向”，是要求报道必须考虑以何种方式针砭时弊才能更好地促进社会的稳定和事业的发展，并不是要求对腐败与社会丑恶现象不痛不痒地、避重就轻地轻描淡写，因而不仅不存在削弱报道本身威力的问题，而且有益于增强其社会影响力。

其次，牢记一条原则：批评报道须讲党性。

批评报道要不要讲党性？回答是肯定的。批评报道要显示导向性，但向何方导，则是由新闻工具掌握在什么人手中决定的，这就是党性。西方国家对新闻舆论界有“第四势力”之称，所谓第四势力，是指独立于立法、司法、行政之外的一种社会力量，不承认党派性，对不知内情的人有极大的迷惑，因此常听到一些对西方“新闻自由”的溢美之词。事实上，西方的所谓“新闻自由”，不过是在不损害他们所谓“价值观”前提下的自由，他们允许在媒体上公开骂总统、揭权贵的隐私、恣意攻击政治对手，但在出现根本价值观对立时，统治者决不会给对手“说话”的机会。以美国为首的北约攻打南斯拉夫，为何把导弹射向南斯拉夫的电视大楼？唯一的原因就是从这里发出的声音充满了对美国、对北约的揭露与抨击。事实再次证明，美国等西方国家标榜的所谓新闻自由，只不过是一个美丽的神话与公开的谎言。美国社会学家菲利普斯就一针见血地指出：“实际上，新闻媒介是阶级价值观和业主与赞助商经济利益的人质。美国的新闻是由大跨国公司制造的。”

因此，无论是无产阶级政党还是资产阶级政党，无论是社会主义国家还是资本主义国家，对新闻舆论导向均有据自己价值观确立的标准，并不遗余力地推行。西方国家不仅在对内舆论中攻击社会主义国家，更是凭借其经济实力，建造了许多专门针对社会主义国家的舆论进攻阵地。技巧上，他们以貌似客观、公正的报道博得听众的认同感，而骨子里却在这些报道（经其精心选编的）中处处透出体现其价值观的导向意识，如美国通过媒体对我国所谓人权问题、西藏问题、宗教问题、窃取核机密问题等一波又一波的舆论攻势，或无中生有，或夸大其词，极尽“妖魔化”社会主义中国之能事，企图把世界人民引导到仇视社会主义制度的阵营中去。我们是共产党领导的社会主义国家，理所当然地有我们自己的党性原则，党的三代领导核心毛泽东、邓小平、江泽民都强调过新闻讲政治的重要性，并提出了政治家办报的观点，旗帜鲜明地宣称舆论宣传是“党和人民的喉舌”，是为党和人民鼓与呼的前哨阵地。强调新闻舆论的党性原则，过去、现在乃至将来都是我们社会主义新闻事业的灵魂，开展批评报道进行舆论监督，岂能丢掉这一灵魂？因此，1989 年江泽民同志在总结该年政治风波正反经验教训后说：“舆论工具不掌握在真正的马克思主义者手中，不按党和人民的意志、利益进行正确的舆论导向，就会带来严重的危害和巨大的损失。”当然，我们强调自己的党性原则，无须像资本主义国家那样制造耸人听闻的新闻来达到黑白颠倒的目的。

第三，掌握一个规律：批评报道与正面报道“相得”才能“益彰”。

无数新闻实践经验证明，舆论监督中的批评报道只有与正面宣传有机地结合在一起，才能更好地发挥其社会效益。正面宣传是指那些弘扬主旋律的褒扬性报道，其本身包含着对假丑恶的鞭挞与批判，而揭露假丑恶的批评性报道又强烈地表现对真善美的呼唤与渴求。如在新闻实践中，当我们揭露拜金、利己、享乐主义沉渣泛起时，又大张旗鼓地推出了徐虎、李素丽等无私奉献的先进典型；当揭露陈希同、王宝森等贪官污吏时，又及时对李润五、孔繁森为代表的一心为民的公仆进行大力宣传。这样，一方面为反腐大造了舆论，一方面又为倡廉高唱了颂歌。一正一反、亦破亦立，以立为目的，使人们从中看到积极向上的精神风貌仍是当今社会的主流。这种对同一类事批评与褒扬并举的方式，即将批评报道与正面报道成功地融汇到一起的方式，既鞭挞了丑恶，又避免了“洪洞县里无好人”之嫌，让人们在得到教训的同时又看到希望，这样的舆论，在社会上产生的良好影响是有目共睹的。

因此，我们在围绕某一事件或人物开展批评时，切忌就事论事，论完了事，还要通过这一件事旁及这一类事，使受众从这一类事的正反对照中分辨是非，将受众的意志向积极方面引导，在这种舆论氛围中开展的批评性报道才能更好地达到批评本身所要达到的激浊扬清、弘扬正气的目的。

同样，我们在坚持以正面宣传为主的原则下，也要不失时机地对老百姓痛恶的阴暗面进行抨击，不能把“用正确的舆论引导人”视为一味的歌功颂德，而是客观、公正、真实、全面地反映问题，只报喜不报忧，决不是正确的舆论引导。在极左思潮泛滥的年代，我们的宣传机器不加鉴别地哄抬指标、放“卫星”，给党和政府的决策带来了极大的负面影响，普通群众的高烧也越烧越大，而当时的一些清醒的声音、切合实际的意见却被视为异端邪说，根本没有发表的地方。这样的新闻报道貌似大力宣传伟大成就，实际上是祸国殃民。因此，我们必须吸取历史教训，引导舆论时，既要有大量的正面报道，又要给批评报道应有的位置，用批评报道提醒人们不该这样做，用正面报道引导人们应该怎样做，二者相得益彰。

第四，明确一种责任：维护社会稳定。

目前社会上流行这么一句话："不怕上告，只怕登报。"这句话充分说明了传媒对社会的影响力、渗透力。众所周知，新闻舆论具有广泛、公开、及时的特点，能触及社会的方方面面，能将局部发生的事迅速地传播开来，这是其他任何社会监督所不能比拟的。江泽民同志在 1996 年 9 月视察人民日报社时就明确提到"舆论工作就是思想政治工作，是党和国家的前途命运所系的工作"。从新闻实践中可以明显体会到，针砭时弊的新闻报道，能十分迅速地在普通老百姓中流传，并使复杂的问题较快受到相关部门重视，从而给问题的解决带来契机，使普通百姓真真实实地感受到有了"出气的地方"，如中央电视台的《焦点访谈》节目，自从该节目确立敢碰硬、敢讲真话且曝光的问题能迅速解决的形象后，到该节目组投诉、上访的络绎不绝，有人将之称为"国务院第二信访办"，誉之为"国家级的流动法庭"，有人甚至情不自禁地将之比作"焦青天"。据内部工作人员介绍，现在每天通过电话、信件、电子邮件乃至亲自上门等方式的上访人数多达 1000 多位！在党和人民的心目中树立起为改革开放呐喊助威的良好形象。就连很少题词的朱镕基总理去年 10 月在视察该节目组时也欣然挥笔，赠给编辑记者们四句话："舆论监督，群众喉舌，政治镜鉴，改革尖兵。"因此，以传媒为载体的舆论监督，尤其是批评报道，虽只是社会监督体系中一个小小方面，但因有独特的影响力，其不仅成了监督公共权力、遏制腐败的有力武器之一，而且还是保障公民权利免受强权侵犯的"温控器"，亦可以说是健康社会肌体的防腐材料。早在建国初，邓小平同志就指出"报纸最有力量的是批评与自我批评"，他在《在西南地区新闻工作会议上的报告》中提到"很多地方看到报纸批评了的做法，就秘密地改，这就是报纸的作用"。因此，我们深感批评报道虽只是舆论监督的一种具体行为，但其产生的影响可能是全局性的，新闻工作者的责任是极其重大的，对于有良知与社会责任感的新闻人来说，在运用批评报道实行舆论监督时，既要做到事实无懈可击，又务必要有所侧重。批评不是投人所好，不是张一己私欲私利，不是求轰动找岔子，而是为了缓解矛盾、化解情绪，让人们从反面的教训中得到正面的经验。故新闻工作者在进行新闻报道时要有"反面文章，正面收口"的意识，把体现社会正义、维护社会稳定排在首位，力戒猎奇、哗众取宠的做法，真正做到"铁肩担道义，辣手著文章"，使报道产生良好的社会影响而不给社会添乱。江泽民同志曾对新闻工作者语重心长地谈到：“舆论导向正确，是党和人民之福；舆论导向错误，是党和人民之祸。”对于社会主义的新闻工作者，这是不可或忘的，忘记了这一点，就是忘记了自己的社会责任，不仅批评报道如此，正面报道也是如此。

第五，发挥一种优势：党的领导。

社会主义的新闻事业是中国共产党领导的新闻事业，有西方国家无法比拟的政治优势。在中国共产党的领导下，利用批评报道进行舆论监督至少有四点优势。

⑴党的领导使批评报道有了发挥作用的政治保障。批评报道不是为了发牢骚而是为了解决问题，中国的实际告诉我们，没有党的领导这便成了空话。有的基层干部对上搞信息封锁，新闻报道往往能突破这种封锁，突破之后，党领导的其他监督，如党内监督、法律监督就有了介入的线索，否则，新闻舆论影响虽大，如没有党组织去解决反映的、曝光的问题，这些报道只会成为人们茶余饭后的谈资，不仅批评的意义失去了，批评本身的威信也会慢慢丧失。

⑵党的支持有助于批评报道采编成功。目前，用批评报道进行舆论监督的环境相对宽松多了，珠海甚至出台了我国第一部专就舆论监督而立的地方性法规。但对于媒体来说，批评报道仍是“难度高、麻烦多、风险大”的工作，往往费力不讨好，说不定就捅了娄子、惹上官司。有的地方官甚至认为批评性报道是给自己抹黑，千方百计干预阻挠，如湖北某县级市电台 1998 年计划播出批评报道 40 期，由于领导的干预，仅播十余期便作罢。另据 1998 年 10 月 19 日《中国新闻报》消息，《重庆商报》记者赖迎春在正常采访中遭无端殴打致伤；北京电视台记者赵俐燕外出采访被扣押；甚至中央电视台的记者在进行批评性报道采访时也遭冷遇。正是因为有中央、省市各级党委的支持，尽管此类事件时有发生，但各级新闻单位还是能顶住压力，深入采访，不时推出了一些批评性报道。

⑶党的号召有助于形成强大的舆论攻势。宣传舆论是一个大的系统工程，在我国只有中国共产党才有将其调动起来的力量。如对“法轮功”邪教组织的揭批，在个别媒体发现其伪科学本质并加以曝光时，受到“法轮功”练功者围攻。在情况不明时，各媒体并未自觉声援。自从党中央做出取缔该

组织的决定后，一股对“法轮功”的强大舆论攻势逐渐形成，影响遍及全国城乡，广大干部群众也从中受到一场深刻的无神论、反对伪科学的教育。假如没有党的号召，这种有利于倡扬文明、有利于社会良好氛围的舆论就难以一下子形成规模。

⑷党的指导可提高新闻单位选准重大决策与群众批评最佳结合点的水平。《经济日报》总编辑艾丰同志提到，最有效力、最有影响力的群众监督“是通过舆论监督来实现的”。而群众监督是保证我们的国家制度的有效性、保证党和政府的各项政策得到正确贯彻的重要条件之一。怎样才能使舆论阵地充分体现“上情”与“下情”？最好的方法便是在党委统一领导下，通过小型“吹气会”“政策讨论会”把政策吃透，记者在深入实际调查时，就能有的放矢、发现问题，就能紧紧扣住当前中心工作，营造有利于当前工作的舆论氛围，也能将群众反映强烈、政府着力解决的问题抓准并披露出来，这种最佳结合，一般容易调动各方面的积极性，使问题尽可能快地得到妥善解决。

因此，就具体批评报道而言，是报道者一个人的行为，但要使这种个人行为成为社会意志与社会行动，就必须服从党的领导、接受党的指导。利用批评报道开展舆论监督时更是要充分意识到这一点。

（载《湘潭大学社会科学学报》2000 年第 3 期）

经济新闻要大胆引进“包装”理念

经济新闻难写难编难让人满意，是采编人员常有的感受。特别是地方报纸，由于受地域影响，记者的视角和认识都受到局限，经济新闻报道更容易陷入外行看不懂、内行不愿看的窘境。

其实，经济活动与人们的生活紧密相联，只要脱离枯燥的说教、脱离成绩汇报、脱离产品推介、脱离枯燥的数字，经济新闻就会引起普通百姓的关注。根据多年从事晚报经济新闻版编辑工作的体会，笔者认为经济新闻在自我突破方面不妨大胆地借用时下流行的“包装”理念。

所谓“包装”，就是用人们喜闻乐见的形式提高对经济新闻内容的关注。“包装”这个概念被广泛运用在产品的宣传与明星塑造上，目的是引起人们对产品或明星的关注，诱发人们的消费欲望与欣赏热情。经济新闻通常被认为是“硬”新闻，专业化、理论化特征明显，一般读者感到难以亲近，好的“包装”就是要使“硬”新闻以“软”的形象出现，提高读者的关注度与阅读兴趣，但这种改变只能是一种“包装”，不应使经济新闻失去它的“经济味”。笔者认为经济新闻包装应注意以下四点：

用“小角度”包装“大题材”

“横看成岭侧成峰，远近高低各不同。”不同的角度往往会形成不同的见解，得出不同的结论。经济新闻尤其要特别注意角度的选择。经济新闻的大题材、重要题材多，但又往往没有时政新闻那样的动态感，没有社会新闻那样的趣味性，没有娱乐新闻那样的愉悦感，更没有突发性新闻那样的震撼力。对一般百姓而言，尽管题材大而重要，如果没有从百姓的切身利益出发，没有选择他们喜闻乐见的角度进行报道，就不可能使其产生亲近感，也就无法激发出读者的阅读热情。

现在，各媒体同题新闻、重复题材很多，即使经常变换角度，也容易出现雷同现象，使受众产生阅读疲劳。笔者在编辑实践中发现，重大经济新闻题材，应该从小角度切入，角度越小则重复的可能性越低，由于角度出奇往往独具个性，令读者耳目一新。

改革开放以来，社会进步，经济发展，无疑是值得不断宣传的大主题，如果不精心选择角度，很容易将此类新闻写成工作汇报或成就展示。近年来，不少媒体都在尝试创新。如《长沙晚报》的《经济·生活》版策划的连续报道“从身边的变化看长沙市民生活质量的提高”，就通过一个很小的角度演绎了一个并不新颖的经济新闻主题，采编人员“力图从市民生活的一个个小侧面展现长沙老百姓的幸福生活”。报道的开篇之作《从吃口味到吃品位》，就是切入点小而立意很高的报道，读者反映相当不错。老百姓从对身边小事的不注意到经媒体点拨而感知，就会真切地体会到自己确确实实在分享改革开放成果。

这种角度小却立意高远，日常生活里反映大变化和大主题的采编思路，就经济新闻而言，需要采编人员贯穿一种创新意识。

用“局部”包装“全局”

地方媒体只有立足地方才有存在的理由与发展空间。笔者认为，地方报纸报道的新闻事件，就应该向地方倾斜，但不能把自己的视野局限在“地方性”上，就经济新闻而言，更需要有全国眼光，从全国着眼从当地着手，才可能采编出大气的报道。

经济新闻往往与重大事件或重要政策的宣传紧密联系在一起，配合党的重大政策进行舆论宣传，是新闻工作者义不容辞的职责。问题是，如何使这种宣传达到最佳效果？除了转载中央媒体的重要报道，以期将中央政策原原本本传达给人民群众外，地方报纸更需要通过组织有地方特色的新闻报道，加深人民群众对重大政策的理解。

今年，中央1号文件公布前后，从中央到地方，建设社会主义新农村一时成为热门话题，不少媒体抓住这一热点，或发专文或辟专栏，讲解、宣传建设社会主义新农村的重大意义。长沙晚报则在今年春节期间，抽调精兵强将，派出30余名记者分成6个组深入长沙所辖长沙县、望城县、浏阳市、宁乡县四县（市）及市内五区，以党的十六届五中全会提出的新农村建设20字目标为指导，围绕长沙“十一五”规划纲要，结合长沙实际，走访数百户农民家庭，从建立新机制、发展新产业、培育新农民、建设新风尚等入手，迅速推出了五篇《情系热土·长沙建设社会主义新农村调查报告》（其中很多内容就是反映农村经济发展的经济新闻），报道推出后，得到了社会各界的好评。

长沙发生的事，对于全省、全国而言，是地方性的，而建设社会主义新农村，则是全国性的大事，两者就是局部与全局的关系。老百姓通过局部的发展现状与目标，得到的是对全国性的社会主义新农村建设的印象，全局在局部的报道中得到了直观的反映。

这就是笔者所主张的用“局部”包装“全局”，实际上就是主张经济新闻的采编人员站在全国的高度立意，而用本地活生生的新闻事例将这种意图传递给受众。

用“道理”包装“事件”

强调经济新闻的社会化、生活化，是为了使具有专业特色的经济新闻更好地走近百姓。经济活动无所不在地影响着现代人的生活，经济新闻是一座富矿，有丰富的新闻信息来源，关键是记者、编辑如何敏锐地把读者关心的新闻找出来。

如针对停车难这一社会现象，《长沙晚报》组织了“关注长沙停车经济”系列报道，并做了《长沙部分停车场改作他用》《让变性停车场变回来》等舆论监督报道，这些报道分析并回答了老百姓关心的“为什么停车难”“怎样解决停车难”这个“难”字，但也并不是停留在“难”字上，而是同时分析了其中的商机，讲出了许多大家不太注意的一些道理，报道推出后，不仅社会关注，而且促成了有关部门的介入，让变性停车场真正变了回来，同时也使一些商家意识到了其中的商机，产生了良好的综合效益。

这些从老百姓的日常生活中抓出来的经济新闻，新闻事件成了记者表现自己观点的素材，如果单独报道一下这样的事件，由于事件本身大多是人们习以为常的小事，即使引起受众的兴趣，多半是以看热闹的心态来了解。然而，经过经济新闻采编人员包装式的分析与组织稿件，人们从小事中发现了大道理，小事也升华成了重头新闻，无形中提高了事件的“分量”和经济新闻的魅力。但这里，“小事”因“道理”而变大，“道理”因“小事”而变亲切。这种从新闻事件中提炼出深刻道理的报道方式，正是经济新闻不同于时政新闻、社会新闻的地方。采用这种“包装”方式，经济新闻既保住了自己的专业特色，又具备了某些时政新闻的动态感、社会新闻的趣味性。

用“人”包装“物”

经济新闻容易被生产要素中“物化”的东西牵着鼻子走，一不注意就写成了工作总结、产品推广，见物不见人，而老百姓更喜欢有情感色彩的新闻。要写出有情感色彩的经济新闻稿，人的要素是不可或缺的。有了人，就会有情感、动感，就能带出故事，就容易吸引读者眼球。

经济新闻要改变见物不见人的老套路，写出人的个性、人的活动、人的感情，即使写经济指标，写经济活动，也要找出能揭示经济规律的“故事”，达到透视经济生活的目的，以增加报道的亲切感和亲和力，让读者在有趣的阅读中引发思考并从中得到启示，这样的成功例子不少。《中国经营报》的《与老板对话》栏目，通过访谈形式，使业界有头有脸的高层人物走到了普通读者面前，从这些人物的“谈话”中，读者不仅了解了人物本身，也通过人物了解了企业或行业的情况；而《广州日报》的《创业者》《小本创富》《三人行》等栏目，紧抓经济活动中的人物，甚至是小老百姓，写出了经济新闻中的情感色彩，使普通读者感到亲近而有借鉴意义。《长沙晚报》的《经济·理财》版开辟的《理财故事》专栏，专门报道普通老百姓的一些理财故事，如《越是老百姓越要理财——一个普通家庭主妇的理财经历》、《大学脱贫，从科学理财开始》等报道，就深受读者欢迎；该报《经济·生活》版的《财智人生》专栏，报道长沙有影响的经济人物，写得有血有肉有感情，拉近了本地高层经济人物与普通百姓的距离，反响也很不错。这些专栏报道的人物就在读者身边，通过介绍这些“熟人”的创业经验，让读者在体验他们创业艰辛的同时，学习他们的创业技巧，再现他们的财智人生，读者看了报道既有愉悦感，又有所启迪、有所收获。

但经济新闻的写人，立足点还是要在“经济”二字上，否则，可能写出的是社会新闻、人物专访，因此，我们主张用“包装”的理念来表现经济新闻中的人，也就是说，表现的是“人”，落脚点却是为了突出经济。这样，经济新闻才能保持经济本色。

事实上，要把经济新闻包装好，远不止上述四个方面所能涵盖，比如，突出报道对象“过程”、提炼报道中数字的形象化要素、适当运用新闻漫画解读经济事件、通过强化服务加强与读者的互动以及在标题、版面、专栏上多动脑筋等观点，无不是“包装”经济新闻的好方法。总之，凡是能让经济新闻以深入浅出的内容与形式走进老百姓阅读生活中去的好办法，都可以视为一种“包装”手法，在这方面有广阔的探索空间。

（载《新闻战线》2006 年第 4 期）

试论经济新闻与人文关怀的四个链接点

新闻的人文关怀问题是近年新闻研究中一个颇受关注的热点课题，经济新闻的人文关怀也在这种氛围中受到越来越多研究者的关注。人类的生存状态，从人类诞生那天开始，就与今天被称为经济活动的领域不可分离；采集、渔猎、耕作以及商品经济出现后的交易活动等等，其本质都是经济活动，也就是今天我们所谓经济新闻关注的对象或包括的内涵。显然，经济活动实际上与人的生存状态有天然的联系，那么，传媒在采编经济新闻时，就不可避免地要触及到人以及人所关心的经济问题。

（一）注意大政方针式经济报道与受众的“共鸣点”

宏观的、事关国计民生的经济新闻在经济新闻报道中占有很大的分量，其中包含的政策性、导向性内容非常多。由于受这种新闻报道对象本身特点所限，表面上看起来，往往与一般大众的具体生活有一定的距离，其实，这种距离感的出现，并不是报道对象自身的问题。

惯常编发这类稿件的一个误区是，宏观经济报道必定大而全。事实上，再大的问题，与普通百姓的生活总是有着直接或间接的关系，关键是我们的新闻工作者是否善于找到宏观的大政方针与老百姓生活的“共鸣点”，把报道的主题与读者熟悉的生活、感兴趣的事是否进行了巧妙的链接。

中央电视台的《经济半小时》是目前影响大、很受读者欢迎的专门的经济新闻节目，该节目在上世纪80年代末的初创时期叫“综合经济信息”，后改版为“经济半小时”。这种改变，除了形式创新，最精彩也最受观众欢迎的地方是内容贴近生活、贴近群众，在对大的经济政策、大的经济事件进行报道时，主持人不再是仅仅向受众提供经济信息，而是从身边的小事说起，通过聊天谈话、讲解剖析的方式把经济工作的大事要闻告诉观众，这就让观众将自己的切身利益与大政方针找到了结合点，就容易产生共鸣。

在这方面，《长沙晚报》也有成功的探索。2007 年 10 月，党的十七大胜利召开，这无疑是全国上上下下所有人关注的热点。为让长沙老百姓更好地了解十七大精神，《长沙晚报》根据十七大报告中的一些新提法，特别策划了《贯彻十七大开启新征程/长沙事说新语》专版，连续七天推出，每天两篇，每篇都以“报告新词”“长沙故事”“权威点评”等生动活泼的形式解读各种新提法，如 10 月 23 日第一篇《“翻两番”，由“总量”到“人均”新目标让人民享受更多实惠》。“报告新词”：人均 GDP 到 2020 年翻两番目标首次在党代会报告中出现；“长沙故事”则是写一位年轻农民工凭着自己的好手艺在外打工，过上了惬意的生活；“权威点评”：《“人均”：更高目标的小康》，通过专家点评，将十七大报告中的新提法、新目标很好地与长沙实际结合起来。与此同时，根据十七大提出的发展目标，按照长沙市委、市政府关于“又好又快、率先发展”的要求，长沙市人均 GDP 到 2020 年要达到 46800 元左右，长沙的任务还很重。随后又相继推出《从“增长”到“发展”确保经济质量，体现科学发展观》等可读性强、政策性很强的经济报道，既为百姓解读了十七大报告，又将报告中关于经济工作的新政策和长沙的实际很好地链接起来，拉近了十七大报告与长沙百姓的距离。

因此，我们认为，媒体要达到党和百姓所期待的宣传效果，在宣传报道经济政策时，除了按要求刊登完整的文本，也可以从人文关怀的角度策划、编排一些报道，找准“党的要求”和“群众需求”的结合点，让大家在认识上产生共鸣。受众一旦从这种人文层面上得到精神的激励和满足，这种宣传就会出彩、出效果。

（二）微观经济报道要发掘有普遍意义的百姓“关注点”

大政方针式的经济报道是森林，我们提出要“小”，要见树木，但在报道一些小的微观经济新闻时，我们发现只注意“细节”与“小”，却又会使经济新闻失去自身特色与价值，微观经济新闻报道，如果天天盯着百姓的柴米油盐，“贴”是贴近百姓，“关”是关注民生，但这与经济新闻的人文关怀其实是两码事，如果没有找准关注点，没有深度，没有普遍意义，微观的经济报道就可能变成鸡毛蒜皮的小新闻，就不能产生其可能产生的最大影响。

《长沙晚报》近年编发的一些新闻，就有意在这方面动了一些脑筋。如，面对燃油价格节节攀升的势头，很多长沙市民都在想办法节约能源，减少支出，一些市民把目光投向价格较为平稳的电力，开始用电力作为替代能源。针对这种现象，《长沙晚报》经济部记者写了两条各1200多字的稿子：《长沙生活能源逐步多元化》和《今冬用电更划算》，于是，编辑大胆将之作经济版的主稿，并做了《节约开支，长沙人“弃气选电”》这样的直白标题，而将《今冬用电更划算》改为《湖南电力供应平稳》作配稿，且只发了400多字，旨在告诉市民，电暂时可放心用，因为“今冬湖南电力供应平稳”。

经济新闻的“人文关怀”，不是说关注一些老百姓的琐事，从老百姓的日常生活中发生的新闻，经济新闻与社会新闻一个最大的不同点应该是，社会新闻更多的是寻找其中的人文价值与社会价值，而经济新闻更多的应该是透过人文现象观察这些现象在经济层面上的普遍意义，从而找到解决问题的办法与方式。

（三）热门经济新闻报道要有社会“立足点”

今日之中国，经济新闻在媒体受到的关注度是随着市场经济的发展而不断强化的，热门经济新闻报道，总是能引起社会的广泛关注。这种关注，正是经济新闻受到各家媒体重视的原动力之一。那么，我们是否就可以用一种非常简单的方式将这种“热门”新闻信息通报给大家就满足了，还是要将这种“热门”信息传递新闻人更多的新闻表达与社会关怀呢？我们的回答是后者。

这些年，我们的经济生活中，关于股票、基金无疑是最热门的话题，各媒体均不惜版面关注这些话题，这类报道一般非常注重服务性、指导性。毫无疑义，这种新闻素材必须注重服务性、指导性才会受到投资者的青睐，但由于这类新闻的专业性，一般老百姓要看懂也有相当的难度。如果我们的报道不放下架子，就势必造成读者阅读上的障碍，新闻人的新闻表达与社会关怀、人文关怀就会脱节。尤其是地方媒体做这类报道，很容易形成不专业、不权威、读不懂的状态。通过实践，我们认为，媒体在保持服务性、指导性的同时，如何形成各自特色，通过特色表达自己的新闻思想，并由此赢得读者或观众，其实有很多文章可做。《长沙晚报》财经版曾推出过一个专栏，叫“股海神聊”，该栏目通过“苏娭毑（娭毑，长沙方言，奶奶的意思）”的视角，把老百姓在股海中的酸甜苦辣用智慧、诙谐的方式呈现在读者面前，其中一些故事更是将人生历练融入其中。这种方式，使高深莫测的股市平民化、通俗化，栏目找到了小老百姓的关注支点、理解视角，在《长沙晚报》股民读者中产生了很大影响。苏娭毑也因此被股民推崇为炒股“专家”，经常有人向她讨教“股经”，《长沙晚报》的这个栏目，也在眼花缭乱的财经报道中有了自己的读者群。

以普通人视角把严肃的经济话题社会化，让百姓精神状态与经济题材结合起来，热门经济新闻就有了自己的社会立足点，人们既看到了新闻中的“经济元素”，又可品出新闻作品的“人文情怀”，新闻人的责任与专业意识因此而得到升华。

（四）深度经济报道要激出思想的“兴奋点”

深度报道，是经济新闻的一大特色，深度报道往往有强烈的学术表达倾向，而经济新闻的这种“学术性”最能显示经济新闻采编人员的深度与水准。这样的报道，最吸引人的地方在哪里？笔者认为，就是其中包含的思想火花。

目前，我国正处在社会转型期，社会政治、经济、文化发展过程中，社会内部的一系列深层次矛盾逐渐表现出来，矛盾的核心与解决问题的终极手段其实就是经济问题。经济新闻深度报道不能仅仅满足于经济事件本身以及经济事件的表面报道，就事论事，而是要把报道对象放到全局整体的大环境去思考和把握，要通过其经济地位去揭示普通人的人性价值、生命尊严和人生的意义。这就需要思考，即把报道的触角深入到社会的层面上，进行多角度、多层面的考察和报道，媒体用新闻形式把这种思考进行传播，然后与社会一道找到解决问题的办法。这就需要“思想”，而这种思想就一定可激起读者的阅读兴趣。

《二十一世纪经济报道》《南方周末》《经济日报》等平面媒体长篇大论式的经济报道不时出现在他们的版面上，除了文风活泼，语言通俗易懂，注意突出人情味，笔者认为最吸引人的地方是报道中不时闪烁的思想火花与直面矛盾的勇气。

《长沙晚报》在经济新闻深度报道方面也进行过有益探索，如在经济报道中不再满足于报道单个信息，而是体现深度报道信息多元以及信息密集的特点。如去年《关注长沙停车经济》一组5篇系列深度报道，记者将长沙“停车难”置于改革开放、人们生活水平提高的背景中去思考问题，回答了老百姓关心的“为什么停车难”“怎样解决停车难”，这个“难”字突出另外什么商机等问题，产生了良好的效果。让读者不仅看到了问题的存在，更看到了问题产生的原因，并对解决问题提出了可行的建议以及解决办法。在通篇报道中包含了众多的信息，呈现出信息密集的特点，突出了报道的深刻性。

总之，经济新闻有自己的特点，但经济新闻也可以从人文关怀角度找到自己的新闻表达视角，尤其是今天，由于市场经济体系和道德规范的冲击，更需要我们从这个角度表达经济新闻对建设和谐社会的价值。

（载《中国地市报人》2008年7月）

发掘热点新闻背后的新闻

《长沙晚报》有一个受读者追捧的名牌版面叫《城市·热读》。该版是《长沙晚报》作为机关报党报抢占市场的一个创举，借以让党报在零售市场与其他市场报竞争。《长沙晚报》自2004年初开办《城市·热读》（原名《今日热读》）版至今，在坚持正确舆论导向的前提下，以发现热点、追逐热点，深入发掘热点新闻背后的新闻为追求的目标，以“热门、鲜活、有味、充分、贴近”为宗旨选编稿件，取得了明显的热读效应。工作实践中，我们觉得要做好这个版，达到吸引读者的效果，要从以下方面着手。

盯“可读”点，做深度报道

数字化传播时代新型媒体的快速发展，受众品位的提高，使深度报道越来越受到欢迎。因为对非突发性事件如社会现象、社会问题的报道及深入发掘，是都市报晚报的专长。虽然网络上的受众能自由地占有大量信息，但由于普通受众缺乏对信息的新闻敏感，尤其是缺乏宏观把握、对信息材料的过滤和二次加工能力，故不可能对掌握的信息进行深入准确的了解、获得“新闻背后的新闻”，有时因了解不深和不准，可能对新闻事件产生误读。《长沙晚报》正可利用自己的专长和优势，经过自己的深入了解，对受众从其他途径获得的感兴趣信息做全面、准确、深入的报道，既可以吸引其“进一步了解”的读报欲望，又可以正确引导舆论。但这样的报道必须注意可读性，否则，别人嚼过的馒头会让人倒胃口。

所谓可读性强，通俗点讲就是稿子要“有味”，要让人读起来非常顺畅，能情不自禁地读下去，从中得到阅读的愉悦，并受到某种启迪。要达到这个目的，所选的稿件就必须有细节，有情感，有故事，行文活泼，生动有趣；深度报道还有一个要求，就是必须“鲜活”，要有动感，时效性要强，尽量避免静态的分析性的东西，让整个版面充满活力。

2006 年 10 月 13 日，厦门大学教授、中央电视台《百家讲坛》主讲人易中天来到长沙，因为他是长沙人，又是目前的“学术明星”，其回到家乡讲学关注度肯定很高，那天的热读版于是拿出了一个整版来做有关他的报道，记者根据他的讲课，写出了一篇 3000 多字、可读性非常强的深度报道《易中天：月是故乡明》，写易中天在长沙的“五品（品长沙、品三国、品批评、品知青、品明星)”，让读者从“五品”中全方位了解了易中天，看了很过瘾。

2006 年 11 月份，本报记者去北京出差，无意中了解到奥运会场馆建设 90% 的防水工程由长沙的一家公司承包，公司中大部分是湖南人。与奥运会有关的新闻都是读者关注的热点新闻，何况这个新闻还与湖南长沙有关？于是，记者兴趣大增，利用余暇时间去采访，写出了《湖南人为“鸟巢”做防水》的长篇通讯发在当月 10 日的热读新闻版，文中写到了承包公司为如质如量如期完成任务，让“鸟巢”等奥运场馆“滴水不漏”，如何拿出自己的看家本领，如何克服常人难以想象的困难的故事，其关注度、可读性和贴近性都很强，很受读者欢迎。

2006 年 3 月 1 日，文化部等部门下发的新的《娱乐场所管理条例》开始实施，规定每日凌晨 2 时至上午 8 时娱乐场所不得营业，这对于将娱乐作为夜间主要休闲方式的长沙市民，无疑关注度很高、影响很大，反响也很大。当天的热读版除发了长沙市文化局就这个条例的实施召开有关部门会议的消息《凌晨 2 时，娱乐场所打烊》外，还就“娱乐场所如何界定”“限时经营影响有多大”采访了相关部门和市民，既就条例中有关规定向市民做了解释，又将各界的声音客观报道出来以供有关部门参考，产生了很好反响。

重“关注”度，做组合报道

在信息多元化、媒体多样化的今天，报纸在“快”的方面不如电视等媒体，但完全可以在“全面、丰富、多维”上做文章。因此，对于有关注度的新闻，我们的做法就是做“充分”，从不同角度、不同侧面对新闻事件进行全方位、多角度、多观点、立体化的报道。然后不惜版面，广为搜罗，力求将与此相关的群众欲知的信息（如前因后果、背景材料、有关链接等）一网打尽，让读者看完报纸有一种“吃饱喝足”的满足感。

2006年11月9日，世卫组织将审议并通过中国政府推荐的陈冯富珍为世卫组织总干事。这条新闻在当天无疑是关注度很高的新闻。陈冯富珍是个什么样的人？为何会推举她任世卫总干事？世卫总干事是做什么的？这些问题读者都想了解。而8日晚上的新华社通稿并没有很详细的介绍，于是热读版编辑广泛关注当晚外地报社传来的交换稿，并请本报信息员与外报联系，如有这方面的报道，请他们全部传过来。功夫不负有心人，《广州日报》、《竞报》等都传稿过来了。热读版编辑以新华稿消息为主稿，将《广州日报》、《竞报》的稿合为一篇大通讯，然后链接新华社以及《竞报》有关世卫组织的一些相关知识，以《中国女性将执掌世卫》为总题，做出了一个版“陈冯富珍”。报纸面市后反响很好，有读者说看了这个版“很解渴”。

2006年11月下旬，中宣部等给2006年全国见义勇为英雄及先进工作者等颁奖，这条消息白天新华网就有了。我们了解到本报曾报道过的湖大有一个学生被授予全国见义勇为英雄，另外还有两个湖南人被授予见义勇为先进，于是我们的记者马上连线这几位英雄和先进，做了三条“回访式”报道，并在回访稿中对其英雄事迹进行了回放，让读者对其前因后果有所了解。热读版编辑晚上将新华稿的消息编发，并配以和湖南有关的奖项作链接，形成一组非常大气而有关注度的组合式报道，在同城媒体胜出，得到新闻阅评员及读者好评。

找“贴近”性，做关注民生的报道

贴近有时间上的贴近和地域上的贴近。现代社会，人们的参与意识增强，报纸不能忽视受众“想参与”的主观需求。《长沙晚报》热读版就常常主动策划或刊登一些互动性强的贴近性报道，这些报道的社会效果特别好，读者咨询电话不断。有时，我们也主动策划一些互动性强的报道，如《八千湘女要出回忆录》，请知情者提供信息和报道等。通过此类报道，以期引起读者的关注和参与。

2006年3月底，离高考只有两个多月的时间，此时，有好多寒门学子在为即将面临的高考而争分夺秒，又有多少父母怀着比孩子还焦急的心情在为高考而忙碌，他们有无助、有惘然甚至有冲突。热读版总觉得要为他们做点什么。此时，本报驻株洲记者写来了一篇关于一位重病母亲在陪伴女儿走过高考前的200个日日夜夜的日记成书出版的报道，文章介绍了一个可敬母亲怎样抱病陪伴女儿，在女儿情绪不好朝她发火时又是怎样“忍气吞声”，将对女儿的“不满”和“呵护”写在日记里，最终使平时成绩并不优秀的女儿考上理想大学的故事，看了很感人，也让人震撼。这样的新闻，无疑将对处在茫茫然中的其他家长会有帮助，这些家长也会欢迎这样的稿子。热读版编辑如获至宝，将文章以《重病母亲写下陪读日记——一位母亲用心记录陪伴女儿走过高考前的200个日日夜夜的历程》为题刊发，文章一出来，本报电话不断，有问书哪儿有买的，有问这位母亲的家庭地址想去取经的，还有纯粹赞美加祝贺的……同时，此文在中央电视台经济频道3月21、22日《第一时间》栏目的马斌读报时间，都进行了介绍，一篇文章在央视同一节目连续两天报道，这是很罕见的事，可见这篇报道的特别之处。

我们也注意发一些比较典型的，同情弱者、重视人文关怀的报道，如《12岁女孩泣血救养母》，报道了一个弃婴被一对好心夫妇收养，可养父前年去世，养母又不幸患上尿毒症的故事，引起读者共鸣，很多好心人向她捐款捐物，伸出关爱之手，使陷入困境中的小女孩再次感受到了人间的温暖，也暂时走出困境。类似报道还有一些，也产生了同样效果。

为做好互动性，我们也主动策划了一些活动和报道，如2006年2月份的“长沙白领交友节”，7月份的《唐山，不能忘却的纪念》特别报道征文等，并将活动或报道的重头篇目放在热读版，增强了热读版的活力，也为晚报的后续报道赢得了大量的新闻资源。

觅“趣味”角，做健康有益的报道

现代社会节奏很快，人们的工作生活压力都非常大，因此，人们很需要媒体多提供一些轻松愉悦的东西，热读版对受人关注的、使人愉悦的热点新闻从不放过，紧追不舍。

2006年4月2日，2006年超级女生长沙赛区开始接受报名，当天，湖南广电召开新闻发布会。这是一个关注度很高的娱乐界盛事，无疑也是热读版要做的题材。3 日，该版即以《2006 年超级女生开唱》为题进行了大篇幅报道，版面上有新闻发布会的消息，有长沙赛区报名现场的情况，还有主办方首次公布的去年《超级女生》赢利情况的稿子。长沙赛区五强产生后，热读版又跟进做了一个版的专访《听“超女”讲成长故事》。10 月份，2006 年度超女产生，热读版以《冠军：尚文婕》为题进行了总结性报道。可以说，这些报道产生了很好的效果，让报纸赢得了大批年轻的读者（超女粉丝），全国总决赛结束后，超女来《长沙晚报》接读者热线，那天，长沙晚报门庭若市，就是证明。

2006 年 11 月，省会有家媒体报道了宁乡一敬老院为一对特别的居民举办婚礼的五六百字的消息，晚报当天没发。第二天，记者以新婚第一天，新娘一清早起床发喜糖为新闻由头，写了一篇两三千字的通讯，通讯中详细介绍了 58 岁的新郎和 38 岁的、只有 0.7 米高的新娘的坎坷人生经历，以及他们相识相爱、生活中互相关照的一些生动有趣而又感人的故事（如妻子夹不到饭桌上的菜，丈夫帮她夹；妻子迈不过坎，丈夫抱她过去等），热读版编辑以《0.7 米高袖珍女喜结良缘》为题将此文刊发，并配发了三张照片，产生了很好的效果，当天的新浪、搜狐等门户网站首页争相作头条进行了转载，各网站的祝福帖共有几千条，同时国内多家报纸、电视台都进行了报道。

2006 年 1 月 3 日，热读版刊登了《华裔亿万富姐回国征婚——称要找一位接受了中国传统教育的优秀男士》一文，从报纸面市的第二天开始，半个月内不断有人打电话到本报编辑部，都是询问亿万富姐有关情况的，一篇报道能引起读者如此兴趣，产生如此长时间的关注效应，这是热读版编辑很感意外的。

（载《新闻战线》2007 年第 3 期）

从调查到决策

——毛泽东同志留给我党处理现实问题的法宝

江泽民同志曾指出："历史经验证明，各种问题的解决都取决于正确的决策，而正确的决策来源于对客观实际的周密的调查研究。"（见《湖南日报》1993 年 7 月 6 日第一版）并进一步指出"没有调查就没有决策权"，号召"要在全党大兴调查研究之风"（见《湖南日报》1993 年 7 月 6 日第一版）。这里的历史经验就是一代伟人毛泽东同志和他的战友们为我党留下的。重温这一历史经验，对于我党在改革开放形势下如何领导全国人民建设社会主义，仍有十分重要的现实意义。

（一）调查研究——一代伟人的卓识

毛泽东同志从青年时代开始，就把了解社会、了解中国摆在头等重要地位，在他半个多世纪的政治生涯中，从现实社会中寻求解决中国革命和建设中现实问题的方略，是他十分重视、经常应用的重要方法。正如《十一届三中全会以来若干历史问题决议》所指出的那样，"毛泽东同志从来反对离开中国社会和中国革命的实际去研究马克思主义"。因此，在他的领导下，我党每决定一件大事，事先都有周密的调查研究，并在反复实践和调查的基础上不断完善方针、政策。

1927 年，在大革命失败、秋收起义受挫后，毛泽东同志在井冈山落脚。其实，在这历史性抉择之前，他进行了广泛深入、多次的调查研究。毛泽东同志在《井冈山的斗争》一文中介绍了这一情况。"整个罗霄山脉我们都走遍了，各部分比较起来，以宁冈为中心的罗霄山脉中段，最有利于我们军事割据。"（《毛泽东选集》第一卷《井冈山的斗争》）因有了这一科学决策，革命的红旗才在井冈山高高飘扬。上井冈山后，为寻求适合中国国情的革命道路，在极其艰苦的环境下，毛泽东同志对湘赣边界各县又进行了广泛的调查，并亲笔整理了宁冈、永新两县的调查报告。在大量调查研究的基础上，1928 年 10 月毛泽东同志在湘赣边界的第二次代表大会上，提出了“工农武装割据”的光辉思想。稍后，又提出了“农村包围城市”这一富有创造性的理论。从此，毛泽东创造的中国特色的革命道路：农村包围城市，武装夺取政权的道路，就这样从革命斗争、中国社会的现实中确立了。

革命战争年代，毛泽东同志运用调查研究这一方法，加上马克思主义的科学分析，为党制定了许多成功的政策；革命胜利后，毛泽东同志曾把进入北京城比喻为“上京赶考”，为了有一份满意的答卷，让全党适应战略上的转移，他仍将调查研究作为了解新情况、处理新问题的一大法宝。面对建国后许多纷繁复杂的关系，为探索一条适合我国国情的经济发展道路，1956 年 2 月开始，毛泽东用了一个半月的时间，听取中央 34 个部门的工作汇报，还亲自参观了工农业生产现场，查阅了国内外大量的图书资料，最后形成了至今仍有重大指导意义的《论十大关系》。这一光辉文献，对解决社会主义革命和建设中一系列复杂问题起了相当重要的作用。

毛泽东同志之所以比他同时代的人更有远见卓识，并不是因为他有“生而知之”的天才，而是由于他在深入实际、调查研究方面下的工夫最深。他一贯的领导作风便是“没有调查便没有发言权”，事无巨细，总是周详严密调查分析后，才作出科学判断，最后形成指导我党的方针、政策。这是毛泽东领导艺术的重要方面，在我党领导层中产生了极深远的影响。

（二）调查研究——科学决策的前提

毛泽东同志除了自己重视从社会、从实践中寻求解决社会、现实问题的办法外，还把这一方法在全党推介、倡导。早在 1928 年 5 月红四军成立时，他就发动官兵做社会调查，要求部队每到一个地方，首先第一步做调查工作，弄清当地的阶级关系状况，然后开会决定切合当地群众的口号，这样，就可使红军“不致不顾环境只凭主观决定自己的政策”（中国人民解放军政治学院党史教研室编《中共党史参考资料》第四册第 146 页）。到 1961 年，在《农业六十条》中，他将“没有调查就没有发言权”作为党政干部三大纪律八项注意中的一项。由此，形成我党独特的工作作风。坚持、发扬这一作风，就能在处理复杂的现实问题时，触及问题的本质，进行科学的决策。在这方面，毛泽东同志有许多卓越的见解。

1．调查研究就是向群众学习

官僚主义、主观主义是调查研究的大敌，调查者一定要有“眼睛向下”的决心和“甘当小学生”的精神，“没有眼睛向下的决心，是一辈子也不会真正懂得中国的事情的”（《毛泽东农村调查文集》第16页、第182页）。毛泽东同志严肃指出，搞调查研究，一定要以普通劳动者的身份出现，平等待人，采取同志式的、讨论式的商量的态度，决不可当钦差大臣，决不可摆架子，不可以老爷式的，不可以先入为主，自以为是，用事先订好的什么“调子”或“框框”去限制被调查的人或者束缚自己。“倘若根据‘想当然’或不合实际的报告来决定政策，那是危险的。”（《毛泽东农村调查文集》第16页、第182页）毛泽东同志自己在这方面做出了表率，如他的著名的兴国调查中，开始时，请来的几个农民疑虑重重，脸上没有一点笑容，也不多讲话，扯些家常便作罢了。后来，请他们吃饭，晚上又给他们宽大的被子睡觉，双方关系才逐渐融洽，到最后，大家几乎无拘无束，热热烈烈地讨论起来，无所不谈，亲密得像一家人。兴国的真实情况就是这样被毛泽东掌握了。

2．科学的结论产生于调查研究之后

1929年，毛泽东同志为红四军第九次代表大会起草的决议案——《古田会议决议》，首次把调查研究和党的思想路线、方针、政策紧密联系起来，指出：“必须使党员注意社会经济的调查和研究，由此来决定斗争的策略和工作方法。使同志们知道，离开了实际情况的调查，就要堕入空想和盲动的深坑。”（《毛泽东选集》第一卷第90页）在《反对本本主义》一文中，他进一步指出：“共产党的正确而不动摇的斗争策略，决不是少数人坐在房子里能够产生的，它是要在群众的斗争过程中才能产生的，这就是说要在实际的经验中才能产生。因此，我们需要时时了解社会情况，时时进行实际调查”，“一切结论产生于调查情况的末尾，而不是在它的先头”（《毛泽东农村调查文集》第8页）。

3．没有调查就没有发言权，不做正确的调查同样没有发言权调查是决策的起点，决策总是要提出问题和解决问题。关于调查研究对科学决策的重要意义，毛泽东同志指出："大略的调查可以发现问题、提出问题，但是还不能解决问题。要解决问题，还须做系统的周密的调查工作，这就是分析的问题。"（《毛泽东选集》第三卷第840页）在他看来，"调查就是解决问题"。他还特别强调，领导者要做正确的决策，领导班子要协调地发挥作用，调查研究掌握第一手材料，就尤为重要，而且特别要抓住反映事物本质的主要材料，否则，就无法达到认识客观事物的目的。

4. 用运动的观点调查、分析现实问题

马克思主义者认为，人们对客观世界的认识不可能一次完成，不可能通过一次实践就取得对客观世界的正确认识。同样道理，人们也不可能通过一次的调查研究就认识到事物发展的规律。因此，毛泽东同志十分强调调查研究的长期性和反复性，他说："事物是运动着的、变化着的、进步着的。因此，我们的调查也是长期的。今天需要我们调查，将来我们的儿子、孙子也要作调查，然后才能不断地认识新的事物，获得新的知识。"（《毛泽东农村调查文集》第22页）调查研究，制定政策——执行政策，检验政策——再调查研究，这个往复循环是无穷无尽的。而每一次循环的内容，都相应地进到了高一级的程度。

（三）调查研究仍是我们处理现实问题的法宝

调查研究直接影响的结果，便是形成了我党的群众路线、实事求是等一系列解决现实问题的方法，历史经验告诉我们，什么时候调查研究搞得好，什么时候的方针、政策就符合实际，事业就向前发展；什么时候调查研究搞得不好，方针、政策就偏离实际，事业就会遭受挫折。

在今天，要缩短上与下、干部与群众之间的距离，调查研究仍是各级党员、干部行之有效的方法。若我们的调查研究仅仅满足于一些报表和统计，满足于计算机的运算，是远远不够的。现在有些同志下去做调查，由于缺乏毛泽东同志调查研究的那种基本功，没有真正深入基层、深入群众，了解的都是一些被筛选了的材料，甚至被少数人按照自己的需要报喜不报忧或者报忧不报喜所欺骗，用这种调查的所谓材料决策，哪有不失误的道理？这种教训是不少的。所幸的是，毛泽东调查研究中的群众路线、做群众工作的方法，在我们的实际工作中，仍被普遍运用，产生了很好的效果。领导干部下基层办点，蹲点、反复试验、摸着石头过河、改革试点等，通过这些具体的方法，取得经验，再调查分析，全面实践。今天改革开放的许多具体政策，实际上也是这样产生的。因此，无论从大处着眼，还是从小处着眼，调查研究确实是我党取得成功的法宝，过去是这样，今天是这样，将来仍是这样。以毛泽东同志为首的老一辈中国共产党人为我们留下的这一优良传统，一定要在新时期发扬光大，这样，我们的事业就会更加辉煌。

（载《湖南社会科学》2001 年第 1 期）

时事要闻标题制作简论

新华社每天编发大量时事通稿以便各级报社采用，其中政治性、政策性强的要闻稿件如重要会议新闻、领导重要讲话、重大事件等，是各报必须编发的，这类稿件往往事关国计民生、重大变革，有很高的指导性、导向性。但因为此类稿件政治性、政策性太强，编辑往往不敢或不愿开动脑筋精心编排，有时确实又不宜随便乱编。然而，文是新华社的文，题也是新华社的题，标题老套腻味，即使新闻价值不菲的要闻，普通读者也可能与之失之交臂，达不到报纸宣传党的路线、方针、政策的目的，且容易给读者造成小报抄大报、“千报一面”、“一题统天下”的印象，因而产生厌倦之感。如何在保持此类稿件准确性、完整性的基础上编出“本报特色”，笔者认为，关键是标题制作上是否有“招数”，是否有“个性”。

（一）从中心思想提炼标题

常言道，看书看皮，看报看题。从主要内容出发制作标题，让标题反映新闻的中心思想或新闻的亮点，是新闻稿制题的一般规律，只有这样，报纸才能契合读者的需要，也才会发挥最佳宣传效果。此规律对时事稿更为重要。如何用简捷、明快的文字提炼全文的中心思想呢？笔者认为可以借鉴下发的材料、文件及科技论文中提取主题词的方法。主要是要善于归纳，用一句最能概括此段新闻内容的话作标题。如 1998 年 8 月 29 日各报均刊发了新华社题为《江泽民在外交部第九次使节会议上发表重要讲话》一稿，且标题没什么变化。这条标题提供的信息是：江泽民参加了一次部级单位的使节会议，让人觉得会议很普通，提不起读者进一步阅读的兴趣。但同日的《羊城晚报》却用《外交的首要任务：争取和平》作为主题，虽简单得不能再简单了，但不仅题型给人耳目一新之感，而且表达了鲜明的主旨，读者不用一字一句阅读原文，单从寥寥数字的标题就能基本明白文中精神实质之所在。这样的标题，一次普通会议新闻的重要意义便凸现出来了，尽管没有“重要”等字眼，但“和平”事关每一个人，读者无形中会产生重要之感，提起进一步阅读的兴趣，即使无暇细读原文，也能从标题中了解到稿件价值取向，使报纸达到潜移默化影响大众的目的。这不正是宣传舆论工作的要求吗？

我们再选一些通稿标题与见报标题来进一步说明抓“中心思想”制作标题的重要性。

例 1：

发稿日期：2000 年 1 月 26 日

通稿题：全国银行、证券、保险工作会议在京召开/朱镕基作重要讲话

见报题：朱镕基在全国银行、证券、保险工作会议要求/“严”字当头治金融《长沙晚报》

例 2：

发稿日期：2000 年 4 月 18 日

通稿题：江泽民关于财政税收工作的讲话

见报题：不能拿人民吃饭钱去稿“政绩工程”/江泽民批评有些领导干部常常忘记“民以食为天”而闹笑话干蠢事《羊城晚报》

从这种对比中，我们能明显看出把新闻稿的中心思想提炼出来作标题，比平实的客观性标题带给人的冲击力要大得多。

（二）从领导讲话中捕捉标题

从领导讲话中捕捉时事要闻标题，往往能达到事半功倍的效果，它能使主题更加鲜明、突出，更有权威性，从而达到政策引导的效果。但领导讲话往往数百上千上万个字，且有时涉及的问题很宽泛，究竟如何取舍，挑出哪一句作标题最能表达新闻的主旨，最能吸引读者？笔者认为：一要细读全文了解其中最重要、最有价值的东西；二要挑出最新的内容，即新闻亮点；三要挑出读者感兴趣的东西。如 1999 年 1 月 29 日新华社播出了一条关于台湾问题的新闻，全文是钱其琛同志的讲话，笔者通过细读原文，发现尽管有关

原则很多，但其中一句“台湾问题不能再无限期地拖延下去了”最具冲击力，而且是国家领导人第一次在公开场合讲这样的话，同时它也最能表明党中央国务院对台湾问题的态度，于是《长沙晚报》马上将之挑出来作为标题。同一天的其他报纸基本没有采用这样的标题，而是用新华社通稿“首都各界隆重纪念江泽民八项主张发表四周年暨《告台湾同胞书》发表二十周年座谈会”为题。该题仅仅突出了“会议”本身，而“会议”真正的新闻价值从标题中是很难看出的，读者很可能不会注意会议中的一些新闻内容。而后来中央各种会议，各种关于台湾问题的高层发言中都将“台湾问题不能再无限期地拖延下去了”这句话突出提了出来。事实证明，这一标题不仅切中要害，同时读者易懂易记，无疑能提起读者对年年讲的台湾问题平添一层关注，从而达到很好的宣传效果。又如今年 1 月 29 日新华社播发了“首都各界纪念江泽民主席《为促进祖国统一的完成而继续奋斗》发表五周年”一稿，《长沙晚报》编辑用钱其琛同志的讲话作主题——“‘台湾独立’只能意味着两岸之间的战争”。完整准确、旗帜鲜明，从这则标题读者很容易看出党中央国务院对台湾问题的态度，感受到两岸关系发展的动态，生动地反映了新闻主旨。这种标题制作方法，既突出了本报的一些特色，又准确地把握了要闻对准确性、完整性的要求。

（三）把激情与感情注入标题

宣传党的路线、方针、政策及党和国家的重要活动、重大事件的时事新闻，不仅要注意其标题反映主题的完整性、准确性，也要注意让标题贴近读者，使之生动、易懂。贴近读者的有效方法之一便是把激情注入标题，有激情的标题能很好地增加舆论的感召力。新华社时事通稿标题一般以客观、平实者居多。当我们面对一些撼人心魄的新闻稿件时，客观平实的标题往往难以唤起人们对新闻的关注与重视，造成读者与好的新闻内容擦肩而过或“相逢对面不相识”。而一条有激情的标题能使庄重的新闻也变得平易可亲，容易唤起读者的阅读欲望，为新闻锦上添花。如 1998 年第六次洪峰到来时，中国人民解放军增兵湖北，新华社通稿的标题是“解放军紧急增兵长江流域”。许多报纸编发了这条消息，标题也基本照搬，而《羊城晚报》类似稿件的标题特别有新意："洪湖大堤上发生了湖北境内长江大堤最大险情，霎时间——/铁军四千，增援！增援！"仅从标题，就让人强烈感到抗洪所处的险境及子弟兵义不容辞奔赴前线的急迫心情，也让人陡增一种夺取胜利的豪情与信心。标题不仅有通报新闻事实的作用，而且带上了"鼓动家"的色彩，无形中提高了新闻稿的舆论宣传声势。贴近读者的另一个有效方法是把感情注入标题，如1998年9月5日新华社发了"江总书记到九江考察指导抗洪救灾和恢复生产重建家园工作"一稿，大多数报纸几乎是原题原文编发。诚然，这条标题虽然很好地体现了国家领导人深入抗洪一线为民鼓劲实况，但作为通讯标题，则稳重有余，生动不足，显得干巴巴，缺乏冲击力与感染力。《南方日报》对这条标题进行了全新的二次创作，其标题为"《冒着不停的雨水，踏着一路的泥泞——/总书记九江探灾民"。单看标题，就能看出新闻故事的情节，让人从情节中感受到一种浓浓的人情味，党的领袖对普通百姓的关心，与民同甘共苦之态跃然纸上，有很强的感染力、冲击力。

总之，新闻标题，尤其是时事通稿的新闻标题的制作，是目前新闻工作者有待大力发掘和重视的课题。当然，要准确无误地抓出时事要闻的"中心思想""兴奋点"，光凭热情是远远不够的。编辑必须对现实乃至事件的历史发展过程，发展程度有全面的了解，这就要求我们不断提高理论水平和政策水平。据了解，《羊城晚报》《新民晚报》等报社就有一批制题高手，其制出的标题（包括通稿标题）往往出人意料，让人叫绝，在读者中享有很高声望。他们的成功经验值得所有报人借鉴学习。

（载《湖南社会科学》2000年第3期）

“科教兴国”与农村剩余劳动力

邓小平关于“科学技术是第一生产力”的思想以及中共中央提出的“科教兴国”战略，是我国迎接新世纪挑战、经济继续飞跃的根本途径与方法，实现这些伟大的战略决策，不能只靠几位科学家、教育家，也不仅是科研院所、高等院校的事，而且要靠千百万人民群众的实践与创造。作为农业乃至整个国民经济发展的重大战略问题的农村剩余劳动力问题，在这一战略中的分量，是我们必须仔细研究的课题。

一、文化科学水平低是农村剩余劳动力出现的原因之一

为什么在中国农村会出现剩余劳动力？原因是多方面的。一般认为这种多余劳动力资源的出现，主要是改革开放、农民群众积极性增长、劳动生产率提高及近几十年人口急剧增长而耕地不断减少的结果，但有一个原因似乎被人们所忽略，那就是农村人口文化科学素质偏低导致劳动力的剩余。由于文化科学水平太低，农村生产力不能从根本上突破旧模式，许多新兴产业发展不起来，大量劳动力只能挤在窄窄的通道上争抢一些技术含量低的饭碗，何以不出现“剩余”？即使到发达地区打工，也拥挤在同样的简单工种上，又何以不会出现“民工潮”的劳动力过剩假象？这种所谓剩余，只能说是低素质劳动力的剩余，就在我们到处感到劳动力“剩余”的同时又有许多劳动力奇缺的现象存在。据统计，我国1万个农业人口中，仅有6.6个农业技术人员，其他行业更少，畜牧业万头牲畜不足一人，草场203万亩只有一个牧业人员。[①]如果我们的农村劳动力中增加上万倍此类人员的比例，也绝不会出现“剩余”现象！由上观之，农村剩余劳动力，只是“苦力型”劳动力的剩余，技术型劳动力尚远远满足不了需要，“剩余”的出现，实际上很大部分得归因于劳动者本身的文化科学素质。可见，中国农村剩余劳动力并非像

工业化国家一样是由于科学技术进步、自动化程度提高造成的。中国农村剩余劳动力的出现，只是一种没有经过认真消化的剩余，这种剩余应可以通过有效方法得以消除。

中国农村劳动力整体文化科学水平之低，几乎令人难以置信。1990 年第 4 次人口普查统计，我国 12 岁以上人口平均受教育时间只有 5.5 年，不足小学毕业水平。文盲与半文盲占全国农村劳动力的 20.73%[②]。1993 年，农村文盲、半文盲劳动力仍占 15.3%，小学文化程度的劳动力占 38.2%[③]。也就是说，农村劳动力中有近 60% 不识字或初识字。令人担忧的是，由于中国近 20 年来的高速发展，就业机会大增。大量农村剩余劳动力或外出打工或外出经商，其中不少人挣得了一份丰厚的报酬。而目前的中国，从事这些工作，似乎只懂点钞票即已胜任，因此，这支队伍仍后继有人。据调查，到 1993 年，全国农村 6～11 岁的儿童尚有 19.2% 由于种种原因没有入学或中断了学业。[④]这是一种惊人的现象，这些人必然成为未来剩余劳动力大军的主干。因此，用有效方法把这支大军吸收到爱科学、学科学的时代潮里来，应成为各级政府及全社会的共识，应将之放到“科教兴国”的高度加以深刻领会，这也是劳动者本身重新寻找社会位置的根本方法。

二、文化科学知识能拓展农村剩余劳动力的生存空间

当我们探讨农村劳动力剩余问题的时候，不可忽略的一点是，随着生产力的发展，各行各业对劳动力的需求却越来越大，近几十年，我国农村劳动力也有过不少有效的转移，但劳动力的转移，总是与文化科学水平紧紧联系在一起。

我国由东到西，农村人口的科学文化素质呈逐渐下降的趋势，农村剩余劳动力的转移、消化力度也呈同样趋势。沿海地区劳动力素质相对较高，因此有 71% 的人能转移到技术水平要求相对较高的第二产业中去，中部和西部转移到第二产业人口的比重比沿海地区分别低 12.2 和 31 个百分点，而转移到技术水平要求不高的生活服务业的比重则分别高出 9.1 和 28.2 个百分点。同时，东部的乡镇企业和农村小集镇还能吸消化本地大量的剩余劳动力，如温州小城镇就解决了 120 万城乡劳动力就业问题，迁移了 242 万农村人口，

将40%的农村剩余劳动力转移到第二、三产业中。目前我国第三产业对劳动力素质的要求已越来越高，只有具有一定科学文化知识的人才受欢迎。据上海市有关部门1994年对市郊乡（镇）的抽样调查显示，去年由第一产业转移到第二、三产业的劳动力中，受过各种专业技术培训的占38.5%，比上年提高15%；高中及高中以上文化程度的占23.1%，比上年提高5.6%；初中文化程度的占61.5%，比上年提高7.4%；小学及小学以下文化的仅占15.4%，比上年下降13%。[⑤]没有科学文化知识的劳动者，日益难立足于社会，便会成为劳动力中的剩余者。

即使在农村，文化科学水平低也难以适应新的发展，给农村剩余劳动力的就地消化带来新问题。目前，乡镇企业经过一个阶段发展后，已开始向高、尖、精的方面发展，东部地区尤其如此。而第三产业的竞争日烈，也要求从事这些非农产业的人具备较高的文化科学知识，否则，即使转移出来，亦多从事一般人不愿干的苦活、脏活、累活，目前西部地区大部分、中部地区一部分服务行业被东部地区人所操纵就是一例明证，而且一旦经济不景气或遇上政策性经济紧缩，首先“回流”的多半是那些文化素质低、无技术专长的临时性农业人口，使他们重新成为“剩余劳动力”。假如我们的政府采取切实可行的措施，利用这批人离开封闭乡村进城或到经济发达地区这一难得的“留学”机会，有意识地对他们加强科学文化知识教育，即使他们失掉城里的这份工作，但由于他们被知识武装了头脑，回乡后必定仍有用武之地，无形中拓展了他们的生存空间。

三、激发农村剩余劳动力的科学热情是“科教兴国”战略的需要

提高农村剩余劳动力学科学的热情，一方面要宣传教育，另一方面，就目前而言，我们认为是主要方面，要有一根强有力的“指挥棒”，从政策、制度上让所有人认识到，不学好科学文化知识，就不能出外工作，甚至没有资格种田。这不仅有利于劳动者本身，同时有益于中华民族的兴旺发达，也是“科教兴国”战略的需要。

在中国农村，祖祖辈辈是自然就业，只要你年龄够了，学学老人们的经验，就可上工、种地，并取得一份报酬，从来没有人考虑过，种田也非得有

文凭，甚至在农村稍有知识的人是不屑种地的。而西方发达的资本主义国家，农民是不可以随便种田的。据报道，有“西欧粮仓”之称的法国，从事农业的人员一般具有初中以上文化程度，且政府十分注意农业职业教育，有一套完整的教育体系，中等农业学校遍布全国各地，除了正规教育，尚有政府、农业机构、群众团体举办的不拘形式的成人职业教育，一般的农户都能通过电话、电脑终端从法国农会那里了解有关技术和市场的最新资料。[⑥]没有一定的文化科学知识，何以利用这些现代科学技术手段！

在我国，“农民”的传统概念也在悄悄发生变化，有的地方步子还迈得挺大，如北京等地在农村中实行证书制度，对农村劳动力进行强制性转移就业资格培训。强制性培训一方面有利于提高劳动力的科学文化素质，另一方面有利于提高农村劳动力岗位转换适应能力和转移就业竞争能力。如果这种强制性培训与职业上岗、包括种田资格逐步结合起来，农村劳动力学科学的热情，一定会慢慢培养起来，通过几十年，甚至几代人坚持不懈的努力，中华民族的科学文化整体水平必会有一个大飞跃。

改革开放实践的锻炼，在农村剩余劳动力大军中，业已诞生了一些新型的农民，尽管迄今为止，我国尚未形成一整套农村剩余劳动力有效管理与消化办法，但他们中的相当一部分人不仅在实践中学会了生存，而且掌握了许多立足于现代社会的科学文化知识。在向外转移的农村剩余劳动力中，大多是远离乡土到经济文化相对发达的地区，特别是大、中城市或集镇务工经商，城镇在国民经济中处于主导地位，具有生产中心、流通中心、交通中心、科技中心、信息中心、文化中心、教育中心等多种辐射功能，对流动中的农民有较强的辐射力，可以说，他们每天在城市所见所闻所感的过程就是学习提高的过程。在城镇现代文明的潜移默化中，他们学到了许多在农村根本学不到、有的在课堂上也学不到的社会知识、经营管理知识、市场经济知识，增长了才干，增强了市场经济意识；同时，流动在外的农村剩余劳动力，由于受环境的熏陶、竞争的驱动，也强烈地意识到科技文化知识的重要，带来了思想观念上的飞跃，激发了科学热情。在广州、深圳、海南等地打工的“打工仔”、“外来妹”，近年来进各种培训班、补习班的日渐增多，有的还用打工赚来的钱，利用工余时间参加成人高考、自考，以提高自己的文化科技水平和在市场经济中的适应能力、竞争能力，让人刮目相看。

四、流动的农村剩余劳动力也可以成为传播科学文化知识的载体

农村剩余劳动力，这支遍布中国城乡各角落的大军，一旦被科学技术武装起来，很有可能成为科学技术的“播种机”。尽管改革开放以来，农村剩余劳动力转移日渐成为突出的社会问题，但他们在改革开放初创阶段以及目前所作的巨大贡献，已在向我们昭示一点：怎样发挥他们的作用，关键是如何用科学文化知识武装他们，他们所掌握的科学知识的高低，直接影响他们对社会贡献的大小。由于农村剩余劳动力离乡不离土，一般以外出挣钱的形式出现，因此，他们经常返回自己的家园，与家乡保持着紧密联系，其在外地特别是大中城市、经济发达地区所接受的商品经济知识，学会的商品生产技术，了解到的商品经济信息，必然都会及时有效地反馈回去，直接影响到他们家乡的商品经济发展。而且，农村剩余劳动力遍布五湖四海，对整个社会，尤其是广大农村地区，有极强的渗透力，他们是科学文化知识不可多得的潜在载体。

改革开放以来，我国一部分地区，特别是沿海一带，之所以先富起来，一个重要的原因就是通过人口流动，沟通与外界的经济交流，发展商品经济的结果。农村剩余劳动力的流动带来了所流出省市经济、文化技术、信息乃至生活方式等多领域多层次的利益。1992 年安徽省外出民工创收 75 亿元，比当年全省 55 亿元财政收入多出 20 亿元；江西省民工外出创收 38 亿元，全省农民人均 120 元。[7]经济、文化技术、信息乃至生活方式等多领域多层次的利益，客观上给农村带来了文明、知识，提高了农民素质。许多成功的事例告诉我们，不少原来封闭的农村地区，由于出了一两个在外谋生的成功者，这些成功者反过来为家乡出力，或将家乡的剩余劳动力带出去，或回乡投资办厂，传授专业技术、赚钱门道，由一名等待就业的剩余劳动者反过来解决家乡大批剩余劳动者的就业问题，变成了当地的能人，这种人对于当地来说，无异于国家得了一位留学的高科技人才。如果政府通过科学手段，把流动的农村剩余劳动力合理疏导，势必在中国农村形成“剩余劳动力转移——科技文化素质提高——更多剩余劳动力转移——科技文化素质提高”的良性循环，让科学文化知识通过这种良性循环，渗透到广大农村地区，这不

失为一条向社会宣传推广文化科学知识的途径。

此外，有一定文化科学知识的农村剩余劳动力的流动，对流入地的经济发展、文化繁荣也很有益，有意无意间起到了传播科学文化知识的作用。近几年，我国沿海和内地汉族地区已有数百万人口流入大西北、大西南等贫困地区，他们多是能工巧匠、种田能手或个体商贩。例如，近年来流入新疆阿克苏地区的汉族农民中，一些人很会种菜，很快占领了蔬菜市场，人均收入900元左右。这一情况对少数民族影响很大。周围的少数民族虚心向他们学习种菜技术，也增加了收入。难道这不是一种文化科学知识的传播？类似的经商、劳务大军走村串寨、翻山越岭，哪里需要就到哪里去，哪里挣钱就在哪里“安家”，已是当代中国社会的一大普遍现象，他们不仅为自已脱贫致富开辟了道路，而且也帮助贫困地区发展了经济，提供了方便，丰富了生活，促进了交流，加速了这些地区从自然经济向商品经济的转化，这是任何行政手段也无法达到的效果，如果这些人掌握的科学文化知识更高，显然将产生更大的效益！然而，他们中相当一部分人掌握的文化科学知识十分有限，远没有达到他们应该起到的更大的作用。如果我们的农村剩余劳动力中的一部分能这样消化，于国于民有百利而无一害。

小　结

通过上述探讨，我们认为，当我们制订“科教兴国”的具体政策时，切忌只把眼睛盯在科教本身，在我们的视野里，切莫忘了农村剩余劳动力这支庞大的而又隐含蓬勃生机的队伍，这支队伍，既要成为科教武装的重要对象，又要采取有效手段与方式，让其成为科教的实践者、传播者，亦即是说，他们应既是这一战略的受惠者，又是这一战略的实行者。通过几十年或几代人的努力，我们相信，农村剩余劳动力将不仅不是中国社会的一大社会问题，而将会是中国经济雄霸世界的生力军。

注释：

①高启臣：《农村科技宣传与农业技术推广》，《科技潮》1995年第3期。

②李若建：《农村劳动力文化素质对区域农业发展的影响》，《农村经济问题》1993

年第 6 期。

③④《1994 年中国农村经济发展年度报告——兼析 1995 年发展趋势》，中国社会科学出版社，1995 年，第 40 页。

⑤《上海市有关部门对市郊若干乡镇的抽样调查显示——上海农村劳动力转移管理五个特点》，《社会科学报》1995 年 5 月 11 日第 2 版。

⑥杨汝生：《法国：科技兴农》，《人民日报》1995 年 5 月 26 日第 7 版。

⑦《农村经济》1994 年第 3 期，第 159 页。

［载《湘潭大学学报》（哲学社会科学版）1996 年第 4 期］

后 记

我人生的第一本个人作品集终于付梓了。

这本集子，凝聚了许多人的心血，我要带着感恩的心向他们表达谢意、敬意。

首先，我要感谢愿意把他们的故事告诉我的各位朋友，没有他们的热情，我无法走入他们的故事、走入他们的世界，写出那些带点温度的文字。

其次，我要感谢愿意挑选我到长沙晚报社工作的领导们，感谢那些指点我编稿、写稿，让我很快进入角色的报社师长们，没有他们，我就没有机会写出这些文字、发表这些文字。

我还要感谢我的另一半，他以他的专业知识、文学品味、文字功力，不仅很耐心地阅读我的每一个文字，而且很热心地与我讨论采访的方式方法，甚至总是在最关键的地方，为我的作品点睛。没有他的参与，我的这些文字就会减少很多韵味与深度。

我更得特别感谢岳麓书社朋友们给我的鼓励和帮助，没有来自他们的“温度”，这些文字也就不能与大家见面了。

特志于此，是为记。

作 者

2019 年元月

图书在版编目(CIP)数据

游走在热点的边缘/黄清辉著．—长沙：岳麓书社，2019.4
ISBN 978-7-5538-0966-3

Ⅰ.①游…　Ⅱ.①黄…　Ⅲ.①随笔—作品集—中国—当代
Ⅳ.①I267.1

中国版本图书馆 CIP 数据核字(2019)第 001333 号

YOUZOU ZAI REDIAN DE BIANYUAN
游走在热点的边缘
作　　者：黄清辉
责任编辑：管巧灵　王文西　邱建明
责任校对：舒　舍
封面设计：风格八号・李文婷

岳麓书社出版发行
地址：湖南省长沙市爱民路 47 号
直销电话：0731-88804152　0731-88885616
邮编：410006
岳麓书社网址：www.yueluhistory.com

2019 年 4 月第 1 版第 1 次印刷
开本：710mm×1000mm　1/16
印张：23.25
字数：370 千字
ISBN 978-7-5538-0966-3
定价：68.00 元

承印：长沙鸿和印务有限公司

如有印装质量问题，请与本社印务部联系
电话：0731-88884129